Wolfram Fleischhauer

TORSO

Wolfram Fleischhauer

TORSO

Roman

Droemer

Die Freskenausschnitte auf den Seiten 230, 231 und 232 entstammen dem Zyklus *Gute und schlechte Regierung* von Ambrogio Lorenzetti aus dem Palazzo Pubblico in Siena (1338/1339). Quelle: Corbis/Alinari Archives.

Die Vignetten auf den Seiten 146, 164 und 213 sind entnommen: Arthur Henkel/Albrecht Schöne, *Emblemata*. Handbuch zur Sinnbildkunst des XVI. und XVII. Jahrhunderts, Stuttgart 1978.
Mit freundlicher Genehmigung des J. B. Metzler Verlags.

Besuchen Sie uns im Internet:
www.droemer-knaur.de

Copyright © 2011 by Droemer Verlag
Ein Unternehmen der Droemerschen Verlagsanstalt
Th. Knaur Nachf. GmbH & Co. KG, München
Copyright © 2011 by Wolfram Fleischhauer, Germany
Alle Rechte vorbehalten. Das Werk darf – auch teilweise –
nur mit Genehmigung des Verlages wiedergegeben werden.
Umschlaggestaltung: ZERO Werbeagentur, München
Umschlagabbildung: FinePic®, München
Satz: Adobe InDesign im Verlag
Druck und Bindung: CPI – Ebner & Spiegel, Ulm
Printed in Germany
ISBN 978-3-426-19853-7

2 4 5 3 1

Was ist ein Dietrich gegen eine Aktie?
Was ist ein Einbruch in eine Bank
gegen die Gründung einer Bank?
BERTOLT BRECHT

1

Martin Zollangers Handy klingelte um 4:37 Uhr. Er war bereits wach. Er schlief schon seit vielen Jahren schlecht, wachte nachts fast jede Stunde auf, den Blick auf das rot leuchtende Display seines Weckers gerichtet, der stets derartige Zeiten anzeigte. Aus dem nächtlichen Tiergarten drang kein Laut, und die einzigen Geräusche, die in der Dunkelheit zu vernehmen gewesen waren, bevor das Handy zu summen begann, waren das leise Rauschen der Zentralheizung und das leichte Pfeifen seines Atems.

Das Pfeifen war nicht immer da. Manchmal blieb es wochenlang aus. Dann plagte es ihn plötzlich über mehrere Tage und Nächte. Er hätte längst zum Arzt gehen sollen. Aber er schob es hinaus. Mit einundsechzig ging man nicht mehr so gern zum Arzt.

»Martin?«

Zollanger hatte Udo Brenners Stimme sofort erkannt. Der Grund, warum Udo ihn um diese Zeit anrief, war nicht erklärungsbedürftig. Daher fragte er nur:

»Wo?«

»Lichtenberg«, lautete die Antwort.

»Mann? Frau?«

»Offenbar schwer zu sagen. Wir sollen gleich kommen.«

Zollanger saß bereits aufrecht im Bett.

»Thomas und Sina sind schon hier«, erklärte Udo Brenner. »Harald und Günther sind auf dem Weg. Nur Roland habe ich noch nicht erreicht. Aber seine Frau sagt ihm Bescheid.«

Seine Frau, dachte Zollanger. War Roland Draeger nicht

geschieden? Offenbar hatte er die neueste Entwicklung im Leben seines jüngsten Mitarbeiters nicht mitbekommen.

Fünf Minuten später war er angezogen und auf dem Weg in die Tiefgarage. Die Fahrbahn war nass, aber es regnete nicht, als er die Auffahrt zur Bartningallee hinauffuhr und dann auf die Altonaer Allee einbog. Acht Minuten später parkte er im Innenhof des Dienstgebäudes in der Keithstraße.

Als er die Büroräume der siebten Mordkommission erreicht hatte, traf er auf Sina Haas und Thomas Krawczik. Sie hatten ihre Dienstwaffen geholt und waren einsatzbereit. Harald Findeisen und Günther Brodt, die beiden Tatortleute, hatten den Mordbus genommen und waren bereits losgefahren. Udo Brenner war mit ihnen aufgebrochen. Als Zollanger seine Waffe geholt hatte, kam endlich auch Roland Draeger an. Damit waren sie komplett. Es wurde nicht viel gesprochen. Draeger und Krawczik nahmen einen Dienstwagen. Sina fuhr bei Zollanger in dessen privatem Pkw mit. Zollanger fuhr zügig, ließ das Blaulicht jedoch ausgeschaltet. Die Straßen waren noch so gut wie leer. Der Berufsverkehr würde erst in einer Stunde beginnen.

»Weißt du Genaueres?«, fragte Sina.

»Nur, dass das Opfer offenbar schlimm zugerichtet ist. Udo hat gesagt, sie wüssten nicht einmal, ob es ein Mann oder eine Frau ist.«

»Mittlerweile wissen sie's.«

»Und?«

»Frau«, sagte Sina. »Beziehungsweise Reste davon.«

»Wer ist dort?«

»Kripo Lichtenberg.«

»Kennen wir die Kollegen?«

»Ich nicht. Karlow und Teschner.«

Zollanger zuckte mit den Schultern. »Nie gehört.«

Sina gähnte und schaute aus dem Fenster. Der Nachtclub gegenüber dem Bundesratsgebäude entließ ein Grüppchen

Clubgäste. Die hell erleuchteten Schaufenster der Friedrichstraße trieben vorüber. Dann meldete sich Udo Brenner über
Funk.

»Wir sind vor Ort, Chef. Soll ich kurz berichten?«

Zollanger überlegte kurz. »Ist die Sache eilig?«

»Sieht nicht so aus«, meinte Brenner. »Seltsam. Aber nicht
eilig.«

»Gut. Dann warte, bis ich da bin.«

Sina schaute zu Zollanger hinüber. Der schaltete den Funk
ab.

»Feind hört sicher mit«, sagte er. »Die Presse rückt uns
schon noch früh genug auf den Leib.«

Zwölf Minuten später trafen sie vor Ort ein. Brodt und
Findeisen hatten den Mordbus halb auf dem Gehsteig hin-
ter den zwei Streifenwagen vor dem Gebäude geparkt. Der
Wagen der Kripo stand in zweiter Reihe daneben, der von
Roland und Thomas auf der anderen Straßenseite. Zollanger
lenkte seinen Wagen auf die freie Stelle daneben.

Karlow und Teschner erwarteten Zollanger am Mordbus.
Die anderen standen dabei und stellten ihre leise Unterhaltung ein, als Zollanger und Sina zu ihnen traten.

»Sie sollten sich das lieber selbst ansehen, bevor wir es Ihnen zu schildern versuchen«, sagte Karlow.

»Wo ist die Leiche?« fragte Zollanger.

Karlow deutete auf das Gebäude. »Dort oben. Achter
Stock.«

»Waren Sie beide da?«

»Nein, nur ich«, erwiderte Teschner.

Harald Findeisen verteilte Gummihandschuhe und weiße Einwegüberschuhe. Günther Brodt hantierte an seiner
Kamera herum und schaltete den Blitz ein. Ein leises Fiepen
ertönte. Zollanger öffnete eine Klappe an der Innenseite des
Busses und holte eine Taschenlampe heraus.

»Ich gehe jetzt erst einmal mit Harald und Günther alleine

hoch«, sagte er. »Kollege Teschner, zeigen Sie uns bitte den Weg.«

Er wollte sich erst ein Bild von der Sache machen. Ein Bild! Hätte dieser Teschner ihn nicht warnen können. Sie gingen im Gänsemarsch den Trampelpfad entlang. Immerhin hatten die beiden Kripoleute gut reagiert und einen Weg auf Asphalt gewählt, auf dem keine Spuren zu erwarten waren. Sie näherten sich dem Haupteingang von der Seite. Die Fläche vor dem Gebäude war teilweise aufgerissen. Mit etwas Glück könnte man dort später Fußspuren im aufgeweichten Untergrund finden.

Bevor sie das Treppenhaus betraten, flimmerte plötzlich etwas vor Zollangers Augen. Er blieb stehen und richtete den Strahl der Taschenlampe nach vorn. Lautlos schwebten vereinzelte Schneeflocken zu Boden.

»Es gibt zwei Treppenhäuser«, sagte Karlow. »Wir müssen das östliche nehmen. Hier entlang.«

2

E lin wartete bereits seit einer Stunde. Die Holzbank begann allmählich unbequem zu werden, aber sie blieb sitzen. Behörden, dachte sie. Immer das Gleiche. Sozialamt. Arbeitsamt. Ausländerbehörde. Immer hatte man dort alle Zeit der Welt. Klar. Schließlich war die Zeit derer, die hier aufkreuzten, völlig wertlos. Null. Bei den Bullen war es offenbar ebenso.

Ihr Termin war um zehn Uhr gewesen. Jetzt war es fünf vor elf, und noch immer war keine Frau Wilkes erschienen, um sie abzuholen. Frau Wilkes. Was interessierte sie Frau Wilkes. Sie hatte einen Termin mit einem gewissen Zollanger. Hauptkommissar. Der hatte die Antworten auf ihre Fragen. Keine Frau Wilkes.

Elin stand auf und vertrat sich ein wenig die Beine. Der Aufpasser in seinem Glaskasten neben der Treppe schaute kurz zu ihr auf, widmete sich jedoch dann wieder seiner Zeitung. Ein grünes Lämpchen im Querbalken des Metalldetektors blinkte sinnlos vor sich hin. Elin setzte sich wieder.

Zum hundertsten Mal überlegte sie, wie sie beginnen würde. Mit Erics letztem Besuch bei ihr in Hamburg? Mit seiner merkwürdigen Verfassung? Nein. Das wussten die ja. Und es passte zu ihrer Selbstmordtheorie. Eric sei depressiv gewesen. Und hoch verschuldet. Ergo.

Sie biss die Zähne aufeinander und versuchte, nicht an dieses letzte Treffen zu denken. Aber es gelang ihr nicht. Als sei es gestern gewesen, sah sie ihn auf der Matratze ihres Zimmers in der Hafenstraße sitzen, hager, mit Dreitagebart, aufgekratzt wie immer und dennoch irgendwie völlig verändert.

Seine blauen Augen strahlten, wenn er von seinen Projekten erzählte. Seine drei Handys steckten in Ledertaschen an seinem Gürtel. Sein ewiger Begleiter, ein Ledermäppchen mit winzigen Schraubenziehern, mit denen man jeden PC aufbekam, lag neben seinem schwarzen Rucksack. Das war Eric. Drei Handys und ein paar Uhrmacherschraubenzieher. Und seine immergleichen Fragen, warum sie in so einem Slum wohnte, noch immer für die soziale Revolution kämpfen wollte, anstatt in die technische mit einzusteigen. Die wahre Subversion finde heute nicht auf der Ebene von Betriebsräten, sondern auf der Ebene von Betriebssystemen statt. Die Waffe gegen das System sei nicht mehr die Faust, sondern der Quellcode. Und so weiter.

Das hatte er schon immer erzählt. Aber bei diesem letzten Besuch vor vier Monaten hatte es nur noch wie eine Tonspur geklungen, eine Ansammlung von Phrasen über einem tiefen Schweigen. Aber sie hatte ihn nicht darauf angesprochen. Eric war Eric. Ihr großer Bruder. Der einzige Mensch, der ihr wirklich etwas bedeutete. Der Neunjährige, der neben ihr gestanden hatte am Grab ihrer Mutter, der ihre Hand hielt, ihr zuflüsterte, dass er sie niemals verlassen würde. Der Zwölfjährige, der ihr erklärte, dass Papa nichts dafür konnte. Dass Papa ein verzweifelter Mensch sei und sie Mama zuliebe Geduld mit ihm haben müssten. Der Fünfzehnjährige, der sie nicht verriet, als sie weglief. Und der Achtzehnjährige, der ihr das Leben gerettet hatte.

Eric war ihre einzige Verbindung zu dieser anderen Welt gewesen. Der Welt der Fleischfresser und Geldbenutzer. Der Macker und Tussis. Der Soistesnunmals und Kannmannichtsmachens. Auch wenn er dazugehörte. Auch wenn er im Grunde genauso wie Papa war mit seinen Frauengeschichten, seiner Oberflächlichkeit. Eric, das waren ein Paar Designerjeans und ein Laptop. Papa ein Designerhemd und ein Fotoapparat. Ihr Papa, Edmund Hilger, Platzhirsch unter den

Hamburger Modefotografen. Mit dreiundzwanzig bei der *Vogue*. Mit vierundzwanzig hatte er die schwedische Vize-schönheitskönigin Marie Svensson erst fotografiert, dann geschwängert, geheiratet und schließlich erfolgreich zu Tode betrogen. Oder woher bekam eine zuvor kerngesunde, bild-schöne Frau mit dreiunddreißig Jahren plötzlich Krebs, wenn nicht von Edmund Hilgers verlogenem Ego. Ja, davon hatte Eric durchaus auch etwas gehabt. Aber es war eben auch etwas von Marie Svensson in ihm gewesen, etwas Menschliches, ein Herz vielleicht oder eine Seele, irgendetwas in dieser Art, das Edmund Hilger nicht einmal vorgab zu besitzen.

Aber sollte sie das diesem Herrn Hauptkommissar erzäh-len? Ihre und Erics Familiengeschichte. Früher Tod der Mut-ter. Verhältnis zum Vater zerrüttet. Tochter jahrelang Straßen-kind und heute in der Hamburger Attac-Szene. Hausbesetz-zerin. Militante Vegetarierin. Sohn in der Computerbranche, gescheiterter Existenzgründer. Ergo: Selbstmord.

»Frau Hilger?«

Sie hatte die Frau gar nicht kommen sehen. Elin erhob sich. Die Frau trat unwillkürlich einen Schritt zurück. Elin schaute auf sie herab. Sie spürte, wie der Blick der Beamtin sie scann-te. Das kleine Bindi zwischen ihren Brauen! Die kurzen blon-den Haare. Die Lederjacke.

»Wilkes«, sagte die Frau jetzt. »Es tut mir leid, aber Herr Zollanger kann Sie heute nicht empfangen. Er ist bei einem Einsatz. Ich muss Sie bitten, ein anderes Mal wiederzukom-men.«

»Wann?«

»Sie müssten einen neuen Termin ausmachen. Vielleicht am Montag per Telefon.«

»Ich habe zehn Tage auf diesen Termin gewartet.«

»Ja. Und wir können es uns nicht aussuchen, wann in Ber-lin Straftaten begangen werden. Worum geht es denn über-haupt?«

Elin versuchte, sich zu beherrschen, aber es fiel ihr schwer. Montag. Drei Tage. Sie hatte Pläne gehabt für das Wochenende. Pläne, über die sie mit diesem Bullen hatte sprechen wollen.

»Es geht um meinen Bruder. Eric Hilger. Hier ist das Aktenzeichen.«

Sie gab der Frau einen Zettel. Die schaute das Papier verständnislos an.

»Ich begreife gar nicht, wieso er Sie überhaupt hat herkommen lassen. Über Ermittlungssachen kann er gar nicht mit Ihnen sprechen.«

»Er hat den Tod meines Bruders untersucht. Warum sollte er nicht mit mir sprechen?«

»Weil er es nicht darf. Sie müssen sich an die Staatsanwaltschaft wenden, beziehungsweise Ihr Anwalt.«

Elin atmete einmal tief durch, bevor sie weitersprach.

»War die Staatsanwaltschaft vielleicht im Tegeler Forst?«, fragte sie.

»Frau Hilger, das kann ich Ihnen nicht sagen. Ich weiß nur ...«

»Aber ich kann es Ihnen sagen: Es war kein Staatsanwalt vor Ort, als mein Bruder gefunden wurde. Auch kein Gerichtsmediziner. Weil die Polizei von Anfang an von einem Selbstmord ausgegangen ist. Zwei Streifenpolizisten haben ihn einfach abgeschnitten und ins Leichenhaus gebracht. Es wurde überhaupt nichts richtig untersucht.«

Frau Wilkes schüttelte den Kopf.

»Da müssen Sie sich schon an die Staatsanwaltschaft wenden, liebes Mädchen. Hauptkommissar Zollanger wird Sie nicht empfangen, das kann ich Ihnen garantieren. Guten Tag.«

Elin schaute der Frau hinterher. Ihr Herz klopfte. Nach einer Weile bemerkte sie, dass sie den Umschlag in ihrer Hand fast zerdrückt hatte. Sie strich ihn glatt, schob ihn in ihren Rucksack, schulterte ihn mit einer wütenden Bewegung und verließ das Gebäude.

Das Schneetreiben hatte an Stärke zugenommen. Die Straßen waren weiß. Die Autos fuhren vorsichtig. Auf Elins Fahrrad türmten sich kleine Schneehauben. Sie strich den Sattel frei, öffnete das Schloss und fuhr Richtung Kanal davon.

Tanja Wilkes beobachtete sie aus ihrem Büro. Fahrrad, dachte sie. Bei diesem Wetter. Dann verfasste sie eine Notiz für den ersten Hauptkommissar und vergaß den Vorfall.

Re: Ihr Termin heute I0:00 Uhr mit Elin Hilger, Schwester des Verstorbenen Eric Hilger (Selbsttötung/Akten-
zeichen I Kap Js 34I2/0I). Bez. Hilger um II:08 Uhr in
Ihrer Abwesenheit empfangen und an Staatsanwaltschaft
verwiesen. Wird vermutlich nicht erneut vorstellig
werden. Gez. Wilkes.

3

Zollanger hatte sich für seine Zigarettenpause in die siebte Etage zurückgezogen. Aber selbst hier verfolgte ihn dieses Ding. Er sah es vor sich, ganz gleich, wohin er schaute, wie es dort oben auf dem Boden lag, gut ausgeleuchtet, wie ein verdammtes Kunstwerk. Er konnte seine Kollegen im oberen Stock gut hören, wenn sie sich etwas zuriefen oder Material bewegten. Findeisen war dabei, letzte Fotos zu schießen. Draeger ordnete sichergestellte Spuren.

Zollanger hatte seinen weißen Schutzanzug geöffnet und die Handschuhe ausgezogen. Schade, dachte er, dass die Anzüge nicht über die Augen reichten. Auch nach nun fast vier Stunden verstörte ihn der Anblick immer noch. Ja, es schien ihm sogar durch die Betondecken hindurch hinterherzustarren.

Er blickte in das Schneetreiben hinaus und rauchte. Berlin-Lichtenberg lag sieben Stockwerke unter ihm, aber durch das Schneegestöber war die Sicht schlecht. Die Dächer der Türme am Frankfurter Tor waren schemenhaft zu erkennen. Der Alex war verschwunden. Wenn es früher zu schneien begonnen hätte, wäre das von Vorteil gewesen. Wer immer das Ding hier deponiert hatte, hätte wenigstens Fußspuren hinterlassen. So war der Schnee nur ein Störfaktor.

Er spürte, dass jemand neben ihn getreten war. Es war Udo Brenner.

»Willst du auch eine?«, fragte Zollanger, griff in seine Manteltasche und nestelte ein Päckchen Club-Zigaretten hervor.

»Frühstück wär' mir so langsam lieber.«

»Unten gibt's Kaffee.«

»Ohne Fahrstuhl. Nee danke.«

Du mit deinen dreiundfünfzig wirst das ja wohl noch schaffen, dachte Zollanger, sagte aber nichts.

»Warum wohl ausgerechnet acht?«, fragte er stattdessen.

»*Das* wundert dich?«, gab Udo Brenner zurück. »Sonst nichts?«

Zollanger ließ seine Zigarette auf den rauhen Betonboden fallen, trat sie aus und steckte fröstelnd die Hände in seine Manteltaschen. Brenner hatte recht. Vor dem Frühstück schmeckten die Dinger nicht besonders. Nicht mal seine geliebten alten Ostzigaretten.

»Ich frage mich nur: Warum schleppen die Typen das Ding ausgerechnet ins achte Stockwerk? Warum nicht ins zehnte oder dritte? Es sieht doch überall gleich aus. Alle Wände weg. Alle Fenster. Rohbau sozusagen. Hätte es der dritte Stock nicht auch getan?«

Brenner zuckte mit den Schultern. »Du meinst also, es waren mehrere Männer?«

Knipste Findeisen da oben immer noch herum? Digitaltechnik, dachte Zollanger. Er war in einer anderen Welt groß geworden. Der Welt des Mangels. Da überlegte man, bevor man Bilder schoss, und knipste nicht einfach besinnungslos drauflos. Was nützten ihm Hunderte von Fotos von einem Torso?

»Frauen waren es sicher nicht«, sagte er.

»Warum?«

»So eine Scheiße macht keine Frau. Und das Ding wiegt gut und gerne vierzig Kilo.«

»Rollkoffer«, entgegnete Brenner. »Kein Problem heutzutage.«

»Ja. Da hast du auch wieder recht. Kein Problem.«

»Du traust Frauen zu wenig zu.«

Zollanger erwiderte nichts. Ein dunkelgrüner Kleinbus

kam auf einmal unten auf der Straße herangekrochen. Die weiße Aufschrift auf der Seite war aus der Entfernung nicht zu lesen, aber Zollanger wusste auch so, was darauf stand: *Landesinstitut für gerichtliche und soziale Medizin Berlin.* Der Wagen schlich die Siegfriedstraße entlang, ein gut sichtbarer dunkelgrüner Kasten im bereits wieder schwächer werdenden Schneetreiben. Er kam neben den zwei Streifenwagen zum Stehen. Trotz des schlechten Wetters hatte sich eine kleine Traube von Schaulustigen gebildet, die immer wieder neugierig zu ihnen heraufschauten.

»Kriegen noch Genickstarre da unten«, brummte Brenner ungehalten. »Worauf warten die bloß? Leuchtreklame, oder was?«

Zollangers Handy klingelte.

»Ja?«

»Frieser hier. Wie siehts aus?«

»Wir sind bald fertig, haben aber nicht viel«, sagte Zollanger. »Der Notruf kam aus einer Telefonzelle Siegfried-/Ecke Bornitzstraße. Männliche Stimme.«

»Anonymer Anruf also.«

»Ja. Das Gebäude wird demnächst abgerissen. Angeblich treiben sich oft Obdachlose darin herum, die manchmal auch hier übernachten. Wir haben jede Menge Müll gefunden, der vielleicht etwas hergibt. So, wie das Ding zurechtgemacht ist, sollte es wohl auch gefunden werden.«

»Haben Sie die Telefonzelle untersucht?«

»Auf dem Hörer sind die Fingerabdrücke von halb Lichtenberg. Ein Kondom lag auch in der Kabine. Gebraucht. Haben wir sichergestellt.«

»Na prima«, bemerkte Frieser. »Wir sollten in dieser Stadt dazu übergehen, es als sonderbar zu vermerken, wenn keine gebrauchten Kondome herumliegen. Sonst irgendwelche Auffälligkeiten?«

»Nein. Abgesehen von einem weiblichen Torso, in den

jemand einen Gewindestab hineingerammt hat, um einen Ziegenkopf darauf aufzuspießen, ist hier nichts auffällig.«

Der Staatsanwalt verstummte für einen Augenblick. »Ich frage ja nur«, sagte er dann. »Hat Weyrich sich schon geäußert? Irgendwelche ersten Erkenntnisse, die uns helfen können?«

»Er vermutet, dass das Opfer in gefrorenem Zustand zerlegt wurde. Genaueres will er aber erst sagen, wenn er die Leiche im Institut untersucht hat. Der Wagen vom Institut ist gerade gekommen. Weyrich sitzt unten im Mordbus und trinkt Kaffee. Wollen Sie mit ihm sprechen, bevor er in die Invalidenstraße fährt?«

»Nein. Wir sehen uns ja nachher sowieso alle dort. Wann fahren Sie los?«

»Innerhalb der nächsten halben Stunde, hoffe ich. Ein paar Leute sind noch unterwegs und befragen die Anwohner, ob irgendjemand etwas gesehen hat. Sobald der Torso weg ist, brechen wir auf.«

»Also noch keinerlei Anhaltspunkt für eine Ermittlungsrichtung?«

»Wie ich schon sagte. Außer einem weiblichen Rumpf mit einem Ziegenkopf haben wir nicht viel.«

Brenner drehte die Augen zum Himmel, verbiss sich aber einen Kommentar. Staatsanwälte.

»Was sagen wir der Presse, falls jemand nachfragt?«, fragte Zollanger und lauschte in sein Handy nach einer Antwort. Es dauerte einige Sekunden, bis Frieser sich äußerte.

»Erst einmal gar nichts. Wir warten auf Weyrichs Bericht. Bisher wissen wir überhaupt nicht, womit wir es zu tun haben. Bis später.«

»Wo er recht hat, hat er recht«, sagte Zollanger.

Sie kehrten in den achten Stock zurück. Hinter sich hörten sie bereits die Schritte der Leute aus der Gerichtsmedizin. Das Ding lag noch immer an der gleichen Stelle. Zollanger ging langsam darauf zu.

19

Als sie den Rumpf heute Morgen gefunden hatten, lehnte er an einem der Betonpfeiler des Plattenbaus. Jetzt lag er auf einer hellen Plastikplane. Die Schnittstellen, wo die Oberschenkel abgetrennt worden waren, konnte man gut erkennen. Ebenso, dass es sich um den Rumpf einer Frau handelte. Abgesehen von den entsetzlichen Wunden, wo die Gliedmaßen entfernt worden waren, wies der Rumpf keine sichtbaren Verletzungen auf. Weder am Geschlecht noch an den Brüsten waren Spuren von Gewaltanwendung zu sehen. Ein Umstand, den Zollanger mit Erleichterung zur Kenntnis nahm. Immerhin nicht das. Keine zerschnittenen Geschlechtsteile. Keine Anzeichen von Folter oder so etwas. Oder vielleicht doch? Oder noch etwas Schlimmeres?

Wie alt mochte die Frau gewesen sein? Zwischen fünfundzwanzig und fünfunddreißig, hatte Weyrich spontan geschätzt. Und Weyrich hatte viel Erfahrung. Aber half ihnen das? Zollangers Blick wanderte über den Torso hinauf bis zu der Stelle, wo alle Logik und Erfahrung abrupt endeten. Weyrich hatte den Ziegenkopf, der anstelle des menschlichen Hauptes auf dem Hals saß, ein wenig nach oben geschoben, um die Befestigung sichtbar zu machen. Zollanger ging in die Hocke und blickte von unten in den Schädel des getöteten Tieres hinein. Er sah Wirbelknochen, einen Teil der Luftröhre, das Zungenbein und dazwischen eine grau schimmernde Gewindestange, die aus dem Schädel nach unten herauswuchs und tief in den Torso hineingerammt worden war. Eine banale Gewindestange, wie man sie in jedem Baumarkt kaufen konnte. Die Stoffbahnen, mit denen der Rumpf drapiert gewesen war, befanden sich bereits in Plastikbeuteln. Zollanger musterte die Beutel, die dunkelblaue Farbe des einen Tuches und die mattgoldene des anderen.

Zwei Männer mit einer Blechwanne erschienen auf dem Treppenabsatz. Zollanger erhob sich wieder und trat zur Seite. Von geräuschvollem Rascheln begleitet, wurde die Plastikplane über dem Ding zusammengefaltet. Die Männer wuchteten das Paket in die Blechwanne hinein.

Zollanger warf Brenner einen kurzen Blick zu. Der nickte nur. Er dachte wohl das Gleiche.

Rollkoffer?

Zollanger und Brenner folgten den Männern mit etwas Abstand nach unten. Als sie das Erdgeschoss erreichten, kam Sina Haas auf sie zu und reichte ihnen einen Becher dampfenden Kaffee.

»Danke, Sina. Nett von dir.«

»Keine Ursache, Chef. Ihr solltet schnell trinken, sonst gibt's nur Schneewasser.«

Sina war der angenehmste Neuzugang des letzten Jahres, dachte Zollanger. Eine Frau so ganz nach seinem Geschmack. Charmant ohne jede Koketterie. Sie stammte aus Dresden, hatte ein paar Semester Psychologie studiert, das Studium jedoch aus Geldnot abgebrochen. Sie war ehrgeizig und dank ihrer psychologischen Kenntnisse äußerst kreativ bei der Fallanalyse. Sie hatte im Grunde nur zwei Fehler: Sie war etwa dreißig Jahre zu jung für ihn und außerdem fest liiert mit einem sympathischen und gutaussehenden Kinderpsychologen.

Zollangers Handy klingelte erneut.

»Ja.«

»Hier ist noch mal Frieser.«

»Was gibt's?«

»Sind Sie noch in Lichtenberg?«

»Ja. Aber schon so gut wie weg. Wir sind auf dem Weg ins Büro.«

»Fahren Sie bitte sofort nach Tempelhof. Borsigzeile 44.«

»Herr Frieser. Wir haben vier Stunden Auswertungsangriff hinter uns.«

»Ja. Deshalb müssen Sie sofort hin. Es ist gerade noch so ein Ding gefunden worden.«

21

»Was?«

»Ja, es klingt jedenfalls so ähnlich. Ich wiederhole: Borsigzeile 44. Es ist ein Nachtclub namens Trieb-Werk.«

Udo Brenner und Sina Haas schauten Zollanger neugierig
an.

»Was ist los?«, fragte Sina.

»Frieser. Wir haben noch so etwas. In Tempelhof.« Zollanger öffnete die Wagentür. »Udo. Sag Weyrich Bescheid. Er
und seine Leute sollen gleich mitkommen.«

4

Durch das Schneetreiben brauchte sie fast eine dreiviertel Stunde bis in den Wedding. Das Wetter zähmte den Autoverkehr. Elin fuhr trotzdem nach Möglichkeit auf den Gehwegen. Körperlich machte ihr das Wetter nichts aus. Sie trug Thermounterwäsche. Ihre Drillichhosen ließen keinen Wind durch, ihre Lederjacke ebensowenig. Sie war es gewöhnt, bei Wind und Wetter Fahrrad zu fahren. Sie benutzte aus Prinzip kein anderes Verkehrsmittel.

Das Schering-Gebäude ragte vor ihr auf. Sie hielt vorsichtig an, zog einen Stadtplan aus ihrer Fahrradtasche und orientierte sich. Sie war erst seit zwei Wochen in Berlin. Im Vergleich zu Leuten, die sich mit der U-Bahn bewegten, hatte sie zwar bereits einen ganz guten Überblick über die Hauptachsen der Stadt. Doch die Namen der zahllosen Nebenstraßen waren ihr natürlich fremd. Und die, die sie jetzt suchte, konnte sie nicht einmal richtig aussprechen, geschweige denn, im Gedächtnis behalten, obwohl sie schon zweimal hier gewesen war: Malplaquetstraße.

Das Internetcafé, das sie kurz darauf betrat, lag im dritten Stock eines Hinterhauses. Es war nicht das übliche Internetcafé. Die Leute, die hierherkamen, surften nicht nur im Netz, sondern knüpften kreativ und leidenschaftlich daran herum. In einem Nebenraum wurden Programmierkurse angeboten. An einer Pinnwand hingen Zettel mit Fragen und Aufrufen, die meisten in Computerchinesisch und fast alle mehr oder minder bedenklichen Inhalts. *Hacking ist Kunst,* stand auf einem Aufkleber. *Kunst ist Menschenrecht.* Daneben erfuhr man, dass die DRM-Knacker sich freitags um sieben bei Kalli trafen. Nur für Fortgeschrittene.

Elin war nicht fortgeschritten. Sie hatte gerade mal genug Ahnung von Computern, um mit E-Mails umzugehen oder sich in diverse Foren einzuloggen, in denen sie regelmäßig unterwegs war. Deshalb war sie hier. Um ihre Post zu erledigen. Um sich um ihre Leute zu kümmern. Und um jemanden zu treffen, der fortgeschritten genug war, um ihr bei ihrem eigentlichen Problem helfen zu können.

Es war nicht viel Betrieb, als sie den Raum betrat. Der Mann an der Kasse erkannte sie von ihren letzten beiden Besuchen wieder und buchte ihr einen Terminal.

»Du zahlst mit Promessen?«, fragte er nur.

Einer der Gründe, warum sie hierherkam.

»Ja.«

Sie verbrachte die ersten zehn Minuten damit, ihr Zeitkonto zu überprüfen. Elin boykottierte vieles, aber an erster Stelle auf ihrer Tabuliste stand Geld. Wann immer sie konnte, versuchte sie, ihre ohnehin sehr geringen Bedürfnisse durch Tauschen oder direkte Dienstleistungen zu befriedigen. Berlin bot dafür glücklicherweise eine ähnlich gut entwickelte geldlose Gemeinde an wie Hamburg. Sie loggte sich auf ein Tauschringkonto ein und buchte rasch einen kleinen Job, um die geforderten Währungseinheiten zu verdienen, die hier Promessen hießen. Eine alte Dame in der Birkenstraße suchte jemanden, der ihr heute ein paar Einkäufe erledigte. Elin akzeptierte das Angebot, überwies die Promessen für das Internetcafé, loggte sich wieder aus und überprüfte ihre E-Mails. Es waren dreiundzwanzig. Sie überflog die Absenderadressen, öffnete jedoch lediglich die Nachricht einer gewissen Alexandra.

Elin. Ich werde am Montag in Berlin sein. Wenn du willst, können wir uns treffen. Schwarzes Café? Zehn Uhr? Ich habe um zwölf einen Termin.

Gruß

Alexandra

Elin antwortete:

O.k. Danke.

Elin

Sie verschickte die Nachricht und schloss ihre E-Mail-Anwendung. Dann loggte sie sich bei den *Nachtelfen* ein. Bevor sie den Chatroom aufsuchte, lenkte sie ein Diskussions-Thread ab, den der Administrator irgendwo abgefischt und für alle als Warnung deutlich sichtbar eingestellt hatte. Elin las die Diskussion.

X-Ray schrieb:

Ich wollte mir selbst mal ein Bild von der Sache machen und habe mich in einem Pro Ana Forum angemeldet, was gar nicht so leicht war. Nun muss ich entsetzt feststellen wie eine tödliche Krankheit verherrlicht wird. Ich möchte mein Entsetzen gerne mit anderen teilen.

Ich habe ein account von einem Pro Ana Forum zu verleihen. Ich erwarte, dass die Personen denen ich mein account ausleihe sich unauffällig verhalten und so tun als ob die ein krankes Mitglied wären.

Violate schrieb:

Ich find das scheiße sich in so ein Forum einzuschleichen indem man irgendwelche Lügen über sich erzählt. Klar ist das schlimm wenn da Magersucht verherrlicht wird, aber die haben nicht umsonst solche Aufnahmeregelungen. Das was sie da schreiben soll eben nicht einfach jeder lesen können und die Mädels da verlassen sich wohl drauf dass das was sie den anderen mitteilen auch unter ihnen bleibt.

Elin scrollte weiter und wollte sich schon wegklicken, als ein Foto sie zusammenzucken ließ. *Shewolf1313* hatte es unter folgendem Text eingefügt:

Mh, ich halte mich aus der Sache dort raus, aber es wäre keine schlechte Idee ... Ich selbst möchte nicht in das Board rein, sonst muss ich eventuell Threads lesen mit der Überschrift »Findet ihr mich fett?«, und dann taucht höchst wahrscheinlich so ein Bild auf:

Das Mädchen war nur Haut und Knochen. Es trug ein Tutu. Ein schmaler Gazestreifen war um die Brüste gebunden, die auf die Größe von Mandarinen geschrumpft waren. Die Gelenkknochen zeichneten sich gut sichtbar unter der angespannten Haut ab. Eine orangefarbene Schleife steckte im Haar des Mädchens, das ebensogut dreizehn wie dreiundzwanzig Jahre alt hätte sein können. Sein Kopf war kokett zur Seite geneigt, als flirte es mit dem Fotografen.

Elin spürte Würgereiz. Es war Toblerone, die kleine Schweizerin, mit der sie vor vier Jahren durch halb Deutschland getrampt war. Bis vor kurzem hatte sie das Mädchen in Hamburg immer mal wieder gesehen. Sie kannte Toblerones Geschichte. Und eben dies war das Entsetzliche an diesem Bild. Nicht der abgemagerte Körper. Nicht dieser Leib, der einfach nur Schutz gesucht hatte in seinem Verdorren, Schutz vor Papas geilen Blicken, die sie jetzt offenbar eingeholt hatten. Welches Schwein hatte dieses obszöne Hochglanzfoto geschossen?

Sie war kurz davor, einen Kommentar zu schreiben, ließ es aber bleiben. Was hatte es für einen Sinn, mit Voyeuren aus der Fresswelt zu reden? Sie würde Toblerone suchen müssen, wenn sie wieder in Hamburg war. Wenn sie wieder Zeit hatte. Sie schaute noch einmal bestürzt das Foto an. Wie viel mochte sie noch wiegen? Kaum vierzig Kilo. Absolute Untergrenze.

»Elin?«, sagte jemand neben ihr.

Ein hagerer Junge in Jeans und schwarzem Kapuzenpulli stand da. Sein Blick wanderte zwischen ihr und dem Foto auf dem Computer hin und her. Er errötete.

»Ich wollte nur sagen, dass ich da bin. Wenn du noch zu tun hast …«

»Nein. Ich bin fertig.«

Sie loggte sich aus, schloss die Anwendung und erhob sich. Elin war groß, aber der Junge überragte sie um einen Kopf.

»Ich hab' die Sachen nicht hier«, sagte sie. »Können wir zu mir gehen und es dort machen?«

»Klar. Ist es weit?«

»Nein. Zehn Minuten.«

Durch den Schnee wurden es zwanzig. Sie mussten vorsichtig fahren und an fast allen Kurven absteigen, weil es zu glatt war. Als sie in den Hinterhof fuhren, waren sie die Ersten, die auf der weißen Fläche Spuren hinterließen. Sogar die stets überquellenden Mülltonnen sahen unter ihren frischen Schneehauben romantisch aus. Und Elin fand, dass der Wind und die Kälte einen unschlagbaren Vorteil hatten: Die Stadt stank weniger.

Die Wohnung war kalt. Elin hatte am Morgen eingeheizt, aber der Kachelofen war gerade einmal lauwarm. In der spartanisch eingerichteten Küche gab es überhaupt keine Heizung, und das einzige Zimmer verfügte über zwei schlecht isolierte Kastenfenster. Elin bat Max, am überfüllten Schreibtisch Platz zu nehmen. Der Junge sah ihr schweigend zu, wie sie die Ofenklappe aufschraubte und zwei Briketts in den Schacht warf. Dann verfrachtete sie das Durcheinander auf dem Schreibtisch, das vor allem aus Papieren, Ordnern, einem Teebecher und einem Blechteller mit drei geschälten Karotten bestand, mit einigen Handgriffen auf die Matratze, die neben dem Ofen auf dem Boden lag.

»Kannst du damit etwas anfangen?«, fragte sie, während sie einen offenen Karton vor ihn hinstellte. Sie nahm zwei handgroße, mit Luftpolsterfolie eingepackte Gegenstände heraus und entfernte die Hülle.

»Das sind Festplatten.«

»Ja. Kannst du sie auslesen?«

»Klar. Warum nicht?«

Er deutete auf den Laptop, der auf dem Schreibtisch stand.

»Kann ich den benutzen?«

»Sicher.«

Max öffnete seinen Rucksack, holte einen Satz Kabel und Stecker daraus hervor und machte sich an die Arbeit. Nach zehn Minuten lehnte er sich irritiert zurück und schüttelte den Kopf. Der Bildschirm des Laptops zeigte allerlei Balken und Kuchendiagramme an, die Elin nichts sagten.

»Und? Was ist?«

»Na ja. Die Platten sind voll. Aber die Dateien sind leer.«

»Voll?«

»Ja. Voll mit nichts.«

Max nahm zwei weitere Festplatten aus dem Karton, packte auch diese aus und schloss sie nacheinander an den Computer an. Die bunten Balken flimmerten. Zahlenkolonnen huschten am unteren Rand entlang. Max experimentierte mit unterschiedlichen Tastenkombinationen herum. Aber das Ergebnis war immer das gleiche. Flimmernde Balken und endlose Listen von Dateien, die nichts zu enthalten schienen.

»Von wem sind die Dinger?«, wollte Max wissen.

»Ist das wichtig?«

»Na ja, es würde mir schon helfen, wenn ich wüsste, wie gut derjenige war, der die Dateien verschlüsselt hat.«

»Geh mal davon aus, dass er sehr gut war.«

»Hätte ich mir ja denken können.«

»Wieso?«

Max blickte auf den Laptop.

»Supergeile Maschine.«

»Kannst Du die Dateien nicht irgendwie aufmachen?«

»Ich versuch's. Aber null Garantie.«

»Das heißt?«

»Wenn's danebengeht, sind die Daten Asche. Außerdem … ist das Zeug okay?«

Er schaute auf die Pinnwand über dem Schreibtisch. Elin bemerkte sofort, worauf sein Blick ruhte. Umrahmt von Notizzetteln hing ein Organigramm. Die Überschrift war nicht zu übersehen: Landeskriminalamt.

»Die Platten sind von meinem Bruder«, sagte Elin. »Er ist im September ums Leben gekommen.«

Sie beugte sich über ihn und drückte ein paar Tasten auf dem Laptop. Ein Foto von einem Kind erschien. Das kleine Mädchen schaute melancholisch in die Kamera. Es war ein hübsches Kind.

»Meine Nichte«, sagte Elin. »Sie wird im Sommer vier. Mein Bruder hat Tausende Fotos von ihr gemacht.«

»Aber das hier sind keine Bilddateien«, entgegnete Max.

»Bist du sicher? Du weißt doch gar nicht, was drin ist.«

»Warum sollte dein Bruder Bilddateien so aufwendig verschlüsseln?«

Elin zuckte mit den Schultern. »Keine Ahnung. Willst du einen Tee?«

Elin richtete sich wieder auf. Sie legte kurz ihre Hand auf seine Schulter. Dann ging sie in die Küche. Als sie den Wasserhahn wieder zudrehte, vernahm sie das Geklapper der Tastatur. Sie wartete, starrte stumm in den Topf, bis sich am Boden kleine Blasen zu bilden begannen. Dann gab sie auf und ließ die Tränen laufen. Die Erinnerung an die kleine Carla war das Schlimmste. Wie sie an diesem Grab gestanden hatte, völlig verständnislos, mit ihrem dunkelgrünen Mantel, den rosa Strümpfen, die linke Hand in der Hand von Jule, ihrer dämlichen Mutter, und in der rechten ihren kleinen Stofftiger. Erics Tiger. Katanga, aus dem Berliner Zoo. Was war eigentlich schlimmer? Wenn Eltern ein Kind begraben mussten oder eine Dreijährige ihren Papi?

Vor allem Carlas Anblick hatte ihr damals furchtbar zu schaffen gemacht. Wie das kleine Mädchen zwischen den Trauergästen stand und manchmal fragend zu Jule aufschaute. Eric war vernarrt in seine Tochter gewesen. Und die Kleine hatte sich irrsinnig auf die Wochenenden gefreut, wenn Papa für zwei Tage aus Berlin kam, um sein Sorgerecht auszuüben, trotz Jules ewiger Sabotageversuche. Elin hasste diese Tussi. Wie die meisten Ex-Freundinnen ihres Bruders war Jule hübsch, blond und für Elins Begriffe strohdoof, ein fester Bestandteil der Hamburger Schickeria. Ohne Eric würde sie Carla nun wohl kaum mehr zu sehen bekommen. Das Kind war verloren, Jule würde sie schon ihrer Art entsprechend versauen.

Elin riss die Augen auf, starrte in den Hinterhof und fühlte, wie ihre Tränen trockneten. Als das Wasser kochte, goss sie den Tee auf, stellte die Kanne und zwei Becher auf ein Schneidebrett und trug alles ins Zimmer.

Max kauerte konzentriert vor dem Laptop. Elin konnte nicht erkennen, was genau er gerade gemacht hatte. Mehrere Festplatten waren irgendwie miteinander verkabelt, und auf dem Bildschirm öffneten sich laufend neue Fenster. Max fluchte und hieb zunehmend genervt auf die Escape-Taste. Aber nichts geschah. Elin stellte das Brett ab. Plötzlich wurde der Bildschirm schwarz. Dann begann auf einmal ein Videoclip. Elin trat einen Schritt zurück. Es war Eric! Eric neben einem Fenster. Dem Fenster dieses Zimmers. Er lachte in die Kamera. Dann streckte er die Zunge heraus.

»Nein, verdammt, dieser Arsch …«

Max drückte so schnell er konnte eine Tastenkombination. Aber es war zu spät. Das Display wurde grau, dann weiß und schließlich schwarz. Max versuchte sofort, das Gerät wieder hochzufahren. Doch es gab keinen Mucks mehr von sich.

Elin war blass geworden.

»Sorry«, sagte Max, »aber das war eine Falle. Das konnte ich nicht wissen.«

»Was ist passiert?«

»Ich weiß nicht, was passiert ist. Es ist irgendein Sicherungssystem, das ich nicht kenne. Die Platten sind vollgepackt mit Daten. Aber um sie zu lesen, muss man die Dateien verknüpfen. Vermutlich gibt es dafür eine vorgeschriebene Reihenfolge. Wenn man die nicht einhält, stürzt das System ab. Vielleicht aktiviert so ein Absturz auch noch irgendwelche Programme, die die Daten zerstören. Keine Ahnung.«

Elin wusste nicht, was sie sagen sollte.

»War das dein Bruder auf dem Video?«

Elin nickte.

»Kinderbilder hätte er wohl nicht so aufwendig geschützt.«

»Gibt es keine Möglichkeit, so einen Schutz zu knacken?«

»Sicher. Man kann alles knacken. Es ist nur eine Frage der Zeit und der Rechenleistung.«

»Wie lange kann so etwas dauern?«

»Kommt auf die Verschlüsselung an.«

»Und das heißt?«

»Es kann ein paar Tage dauern oder ein Jahr. Je nachdem. Ich kann so etwas jedenfalls nicht. Mein Gott, Elin, ich dachte, du hast ein Computerproblem.«

31

Elin schüttelte ungläubig den Kopf. »Ein Jahr?«

»Sicher. Wenn du nur ein paar hundert Computer einsetzt. Mit drei oder vier Millionen geht es schneller.«

Machte sich der Junge über sie lustig?

»Im Netz natürlich«, ergänzte er. »Es gibt Serverparks, die man für so etwas nutzen kann. Aber echt, das ist nicht meine Liga. Sorry.«

5

Es stank extrem nach kaltem Rauch. Der Gesichtsausdruck von Sina, der passionierten Nichtraucherin, war dafür ein unfehlbarer Gradmesser. Missbilligende Falten bildeten sich auf ihrer Stirn, als sie das alte Fabrikgebäude durch einen schmalen Eingang betraten. Zwei Polizeibeamte erwarteten sie. Sie lehnten am Tresen einer Garderobe, welche die Hälfte der riesigen Eingangshalle in Anspruch nahm. Angesichts der endlosen Reihen Kleiderständer dahinter folgerte Zollanger, dass hier offenbar Großveranstaltungen abgehalten wurden.

Zollanger und Sina traten zur Seite, um es den anderen zu ermöglichen, aus dem engen Eingangstunnel nun gleichfalls in die Eingangshalle einzutreten. Die Polizeibeamten kamen auf sie zu. Zollanger stellte sein Team vor.

»Wir sollen Sie hinbringen«, sagte einer der beiden Polizisten. »Es ist hinten.«

»Wir warten noch auf die Kollegen von der Gerichtsmedizin«, sagte Zollanger.

»Gut«, sagte der ältere der beiden. »Dann bleibt mein Kollege mit einem Ihrer Kollegen hier.«

»Roland«, sagte Zollanger zu Draeger. Der nickte nur.

Der Rest des Teams setzte sich in Gang. Sie gingen durch die Eingangshalle, die Köpfe leicht in den Nacken gelegt, als durchquerten sie das Hauptschiff einer Kirche. Die Decke war enorm hoch. Acht bis zehn Meter, schätzte Zollanger. Das Imposante daran war allerdings nicht allein die Höhe, sondern die Bemalung. Zollanger fühlte sich an Darstellungen erinnert, die er einmal in einem Buch gesehen hatte.

Dort waren die ineinander verschlungenen Körper allerdings aus Stein gewesen und nicht in prallen Farben ausgemalt wie hier. Außerdem sahen die glückselig oder ekstatisch verzerrten Gesichter der kopulierenden Paare oder Gruppen über ihnen europäisch aus und nicht asiatisch. Und noch etwas war anders. Zollanger kam erst darauf, als sie bereits die nächste Halle betraten: Es waren keine Frauen auf den Bildern zu sehen.

»Weiß vielleicht jemand, was hier früher produziert wurde?«, fragte Udo Brenner. »Oder wozu braucht man solche Räume?«

Die Frage hatte sich Zollanger auch gerade gestellt, denn die Halle, die sie jetzt betraten, war schlechterdings gigantisch. Vier Betonpfeiler trugen eine Dachkonstruktion aus Drahtglas, die gut und gern zwanzig Meter über ihren Köpfen schwebte. Sie war allerdings nur teilweise zu sehen, da zwei über Stahltreppen verbundene und zueinander versetzte Ebenen eingezogen worden waren. Lange schwarze Stoffbahnen bildeten hier und da Sichtblenden oder regelrechte Gänge und Tunnel.

»Sieht aus wie ein Theater«, bemerkte Sina.

Sie kamen an einer Bar vorbei, einem einfach gemauerten Quadrat mit einem umlaufenden Tresen aus schwarzem, unpoliertem Granit. Dann betraten sie einen der schwarzen Stofftunnel und fanden sich plötzlich in einem flacheren Nebengebäude. »Lab-Oratory« hatte jemand in großen schwarzen Buchstaben auf die Betonwand vor ihnen gesprüht und einen dicken Pfeil nach rechts daneben gemalt. Sie folgten ihm. Nach zwei weiteren Abzweigungen blieb der Polizist plötzlich stehen und deutete nach rechts in eine Nische. Ein Mann trat ihnen entgegen. Er hatte ein Taschentuch vor die Nase gepresst. Er wischte sich das Gesicht, musterte die Gruppe kurz und sagte dann unsicher:

»Sind Sie die Detectives?«

»Ich bin Hauptkommissar Zollanger«, sagte Zollanger.
»Das sind meine Kollegen, Frau Haas, die Herren Krawczik,
Brenner, Findeisen und Brodt. Wer sind Sie, bitte?«

»Naeve«, antwortete er. »Desmond Naeve. Ich bin die
Pächter von diese Club.«

Der britische Akzent war überdeutlich, aber der Mann
sprach passables Deutsch.

»Was ist hier passiert?«

»Ein schlechter Scherz, glaube ich. Jemand hat ein totes
Tier dort unten deponiert. Ein Tier mit ... I don't know. Sie
müssen sich das selbst anschauen.«

»Wer hat das Tier gefunden?«, fragte Zollanger.

»Die Putzfrau. Vor etwa einer Stunde. Es gibt da unten eine
Kammer, wo Putzgerät und so was aufbewahrt wird. Dort lag
es.«

»Und warum liegt es jetzt nicht mehr dort? Wer hat es her-
ausgeholt?«

»Die Putzfrau. Es war im Weg. Sie dachte, es sei ein Kostüm.«

»Ein Kostüm?«

»Ja. Das hier ist ein Club. Wir machen hier Themenpar-
tys.«

»Ist die Putzfrau noch hier?«

»Sie hat einen Schock. Der policeman hat sie nach Hause
geschickt. Aber wir haben natürlich ihre Adresse. Sie kann
allerdings kaum Deutsch.«

Zollanger ging in die Nische hinein. Sofort schlug ihm
scharfer Uringestank entgegen. Der Durchgang war zu
schmal für mehrere Personen. Aber nach etwa zwei Metern
mündete er in einen vielleicht sechs mal sechs Meter großen
Raum. Was für ein Ort war dies nur?

»Irre ich mich, oder ist das ein Pissoir?«, fragte er Sina, die
neben ihn getreten war, den Blick auf ein grün gestrichenes
Metallhäuschen vor ihnen gerichtet.

35

»Sieht so aus«, erwiderte sie und trat zur Seite, um die anderen durchzulassen. Erst jetzt sah Zollanger, dass unter dem Metallhäuschen noch ein Raum existierte, der über eine Wendeltreppe zugänglich war. Ein Lichtschimmer drang von dort zu ihnen herauf. Der Boden des Metallhäuschens bestand aus einem Metallrost. Aber was lag dort unten? Täuschten ihn seine Augen, oder sah er wirklich, was er da sah?

»Hat jemand Geruchsmasken dabei?«, fragte er, während er Gummihandschuhe und Plastiküberschuhe anzog.

»Die hat Weyrich«, antwortete Harald Findeisen. »Sollen wir auf ihn warten?«

»Nein«, sagte Zollanger. »Ich gehe jetzt erst einmal mit Sina da hinunter, und wir besichtigen das kurz. Ihr geht wieder raus in den Gang. Es ist zu eng hier. Und wir müssen ja nicht alle in diesem Gestank herumstehen. Udo, dieser Mister Naeve soll in sein Büro gehen und dort auf mich warten. Wenn Weyrich da ist, dann schickt ihn sofort her. Komm, Sina.«

War die Atmosphäre des Ortes daran schuld? Oder der erste flüchtige Blick auf dieses Ding da unten? Wenn seine Augen ihn nicht trogen, war es nicht weniger entsetzlich und rätselhaft als das Ding in Lichtenberg. Etwas Krankes, Abartiges war hier geschehen. Und er hatte keine Ahnung, wie er damit umgehen sollte. Auch deshalb wollte er, dass Sina es sich zuerst anschaue. Genau so, wie man es gefunden hatte. Denn das war ihr Gebiet.

Wo um alles in der Welt waren sie hier bloß? Offenbar in einer alten Fabrik, die jemand zu einer riesigen Diskothek umfunktioniert hatte. Aber was hatte ein schmiedeeisernes Parkpissoir in dieser Ecke hier verloren? Hatte man früher in Fabriken solche Toiletten gebaut? Oder war das irgendeine durch Materialknappheit diktierte improvisierte Lösung aus der Nachkriegszeit? In DDR-Fabriken hatte es derartige Pissoirs nicht gegeben. Das wusste er. Außerdem befanden

sich in dem Toilettenhäuschen überhaupt keine Toiletten oder
Wände, gegen die man hätte pinkeln können. Nur die äußere
Struktur war vorhanden. Sowie ein Metallgitterboden. Und
darunter ein kahler Raum, in dem es so bestialisch stank, dass
die Geruchsmasken vermutlich nicht besonders viel nützen
würden.

Jemand hatte eine Taschenlampe hiergelassen. Sie lag auf
der vorletzten Treppenstufe und beleuchtete den Gegenstand
auf dem Boden. Sina hatte ebenfalls eine Lampe in der Hand
und ließ den Lichtkegel erst über den Boden und dann langsam über das tote Tier gleiten. Zollangers erster Eindruck
hatte ihn nicht getäuscht. Vor ihnen lag ein totes Lamm.

Zollanger wusste nicht viel über Lämmer. Er war ein Stadt-
mensch. Aber immerhin war er sich sicher, dass es sich um
kein besonders großes Exemplar handelte. Es lag auf der Seite. Die Kammer, in der es entdeckt worden war, stand offen
und befand sich hinter dem toten Tier. Sina leuchtete kurz
hinein, und der Lichtkegel glitt über Regale mit Putzmitteln.
Die Tür verfügte nur über ein einfaches Schloss, das auf den
ersten Blick unversehrt aussah.

Sinas Lampe beleuchtete wieder das Lamm. Fast eine Minute lang sprachen sie kein Wort, sondern versuchten nur, die
Einzelheiten irgendwie geordnet zu erfassen. Der Kopf und
das Vorderteil des Tieres waren unversehrt. Weder war ihm
die Kehle durchgeschnitten worden, noch sah man Spuren
von einem Bolzenschuss oder sonst einer der üblichen Tö-
tungsmethoden. Die erste Auffälligkeit begann am Bauch.
Die gesamte Unterseite des Tieres war mit einem dicken
schwarzen Strangmaterial vernäht worden. Die Naht endete
zwischen den Hinterbeinen, wo die nächste Merkwürdigkeit
begann. Die Hinterbeine waren mit handbreitem, starkem
schwarzem Klebeband umwickelt.

Zollanger hatte Mühe, sich zu konzentrieren. Er spürte allmählich, dass er seit halb fünf auf den Beinen war, Stunden in

einem eiskalten und zugigen Plattenbau verbracht und noch nicht einmal gefrühstückt hatte. Aber der Gedanke an ein Frühstück hatte sich vorerst erledigt. Dafür sorgte schon der Gestank. Sina hielt den Lichtkegel der Taschenlampe noch immer auf die Hinterbeine des Kadavers gerichtet. Sie machte eine kleine Bewegung, und plötzlich blinkte etwas auf. Sie beugten sich näher über die Stelle. Es war eine Klinge. Der Griff eines Messers war so zwischen den Hinterläufen des toten Tieres fixiert worden, dass nur noch die Klinge herausragte.

»Stinkt der Kadaver so?«, fragte Zollanger. »Oder ist es dieser Ort?«

»Schwer zu sagen«, sagte Sina. »Lange kann das Tier hier nicht gelegen haben. Und verwest sieht es nicht aus. Ich tippe eher auf den Ort. Es stinkt nach Urin. Aber … o nein, was ist denn das?«

Der Lichtschein von Sinas Lampe hatte sich wieder zum vernähten Bauch des Tieres vorgearbeitet und ruhte nun auf einer Stelle kurz vor dem Brustbein, wo die Naht etwas aufklaffte. Das Fell war dort sehr kurz, und man konnte gut sehen, wie der kräftige schwarze Faden die durchschnittenen Haut- und Muskelpartien des toten Tieres zusammengeklammert hielt. Aber eben nicht vollständig. Und dort, wo die Naht ein wenig aufklaffte, war etwas zu sehen, das da absolut nicht hingehörte.

»Großer Gott«, flüsterte Zollanger.

6

Nach dem fehlgeschlagenen Versuch, Erics Festplatte zu knacken, hatte Elin die Einkäufe der alten Frau in der Birkenstraße erledigt und sich dann auf den Weg nach Kreuzberg gemacht. Es schneite nicht mehr. Aber sie musste vorsichtig fahren und brauchte fast eine dreiviertel Stunde. Als sie in die Adalbertstraße einbog, war es bereits dunkel. Der Verkehr hatte den Schnee auf der Straße zu einem braunen Brei zerquirlt. Wenn dieser Matsch demnächst gefrieren würde, könnte sie das Fahrrad gleich stehen lassen, dachte sie skeptisch und verbrachte dann einige Minuten damit, einen freien Laternenpfahl zu suchen, um ihr Rad daran anzuschließen.

Cemal stand hinter dem Tresen und schaute fern, als sie den Dönerladen betrat. Er hatte sichtlich keinen Grund, etwas anderes zu tun, denn der Laden war völlig leer. Es war wohl nicht die richtige Tageszeit für die Berge von frisch geschnittenem Salat, für Tomaten, Zwiebelringe, gehackte Petersilie und Knoblauchsauce. Der Dönerspieß, der sich vor einem rotglühenden Heizstrahler im Hintergrund drehte und krachend Fettspritzer verschoss, war ebenso jungfräulich wie die Kiste Fladenbrot, die daneben auf der Arbeitsplatte stand.

»Ey, Elin«, rief Cemal, als er sie erkannte. Er kam um den Tresen herum auf sie zu. »Was für ein Wetter. Wie geht's dir?«

Sie ließ sich umarmen. »Du bist mein erster Kunde nach der Mittagspause«, sagte er freudig. »Was willst du essen?«

Er ließ die Arme über seiner Auslage kreisen.

Elin schüttelte den Kopf. »Nichts, danke, aber ich trinke gerne einen Pfefferminztee, falls du welchen hast.«

»Klar.«

Er schob eine Tasse Wasser in die Mikrowelle und öffnete drei Schubladen, bis er irgendwo einen Teebeutel fand. Elin hatte eigentlich auf frische Pfefferminze gehofft. War das in türkischen Gaststätten nicht Standard? Aber Cemals Dönerbude war ziemlich neu. Vielleicht war es deshalb so leer hier. Konkurrenzdruck. Cemal hätte besser auf Eric gehört und mit ihm einen Telefonladen anstatt einer Dönerbude aufgemacht, von denen es in Berlin ohnehin schon wimmelte. So hatte ihr das Eric jedenfalls bei seinem letzten Besuch in Hamburg erklärt. Internettelefonläden schössen zwar auch wie Pilze aus dem Boden, aber der Markt sei vielversprechend neu und unübersichtlich. Kein Mensch hätte einen Durchblick bei den ständig sich ändernden Telefontarifen. Doch der letzte Penner wisse, dass ein Döner höchstens zwei oder drei Euro kosten durfte. Außerdem gäbe es zu viele Ausweichprodukte. Zweimal Fritten mache einmal Döner, so etwa laufe die Gleichung. Und irgendwo dazwischen Currywurst. Und dass die Sache ohne Cemal nicht funktionieren würde, weil Türken eben nur bei Türken kauften. Imbiss sei hoffnungslos. Aber Ferngespräche übers Internet, das sei interessant. Und Cemal hätte sich ja um gar nichts Technisches kümmern brauchen, nur vorne sitzen und auf Knöpfe drücken. Anstatt Dönerspieße zu rasieren.

Aber Cemal hatte sich das nicht zugetraut. Und deshalb stand er jetzt hier. Und Eric? Elin schloss kurz die Augen und wartete, bis der Stich in ihrem Magen nachgelassen hatte. Immerhin wollte er ihr helfen. Aus schlechtem Gewissen? Aus levantinischem Freundschaftsethos? Oder wohl eher, weil er dachte, dass sie schleunigst nach Hamburg zurückkehren und die ganze Sache ruhen lassen sollte?

Cemal stellte ein kleines Tablett mit der Tasse Tee vor sie

hin, blieb einen Augenblick unschlüssig stehen und setzte sich dann ebenfalls.

»Wie läuft es denn so?«, fragte sie und nippte an der Tasse.

»Schlecht. Aber so ist das immer am Anfang.«

»Ist Nuran nicht hier?«

»Sie kommt erst abends, wenn Yesmin im Bett ist. Dann ist hier mehr los. Das bisschen bis dahin schaffe ich alleine.«

Elin trank schweigend ihren Tee. Gut, dass Cemals Frau nicht hier war. Sie war ihr letzte Woche das erste Mal begegnet, und es hatte nur wenige Minuten gedauert, bis klar war, dass Nuran nichts mit ihr zu tun haben wollte. Elin hatte die kleine Yesmin auf den Arm genommen. Das Kind hatte neugierig ihr Bindi berührt. Nuran war herbeigeeilt, hatte das Kind sofort zu sich genommen und aus dem Zimmer gebracht.

»Ich habe diesen Bullen noch immer nicht sprechen können«, sagte Elin. »Er hat mich versetzt.«

»Die mögen das nicht, wenn man sie so nennt. Vielleicht liegt's daran?«

»Wie soll ich sie sonst nennen?«

»Na vielleicht … dein Freund und Helfer?«

Elin richtete sich auf, lehnte sich ein wenig zurück und musterte Cemal. Sein Gesichtsausdruck hatte sich verändert. Das Spöttische darin war einer leichten Verlegenheit gewichen.

»Ist doch nur so eine deutsche Redensart. Ich meine … vielleicht sehen wir ja Gespenster. Kann doch sein, oder?«

Elin schob ihre Teetasse von sich weg. Es war natürlich Nuran, die da sprach. Nuran, die auf jede Frau eifersüchtig war, die auch nur in die Nähe von Cemal kam. Nuran, die nicht wollte, dass ihr Mann mit der Schwester eines Geschäftspartners redete, der sich angeblich erhängt hatte. Eines Geschäftspartners, der nicht einmal Türke war.

»Ich erwarte nicht von dir, dass du mir irgendetwas glaubst«, sagte Elin. »Ich bitte dich nur um einen Gefallen, Eric zuliebe. Das ist alles.«

»Ja, schon, ich weiß«, sagte Cemal. »Aber Tatsache ist, dass du Dinge tust, die nicht erlaubt sind.«

»Ach ja, was denn?«

»Die Polizei hat doch alles genau untersucht. Und wenn die Polizei sagt, dass Eric sich das Leben genommen hat, und du nun hingehst und sagst, das sei nicht wahr, dann ist das … dann ist das …«

»Was ist das? Widerstand gegen die Staatsgewalt?«

»Nein. Aber du missachtest die Behörden.«

»Was für eine geisteskranke Logik ist das denn. Machen Behörden vielleicht keine Fehler?«

»Doch. Schon. Aber dann ist es Sache einer anderen Behörde, das zu überprüfen. Es kann doch nicht jeder Bürger einfach losziehen und irgendwelche Vorfälle untersuchen, von denen er glaubt, dass etwas mit ihnen nicht stimmt.«

»Sagt Nuran.«

»Meinetwegen. Sagt auch Nuran. Aber ich sage es auch. Vielleicht sollten wir das alles einfach lieber sein lassen.«

»Was alles? Dass dein Freund Eric sich wochenlang vor irgendwelchen Leuten unter anderem bei dir versteckt hat? Dass er Todesangst hatte, dass ihn jemand umbringen wollte? Dass er bis kurz vor seinem Tod ein fröhlicher und lebenslustiger Mensch war, und sich plötzlich ohne ersichtlichen Grund in einem Waldstück erhängt, an einem Ort, wo man ohne ein Fahrzeug kaum hingelangen kann, nachts, ohne …«

Cemal hob abwehrend die Hand.

»Ich weiß, ich weiß. Das hast du mir ja alles schon erzählt. Und es stimmt ja, dass es merkwürdig aussieht. Merkwürdig für uns. Aber offenbar nicht für die Polizei. Elin, die bearbeiten jedes Jahr Hunderte solcher Fälle. Wenn es den geringsten Verdacht gäbe, dass Eric sich nicht das Leben genommen hat, dann hätte die Polizei das doch herausgefunden. Und dann hätten sie versucht ...«

»... hat auch nur *ein* Polizist mit dir geredet, Cemal?«

»Nein.«

»Ach. Und das findest du nicht merkwürdig? Du warst einer der Letzten, die ihn lebend gesehen haben. Du hattest sogar eines seiner drei Handys, auf dem er bis eine Woche vor seinem Tod jede Menge Gespräche geführt hat. Warum interessiert sich die Polizei nicht dafür? Wo sind seine Ausweispapiere? Seine Brieftasche? Hat er das alles vernichtet, bevor er sich aufgehängt hat? Warum? Wozu?«

Cemal schaute irritiert vor sich auf den Tisch. Elins blasses Gesicht hatte sich ein wenig gerötet. Ihre Augen glänzten. Jetzt sah sie Eric ähnlich. Ja, im Grunde sah sie fast wie ein Mann aus mit ihren kurzen blonden Haaren. Wie ein sehr schöner Mann. Wie Eric.

»Komm«, sagte er und stand auf. »Ich habe ja alles besorgt. Schau.«

Er ging zu einer Tür an der Rückwand des Gastraumes, öffnete sie und schlug mehrmals mit der flachen Hand auf eine Stelle an der Wand, bis das Licht endlich anging. Elin saß noch immer unbeweglich auf ihrem Platz. Er winkte sie mehrmals zu sich. Schließlich erhob sie sich, stieg die beiden Stufen zu ihm hinauf und trat neben ihn in den Hausflur. Zwei große Plastiktaschen standen dort neben dem Treppenabsatz. Seilenden und Karabinerhaken schauten daraus hervor.

»Es ist alles da«, sagte er. »Fehlt nur die Leiter. Aber die bekomme ich morgen früh.«

»Super«, sagte Elin. »Danke, Cemal. Aber morgen wird es nichts. Nächste Woche.«

Elin kniete sich hin, holte eines der Seile heraus und fädelte es probehalber durch einen der Karabinerhaken des Klettergeschirrs, das unter dem Seil in der Tasche lag. Es ließ sich geschmeidig durch die Öse ziehen.

»Hast du am Montag Zeit?«, fragte sie.

Cemal schüttelte den Kopf. »Nein. Geht nicht. Wenn morgen früh ausfällt, geht erst wieder Dienstag.«

»Okay«, sagte sie. »Dann bleibt es doch bei morgen. Ich kann nicht ewig auf diesen Bullen warten. Du weißt, wo?«

»Ja. Schulzendorfer Straße. Am Waldparkplatz. Wann?«

»Um elf? Ist das in Ordnung?«

»Ja. Sicher. Soll ich dich abholen?«

Sie schüttelte den Kopf. Sie hatte keine Lust, ihm jetzt auch noch zu erklären, warum sie grundsätzlich nicht Auto fuhr. Deshalb sagte sie nur: »Ich werde schon früher da sein. Ich warte auf dich.« Dann stopfte sie das Seil in die Tasche zurück.

»Willst du nicht doch etwas essen?«, fragte Cemal, als sie wieder in der Imbissstube waren. »Komm. Ich mach dir einen schönen Döner.«

Er meint es ja nur gut, dachte sie bei sich. Aber wie konnte er diesen aus zermanschten Drüsen und Knorpel zusammengebackenen, vor Fett triefenden Fleischbatzen nur ernsthaft als Essen bezeichnen? Sie griff in die Auslage und schnappte sich zwei rohe Möhren.

»Danke, Cemal«, sagte sie und gab ihm ein Küsschen auf die Wange. »Bis morgen. Und denk an die Leiter.« Dann verließ sie den Laden.

7

eichenteile gehörten mittlerweile leider zum grausigen Alltag. Aber diese Kombination mit Tieren war verstörend. Zollanger spürte ein unbändiges Verlangen, diesen Einsatz abzubrechen, einen starken Widerwillen gegen all das, was in den nächsten Stunden und Tagen auf ihn zukommen würde, angefangen mit der neuerlichen Besichtigung dieser Scheußlichkeiten, sobald sie auf den Edelstahltischen der Gerichtsmedizin auseinandergenommen und in ihrer ganzen schauderhaften Rätselhaftigkeit durchleuchtet und erfasst waren. Er konnte das alles nicht mehr sehen. Es widerte ihn an. Knapp zwei Jahre lagen noch vor ihm. Und auf den letzten Metern, bevor er seinen letzten Bericht über irgendeine widerliche Gewalttat schrieb, sollte er sich nun auch noch mit so etwas befassen? Die Zumutung war ja nicht nur die Tat an sich. Nein. Es war der Zwang, die Tat nachvollziehen, sie im Geiste selbst noch einmal begehen zu müssen. Anders war den Subjekten, die so etwas taten, ja nicht beizukommen. Man musste sich diesen Perversen anverwandeln, um sie aufzuspüren.

Sie hatten die Naht an der Unterseite des Tieres unverzüglich geöffnet. Für die Spurensicherung wäre es natürlich besser gewesen, Dr. Weyrich hätte die Erstuntersuchung im Institut vornehmen können. Aber dort, wo die Naht aufklaffte, war ein menschlicher Finger zu sehen gewesen. War ein Mensch in das Tier eingenäht worden? Es war kaum vorstellbar, aber sie durften keinerlei Risiko eingehen. Bis eben hatten sie es nur mit einem Tierkadaver zu tun gehabt. Jetzt war alles anders.

Bitte kein Kind oder Baby, schoss es Zollanger in den letzten Sekunden durch den Kopf, bevor die Wunde unter dem Skalpell aufriss und der Bauchinhalt des toten Lamms vor ihre Füße rutschte. Niemand sprach ein Wort. Einige Sekunden lang hörte man nur das Klicken von Harald Findeisens Fotoapparat. Jetzt war keine Eile mehr geboten. Der menschliche Unterarm vor ihnen auf dem Boden glänzte gelbbraun. An der Schnittstelle des Stumpfes hatten sich die Haut und das darunterliegende Fett- und Muskelgewebe so weit zurückgezogen, dass der Knochen freilag.

Dr. Weyrich erhob sich und trat zwei Schritte zurück. Das Verfahren war eingespielt, und es bedurfte keiner Worte. Die unwahrscheinliche Möglichkeit, dass sich in dem Kadaver noch etwas Lebendiges, Menschliches befunden hätte, war nun ausgeschlossen. Also hatten sich die Prioritäten wieder verschoben. Findeisen machte seine Aufnahmen. Günther Brodt packte seine Gerätschaften aus. Alle anderen entfernten sich zunächst vom Tatort.

»Ich will, dass Frieser sich das anschaut, bevor viel verändert wird«, sagte Zollanger zu Thomas Krawczik. »Er ist unterwegs.«

»Okay, Chef.«

»Ich werde jetzt erst einmal mit dem Pächter sprechen. Udo, du kommst bitte mit. Thomas, ruf mich bitte über Handy an, sobald Frieser hier ist.«

Das Büro lag im obersten Geschoss der Fabrikanlage. Sie brauchten fast zehn Minuten; und Zollangers Knie schmerzte erheblich, als sie endlich dort eintrafen.

Naeve stand mit umwölktem Blick am Fenster, als sie das Büro betraten.

»Herr Detective«, begann er, »Sie können sich nicht vorstellen, wie skandalisiert ich bin. Ich meine, good grief, es ist schockierend.«

»Was ist das hier für ein Etablissement?«, fragte Zollanger, während Brenner den Personalausweis des Engländers prüfte und nichts Unregelmäßiges daran entdecken konnte.

»Ein Club, Sir, ein ganz normaler Club.«

»Für ein vornehmlich homosexuelles Publikum?«

»Nein. Wir machen alles«, erwiderte Naeve. »Hetero, schwul, lesbisch, ganz egal.«

»Und letzte Nacht. Was war da los?«

»Gestern war Bad Santa. Also, das heißt auf Deutsch wohl Böser Nikolaus.«

»Bad Santa«, wiederholte Zollanger.

Udo Brenner gab Naeve seinen Personalausweis zurück.

»Wie viele Nikoläuse waren letzte Nacht da?«

Naeve zog die Augenbrauen hoch. »Es war ein durchschnittlicher Abend. Vielleicht knapp zweitausend.«

Zollanger und Brenner schauten sich kurz an.

»Zweitausend?« Brenner war skeptisch. »Sind Sie sicher?«

»Ja. Die Zahl der verkauften Tickets habe ich hier im Computer. Wollen Sie sie haben?«

»Ja. Wir wollen alles haben, was uns Aufschluss darüber gibt, wer gestern hier gewesen ist. Es war also recht voll?«

»Ja, aber nicht übermäßig. Wir hatten auch schon Abende mit dreitausendfünfhundert Besuchern. Wir sind der größte Club Europas.«

»Und Ihr Publikum?«, fragte jetzt Brenner. »Das sind vermutlich nicht alles Leute aus Berlin?«

»Nein«, sagte Naeve und schüttelte amüsiert den Kopf. »Das würde sich nicht rechnen. Die Leute kommen von überallher. Siebzig Prozent EU. Zwanzig aus Resteuropa. Der Rest aus Übersee. USA. Japan. Australien. You name it.«

»Fliegen hierher, um Nikolaus zu feiern?«, fragte Brenner ungläubig.

Naeve blinzelte, als verstehe er die Frage gar nicht.

»Sie wissen, was Sie da heute morgen gefunden haben?«, fragte Zollanger.

»Ein totes Lamm, ja, entsetzlich.«

Brenner wollte etwas hinzufügen, aber Zollanger hob rasch den Arm.

»Das gehört also nicht zu den Dingen, die man hier üblicherweise findet?«

»Wie bitte?«

»Verstehen Sie mich nicht falsch, Mr. Naeve. Was wir bisher von diesem Club gesehen haben, entspricht nicht unbedingt dem, was man erwartet, wenn man eine Diskothek aufsucht. Sie brauchen mir jetzt nicht im Einzelnen zu schildern, was für eine Art Nikolausparty zweitausend Männer hier letzte Nacht gefeiert haben. Aber die Stelle, wo das tote Tier deponiert worden ist, ist wohl nicht zufällig ausgewählt worden. Könnten Sie uns sagen, was für ein Ort das ist?«

»Nun ja«, begann er, »wir nennen das den Golden-Shower-Bereich, wenn Sie verstehen, was ich meine.«

»Durchaus«, sagte Zollanger. »Es treffen sich dort Leute mit urophilen Neigungen. Und nach dem Geruch zu urteilen, war der Ort gestern auch gut besucht, oder?«

Naeve zuckte mit den Schultern.

»Das kann ich Ihnen nicht sagen. Ich meine, ja, natürlich werden Leute, die so etwas mögen, sich dort aufgehalten haben. Aber wir haben kein Personal abgestellt, das darüber Buch führt.«

»Wann genau ist der Tierkadaver gefunden worden?«

»Gegen halb neun. Die erste Putzschicht im Lab-Oratory beginnt um acht.«

»Und Sie waren hier, als die Putzfrau Alarm schlug?«

»Ja. Ich war hier im Büro. Seit etwa zwanzig Minuten.«

»Wie hat die Putzfrau Sie alarmiert?«

»Sie hat geschrien. Einer der Sicherheitsleute hat mich dann angerufen, und ich bin sofort runtergegangen.«

»Die Tür zu dieser Kammer stand offen, und der Kadaver lag auf dem Boden?«

»Nein. Die Tür war zu. Die Putzfrau wollte Putzmittel holen. Da lag das Ding vor ihren Füßen.«

»Können Sie sich vorstellen, wie das Tier in die Kammer gekommen ist?«

»Nein. Absolut nicht. Aber, wie gesagt, hier waren zweitausend Leute.«

»Verkleidet. Als Nikoläuse. Mit Sack und Pack?«

»Na ja, die meisten waren irgendwie verkleidet. Aber nicht unbedingt als Nikolaus.«

Zollanger schaute zu Udo Brenner, der sich Notizen machte.

»Wie viele Zugänge gibt es hier eigentlich?«, fragte Brenner.

»Zwei«, sagte Naeve. »Der Haupteingang ist dort, wo Sie hereingekommen sind. Dann gibt es noch einen zweiten, über das Tanzwerk, das ist die Diskothek nebenan.«

»Tanzwerk. Trieb-Werk. Gehört zusammen?«

»Nein. Wir waren zuerst da. Aber die Gebäude sind verbunden, und wir haben nichts dagegen, wenn die Leute zirkulieren.«

»Und zweimal Eintritt bezahlen.«

»Klar. Es sind zwei getrennte Clubs.«

»Wo ist dieser zweite Eingang?«

»Im Lab-Oratory.«

»Also nicht weit vom Fundort des Tierkadavers.«

»Ja.«

»Und wem gehört der ganze Laden?«, fragte Brenner.

»Uns gehört nur das Konzept«, sagte Naeve. »Wir haben unseren Teil des Gebäudes von einer Immobiliengesellschaft gepachtet. Wem es gehört, weiß ich nicht.«

Jemand klopfte an die Tür. Einer der beiden Streifenpolizisten steckte den Kopf herein. »Ich soll Ihnen sagen, dass Staatsanwalt Frieser eingetroffen ist.«

»Danke. Wir kommen gleich.«

49

Naeve erhob sich. »Ich werde natürlich mein Personal befragen, ob jemandem etwas aufgefallen ist.«

»Das überlassen Sie lieber uns«, übernahm nun Zollanger wieder das Gespräch. «Ich muss leider weg, Mr. Naeve. Geben Sie meinem Kollegen bitte alles, was Sie an Besucherdaten für gestern Abend in Ihrem Computer haben. Außerdem die Namen und Kontaktdaten des Kassen- und Garderobenpersonals. Und ach ja, noch eine Sache: Wer hat eigentlich einen Schlüssel zu dieser Kammer?«

Naeve verzog bekümmert das Gesicht.

»Niemand«, sagte er. »Das Schloss ist kaputt.«

»Seit wann?«

»Seit einiger Zeit. Wir wollten es längst reparieren lassen, aber wie es manchmal eben so ist. Und ich meine … Putzmittel. Wen interessiert das?«

Jochen Frieser hatte bereits entschieden. Als Zollanger zum Fundort des Kadavers zurückkehrte, war dieser verschwunden. Auch Dr. Weyrich und sein Team waren nicht mehr da. Findeisen und Brodt standen gebückt in dem engen Raum unter dem Pissoir und sicherten Spuren. Findeisen fixierte Fingerabdrücke an der Kammertür. Brodt leuchtete mit einer Schwarzlichtlampe den Boden ab.

Staatsanwalt Frieser war im Gespräch mit Sina Haas. Er stand mit verschränkten Armen da und nickte ununterbrochen zu allem, was Sina ihm berichtete. Dabei schwankte sein Oberkörper leicht, als rollten die schweren Gedanken, die ihn sicherlich beschäftigten, in ihm hin und her. Zollanger fand, dass der Mann aus der Ferne immer wie ein dürrer Vogel aussah. Das Profil und die ungewöhnliche Körperhaltung waren wohl dafür verantwortlich. Zollanger wusste nicht viel über ihn. Frieser war Anfang vierzig, hatte zwei Töchter im Grundschulalter, stammte aus dem Sauerland und war CDU-Parteimitglied. Es gab also keinerlei Berührungspunkte zwischen ihnen, und das Einzige, was Zollanger an ihm interessiert hätte, war die BRD-Region mit dem seltsamen Namen, von der Zollanger nicht einmal wusste, wo sie sich befand. Danach würde er ihn vielleicht einmal fragen.

»Ich habe Weyrich gebeten, gleich alles mitzunehmen«, sagte Frieser. »Die aussagekräftigsten Spuren sind mit Sicherheit an dem Tier zu finden und nicht dort unten. Das kann er im Institut besser untersuchen als hier. Außerdem sollten wir schleunigst wissen, ob der Arm zu dem Torso in Lichtenberg gehört. Es ist ja wohl ein weiblicher Arm, oder?«

Sina Haas antwortete.

»Es ist ein linker Arm. Und Dr. Weyrich meint, es könne gut sein, dass er von dem Torso in Lichtenberg stammt.«

Es war merkwürdig, dachte Zollanger. Die Frau, das Opfer, ihr vermutliches Martyrium – es begann bereits Teil einer abstrakten Welt zu werden. Teil eines gedanklichen Puzzlespiels, einer kranken Logik, der sie auf die Spur kommen mussten.

»Was sagt der Besitzer des Clubs. Irgendwelche Hinweise?«

»Wie es aussieht, ist der Kadaver letzte Nacht hier deponiert worden«, sagte Zollanger. »Andernfalls wäre er ja schon gestern beim Putzen gefunden worden. Heute Nacht waren zweitausend Leute hier, eine Art Kostümfest. Die Auswahl der Verdächtigen ist somit recht groß.«

»Wir haben also eine Ziege in Lichtenberg und ein Lamm in Tempelhof. Kollegin Haas ist zuversichtlich, dass das weitergehen könnte.«

»Darauf müssen wir uns wahrscheinlich einstellen. Aber ich werde keinesfalls darauf warten.«

»Und wie wollen Sie vorgehen? Welche Richtung?«

Zollanger zuckte mit den Schultern.

»Das Opfer ist eine Frau«, antwortete er zögerlich. »Aber nach einem Sexualmord sieht das Ganze nicht gerade aus. Die

Inszenierung mit den Tieren ist merkwürdig. Es schmeckt nach Drogenhandel, Mafia, organisiertem Verbrechen. Vielleicht eine Hinrichtung mit Symbolcharakter? Oder fanatische Vegetarier? Oder nur ein geschmackloser Streich von ein paar durchgeknallten Medizinstudenten. Oder Anhängern eines bisher unbekannten Voodoo-Kultes ...«

»Danke, Herr Zollanger«, schnitt Frieser ihm das Wort ab. »Ich sehe, Sie haben schon eine ganze Menge vielversprechender Ideen.«

Zollanger behielt seine weiteren Gedanken für sich. Was wollte der Mann denn hören. Die ganze Situation war ihm zuwider. Er ertrug das alles nicht mehr, weder die Gewalttätigkeiten, mit denen er durch die Arbeit ständig konfrontiert wurde, noch die Greuel, die einem beim Frühstück aus der Zeitung ins Gesicht sprangen. Und dazu noch die allgemeine Obszönität überall. Bis vor ein paar Stunden hatten in dieser alten Fabrikhalle zweieinhalbtausend Männer »Nikolaus« gefeiert, unter anderem in diesem nach Urin stinkenden Loch dort unten. Worüber sollte man sich eigentlich noch wundern?

Frieser erwartete offenbar weiterhin eine Antwort auf seine ursprüngliche Frage.

»Vermutlich doch ein Sexualdelikt«, sagte Zollanger.

Das stimmte irgendwie immer.

8

Kommst du mit zu Wiebke?«, fragte Sina Haas. Sie stand in der Tür, bereits im Mantel.

»Ja. Gern. Kommt Udo auch?«

»Nein. Er mag keine Kohlrouladen.«

Zollanger mochte sie auch nicht besonders. Er hatte gar keinen Hunger. Aber Sinas Meinung zu den Funden interessierte ihn. Sie waren ins Büro gefahren und hatten sich erst einmal alle an ihre Schreibtische zurückgezogen, mit Ausnahme von Brodt und Findeisen, die noch eine Weile vor Ort zu tun haben würden. Weyrich hatte die Obduktionskonferenz auf siebzehn Uhr anberaumt. Sie hatten also Zeit, zu Mittag zu essen, wenn schon das Frühstück ausgefallen war.

Sie verließen das Gebäude und gingen die paar Schritte zu »Wiebkes Versteck«. Das Lokal lag schräg gegenüber in der gleichen Straße. Das Tagesgericht kostete kaum mehr als ein Hamburger. Das Mobiliar erinnerte Zollanger an das untergegangene Land, aus dem er stammte. Das dunkle Eichenholz, die gestickten Tischdecken, die karierten Sitzkissen auf den Eckbänken, die Gardinen. In Leipziger Gaststätten hatte es in den achtziger Jahren auch nicht viel anders ausgesehen.

Obwohl es schon nach drei war, bekamen sie anstandslos ihr warmes Tellergericht. Wiebke sagte wie immer nicht viel, stellte die Teller vor sie hin und verschwand hinter ihren Tresen.

»Und?«, sagte Zollanger. »Was meinst du?«

»Die Verknüpfung ist seltsam.«

»Tier und Mensch?«

»Ja. Das auch. Aber das meine ich nicht. Ich meine die Mischung von offensiv und defensiv.«

Sie spießte ein Stück Kartoffel auf und tunkte es in die Soße.

»Isst du nichts?«, fragte sie.

Er schob den Teller weg. »Ich habe keinen Hunger. Aber lass dir's bitte schmecken. Ich trinke lieber Wasser.«

Sina schaute ihn fürsorglich an, sagte aber nichts. Sie aß schneller als gewöhnlich. Zollanger schaute ihr zu und nippte bisweilen an seinem Glas.

»Also, wie ist das mit offensiv und defensiv?«, fragte er, als sie fertig war. »Oder ist das Thema zu unappetitlich?«

»Laut Lehrbuch werden Leichen aus zwei Gründen zerstückelt«, erklärte Sina. »Um die Gewalt an der Leiche fortzusetzen, also zum Beispiel aus Hass, oder um sie besser beseitigen zu können und sie unkenntlich zu machen. Für die erste Tätergruppe sind die Verletzungen völlig untypisch. Triebtäter toben sich bei Frauen fast immer an den Geschlechtsteilen aus. Die Verletzungen werden im Rausch zugefügt. Der Rumpf in Lichtenberg ist jedoch weitgehend unversehrt. Und gegen die zweite Annahme, dass die Leiche unauffällig beseitigt werden sollte, spricht natürlich die aufwendige Inszenierung.«

»Immerhin ist alles entfernt worden, was eine Identifizierung der Frau gestattet«, entgegnete Zollanger. »Das spricht eher für defensives Vorgehen.«

»Aber nicht die Zurschaustellung. Wer sich die Mühe macht, eine Leiche zu zerlegen, um sie leichter beseitigen zu können, tut dies, um das Risiko der Entdeckung zu minimieren. Der Torso in Lichtenberg war aufwendig hergerichtet. Er war regelrecht gestylt. Wer immer ihn dort hingebracht hat, ist ein beträchtliches Risiko eingegangen. Der Transport kann nicht ganz einfach gewesen sein. Es muss auch einige Zeit gedauert haben, bis die Anordnung so stand, wie wir sie vorgefunden haben. Zeit, in der der Täter damit rechnen musste, überrascht zu werden. Das ist kein defensives Verhalten. Von dem Lamm gar nicht zu sprechen. Diese Aktion war noch riskanter.«

»Wenn es der gleiche Täter war, was wir noch nicht wissen.«

»Nein. Sicher.«

Zollanger hörte Sina gerne zu, wenn sie laut dachte. Die leicht sächsische Färbung ihrer Stimme war einfach zu angenehm. Er würde nach Dresden zurückgehen, wenn er in zwei Jahren seinen Abschied nahm. Vielleicht gab es dort eine Wiedergängerin von Sina Haas, die mehr in seiner Altersgruppe angesiedelt war.

»Nehmen wir mal an, die beiden Fälle gehören zusammen«, sagte er. »Worauf läuft das alles hinaus?«

»Es gibt zwei Möglichkeiten. Das Lehrbuch stimmt nicht.«

»Oder?«

»Der Täter steht nicht im Lehrbuch.«

»Was so viel bedeutet wie?«

»Unfug. Wir haben es gar nicht mit einem Gewaltverbrechen zu tun, sondern mit sehr grobem Unfug. Leichenschändung in Tateinheit mit Tierquälerei vielleicht. Ein Scherz? Vielleicht sogar ...«

Zollanger wartete einen Augenblick. Sina schaute ihn erwartungsvoll an, brauchte den Satz aber nicht mehr zu beenden. Er kam von selbst drauf.

»Du meinst: Kunst?«

»Ja. Eine Mischung aus von Hagen und irgendwelchen Gothics. He. Wir sind hier schließlich in Berlin. Kaputt, aber originell.«

»So originell wie zweitausend Nikoläuse«, murmelte Zollanger und schüttelte skeptisch den Kopf. »Woran hat mich eigentlich diese Deckenbemalung dort erinnert. Das weißt du doch bestimmt, oder?«

»Khajuraho«, sagte Sina. »Wahrscheinlich hast du irgendwo schon mal Abbildungen von diesen Tempelanlagen gesehen. Interessant übrigens, dass du von zweitausend Nikoläusen sprichst. Etwa so viele kopulierende Paare sind auf dem Tempel in Indien dargestellt.«

»Na ja, die Zahl ist sicher Zufall«, sagte Zollanger. Das Gespräch erstarb für einen längeren und für Zollanger ein wenig peinlichen Augenblick. Es lag ihm nicht, mit der jungen, attraktiven Kollegin über kopulierende Paare zu sprechen. Ihre Vermutung erstaunte ihn. Sollte es sich bei den grässlichen Funden tatsächlich um einen geschmacklosen Scherz oder einen wie auch immer gearteten künstlerischen Akt handeln? Er war sich nicht sicher, was er übler fände. Einen geistig verwirrten Täter, möglicherweise einen Mörder, den zu fassen sie vermutlich große Mühe haben würden, den man jedoch objektiv als Psychopathen zu betrachten hätte. Oder irgend so einen öffentlichkeitsgeilen Tabubrecher, der eine Debatte darüber anstoßen wollte, ob man aus Leichenteilen Kunstwerke machen darf? Die Öffentlichkeit würde diese Frage bestimmt dankbar diskutieren. Zollanger wollte den Gedanken lieber nicht weiter verfolgen. Sinas Vermutung zeigte ihm wieder einmal, dass er im Grunde noch immer in dem untergegangenen Land lebte und in diesem hier, wo es keinerlei Grenzen des Denkbaren zu geben schien, nie ganz ankommen würde.

»Niemand im Großraum Berlin vermisst übrigens eine Ziege oder ein Lamm«, unterbrach Sina das Schweigen. »Jedenfalls hat bisher niemand ein Tier als vermisst gemeldet. In den Zoos fehlt nichts. Die Domänen im Umkreis haben wir auch angerufen. Fehlanzeige.«

»Tierheime?«

»Haben wir auch kontaktiert, obwohl die solche Tiere nur selten haben. Ohne Ergebnis. Ich denke, wir sollten warten, bis Dr. Weyrich uns sagt, was für eine Ziege das ist. Und was für ein Lamm. Das grenzt die Suche ein.«

»Hoffen wir's mal«, hörte er sich sagen.

9

Als sie zurückkamen, hatte Dr. Weyrich eine ungefähre Altersschätzung des Lichtenberger Torsos und die mutmaßliche Todesursache durchgegeben: Tod durch Ertrinken. Zollanger gab die Suchparameter »weiblich« und »fünfundzwanzig bis neununddreißig Jahre« alt ein und war froh, dass das System die Fälle vermisster Kinder und Jugendlicher automatisch herausfilterte. Es war eine dieser Fragen, auf die man manchmal bei einem Bier nach Feierabend zu sprechen kam. Für Zollanger war die Entscheidung immer klar gewesen. Vor die Wahl gestellt, den Tod oder das spurlose Verschwinden einer geliebten Person verarbeiten zu müssen, wählte er immer den Tod. Gewissheit konnte man verarbeiten. Ungewissheit war Folter, eine der grausamsten Foltern, die er sich vorstellen konnte. Deshalb hasste er die Vermisstenkartei, diese vom Teufel abgehackten Kurzbiographien.

Der damals Dreizehnjährige begleitete seinen Freund gegen siebzehn Uhr zur Bushaltestelle Seestraße und ist seither verschwunden.

Das damals vierjährige Mädchen spielte vor dem Haus der Großeltern und verschwand zwischen elf und zwölf Uhr.

Solche Sätze konnten ihm die Tränen in die Augen treiben. Die Ohnmacht. Die Sinnlosigkeit. Die Brutalität. Das war das Schlimmste.

Bei den Erwachsenen waren seine Gefühle ähnlich, aber es wühlte ihn nicht so sehr auf wie die Fälle der Kinder. Man konnte davon ausgehen, dass wenigstens manche dieser Personen ihre Spuren selbst verwischt hatten. Die meisten anderen waren mit an Sicherheit grenzender Wahrscheinlichkeit einem Gewaltverbrechen zum Opfer gefallen. Die Ungewissheit war auch hier gegeben, aber sie löste sich mit den Jahren in der wahrscheinlicheren Gewissheit auf, dass die Person schon lange nicht mehr am Leben war.

Die erste Abfrage aus dem Bundesgebiet ergab sieben Treffer. Wie weit sollte er zeitlich zurückgehen? Wann war die Frau, die sie gestern gefunden hatten, ihrem Mörder begegnet? Denn Sinas originelle Hypothese hatte er bereits auf dem Rückweg ins Dienstgebäude wieder verworfen. Sie hatten es bestimmt mit einem Gewaltverbrechen zu tun, und sei es auch mit einem untypischen. Wenn die Frau vor weniger als vier Tagen verschwunden war, konnte die Kartei sie noch gar nicht erfasst haben, denn da achtzig Prozent aller Vermissten sich nach ein paar Tagen von selbst wieder einfanden, erfasste man die Fälle nicht sofort. Außerdem war denkbar, dass die Frau noch gar nicht vermisst wurde. Es konnte sich um eine ausländische Touristin handeln. Oder eine Person ohne soziale Einbindung. Oder ein Opfer aus dem florierenden Geschäftszweig Frauenhandel. Es gab so viele Möglichkeiten. Die Frau war ertrunken. Ertrunken oder ertränkt worden?

Die Datenbank gab nicht viel her. In Berlin war in den letzten Monaten niemand verschwunden. Der letzte, vor sechs Wochen gemeldete Fall betraf eine sechsundzwanzigjährige Frau aus dem Raum Augsburg. Alle anderen Eintragungen lagen noch weiter zurück. Zollanger druckte die Liste mit den sieben vermissten Frauen der letzten achtzehn Monate aus und legte sie auf dem Schreibtisch ab. Dann meldete sich Thomas Krawczik am Telefon.

»In den Krankenhäusern fehlt niemand«, berichtete er. »Ich habe auch die wichtigsten Bestattungsunternehmen durch. Dort vermisst niemand eine weibliche Leiche.«

»Gut. Hat sich in Lichtenberg noch irgendetwas ergeben?«

»Nein. Und ich wage auch nicht zu raten, was er als nächste Deponie auswählen wird. Wenn es denn der gleiche Täter ist.«

»Darüber zu spekulieren ist wohl etwas früh«, sagte Zollanger.

»Wieso? Er hat noch einen Arm, zwei Beine und den Kopf. Und vielleicht späht er gerade Nachschub aus.«

»Dann können wir es auch nicht ändern«, sagte er und legte auf. Zollanger hätte gerne gewusst, warum Krawczik ihm eigentlich immer so schnell auf die Nerven ging. War es der Ehrgeiz des Hessen? Oder das Feiste, Bübische an ihm? Er war ja ein netter Kerl. Aber Zollanger konnte machen, was er wollte, die Chemie zwischen ihnen stimmte einfach nicht.

Dann fand er den Zettel.

```
Re: Ihr Termin heute 10:00 Uhr mit Elin Hilger, Schwes-
ter des Verstorbenen Eric Hilger (Selbsttötung/Akten-
zeichen I Kap Js 3412/01). Bez. Hilger um 11:08 Uhr in
Ihrer Abwesenheit empfangen und an Staatsanwaltschaft
verwiesen. Wird vermutlich nicht erneut vorstellig
werden. Gez. Wilkes.
```

Er las die Nachricht zwei Mal. Er griff zum Telefonhörer, wählte Tanja Wilkes Apparatnummer, legte jedoch wieder auf, bevor sie antwortete. Er schaute aus dem Fenster. Der Himmel war schmutziggrau. Die Luft sah aus wie geronnenes Tageslicht, ein trübes, weißliches Gelee.

Er drückte die Tasten erneut.

»Hat sie gesagt, was sie will?«, fragte er die Sekretärin.

»Sie wollte mit Ihnen über ihren Bruder reden. Eric Hilger. Selbsttötung.«

»Ja. Ich weiß. Aber was genau wollte sie denn?«

»Das Übliche. Sie meint, die Polizei hätte schlecht ermittelt.«

Zollanger hängte auf. Er stand auf, trat ans Fenster und schaute hinaus. Er fühlte sich unwohl. Sein Magen knurrte. Er hätte doch etwas essen sollen. Aber zugleich wusste er sehr gut, dass es andere Gründe gab, warum er ratlos und zweifelnd hier am Fenster stand.

Nach einer Weile bemerkte er, dass er die Notiz in seiner rechten Hand zerknüllt hatte. Er faltete sie wieder auf, strich sie glatt und las sie mehrmals durch. Sie würde wiederkommen, dachte er. Sie würde nicht aufgeben. Und er? Was sollte er tun?

10

ind Sie bereit?«

Niemand antwortete, denn es war eine rhetorische Frage. Dr. Weyrich stand zwischen zwei Edelstahltischen. Der Torso lag zu seiner Linken. Auf dem anderen Tisch befanden sich der Ziegenkopf und das Lamm.

Zollanger, Udo Brenner und Sina Haas standen am Fußende des Tisches, auf dem der Torso aufgebahrt war, Staatsanwalt Frieser an dessen Längsseite. Weyrichs sachliche, monotone Stimme verlieh dem Vorgang etwas Geschäftsmäßiges, als betrachte man keine bestialisch zugerichtete Frauenleiche, sondern ein interessantes anthropologisches Fundstück. Zollanger vernahm mit Erleichterung, dass die Frau erst nach dem Eintreten des Todes zerlegt worden war. Der Todeszeitpunkt war völlig ungewiss. Die Leiche war eingefroren worden, was eine Todeszeitbestimmung so gut wie unmöglich machte.

»Kann man die Zeiträume nicht schätzen?«, wollte Frieser wissen.

»Recht sicher ist, dass der Körper zwischen achtundvierzig und zweiundsiebzig Stunden nach Todeseintritt eingefroren wurde.« Weyrich deutete auf einen Bereich in der Nähe des Blinddarms. Die ansonsten weißliche Haut schimmerte hier grünlich wie angefaultes Fleisch. Dann wies der Mediziner auf eine Stelle an der Schulter, wo sich unter der Haut violette Verästelungen abzeichneten. Es sah fast aus, als sei die Frau dort tätowiert gewesen.

»Hier sehen wir Grünfäule und durchschlagende Venennetze, was die Zeitschätzung bestätigt. Auf dem Arm setzen sie sich übrigens fort, was uns die Zuordnung des Armes zu diesem Rumpf erleichtert. Die Leiche wurde zwei oder drei Tage nach Todeseintritt eingefroren und dann zerlegt. Aber wie lange das her ist, kann ich nicht feststellen.«

»Und sie ist mit Sicherheit ertrunken?«, fragte Sina Haas.

»Ja. Der Lungenbefund ist eindeutig. Und wie Sie alle wissen, ist der Nachweis von Fremdverschulden bei dieser Todesart so gut wie unmöglich. Weder am Hals noch im Brust- oder Bauchbereich sind Verletzungen zu erkennen. Da der Kopf entfernt wurde, erübrigt sich die Suche nach Würgemalen. Der Rumpf weist weder Schürfwunden noch Blutergüsse oder Prellungen auf. Die junge Frau ist hellhäutig. Von Körperbau und Knochenstruktur ist sie Europäerin. Genauer kann ich ihre Herkunft nicht bestimmen. Nach der Knochentabelle war sie recht groß, zirka einen Meter siebzig bis fünfundsiebzig. Ich habe nur eine einzige Auffälligkeit zu berichten: eine etwa einen Zentimeter lange, subkutan vernähte Narbe auf dem Rücken.«

»Und was sagt uns das?«, fragte Udo Brenner.

»Die Dame war vermutlich besser krankenversichert als Sie.«

Brenner runzelte die Stirn. »Was meinen Sie denn damit?«, fragte Staatsanwalt Frieser.

»Wahrscheinlich wurde hier vor geraumer Zeit ein Muttermal entfernt. Bei Kassenpatienten sieht das danach meistens so aus.« Er krempelte den Ärmel seines weißen Kittels hoch und schob auch den Pulliärmel darunter ein Stück zurück. Mitten auf Weyrichs Unterarm prangte eine rosafarbene, wulstig aufgeworfene Narbe.

»Nur zum Vergleich.« Er wuchtete den Torso ein Stück hoch und deutete auf eine Stelle auf Höhe der Taille. Die Polizisten mussten näherkommen, um die flache, schmale Narbe überhaupt sehen zu können.

»Kassenärzte dürfen gegenwärtig noch 29,46 Euro für eine

genähte Wunde abrechnen«, sagte Weyrich. »Da wird natürlich nur geflickt. Diese subkutane Näherei hier dauert dreimal so lang. Das macht man in Deutschland nur bei Privatpatienten. Die Dame stammt also entweder aus einem Land, wo die Gesundheitsversorgung besser ist als hier. Oder sie war gut versichert und hatte genügend Geld für eine ordentliche Naht. Das ist alles, was ich damit sagen wollte.«

Brenner atmete hörbar aus. Sina Haas trank einen Schluck Wasser. Weyrich fuhr mit seinen Ausführungen fort. Frieser machte sich schweigend Notizen.

»Was ist mit den Schnittstellen?«, fragte Zollanger, um von der, wie er fand, unergiebigen Narbe wegzukommen. »Sie sind sicher, dass mit einer Trennscheibe gearbeitet wurde?«

»Ja. Die Leiche wurde in gefrorenem Zustand zerlegt. Die Schnittstellen sind äußerst glatt. Wir haben minimale Anhaftungen von Siliciumcarbid im Hautgewebe gefunden. Das ist ein typischer Bestandteil von kunstharzgebundenen Trennscheiben.«

»Die haben also Arme, Kopf und Beine einfach mit einem Trennschleifer weggeflext?«, fasste Zollanger die Information ungläubig zusammen.

Weyrich nickte. »Würde ich auch so machen. Ist der einfachste und billigste Weg. Einen Trennschleifer bekommen Sie in jedem Baumarkt ab fünfzig Euro.«

»Und die Gewindestange für den Ziegenkopf gleich noch dazu«, sagte Udo Brenner. »Ich schlage also vor, dass wir von allen Baumärkten der Umgebung die Kassendaten der letzten vierzehn Tage anfordern.«

»Gute Idee«, sagte Sina ohne jegliche Überzeugung in der Stimme. »Und wir hoffen, dass unser Sägemann kein Bargeld dabeihatte.«

»… und kein Hobbyheimwerker ist«, fügte Frieser hinzu.

»… und sich das Ding nicht einfach ausgeliehen hat«, ergänzte Zollanger.

63

Brenner schaute genervt in die Runde. »Dann eben nicht.«

»Der Torso gibt also nicht besonders viel her«, sagte Frieser ungeduldig. »Kein Sexualmord? Keine Vergewaltigung?«

»Nein. Nichts dergleichen. Die Frau hatte vor ihrem Tod keinen Geschlechtsverkehr.«

»Und wir wissen nicht einmal, ob sie ermordet wurde.«

»Nein. Zwei bis drei Tage nach ihrem Tod wurde sie eingefroren und irgendwann danach zerlegt. Das ist sicher. Sonst nicht viel.«

»War sie komplett aufgetaut, als wir sie gefunden haben?«, wollte Sina wissen.

»Nein. Bei der inneren Besichtigung sind wir auf Bereiche gestoßen, die noch gefroren waren.«

Zollanger schaute überrascht auf. »Können Sie uns ein ungefähres zeitliches Szenario geben? Ich meine, vom Kühlhaus bis zum Auffinden der Leiche in Lichtenberg?«

»Das ist schwierig. Die Außentemperatur lag gestern Nacht bei sieben Grad im Stadtgebiet und vier Grad im Umland. Der Torso wurde vermutlich in einem Behältnis transportiert. Vielleicht in einem unbeheizten Kofferraum. Oder auf dem Rücksitz eines beheizten Wagens. Das wissen wir aber alles nicht. Daher kann man unmöglich präzise Rückschlüsse auf zeitliche Abläufe vor dem Auffinden ziehen.«

»Heißt das, dass die Frau auch schon vor drei Monaten oder drei Jahren gestorben sein kann?«

»Ja. Theoretisch schon.«

»Und die Gewindestange. Kann die uns nicht helfen?« Alle schauten zu Udo Brenner. »Die Stange ist doch recht tief in den Torso hineingerammt worden.«

»Ja«, warf Weyrich ein. »Genau gesagt: 77,8 Zentimeter.«

»Eben«, fuhr Udo fort. »Das muss erfolgt sein, als der Körper noch nicht gefroren war, sonst hätte man eine Bohrung vornehmen müssen. Sind an der Stange irgendwelche Oxidationsspuren?«

»Nein. Aber wir haben auch keine metallurgische Prüfung durchgeführt.«

»Und? Kann mir jemand sagen, ob gefrorene Gewindestangen rosten?«, fragte Udo.

Niemand antwortete. Nach einer kurzen Pause sagte Weyrich: »Selbst wenn Sie das untersuchen, was ziemlich aufwendig ist, dürfte Ihnen das keine verwertbaren Zeithorizonte geben.«

»Na herrlich«, entfuhr es Frieser. »Keine Tatzeit. Kein Tatort. Keine Opferidentität. Was können Sie uns denn zu dem Ziegenkopf sagen, Dr. Weyrich?«

Der Mediziner wandte sich dem anderen Stahltisch und den darauf liegenden Körperteilen tierischen Ursprungs zu.

»Es ist ein Jungtier. Acht bis neun Monate alt. Und es handelt sich um eine Zuchtziege. Die Art ist erst in den neunziger Jahren in der Nähe von Kassel entwickelt worden.«

»Entwickelt?«, fragte Udo Brenner.

»Ja. 1995 gab es in Witzenhausen ein Projekt der Universität Kassel. Man wollte eine neue Ziegenrasse für die Landschaftspflege züchten. Dazu kreuzte man erst eine Fleischziege mit einer Milchziege und die darauffolgende Generation mit den extrem robusten Kaschmirziegen. Heraus kam das hier.«

Die Anwesenden starrten den Ziegenkopf ratlos an. Es war immer das Gleiche, dachte Zollanger. Informationen in tausend Richtungen. Aber keine klaren Anhaltspunkte.

»Es handelt sich um eine sogenannte Witzenhäuser Landschaftspflegeziege. Hat überwiegend die robusten Gene der Kaschmirziege, aber dennoch ist die Milchleistung gut, und sie kann außerdem noch als Fleischziege genutzt werden.«

»Also eine Frankensteinziege«, sagte Zollanger.

»Oder die berühmte eierlegende Wollmilchsau«, legte Brenner nach.

»Wenn Sie so wollen«, würgte Weyrich die unwissenschaftlichen Kommentare kühl ab.

65

»Und wie kommt so ein Vieh nach Berlin?«, fragte Staatsanwalt Frieser.

»Ganz einfach. Entweder, Sie fahren nach Witzenhausen und kaufen sich eines. Oder Sie gehen hier im Umland auf die Wochenmärkte. Im Internet werden die Tiere auch angeboten. Nicht nur Witzenhäuser. Auch die anderen Rassen, die hier verbreitet sind.«

»Kostenpunkt?«

»Achtzig bis hundert Euro. Je nachdem.«

Zollanger ließ seinen Blick über die beiden Edelstahltische schweifen. Genforschung?, schoss es ihm durch den Kopf. War das eine Richtung, in die sich nachzudenken lohnte? Hatten sie es mit irgendwelchen radikalisierten Globalisierungsgegnern zu tun? Mit militanten Anti-Forschungs-Aktivisten? *Was ihr mit den Tieren macht, das machen wir mit euch.* Als er wieder aufschaute, kreuzte sein Blick den von Sina. Sie zog neugierig die Augenbrauen hoch. Aber er behielt seine Gedanken für sich. Es war viel zu früh für Spekulationen.

Dr. Weyrich trug die weiteren Untersuchungsergebnisse über den Ziegenkopf vor. Aber nichts davon schien irgendwelche Ermittlungsansätze zu enthalten. Es war eben nur ein Ziegenkopf, wenn auch von einer künstlich erzeugten Rasse.

»Kommen wir zum nächsten Objekt«, sagte Weyrich und fasste zusammen, was es zu dem menschlichen Arm zu sagen gab, der im Bauchraum des Lamms gefunden worden war. Sehr viel war es nicht. Er stammte zweifelsfrei vom Lichtenberger Torso. Er erleichterte die Eingrenzung der Altersbestimmung. Die Hand war feingliedrig, die Fingernägel gepflegt. Je länger Weyrich sprach, desto deutlicher wurde das Bild, das in den Köpfen der Zuhörenden entstand: eine junge Frau. Mitte bis Ende zwanzig. West- oder Mitteleuropäerin. Etwa einen Meter siebzig groß. Schlank. Frieser sprach als Erster eine klare Vermutung aus.

»Osteuropäische Prostituierte. Frauenhandel.«

Keiner widersprach. Aber kaum stand der Gedanke im Raum, schien er wenig überzeugend. Warum sollten Frauenhändler eines ihrer exekutierten Opfer derartig zur Schau stellen? Und warum gleich an zwei verschiedenen Orten? Zollangers Gedanken kreisten noch um diese Frage, als Weyrich bereits über Brandenburgische Schafrassen sprach. Zollangers Überlegungen wandten sich der Möglichkeit zu, dass sie es mit einer Abrechnungstat aus dem Milieu zu tun hatten. Das schockierend Brutale sprach dafür. Die Verhöhnung des Opfers über den Tod hinaus war dem oder den Tätern äußerst wichtig gewesen, so wichtig, dass dafür ein erhebliches Risiko in Kauf genommen worden war. Aber selbst wenn man die Brutalität des Milieus in Rechnung stellte ... dieser Torso fügte sich einfach nicht in ein simples Schema.

»... Bentheimer Landschaf«, hörte er Weyrich sagen. »Stammt ursprünglich aus Niedersachsen.«

»Wie alt ist das Tier?«

»Zirka zehn Monate.«

»Todesursache?«

»Wir sind nicht sicher. Das Tier wurde ausgeweidet, daher haben wir keine Möglichkeit, die Organe zu untersuchen. Es kann an einer Krankheit gestorben sein. Oder es wurde vergiftet. Spuren von stumpfer oder scharfer Gewalt konnten wir nicht feststellen. Allerdings haben wir Punktblutungen in den Augenbindehäuten gefunden. Das spricht für Ersticken.«

»Ersticken«, wiederholte Udo Brenner tonlos. »Ein Schaf?«

»Ja«, antwortete Weyrich. »Das ist einfach. Per Plastiksack zum Beispiel. Dauert zehn Minuten.« Er schaute auf seine Armbanduhr. »Ich denke, es ist Zeit für eine kurze Pause, meinen Sie nicht auch?«

11

Er war nach der Besprechung noch einmal ins Büro zurückgekehrt. Roland Draeger und Thomas Krawczik hatten sich mit dem Sicherheitspersonal des Trieb-Werks unterhalten. Offenbar war es in den frühen Morgenstunden nicht schwierig, ohne Kontrolle in den Club hineinzukommen. Ein Gast mit Gepäck würde nicht besonders auffallen. Es kamen viele Touristen zum Chill-out. Das Trieb-Werk lag nicht weit weg vom Flughafen Tempelhof und war für manche die letzte Clubstation vor dem Abflug. Viele kamen mit Taschen oder kleinen Koffern, vor allem bei Themennächten und Ledertreffen. Man musste ja die ganzen »Utensilien« irgendwie transportieren.

»Was denn für Utensilien?«, hatte Zollanger wissen wollen.

»Masken«, sagte Krawczik. »Schnallen. Cremes. Erotikzeug.«

Zollanger fuhr gegen sieben nach Hause. Seine Wohnung in der Bartningallee lag im achten Stock eines Hansaviertel-Neubaus. Sie hatte nichts Besonderes zu bieten. Neben einem Wohnzimmer verfügte sie über zwei Schlafzimmer, eine Cockpit-Küche und ein kleines, fensterloses Bad. Das Treppenhaus war kahl und roch entweder nach Putzmittel (montags) oder nach Essen (den Rest der Woche). Der Fahrstuhlkorb war so eng, dass man Gefahr lief, den Nasenwind von Mitreisenden zu spüren, weshalb Zollanger die acht Treppen nicht selten zu Fuß ging.

Nach seiner letzten Trennung hatte er keine Lust gehabt, sich wochenlang Wohnungen anzuschauen. Bei dieser hatte ihn die Aussicht überzeugt. Der Balkon, den man sowohl von der Cockpit-Küche als auch vom Wohnzimmer aus betreten konnte, war zwar zu schmal, um draußen sitzen zu können. Aber wenn man hinaustrat, sah man in fast alle Himmelsrichtungen auf die Baumkronen des Tiergartens hinab. Nur in südlicher Richtung verstellte der Totempfahl der Reichsgründung ein wenig die Sicht. Aber wenn die Sonne schien, glänzte die goldene Else und blinkten Bismarcks vergoldete Beutekanonen von Sedan.

Er warf seinen Mantel auf das Sofa, zog seine Schuhe aus, holte sich ein Bier aus dem Kühlschrank und trank die Dose im Stehen in einem Zug halb leer. Sein Blick fiel auf den Couchtisch und einen braunen DIN-A4-Umschlag. Er setzte sich auf die Couch und trank weiter. *Der Polizeipräsident zu Berlin* stand auf dem Absender. *Arbeitsmedizinischer Dienst.* Er schob den Umschlag mit den Zehen zur Seite. Der Bericht lag darunter, genauso, wie er ihn gestern hingeworfen hatte. *Psychologisches Gutachten. Patient: Martin Zollanger, Hauptkommissar.* Er schloss die Augen. Es war der einzige Ratschlag dieser Psychotussi, den er sich zu Herzen genommen hatte: *Schließen Sie die Augen und konzentrieren Sie sich einfach nur auf Ihren Atem. Zählen Sie langsam bis hundert. Wenn Sie es richtig machen, dann vergessen Sie das Zählen irgendwann.* So weit hatte er es zwar noch nie geschafft. Er kam immer bei vollem Bewusstsein bei hundert an. Aber die Übung gefiel ihm trotzdem.

Er trank noch einen Schluck und begann zu lesen. Die achtseitige Stellungnahme enthielt nicht viele Überraschungen. Zu ihrer Entschuldigung musste man sagen, dass diese Psychologen ja auch nicht viel besser dran waren als Leute wie er. Sie mussten jede Menge widersprüchlicher Fakten und Informationslücken zu einer überzeugenden Geschichte zusammen-

69

kleben. Und dann war die große Frage zu entscheiden: War Hauptkommissar Martin Zollanger nach seinem Ausraster noch für den Polizeidienst geeignet? Konnte irgendjemand erklären, warum ein sonst besonnener und stets überlegt handelnder Kollege plötzlich bei einem Einsatz die Nerven verlor? Ja, was sollte Frau Doktor da schon anderes schreiben, als dass ehemalige Ost-Bullen ein Autoritätsproblem haben?

Herr Zollanger wirkt kontrolliert und besonnen. Er behauptet einzusehen, dass sein Verhalten inakzeptabel war, aber es erscheint zweifelhaft, dass eine wirkliche Einsicht in die Falschheit seiner Handlungsweise gegeben ist. Herr Zollanger steht der Therapiesituation zutiefst misstrauisch gegenüber.

Das war wohl leicht untertrieben.

Die subjektiv wahrgenommene Kapitulation der Polizei vor dem Verbrechen macht ehemaligen Volkspolizisten erheblich mehr zu schaffen als ihren Kollegen aus dem Westen.

Er versuchte, die Sätze vor sich auf dem Papier irgendwie mit der Situation in Verbindung zu bringen, auf die sie sich bezogen: mit dem blutüberströmten Vierzehnjährigen auf dem regennassen Gehsteig. Mit der schreienden Mutter, die die ausgeschlagenen Zähne ihres Kindes vom Boden aufsammelte, während Sanitäter versuchten, das vor Schmerzen zuckende Opfer zu versorgen. In geringer Entfernung die grinsenden Visagen der beiden festgenommenen Siebzehnjährigen, Intensivtäter mit einem Vorstrafenkonto von weit über dreißig Straftaten, die sich »den kleinen Wichser« vorgeknöpft hatten, weil der seine Turnschuhe behalten wollte.

Für ehemalige Volkspolizisten steht die Durchsetzung staatlicher Interessen vor dem Interessenschutz von Individuen.

Über dreißig Fälle von Raub, Diebstahl, Nötigung und Körperverletzung reichten also nicht aus, ein staatliches Interesse zu begründen, das es gestattete, das individuelle Interesse pathologischer Schläger und Menschenquäler zu beschneiden und sie aus dem Verkehr zu ziehen. Und darunter litten ostdeutsche Polizisten angeblich mehr als westdeutsche? Das war schon interessant. Aber warum sprach die Psychologin überhaupt von Polizisten? Hatte die Polizei denn kapituliert? Über dreißig Mal hatte sie eingegriffen, gehandelt, ermittelt, die Schuldigen gefasst und der Justiz übergeben. Wenn jemand kapituliert hatte, dann die Justiz.

Dabei war er nicht einmal im Dienst gewesen. Er saß zufällig mit im Wagen, als der Notruf kam. Und er hatte sich auch gar nicht einmischen wollen. Die Sache war längst erledigt, als sie eintrafen. Die beiden Schläger saßen im Streifenwagen und grinsten. Das war alles. Der übel zugerichtete Junge wurde abtransportiert. Der Computer spuckte das Vorstrafenregister der beiden Schläger aus. Die Mutter schrie immer noch. Einer der Schläger rief ihr zu, sie solle aufpassen, denn wenn sie so weiterschreien würde, könnte es sein, dass sie auch bald aus der Schnabeltasse frühstücken würde.

Und da hatte er zugeschlagen.

Die autoritären Grundmuster der früheren DDR-Polizei werden vermutlich eher unter- als überschätzt. Nicht nur die wiedervereinigungsbedingte Verlierermentalität kann zu enormer Frustration und Aggression führen. Auch fällt es vielen ehemaligen Volkspolizisten schwer, sich daran zu gewöhnen, dass eine Gesellschaft mit Kriminalität leben muss und kann.

Er erinnerte sich, dass seine Handknöchel schmerzten, dass er seine Arme nicht bewegen konnte, dass sie mit Blaulicht durch die Stadt gerast waren und dass der Schläger ihn mit grenzenlosem Erstaunen anstarrte, während Zollangers Handabdruck sich allmählich rot auf seiner Backe abzeichnete. Jemand schrie Zollanger immer wieder an, aber er verstand nichts. Dann hielt der Bus in einem Hof, er wurde aufgefordert auszusteigen und in ein Gebäude abgeführt. Der Polizeiwagen fuhr weiter.

Wer seinen Beruf durch die Anzahl der Jahre definiert, die er Leute wegsperren kann, wird in der modernen Polizeiarbeit wenig Erfolgserlebnisse haben. Viele ehemalige Volkspolizisten haben Schwierigkeiten im Umgang mit Komplexität und Mehrdeutigkeit.

Zollanger warf die Dokumente vor sich auf den Couchtisch und erhob sich. Udo hatte recht gehabt. Er hätte das Gutachten gar nicht erst lesen sollen. Es war vernichtend ausgefallen. Aber was ihn kränkte, war gar nicht das harsche Urteil über ihn.

Das Unerträgliche daran war etwas ganz anderes. Er kam in diesen Zeilen gar nicht vor. Ja, das Gutachten attestierte ihm nicht einmal, ein Täter zu sein. Mein Gott. Er hatte zugeschlagen. Er. Ein Polizist! Reichte das nicht? War nicht wenigstens dies ein Beweis, dass er existierte? Dass er einen freien Willen besaß, entschieden hatte, das persönlich Richtige, aber gesellschaftlich Falsche zu tun – Selbstjustiz üben zu wollen bei vollem Risiko bezüglich der Konsequenzen?

Aber nein. Er war nicht einmal ein Täter. Ebenso wenig wie die beiden Schläger Täter sein durften. Er war nur ein frustrierter Ossi. Und die beiden Schläger konnten vermutlich hundertmal vor Gericht erscheinen – man würde ihnen trotzdem niemals zugestehen, autonom und eigenverantwortlich böse gehandelt zu haben. Ja, vielleicht war das sogar einer der Gründe für ihre unendliche Kette von Brutalität und Gemeinheit: Das politisch korrekte Rechtssystem dieser Gesellschaft hatte sie so weit erniedrigt, dass es sogar verschmähte, sie zu bestrafen. Sie waren realitätslose Subjekte, Unterworfene im letzten Wortsinn, absolute Opfer. Sie konnten quälen und demnächst wahrscheinlich auch noch morden, so viel sie wollten: Sie würden nie das Adelsprädikat eines Täters bekommen, sondern nur die armselige Wartezimmeridentität eines Patienten. Selbst als Täter waren sie noch Opfer. Existenzlos. Eine Folge von Umständen.

Er schaute sich die Zwanzig-Uhr-Nachrichten an, blieb eine

halbe Stunde vor der x-ten Dokumentation über das Attentat vom 11. September sitzen, aß eine Banane und schaltete den Fernseher aus, als eine Talkshow zum Thema »Pro und Contra Euroeinführung« begann. Wie viele Währungsunionen waren eigentlich in einem Leben zulässig, fragte er sich. Das Ende der Ostmark hatte seine Ersparnisse halbiert. Durch die Einführung des Euro war seine Kaufkraft nun noch einmal um mindestens ein Drittel gesunken. Aber immerhin hatte er mit Ersparnissen schon lange keine Probleme mehr.

Er stand auf, ging den Flur hinab, öffnete die Tür zum linken Schlafzimmer und legte den braunen Umschlag auf einem Ikea-Regal ab. Dabei ließ ihn die Ironie der Situation schmunzeln. Was hätte die Psychologin wohl erst in ihren Bericht geschrieben, wenn sie gewusst hätte, was alles auf diesen Regalen lag? Er ließ seinen Blick über die gut gefüllten Aktenordner schweifen. Dort, wo keine Ordner standen, stapelten sich Fotokopien und Zeitungsausschnitte. An der Wand, wo sich das Fenster befand, stand ein kleiner Schreibtisch. Daneben ein Gästebett und ein weißer, schmaler Kleiderschrank von einer noch billigeren Sorte als das Ikea-Regal. Zollanger ging auf den Schrank zu und öffnete ihn. Er war so gut wie leer. Nur ein einziges Kleidungsstück hing darin. Er holte es heraus, musterte den schwarzen Stoff, hielt sich den Umhang, der wie eine Richterrobe aussah, vor den Körper und betrachtete sich kurz im Spiegel, bevor er ihn wieder in den Schrank zurückhängte.

Er ging zum Schreibtisch. Papiere lagen kreuz und quer übereinander, bedeckt von einer feinen Staubschicht. Der Abreißkalender seiner Autowerkstatt war fast in den Spalt zwischen Tisch und Wand gerutscht und zeigte den 24. November an. Zollanger musterte den Tisch lange. Die Notiz von Tanja Wilkes kam ihm in den Sinn. Der Besuch des Mädchens. Er ging wieder zum Aktenregal und schaute in die zweitoberste Reihe. »Hilger« stand auf nicht weniger als vier

Aktenordnern. Die Ordner darüber hießen anders. »Zieten«
oder »BIG«. Der erste Ordner in der obersten Reihe war gelb
und schmal. Beschriftet war er mit »Anton Billroth«. Zollanger legte den Finger in das mit einem Metallring verstärkte
Loch, zog den Ordner heraus und öffnete ihn.

Auf der Innenseite des Aktendeckels klebte ein Foto. *Anton Billroth* stand darunter. *14.3.1943 – 7.12.2002.* Zollanger
betrachtete es eine Weile. Dann wanderte sein Blick zu dem
handschriftlich verfassten Brief, der zuoberst abgeheftet war.

4. Dezember 2002

*Lieber Martin. Dein Besuch heute hat mir gutgetan. Aber
machen wir uns nichts vor. Sehr viele Besuche werde ich
nicht mehr empfangen können. Du willst davon nichts
hören, aber ich weiß sehr gut, wie es um mich steht. Sie
werden übermorgen versuchen, die alten Leitungen um
die Pumpe herum freizustemmen, und wenn das nicht
klappt, dann ist es zu Ende. Ich habe eine realistische
Einschätzung meiner Chancen, und wenn du diesen Brief
bekommst, so bedeutet das, dass ich richtig gelegen habe
mit meiner Ahnung.*
*Ich bin übrigens nicht zu bedauern. Es gibt weitaus
schlimmere Todesarten als die, aus einer Narkose nicht
mehr zu erwachen. Und wenn ich an die Vorgänge denke, von denen ich in den letzten Monaten manchmal
ansatzweise gesprochen habe, solltest du mich ohnehin
eher beglückwünschen. Ich habe immer nur Andeutungen gemacht. Und als du genauer nachgefragt hast, habe
ich natürlich geschwiegen. Beruf verpflichtet, nicht wahr?
Aber der Grund war ein ganz anderer. Ich hatte Angst,
Martin.*
*Vor etwa sechs Monaten bekam ich Unterlagen zugespielt.
Ich wusste nicht, wer der Informant war. Aber eines sah*

ich recht schnell: Wenn die Dokumente echt waren, lief der Informant durchaus Gefahr, demnächst bei euch ein Aktenzeichen zu bekommen.

Die Geldströme, die in den gehackten Dateien dokumentiert sind, widersprechen jeglicher wirtschaftlichen Logik. Dennoch fanden und finden sie statt. Ich habe natürlich versucht, sie zu verstehen. Irgendwann habe ich äußerst vorsichtig damit begonnen, ein paar der Personen zu durchleuchten, die mit der Sache zu tun haben. Das war äußerst heikel, denn es sind klingende Namen, hochstehende Persönlichkeiten, einflussreiche Leute aus den obersten Etagen. Drei Tage nach meinen ersten harmlosen Anfragen wurde mein Büro durchsucht. Der »Besucher« muss von innen gekommen sein, denn er hat so gut wie keine Spuren hinterlassen. Sie waren ganz offensichtlich hinter meiner Quelle her. Ich habe den Kontakt sofort abgebrochen. Alle Spuren zu ihm hatte ich vorsichtshalber schon zuvor verwischt. Dann habe ich lange nachgedacht. Was hatte ich in der Hand? Illegal erworbene Unterlagen von einem anonymen Hacker. Und wer war die Gegenseite? Mein oberster Dienstherr.

Erinnerst du dich noch an unser Gespräch während eines Spaziergangs am Wannsee vor fünf oder sechs Jahren? An Allerheiligen? Ich hatte dich damals gefragt, wie es eigentlich war, in einem totalitären Staat Polizist zu sein. Deine Antwort lautete nur: Warum WAR? Und dann haben wir lange gestritten, über Rechtsstaatlichkeit, über Moral und Politik, über parlamentarische Kontrolle. Ich musste in letzter Zeit oft an dieses Gespräch denken.

Du hast damals gesagt, du hättest einmal ernsthaft daran geglaubt, dass in einer wahrhaft sozialistischen Gesellschaft das Verbrechen irgendwann verschwunden sein würde. Mein Berufsethos lautete anders. Ich war immer davon überzeugt, dass jede Generation Homo sapiens

*unweigerlich einen Haufen Hurensöhne hervorbringt,
und dass es die Aufgabe der Gesellschaft sein muss, dieses
Wolfsrudel in Schach zu halten. Tja, mein Lieber. Wir
haben uns beide geirrt. Anstatt der Verbrecher ist der
Sozialismus verschwunden. Und das Wolfsrudel gewinnt
jede Wahl.*

*Ich habe meinem Informanten dringend geraten, die
Finger von der Sache zu lassen und nicht ein zweites Mal
zu versuchen, Vorgänge aufzudecken, die man besser
stillschweigend erträgt. Warum den Helden spielen? Für
wen? Für die armen Schweine, die die obszöne Raffgier
unserer »Elite« ausbaden müssen? Für das Volk, das diese
Halunken auch noch wählt? Für die Generation Stöpsel in
den Ohren, die gar nichts kapiert?*

*Er ist untergetaucht. Ich habe nichts mehr von ihm gehört.
Aber ich mache mir Sorgen um ihn. Ich habe ihm deine
private Mail-Adresse gegeben. Ich hoffe, du nimmst es mir
nicht übel. Falls er sich bei dir meldet, dann hilf ihm bitte.
Er wird sagen, er heiße Anton ...*

Zollanger blätterte um. Die E-Mail, die dort ausgedruckt war,
stammte vom 24. September 2003. Es war nur ein Satz:

Anton bittet dringend um Rückruf unter folgender Nummer ...

Er blätterte weiter, überflog die Zeitungsausschnitte, die
Kopien der Ermittlungsakten, die er sich im November in
einem Anflug von schlechtem Gewissen gemacht hatte. Dann
schaute er wieder die E-Mail an, das letzte Lebenszeichen, die
Handynummer, die er nie angerufen hatte.

12

Was liest du denn da noch so spät?«, fragte Udo Brenner.

Sina sah von ihrem Schreibtisch auf. »Du bist noch hier?«, sagte sie überrascht. »Ich dachte, ich bin heute die Letzte.«

Sie schaute auf ihre Armbanduhr. Es war halb zehn. Wirklich keine Zeit, noch im Büro zu sitzen. An einem Freitagabend. Aber sie hatte sich festgelesen.

»Einen Bericht über Pendler und Streuner«, sagte sie. »Können wir wahrscheinlich nicht verwenden. Ich meine, wenn es überhaupt eine Serie wird.«

Udo Brenner stand noch immer im Türrahmen. Er hatte seinen Mantel an, Schal und Wollmütze in der rechten Hand.

»Aber du weißt ja, dass ich dieses akademische Zeug mag«, fuhr sie fort. »Kongresse und so.«

Er nickte. »Ja. Du hast schon merkwürdige Interessen. Und was sind bitte Pendler und Streuner?«

Sie streckte sich ein wenig. »Willst du das wirklich wissen? Dann komm wenigstens rein. Oder stehst du gern in Türrahmen herum? Thomas ist bestimmt schon im Sportstudio.«

»Also?«, fragte er, nachdem er Sina gegenüber an Krawcziks Schreibtisch Platz genommen hatte. »Was sagen uns die Gelehrten?«

»Sie stellen fest, dass es Leute gibt, die plötzlich anfangen, andere Menschen umzubringen. Erst einen, dann noch einen, dann immer mehr.«

»So. Das habe ich auch schon gemerkt.«

»Ein Professor aus England behauptet nun, dass sie sich

in zwei Gruppen einordnen lassen. Der Pendler verlässt sein gewöhnliches Lebensumfeld, um seine Taten zu begehen. Er fährt irgendwo hin, um zu morden. Manchmal in einen anderen Landkreis oder eine andere Stadt.«

»Geschäftsreise also.«

»Von mir aus. Der Streuner ist anders. Er schlägt mal hier, mal da zu, aber fast immer in relativ geringer Entfernung zu seinem Wohnort oder Lebensmittelpunkt.«

»Aha. Und inwiefern kann uns diese Erkenntnis helfen?«

»Es ist ein Faktor, wenn man die Tatorte zueinander ins Verhältnis setzt. Es entstehen unterschiedliche Muster.«

Brenner schob die Unterlippe vor, was ihm, wie Sina fand, nicht gut stand. Glücklicherweise sprach er gleich weiter.

»Dazu muss man aber wissen, welche Taten vom gleichen Täter begangen wurden.«

»Klar. Irgendetwas muss man immer wissen. Sonst kann man nicht anfangen zu analysieren.«

Er stand auf, ging um den Tisch herum, blieb neben ihr stehen und betrachtete die Aufsätze, die vor ihr lagen.

»Darf ich mal sehen?«, fragte er.

»Klar. Bitte.«

»*Zur Abgrenzung defensiver, offensiver, nekrophiler und inszenatorischer Leichenzerstückelung*«, las er. »*Leichenschändung als Protesthaltung. Criminal mutilation of the human body in Sweden*. Mannomann, Sina. Also wenn du mich fragst, dann ist ja genau das die Scheiße mit der Wissenschaft. Nachher ist man immer schlauer.«

Sina lächelte gequält. Sie hätte längst nach Hause gehen sollen. Aber Hendrik war übers Wochenende zu seinen Eltern gefahren. Zu Hause war niemand. Und außerdem beschäftigte sie der Tag noch. Freitagabend hin oder her.

»Udo, ist irgendetwas?«

Er griff nach dem nächsten Dokument, einem Bericht, aus dem ziemlich viele gelbe Haftnotizen herausschauten.

»*Vorläufiger Abschlussbericht der Sonderkommission ›Torso‹. Hannover, 14. August 1979.* Was ist denn das?«, fragte er. »Klingt ja ganz vertraut.«

Sina überlegte. Sie kannte Udo. Er kam nie direkt zur Sache. Irgendetwas schien ihm quer zu sitzen.

»Es gibt Parallelen«, sagte sie, »War aber ein ganz anderer Fall.«

»Erzähl doch mal.«

Er legte die Dokumente wieder hin und kehrte auf seinen Platz zurück.

»Im September 1975 wurde in den Fanggittern eines Kraftwerks bei Hannover eine weibliche Leiche angeschwemmt«, sagte Sina. »Kopf, Hals sowie beide Arme fehlten. Die Bauchdecke war durch mehrere Schnitte geöffnet worden. Die Todesursache konnte nicht nachgewiesen werden.«

»Schon toll«, sagte Udo. »Wofür bezahlen wir diese Leichenschnippler eigentlich?«

»Die Frau war dreißig bis fünfunddreißig Jahre alt. Knapp fünf Monate später, im Januar 1976, fand man den nächsten Torso. Die linke Hälfte an einer Ausfallstraße, die rechte etwa hundert Meter entfernt am Fuß einer Böschung. Es war wieder einer weibliche Leiche. Identität nicht feststellbar. Das Opfer war Anfang zwanzig. Im Juni wurden wieder Körperteile an der ersten Fundstelle entdeckt. Zwei Unterarme mit Hand, zwei Oberarme, zwei Unterschenkel und ein Fuß.«

»Na prächtig.«

»Diesmal stammten die Körperteile von einem Mann. Um die vierzig, eins achtzig groß. Mehr war nicht herauszufinden. Die Polizei tappte völlig im Dunkeln. Handelte es sich um Gewaltopfer? War der Täter ein Mörder oder nur ein Leichenschänder? War das Ganze ein Jux?«

»Ein Jux?!«

»Ja. So stand es damals in der Zeitung. Die Leichenteilfunde zogen sich über den ganzen Sommer. Im Juni fand man den

79

linken Unterarm eines Mannes auf einer Wiese. Im Juli entdeckte eine Spaziergängerin in einem Waldstück den Unterleib einer Frau, der dort weniger als vierundzwanzig Stunden zuvor abgelegt worden war. Willst du noch mehr hören?«

»Nein, du kannst es auch zusammenfassen.«

Sina blätterte ans Ende der Studie, wo sie sich ein paar Notizen gemacht hatte.

»In einem Zeitraum von etwa zwei Jahren fand man fünfzehn Teile von fünf verschiedenen Leichen. Der Täter hatte sie alle in einem Umkreis von nur etwa zwei Kilometern unweit der Polizeidirektion in einem großstädtischen Gebiet abgelegt. Nach zwei Jahren war noch immer keine einzige Leiche identifiziert. Noch nicht einmal die Todesursache der Opfer war bekannt. Das änderte sich erst mit dem letzten Fall. Am 17. Dezember 1977 stolperte ein Jogger neben der Landstraße von Hannover nach Wunstorf über einen weiblichen Torso. Kopf, Arme und Beine fehlten. Das Opfer war eine dreißig- oder vierzigjährige Frau. Bei der Obduktion fand man einen Brustkorbdurchschuss, Einschüsse am Rücken rechts auf Höhe des achten Brustwirbelkörpers und in Höhe des Lendenwirbelkörpers. Wer die Frau war, konnte allerdings auch diesmal nicht ermittelt werden. Danach war erst einmal Schluss.«

Sina klappte die Studie wieder zu.

»Und?«, fragte Brenner. »Wer war's? Ein Streuner oder ein Pendler?«

»Keine Ahnung«, sagte Sina und ignorierte die Anspielung. »In den letzten fünfundzwanzig Jahren hat es niemand herausgefunden.«

»Was? Fünf Leichen und kein Täter? Und keine Sau vermisst einen dieser Toten?«

»Sieht so aus.«

»Gefühlskalte Gesellschaft, dieser goldene Westen, nicht wahr?«

Wieso fing er denn jetzt damit an? Wollte er den Ossi-Wessi-Walzer mit ihr tanzen? Das war doch sonst nicht seine Art. Brenner war Berliner. West-Berliner. Mit knapper Not mit Papa und Mama über den Zaun gesprungen, als die Mauer hochgezogen wurde. Diese Leute ritten auf dem Thema üblicherweise nicht herum.

»Udo, was willst du?«

»Warum liest du so etwas überhaupt?«

»Um zu sehen, ob ich irgendwelche Anhaltspunkte finde.«

»Und?«

»Bisher sieht es nicht so aus. Die Aufklärungsrate bei dieser Art Gewalttat ist deprimierend niedrig.«

Brenner erwiderte nichts. Er lehnte sich zurück, schaute sie lange an und sagte dann: »Du warst doch heute mit Zolli essen, oder?«

»Ja. Kohlrouladen. War gar nicht schlecht.«

»Wie fandest du ihn?«

»Wieso?«

»Einfach so. Wie kam er dir vor?«

Sina wusste nicht, was sie sagen sollte. Ihr war nichts aufgefallen. Zollanger war Zollanger. Ruhig, freundlich, kontrolliert. Man sah ihm nicht an, wie scharf er denken konnte. Ja, man sah ihm so gut wie gar nichts an.

»Was soll diese Frage, Udo?«

»Du weißt doch genau, dass etwas mit ihm ist.«

»Nein. Das weiß ich nicht.«

»Ich sage nur: Januar.«

»Das kann jedem mal passieren«, erwiderte sie. »Er war in Therapie. Sie haben ihn wieder eingesetzt. Also was soll das?«

Brenner ließ einen Augenblick verstreichen. Dann sagte er: »Ich mache mir Sorgen um ihn, Sina. Zolli hat keine Lust mehr. Das sieht man zehn Meilen gegen den Wind. Er hat die Schnauze voll. Und ich muss sagen, ich kann ihn verstehen.«

Sina erwiderte nichts. Sie spürte, dass sie sich verspannte, versuchte aber, sich nichts anmerken zu lassen.

»Ich habe Angst, dass er noch einmal Mist macht, und dann wird es richtig schwierig für ihn, verstehst du, was ich meine?«

Sina schüttelte unwirsch den Kopf und hob abwehrend beide Hände.

»Kein weiteres Wort, Udo, okay? Erstens habe ich überhaupt nicht den Eindruck, dass Martin sich nicht im Griff hat. Und wenn es so wäre, dann ist es nicht unsere Aufgabe, hinter seinem Rücken darüber zu reden, oder?«

»Du kennst ihn nicht so lange wie ich«, entgegnete Brenner. »Irgendetwas stimmt nicht mit ihm. Und ... Mann, er hat noch zwei Jahre. Wenn er jetzt noch einmal Scheiße baut, kann es teuer für ihn werden. Meinst du nicht, wir könnten ihn ein bisschen im Auge behalten?«

»Und wie stellst du dir das vor? Udo, das ist doch absurd.«

Brenner faltete die Hände und stützte das Kinn auf.

»Deshalb rede ich ja mit dir. Du magst ihn. Das weiß ich. Und ich auch. Und das war's dann auch schon. Findeisen, Brodt und Draeger mögen Zolli nicht besonders. Und Krawczik hasst ihn. Das weißt du so gut wie ich. Und wenn Krawczik eine Gelegenheit findet, sich auf Zollis Kosten eine Beförderung zu verdienen, dann wird er sie nutzen. Meinst du nicht? Oder willst du in zwei Jahren unter Thomas Krawczik arbeiten?«

Sina drehte die Augen zum Himmel. Wie sie solche Gespräche hasste! Udo Brenner sah sie lange an. Aber Sina schwieg.

»Denk wenigstens mal darüber nach«, sagte Brenner und erhob sich.

Sina zuckte mit den Schultern. Nein, unter Krawczik wollte sie nicht arbeiten. Aber unter Udo Brenner?

13

Die Birkenstämme lagen noch da. Elin blieb stehen, stellte ihren Rucksack ab und ließ den Ort auf sich wirken. Sie atmete die nasskalte Luft, schaute zu der stämmigen Eiche hinauf und dann wieder auf die in Dreiecken gestapelten Birkenstämme darunter. Der Holzstoß war knapp einen Meter hoch. Ein paar Stämme waren heruntergerollt und lagen daneben im Laub.

Als sie vor zehn Tagen das erste Mal hergekommen war, hatte sie fast eine Stunde gebraucht, um die Stelle zu finden. Das Polizeiprotokoll nannte eine Flurstücknummer. Aber sie besaß keinen Flurplan und musste sich an der Lagebeschreibung des Fundorts orientieren. *Fußläufig etwa zehn Minuten nördlich vom Waldparkplatz Schulzendorfer Chaussee gelegen.* Zehn Minuten, wenn man die genaue Richtung kannte.

Ein Weg führte jedenfalls nicht hierher. Elin drehte sich um und schaute auf die Spuren, die sie hinterlassen hatte. Der Untergrund war mit Laub bedeckt. Hier und da lag Schnee, aber durch den engen Baumbestand war hier nicht so viel gefallen wie auf den freien Flächen. Dennoch zeichnete sich ihre Spur recht deutlich ab.

Sie stand still da und schaute sich um. Es gab nicht viele Eichen. Nadelwald dominierte. Tannen und Kiefern. Egal, in welche Richtung man schaute, sah man entweder kahle Kiefernstämme oder Gebüsch. Eine kleine Gruppe von Tannen schirmte den Ort vor Blicken ab, wenn man vom Waldparkplatz her kam. Spaziergänger würden nicht ohne weiteres hierherfinden. Der Ort war leicht zugänglich und dennoch isoliert. Das Heulen einer Flugzeugturbine war in der Ferne vernehmbar. Aber der Lärm war gedämpft. Sonst war hier nichts zu hören. Auch nicht die Autos auf der Schulzendorfer Chaussee.

Elin ging zu dem aufgeschichteten Holzstoß und schaute zu einem starken Ast hinauf, der aus dem Stamm der Eiche herausragte. Dort oben war das Seil befestigt gewesen. Sie setzte vorsichtig einen Fuß auf den obersten Birkenstamm, stemmte sich auf den Stapel hinauf und richtete sich auf. Sie streckte die Arme aus und versuchte, den Ast zu umfassen. Aber ihre Fingerspitzen streiften nur die Rinde. Eric war einen Kopf größer als sie gewesen. Hätte er den Ast umfassen können, um ein Seil daran festzuknoten? Oder hatte er die Birkenstämme noch höher aufgeschichtet?

Sie sprang wieder von dem Stapel herunter. Zwischen den Bäumen schien sich etwas bewegt zu haben. Sie kniff die Augen zusammen und spähte angestrengt in das Dickicht hinein. Aber sie konnte nichts sehen. Der Wald war nun wieder völlig still. Nichts regte sich. Nur ihr Herz, das ängstlich pochte. Dieser Ort war schon tagsüber unheimlich.

Sie machte sich auf den Rückweg zum Waldparkplatz. Mehrmals musste sie hochstehenden Wurzeln ausweichen. Wenn es schon bei Tageslicht nicht einfach war, hier durchzukommen, wie sollte man dann erst nachts diesen Weg bewältigen? Ohne eine Lampe. Und ohne Ortskenntnis. Oder war Eric zuvor schon einmal hier gewesen? Aber wozu?

Als sie den Waldrand erreichte, entdeckte sie Cemals grünen Opel Corsa. Der Motor lief, und Cemal saß noch im Wagen. Eine verkleckste Tapezierleiter lag mit Spanngurten festgezurrt auf dem Dachgepäckträger. Elin ging auf den Wagen zu. Das Motorengeräusch erstarb. Cemal stieg aus.

»Du bist echt mit dem Fahrrad hier rausgekommen?«, fragte er. » Bei der Schweinekälte. Mann, das ist einfach hammerhart. Ich hätte dich doch abgeholt.«

Sie gab ihm die Hand, ging dann zum Kofferraum, öffnete ihn und holte die beiden Taschen mit den Seilen und dem Klettergerät heraus.

»Ich bin doch sowieso gefahren«, sagte er. »Wo ist also der Unterschied?«

»Der Unterschied ist, dass du dich dann nicht aufregen würdest.«

»Ich rege mich doch gar nicht auf.«

»Warum kommst du dann immer auf dieses Thema zurück? Du kennst doch die Antwort. Ich setze mich in kein Auto. Punkt. Reicht dir das nicht?«

Cemal schüttelte den Kopf. »Kein Auto. Kein Döner. Kein Bargeld. Das soll einer kapieren.«

»Shell. Schlachthäuser. Shareholder. Was ist da so schwer zu kapieren?«

Cemal ließ die Verschlüsse der Spanngurte aufschnappen und zog die Leiter vom Dach herunter.

»Und du glaubst im Ernst, dass deine Radelei und deine Möhren irgendetwas an der Welt ändern?«

»Klar. Sicher.«

»So. Was denn?«

»Ich muss nicht mehr so oft kotzen, wenn ich in den Spiegel schaue.«

Cemal öffnete den Mund, aber es kam keine Antwort. Schließlich drehte er die Augen zum Himmel, schulterte die Leiter und stapfte hinter ihr her auf den Wald zu.

Die erste halbe Stunde verbrachte Elin damit, den Holzstapel ab- und wieder aufzubauen. Sie stellte fest, dass es ganz schön schwierig war, die unterschiedlichen Blöcke so anzuordnen, dass sie stabil aufeinanderlagen. Mehr als sechs Lagen schaffte sie nicht. Cemal wollte helfen, aber sie wehrte ab. Wenn Eric angeblich allein hier gewesen war, dann musste sie auch alle Vorgänge alleine rekonstruieren.

Als die sechs Lagen aufgeschichtet waren, stieg sie auf den

Stapel und prüfte, ob sie jetzt ein Seil an dem Ast festbinden konnte. Ohne große Mühe gelang es ihr, das Seilende über den Ast zu werfen und darunter zu verknoten.

»Wie war das Seil denn befestigt?«, wollte Cemal wissen.

»Ich weiß es nicht genau«, sagte Elin. »Tatortfotos haben die uns keine gezeigt. Nur Protokolle.«

Sie schaute ihre Hände an. Sie starrten vor Schmutz. An manchen Stellen klebte Harz auf ihrer Haut.

»Jedenfalls stand nirgendwo, dass Eric schmutzige Hände gehabt hat. Hast du deine Kamera dabei?«

Cemal nickte und zog eine kleine Canon aus der Innentasche seines Mantels. Elin streckte ihre Hände aus. Cemal schoss zwei Fotos von ihren Handflächen.

»Und jetzt?«

»Der Ast. Ich brauche die Leiter. Hilfst du mir?«

Sie trugen die Leiter zu der Eiche und stellten sie zwischen den Baum und den Holzstapel.

»Gibst du mir die Kamera?«

Cemal reichte sie ihr. Elin stieg rasch hinauf und kam auf den letzten beiden Sprossen zum Stehen. Von hier aus konnte sie die Oberseite des Astes gut sehen. Sie begann sogleich zu fotografieren. Hatte die Polizei diesen Ast untersucht? Der mutmaßliche Tathergang aus dem Protokoll besagte, dass Eric den Holzstapel aufgeschichtet hatte, um das Seil festbinden zu können. Danach habe er den Stapel benutzt, um sich zu erhängen.

Und diese Kerbe?

Elin schaltete das Zoom ein und schoss mehrere Bilder von der Stelle.

»Cemal. Hast du mal eine Münze?«

»Was, Bargeld? Und was ist mit Shell und den Schlachthäusern ...«

»Hör auf mit dem Scheiß. Ich brauche eine Münze.«

Er griff in seine Hosentasche, bekam ein Fünfzig-Cent-

Stück zu fassen und warf es ihr zu. Sie hielt die Münze nah an die Abschürfung, um den Größenvergleich zu erfassen, und fotografierte erneut. Dann suchte sie den restlichen Ast nach Spuren ab. Aber da war nichts. Nur ein wenig Moos.

»Holst du mir bitte das Klettergeschirr«, rief sie Cemal zu.

Er ließ die Leiter los, die er bisher festgehalten hatte, ging zu den beiden Taschen und holte das Verlangte. Elin blieb gleich oben, fing das Geschirr auf, das Cemal ihr zuwarf, legte es an und fädelte dann das freie Seilende durch die Karabinerhaken. Sie rückte die am Ast befestigte Schlinge eine Handbreit neben die abgewetzte Stelle, stieg auf den Holzstapel, stellte die Seillänge an ihren Karabinern so ein, dass sie etwa einen Meter weit fallen würde, und sprang in den leeren Raum zwischen den Birkenstämmen hinein. Ein Ruck erschütterte den Ast, und der Baum erzitterte ganz leicht. Elin baumelte hin und her.

Cemal half ihr wieder aus dem Holzstoß heraus. Sie ließ das Geschirr an, kletterte die Leiter hinauf, löste den Knoten und untersuchte die Stelle, wo die Seilschlinge auf dem Ast aufgelegen hatte. Ihr »Sturz« hatte kaum mehr als eine kleine Einbuchtung auf der bemoosten Rinde hinterlassen. Elins Herz begann plötzlich wie wild zu schlagen. So eine banale Beobachtung. Solch eine lächerlich einfache Tatsache! Sie starrte auf die alte Abschabung, die zehn Wochen zuvor entstanden war, und auf den frischen Abdruck daneben. Die alte Spur sah völlig anders aus. Sie war merklich breiter und erheblich tiefer als das, was ihr Experiment hinterlassen hatte.

»Was machen wir jetzt?«, fragte Cemal.

Elin deutete auf das Seil, das wieder heruntergefallen war. Cemal hob es auf und reichte es ihr. Sie warf ein Ende über den Ast und stieg von der Leiter.

»Ich will, dass du mich hochziehst«, sagte sie und fädelte

das Seil wieder durch die Ösen des Klettergeschirrs. »Aber pass bitte auf, dass es dort oben nicht verrutscht.«

Cemal straffte das Seil und zog dann probehalber ein wenig an, um zu schauen, ob der Winkel das Seil in Position hielt. Dann zog er noch fester. Elin begann, ein Stück über dem Boden zu schweben.

»So recht?«, fragte er und lächelte.

Sie schaute ihn irritiert an. »Warum grinst du?«

»Na ja. Dass du dünn bist, wusste ich ja. Aber so ein Fliegengewicht. Echt irre. Wie hoch hättest du es gern?«

»Du hast recht. Lass uns tauschen.«

»Tauschen?«

»Ich bin zu leicht. Ich will sehen, wie es aussieht, wenn man einen Mann von Erics Größe hochgezogen hätte.«

Cemal schien jetzt erst zu begreifen, was Elin überhaupt tat. Er griff nach der Canon, schaltete die Wiedergabe ein und betrachtete die Aufnahmen, die Elin gemacht hatte.

Dann legte er stumm das Korsett an, fixierte die Karabiner und stellte sich in Position. »Schaffst du das auch?«, fragte er ernst, als Elin das Seil straff zog.

Sie wunderte sich selbst, wie einfach es ging. Cemal war nicht so groß wie Eric. Aber er war korpulenter. Wie viel hatte ihr Bruder gewogen? Vermutlich nicht viel mehr oder weniger als Cemal. Sie zog ihn zweimal auf eine Höhe von etwa einem Meter. Dann ließ sie ihn wieder herab. Anschließend stieg sie die Leiter hinauf und begutachtete den Ast. Was sie sah, schnürte ihr die Kehle zusammen. Die drei Spuren lagen deutlich sichtbar nebeneinander. Die alte Abschürfung, die Druckstelle von ihrem ersten Sprung und die neue Abschürfung. Sie fotografierte die Stellen sowohl einzeln als auch im Gesamtbild. Sie dachte an Zollanger. Er würde kein ruhiges Wochenende haben! Dafür würde sie sorgen.

»Kommst du mit zu uns?«, fragte Cemal, als sie fertig waren. »Mittagessen?«

»Bist du sicher, dass das eine gute Idee ist?«, fragte Elin.

»Natürlich. Warum denn nicht?«

»Hast du Nuran gefragt?«

Cemal drehte die Augen zum Himmel.

»Nuran hat nichts gegen dich. Und Yesmin liebt blonde Mädchen. Komm schon. Du musst auch kein Fleisch essen.«

Elin war skeptisch, nahm die Einladung aber doch an. Sie brauchte fast eine Stunde für die Strecke. Aber wie immer bescherte ihr das Fahrradfahren einen klaren Kopf. Kein Bulle hatte sich ernsthaft mit dieser Sache beschäftigt. Das war sicher. Die Fotos, die sie gemacht hatte, sprachen Bände. Aber während sie durch den einsamen Wald radelte, fiel ihr ein noch merkwürdigeres Detail aus dem Untersuchungsbericht ein. Die Seilstücke. Sie waren erst am zweiten Tag gefunden worden. Zwei Polizisten hatten den Fundort von Erics Leiche untersucht und in geringer Entfernung drei fast gleich lange Seilstücke sichergestellt. Sie waren mit dem Strangmaterial identisch. Warum die Stücke indessen dort herumlagen, wurde nirgendwo erklärt.

Elin grübelte während der ganzen Fahrt nach Kreuzberg darüber nach. Sie hatte eine Idee. Aber als Nuran ihr die Tür öffnete und die kleine Yesmin begeistert Elins linkes Bein umarmte, vergaß sie ihren Einfall vorübergehend.

Cemals und Nurans Wohnung war nicht groß. Dafür besaß die ebenerdig gelegene Altbauwohnung nach hinten einen kleinen Garten, der im Winter zwar kaum zu nutzen war, dafür aber einen Blick auf Sträucher und einen Obstbaum bot. Der Hauptraum wurde als Wohn- und Esszimmer genutzt. Überall lag Kinderspielzeug herum. Nuran versuchte, freundlich zu sein, aber Elin spürte, dass die Frau sie nicht mochte und es völlig überflüssig fand, dass Cemal sie eingeladen hatte. Reichte es nicht, dass ihr Mann ihr bereits den ganzen Samstagmorgen geopfert hatte? Misstrauisch beäugte sie die Taschen mit den Klettergeschirren, die Cemal im Flur abgestellt hatte und die eine unwiderstehliche Anziehungskraft auf die kleine Yesmin auszustrahlen schienen. Immer wieder zog das Kind an den Seilen. Elin verstand die türkischen Worte nicht, mit denen Nuran ihren Mann plötzlich angiftete, aber da Cemal die beiden Taschen rasch in ein anderes Zimmer brachte, konnte sie es sich auch so zusammenreimen.

Das Essen war vorzüglich. Tarhanasuppe, Pilaw, Yufkataschen mit Schafskäse und Spinat, Gemüseragout und Kichererbsenpüree. Das Lammfleisch rührte Elin nicht an, was aber kommentarlos akzeptiert wurde. Die meiste Zeit über sprach Cemal. Über seinen Laden. Über Kreuzberg. Über die Frage, in welchen Kindergarten Yesmin gehen sollte. Nuran sagte fast nichts. Dennoch hatte Elin das Gefühl, dass sie ohnehin alles entschied.

»Es schmeckt ganz wunderbar«, sagte Elin irgendwann, was Nuran für etwa eine halbe Sekunde ein Lächeln auf das ansonsten abweisende Gesicht zauberte. Mehr Gelegenheiten, die frostige Atmosphäre zu lockern, boten sich nicht. Kaum war das Essen beendet, verschwand Nuran, die heftig protestierende Yesmin an der Hand, die gerne noch länger die blonden Härchen auf Elins Unterarmen untersucht hätte.

Cemal schaute peinlich berührt vor sich auf den Tisch, versuchte aber erst gar nicht zu erklären, was er nicht erklären konnte.

»Trotzdem vielen Dank«, sagte Elin. »Für alles. Du hast mir heute sehr geholfen.«

»Keine Ursache. Was willst du jetzt machen?«

»Ich werde den Chef dieser Polizeiabteilung aufsuchen und ihm meine Meinung sagen.«

Cemal schüttelte skeptisch den Kopf. »Und dann? Was versprichst du dir nur davon? Der wird dich doch gar nicht empfangen. Mit der Polizei kann man nicht reden. Höchstens, wenn die was von dir wollen.«

Elin legte den Kopf schief. Dann lächelte sie. »Da hast du etwas sehr Interessantes gesagt.«

Cemal begriff nicht. Aber bevor er weitersprechen konnte, kam Elin ihm zuvor. »Darf ich dich noch um einen letzten Gefallen bitten? Nur eine Kleinigkeit?«

»Klar. Bitte.«

»Ich brauche das Seil. Das aus dem Wald.«

Cemal erhob sich langsam.

»Dauert es lange?«, fragte er. »Du weißt schon, Nuran ist irgendwie allergisch gegen dieses Kletterzeug.«

»Ein paar Minuten, Cemal. Nur das Seil.«

Cemal ging ins Nebenzimmer und holte das Verlangte. Als er zurückkam, hatte Elin ein Maßband auf dem Tisch ausgerollt. Ihre Digitalkamera lag daneben. In der rechten Hand hielt sie das Brotmesser. Cemal beäugte sie argwöhnisch.

»Hier«, sagte er und reichte ihr das Seil.

Elin schnitt ein Stück von einem Meter Länge ab, legte es neben das Maßband und fotografierte das Seil.

»Warum tust du das?«, fragte Cemal.

»Ich erkläre es dir nachher, wenn du willst. Aber erst muss ich sehen, ob meine Vermutung zutrifft. Setzt du dich bitte kurz hier hin?«, bat sie und deutete dabei auf den Stuhl neben sich.

Cemal tat es.

»Streck bitte deine Hände aus.«

Cemal folgte ihrem Wunsch. Elin legte das Seil über seine beiden Handgelenke, wickelte es dreimal herum und verknotete es.

»Was soll das?«, fragte Cemal unsicher.

»Ein Experiment«, antwortete Elin, nahm das Brotmesser und schnitt die Fesselung an einer einzigen Stelle durch. Sie sammelte die Seilstücke auf und legte sie neben dem Maßband auf dem Tisch ab. Cemal wartete, aber Elin rührte sich nicht. Sie stand einfach, starrte vor sich auf den Tisch und sagte nichts. Er erhob sich und trat neben sie. Jetzt erst sah er, dass sie Tränen in den Augen hatte.

»Was … was ist denn?«, fragte er leise.

Sie deutete auf die Seilstücke.

»Im Obduktionsbericht stand, dass man ein paar Meter von Erics Leiche entfernt drei fast gleich lange Seilstücke gefunden hat. Eine Erklärung dafür hat niemand.«

Cemal wusste nicht, was er sagen sollte. Ein leises Geräusch an der Tür ließ ihn herumfahren. Nuran stand da und schaute ihn mit ihren schwarzen Augen zornig an. Elin richtete das Objektiv ihrer Kamera auf den Tisch, schoss rasch zwei Bilder und packte ihre Sachen.

14

Sie trafen sich am Samstagmorgen um zehn Uhr im Besprechungsraum. Die Leinwand war heruntergelassen. Harald Findeisen hatte einen Laptop vor sich stehen, Günther Brodt schaltete an einem Beamer herum, der an der Stirnseite des Raumes auf einem Projektortisch stand. Die anderen saßen um den großen Tisch herum und unterhielten sich leise. Die Anlage war brandneu, und keiner wusste damit umzugehen. Irgendwann erschien endlich ein dunkelblaues Feld auf der Leinwand. In der unteren linken Ecke lief ein Count-down. Als er bei Null angelangt war, verschwand die blaue Fläche, und eine Großaufnahme des Lichtenberger Torsos erschien. Augenblicklich wurde es still im Raum.

Genau so hatten Zollanger, Findeisen, Draeger und der Kriminalbeamte aus Lichtenberg das Ding gestern gefunden. Das Objekt lehnte an einem Betonpfeiler. Aus der Ferne sah man nur den Ziegenkopf. Der Torso war durch eine dunkelblaue Schärpe verhüllt. Ein goldfarbener Schal war mehrfach um den Halsbereich geschlungen. Die Lider des toten Tieres waren halb geschlossen.

Findeisen ließ seine Auswahl der Tatortaufnahmen Foto für Foto vorüberziehen. Zollanger betrachtete die Aufnahmen und musterte gleichzeitig die Mienen seiner Kollegen. Die Show dauerte etwa zwei Minuten. Die Nahaufnahmen waren ekelhaft. Und je näher Findeisen die Einzelheiten heranzoomte, desto weniger schienen die Bilder auszusagen.

»Thomas«, sagte Zollanger, an Krawczik gewandt, »wie wäre es, wenn du heute mal moderieren würdest?«

»Gut«, antwortete Krawczik. »Fangen wir mit den Tatorten an. Harald. Günther. Was habt ihr für uns?«

»Wir haben sechs verschiedene Schlaflager in der Abrissplatte entdeckt«, sagte Findeisen, »allerdings keines im achten Stock.«

»Habt ihr einen der Penner befragen können?«

Zollanger lehnte sich zurück und hörte zu. Er spürte, dass Sina ihn anschaute, aber er sah bewusst nicht zu ihr hin.

»Nein. Bisher haben wir noch keinen ausfindig machen können«, sagte Findeisen.

»Irgendwelche auffälligen Gegenstände?«

»Nein. Nur das Übliche. ALDI-Tüten mit Pennermüll.«

»Was ist mit Fußspuren?«

»Es gibt jede Menge«, antwortete jetzt Günther Brodt. »Um das Gebäude herum wurde letzte Woche noch gearbeitet.«

»Also tagsüber Baustellenbetrieb und nachts Obdachlose.«

»Ja.«

»Wie viele Leute insgesamt?«

»Ein paar Dutzend. Mindestens.«

Krawczik wandte sich an Roland Draeger. »Haben wir die Namen der Firmen und des Gebäudeeigentümers?«

»Ja. Das Gebäude gehört einer Berliner Investmentgesellschaft. Die Bauleitungsfirma habe ich auch. Soll ich anfragen, wer letzte Woche auf dem Gelände war?«

»Ja«, sagte Krawczik. »Was sonst noch? Wie ist das Ding dorthin gekommen? Habt ihr irgendein Transportmittel gefunden?«

Findeisen und Brodt schüttelten gleichzeitig die Köpfe.

»Keinen Rollkoffer? Oder eine Sackkarre? Eine Person kann den Torso ohne Gerät schwerlich transportiert haben. Und zwei wären vermutlich aufgefallen.«

Zollanger stand auf und schrieb *Behälter?* auf eine Tafel hinter sich. Als er sich wieder umdrehte, traf ihn Sinas Blick. Sie fixierte ihn fragend, aber er schaute einfach wieder weg.

»Hat sich jemand um die Mobilfunkdaten der Funkzelle gekümmert?«, fragte Krawczik als Nächstes und blickte in die Runde. Niemand antwortete. Nach einigen Sekunden wandte sich Draeger an Zollanger. »Soll ich mich darum kümmern, Chef?«

Zollanger nickte nur.

»Tempelhof auch?«

»Ja. Sicher.«

»Da waren zweitausend Leute«, wandte Krawczik ein.

Zollanger blickte in die Runde. Er bemerkte einen stummen Blickwechsel zwischen Udo und Sina. »Udo. Was ist mit dir? Du sagst heute gar nichts.«

Udo räusperte sich. »Du ja auch nicht, Martin.«

Zollanger ignorierte den Vorwurf. »Wenn wir die Nummern kreuzen und eine finden, die am gleichen Abend an beiden Orten auftaucht, wäre das doch großartig, oder? Also Roland, du besorgst die Tempelhof-Daten.«

»Was ist mit dem Tatablauf?«, riss Krawczik die Gesprächsleitung wieder an sich. »Der Lichtenberger Torso ist nach Weyrichs Schätzung am Donnerstagabend aus dem Gefrierfach geholt und in die Abrissplatte transportiert worden. Der Ziegenkopf war relativ frisch. Das Lamm in Tempelhof ebenfalls. Jedenfalls waren die nicht tiefgefroren. Die Frage ist: Wer tut so etwas? Wer tötet am Nikolaustag zwei Tiere, weidet eines aus, köpft das andere und klemmt sich dann auch noch einen gefrorenen Frauentorso unter den Arm? Ein Einzeltäter? Oder mehrere? Laufen in dieser Stadt gleich zwei oder drei Verrückte herum, die so etwas machen?«

Niemand antwortete. Krawczik sprach weiter.

»In jedem Fall braucht man für so etwas einen Wagen, und zwar keinen kleinen, denn die Ladung ist ja unappetitlich, muss also versteckt werden. Am späten Abend fährt unser Lieferant in der Siegfriedstraße vor. Wann? Sagen wir zwischen elf und ein Uhr nachts, denn er will nicht beobachtet werden. Oder war der erste Stopp in Tempelhof? Müssen wir vielleicht über zwei getrennte Gruppen nachdenken, die parallel arbeiten? Ich möchte einmal folgende Frage stellen: Wer hier im Raum ist der Ansicht, dass wir es mit einem Scherz oder grobem Unfug zu tun haben? Denn wenn wir das ausschließen könnten, wäre es einfacher.«

»Ich würde es nicht ausschließen«, meldete sich Sina. Krawczik schüttelte den Kopf. Die anderen schienen seine Skepsis zu teilen, sagten aber nichts.

»Gut«, fuhr Krawczik fort. »Auch wenn wir diese Möglichkeit nicht hundertprozentig ausschließen können, lassen wir sie erst einmal beiseite. Eine andere Frage, die wir uns stellen sollten: spontane oder geplante Handlung?«

»Geplant«, sagte Findeisen.

»Warum?«

»Der oder die Täter mussten eine Menge Material besorgen. Die brauchten Vorlaufzeit.«

»Was bedeutet das für die Tatorte?«

Diesmal antwortete Brodt: »Vermutlich nicht zufällig.«

»Vermutlich«, bestätigte Krawczik. »Und ich würde außerdem darauf tippen, dass die Tatorte ausgekundschaftet wurden. Der Club in jedem Fall. Das heißt: Sie könnten für den Täter eine Bedeutung oder Funktion haben. Was für eine Vorlaufzeit müsste man dafür veranschlagen. Tage? Wochen?«

Was soeben noch wie der Beginn einer tragfähigen Analyse ausgesehen hatte, zerfaserte bereits wieder zu vagen Annahmen. Bei einer gefrorenen Leiche erübrigten sich Zeitschätzungen.

Die Fragen, die Krawczik stellte, hatte sich Sina alle schon selbst aufgeschrieben. War die Frau ermordet worden? Und war sie ermordet worden, um sie später so zuzurichten? Oder hatte der Tod der Frau mit der späteren Verstümmelung vielleicht gar nichts zu tun?

Und warum hörte Zollanger nur so unaufmerksam zu?

15

ollte sie einfach klingeln? Sie schaute an der Hausfassade
Bartningallee 11 hinauf. Hinter ihr rasselte eine S-Bahn
Richtung Lehrter Bahnhof vorbei. Danach wurde es sofort
wieder still. Die Straße war voll mit geparkten Autos, aber
menschenleer. Die sonst allgegenwärtigen Köter mit ihren
Herrchen oder Frauchen im Schlepptau hatten ihren Mor-
genschiss anscheinend bereits erledigt. Die Luft roch merkwürdig. Es dauerte eine Weile, bis Elin klarwurde, was ihr
daran seltsam vorkam. Der Kohlegestank fehlte.

Sie ging um das Haus herum. Er wohnte irgendwo da oben.
Laut Klingelschild im achten Stock. Lebte er allein? Hatte er
eine Frau? Eine Freundin? Familie? Nein, sie konnte nicht
einfach klingeln. Sie würde warten. Sie schaute sich nach einer
Parkbank um, sah jedoch keine. Die einzige Sitzgelegenheit,
die sie ausmachen konnte, war ein dunkelgrüner Behälter, der
zusammenhanglos zwischen zwei neu angepflanzten Birken
herumstand. *Streugut* war darauf zu lesen. Die Oberfläche
war trocken. Sie streifte ihren Rucksack ab und setzte sich.

Den Eingang von Nummer 11 hatte man von hier gut im
Blick. Sie wartete. Sie hatte keine Ahnung, wie Hauptkommissar Zollanger aussah. Aber gewiss nicht so wie die Figuren, die innerhalb der ersten Stunden das Wohnhaus verließen.
Der erste Kandidat, der eventuell in Frage kam, war ein Mann,
der gegen halb zwölf in der Tür erschien. Er trug dunkelblaue
Cordhosen und feste Schuhe, einen beigefarbenen Wollpullo-
ver und einen dunkelgrünen Parka mit einer Menge Taschen.
Er war nicht sehr groß, vielleicht einen Meter siebzig. Sein

97

Gesicht konnte sie aus der Entfernung nicht gut erkennen. Er trug zu seinem schwarzen Schal eine entsprechende Mütze, und so konnte sie nicht sehen, ob er noch Haare hatte oder eine Glatze. Auf jeden Fall musste er schon etwas älter sein. In jeder Hand trug er eine Tüte, ging auf die Tonnen neben der Einfahrt zu und versenkte die eine in dem blauen, die andere in dem schwarzen Behälter. Dann band er sich den Schal fester um, zog den Reißverschluss seiner Jacke hoch und ging weiter.

Elin rutschte von der Streusandkiste herunter und folgte ihm in einigem Abstand. Als sie sah, dass der Mann auf einen Pfad abbog, der in den Park hinter dem Haus führte, beschleunigte sie ihren Schritt und schloss langsam zu ihm auf. Es bereitete ihr keine Mühe. Der Mann ging nicht schnell. Offenbar hatte er ein Problem mit dem linken Bein. Als sie näher herangekommen war, sah sie ein paar graue Haarbüschel unter seiner schwarzen Mütze herausragen. Sie verlangsamte ihren Schritt und blieb dann stehen. Nein. Das war wohl nicht ihr Mann, sondern irgendein Rentner. Der Mann blieb plötzlich stehen und drehte sich nach ihr um. Als sie sein Gesicht sah, ging sie auf ihn zu. So alt war er auch wieder nicht. Aber wie ein Polizist sah der Mann nicht aus, dachte sie.

Die Situation war zu weit gediehen. Der Mann hatte offenbar gespürt, dass sie ihm gefolgt war. Sie musste etwas sagen, sonst hätte es merkwürdig gewirkt.

»Herr Zollanger?«, sagte sie.

Er blinzelte nur.

Elin war drei Meter von ihm entfernt stehen geblieben. Sie schaute ihn stumm an. Der Mann war offenbar ebenso verblüfft wie sie. Er hielt den Kopf merkwürdig schief, als habe er etwas gehört und nicht richtig verstanden.

»Ah«, sagte er nach einer kurzen Pause. »Sie sind Elin Hilger.«

Sie zuckte mit den Schultern. Sie wusste plötzlich nicht mehr, was sie erwidern sollte.

»Ich gehe gerade frühstücken. Kommen Sie mit?«

Er hatte gar nicht auf eine Antwort gewartet, sondern war einfach weitergegangen. Und sie war ihm gefolgt. Zollanger strebte auf einen Flachbau zu, hinter dessen großen Fensterscheiben ein Bistro zu sehen war. »Akademie der Künste« stand in großen Lettern auf dem Vordach.

Zollanger setzte sich an einen Tisch am Fenster und lud Elin mit einer Geste ein, ihm gegenüber Platz zu nehmen. Dann bestellte er zweimal Milchkaffee.

»Ich trinke keinen Kaffee«, sagte sie.

»Tee?«

Sie nickte.

»Bitte Tee für die Dame.«

»Ich frühstücke sonntags immer hier«, sagte er. »Kennen Sie die Akademie der Künste? Es gibt immer ein italienisches Frühstücksbüffet.«

»Nein«, antwortete Elin. »Ich komme aus Hamburg. Und bitte, gehen Sie nur ans Büffet. Ich habe schon gefrühstückt.«

Sie blieb sitzen, während Zollanger sich bediente. Sie hatte keinen Hunger. Sie hatte zwei Stunden zuvor Müsli mit Apfelschnitzen gegessen. Also nippte sie nur an dem Tee, der dampfend vor ihr stand, und beobachtete den Kommissar.

»Es tut mir leid, dass Sie mich am Freitag verpasst haben«, sagte er, als er wieder am Tisch saß. »Ich halte meine Termine normalerweise ein. Aber es war nicht meine Schuld. Ein Einsatz. Verstehen Sie? Also, was kann ich für Sie tun? Es geht um Ihren Bruder, nicht wahr?«

Sie öffnete ihren Rucksack, holte eine blaue Plastikmappe heraus und legte sie auf den Tisch.

»Mein Bruder ist ermordet worden. Ich will, dass die Ermittlungen neu aufgenommen werden. Bin ich da bei Ihnen an der richtigen Adresse?«

Zollanger schnitt eine Mozzarellascheibe entzwei, legte ein

Basilikumblatt darüber und träufelte ein wenig Olivenöl darauf.

»Das ist ein schwerwiegender Vorwurf, Frau Hilger.«

Sie schob ihm die blaue Plastikmappe hin. »Hier steht drin, was in Ihrem Protokoll alles fehlt. Und noch einiges mehr. Punkt für Punkt. Bitte lesen Sie es. Und dann sagen Sie mir, was ich tun kann.«

Er schaute kurz auf die Mappe, rührte sie aber nicht an.

»Können Sie mir ein Beispiel nennen, was fehlt?«

»Zum Beispiel eine plausible Erklärung dafür, wie mein Bruder mitten in der Nacht in den Tegeler Forst gekommen sein soll?«

»Mit einem Taxi. Oder mit dem Bus. Oder vielleicht auch zu Fuß. Vielleicht hat ihn jemand mitgenommen.«

»Es wurde kein Fahrschein bei ihm gefunden. Keine Geldbörse. Keine Schlüssel und keine Papiere. Finden Sie das normal?«

»Nein. Aber Selbstmord ist nie normal, Frau Hilger. Selbstmörder handeln unter schwerem seelischen Druck. Sie sind in keinem normalen Geisteszustand, wenn sie die Tat begehen.«

»So. Aber sie schleppen ein Kletterseil mit sich herum, schleichen nachts in ein abgelegenes Waldstück, immerhin fünfzehn Kilometer von ihrer Wohnung entfernt, stapeln in völliger Dunkelheit Holzstämme, die dort zufällig herumliegen, zu einer Rampe auf, knüpfen einen professionellen Henkersknoten …«

»… ich könnte Ihnen eine Menge Fälle nennen, wo noch sehr viel mehr Ungereimtheiten zusammengekommen sind und dennoch kein Fremdverschulden vorlag. Ihr Bruder war depressiv, Frau Hilger.«

»Wer sagt das?«

»Zwei Zeugen, die befragt wurden. Ich weiß ihre Namen nicht mehr, aber ich habe die Vernehmungen gelesen. Ich glaube, es waren Arbeitskollegen.«

Elin schaute angewidert zur Seite. Zollanger sprach weiter. »Ihre Familie hat nur einen zusammenfassenden Bericht bekommen. Die Ermittlungen waren erheblich umfangreicher, als Ihnen scheint.«

»Woher hatte er das Seil?«

»Das müsste ich nachlesen.«

»Hatte Eric schmutzige Hände?«

»Frau Hilger, ich habe die Akte nicht auswendig im Kopf. Aber es wird im Obduktionsprotokoll vermerkt sein.«

»Wo kann ich diese Akten einsehen?«

Ihr Herz klopfte. Ihre Stimme zitterte ein wenig. Sie spürte, dass der Mann das bemerkte. Er sprach ruhig weiter.

»Die Unterlagen liegen bei der Staatsanwaltschaft. Akteneinsicht bekämen Sie nur über einen Anwalt. Und auch nur dann, wenn ein begründeter Verdacht vorliegt. Es ist ein aufwendiger Vorgang. Die Akten müssen gesichtet werden. Manche Unterlagen müssten wegen der Datenschutzbestimmungen aussortiert werden. Was glauben Sie, wie oft Angehörige von Menschen, die sich das Leben genommen haben, zu uns kommen und behaupten, es sei nicht richtig ermittelt worden. Ich verstehe Sie. Sie haben eine geliebte Person verloren. Sie können nicht begreifen, was Ihr Bruder getan hat. Da haben wir sogar etwas gemeinsam. Ich habe meinen Bruder auch nie begriffen.«

Er unterbrach sich. Elin wartete. Der Satz war dem Mann offenbar so herausgerutscht. Aber was ging sie das Privatleben dieses Polizisten an? Sie schüttelte unwirsch den Kopf und wollte etwas erwidern, aber er kam ihr zuvor:

»Die Zweifel, die Sie haben, werden die Polizeiakten nicht vollständig ausräumen können. Denn eine Erklärung für den Tod Ihres Bruders haben wir ja in der Tat nicht. Aber es ist auch nicht unsere Aufgabe, das Sterben von Menschen zu erklären. Wir ermitteln Straftaten. Und wir können nur sagen: Es gab keinerlei Anzeichen für Fremdverschulden.«

Elin öffnete ihre blaue Mappe, holte die Fotos heraus, die sie gestern Morgen im Wald gemacht hatte, und legte eines davon vor Zollanger hin. Er schaute kurz darauf, aß jedoch weiter.

»Was sehen Sie hier?«, fragte sie.

»Einen Ast mit einer Druckstelle.«

»So sah der Ast aus, an dem das Seil gehangen hat.« Sie legte ein zweites Foto auf das erste. »Und so sah er aus, nachdem ich nachgestellt habe, was in Ihrem Protokoll steht. Und das hier …«, sie legte das dritte Foto über das zweite, »… ist eine Aufnahme von der gleichen Stelle, nachdem ich einen Mann von zirka fünfundsiebzig Kilogramm Körpergewicht an einem über den Ast geworfenen Seil hochgezogen habe.«

Zollanger legte seine Gabel ab und betrachtete die Fotos. Dann legte er sie wieder hin, nahm seine Gabel wieder zur Hand, steckte das Stück Rührei, das sich noch darauf befand, in den Mund und kaute bedächtig.

Elin wartete. Zollanger kaute und schluckte, griff nach seiner Kaffeetasse, trank einen Schluck, griff dann nach seiner Serviette und tupfte sich den Mund ab.

»Wenn ich mich richtig erinnere, dann war Ihr Bruder vor seinem Tod seit fünf Monaten arbeitslos. Er hat im vergangenen Sommer versucht, mit einem türkischen Partner einen Internettelefonladen aufzumachen. Die technische Anlage dafür hat er bestellt und erhalten, aber nicht bezahlt. Es lief ein Beitreibungsverfahren gegen ihn. Ich glaube, es ging um dreißigtausend Euro. Seine Wohnung war verwahrlost. Die Geschäftsräume, die er angemietet hatte, waren in halbrenoviertem Zustand und nach Aussage des Vermieters seit Wochen verlassen. Sowohl mit seiner Geschäftsraummiete als auch mit seinen Kreditraten war er mehrere Monate im Rückstand.«

Elin deutete auf die Fotos.

»Was hat das hiermit zu tun?«

»Spuren ohne Kontext sagen nichts aus. Wir wissen nicht

genau, wie Ihr Bruder sich erhängt hat. Was im Protokoll steht, ist eine Hypothese aufgrund der Faktenlage. Ihre Rekonstruktion beweist vielleicht, dass diese Annahme ungenau oder sogar falsch gewesen sein kann. Aber sie beweist nicht, dass Ihre Annahme stimmt. Ihr Bruder kann alles mögliche mit diesem Seil veranstaltet haben. Hat er es über den Ast geworfen und dann erst mehrfach daran gezogen, um zu schauen, ob der Ast auch hält? Ist es ihm beim Versuch, es zu befestigen, vielleicht mehrfach abgerutscht? Wir wissen das alles nicht. Aber wir wissen, dass Ihr Bruder große finanzielle Probleme hatte, keiner festen Arbeit nachging, unter recht verwahrlosten Umständen lebte ...«

»Eric hatte Angst«, unterbrach ihn Elin mit gepresster Stimme.

»Vor wem?«

»Ich weiß es nicht. Aber ich weiß, dass er sich kaum noch nach Berlin traute. Er war fast den ganzen Sommer über in Hamburg und sonstwo. Aber nicht in Berlin.«

»Typisch für Leute, die Schulden haben.«

»Eric hatte Geld.«

»Wo? Auf seinem Konto waren fast fünftausend Euro Miese.«

»Das wissen Sie also alles«, stieß Elin erregt hervor. »Aber in Wirklichkeit wissen Sie überhaupt nichts.«

Sie raffte ihre Fotos zusammen, steckte sie in die Mappe, griff nach ihrem Rucksack und ihrer Lederjacke und stand auf. Zollanger rührte sich nicht, sondern schaute sie nur an.

»Wissen Sie, Frau Hilger. Im Grunde dürfte ich gar nicht mit Ihnen reden.«

Elin atmete tief durch. War der Mann vielleicht noch stolz auf seinen beschissenen Beruf?

»Warum tun Sie's dann?«

Zollangers linkes Augenlid zuckte kurz. Aber er erwiderte nichts.

16

Inga Zieten war keine ängstliche Person. Und sie hatte auch keinerlei Grund, argwöhnisch zu sein, als sie am Sonntagabend ihren MINI in die Tiefgarage des Appartementgebäudes am Steglitzer Kreisel lenkte. Sie nahm nicht viel von ihrer Umgebung wahr. Erstens war sie von eineinhalb Stunden Powertraining, die hinter ihr lagen, ziemlich erschöpft. Zweitens steckten zwei kleine weiße Kopfhörer in ihren Ohren, aus denen mit ziemlicher Lautstärke *Genie in a Bottle* von Christina Aguilera zu hören war. Sie hätte den merkwürdigen Herrn, der neben dem Aufzug in der Dunkelheit auf sie wartete, auch ohne Kopfhörer nicht früher wahrgenommen. Und selbst wenn. Am Gang der Ereignisse hätte es nichts geändert.

Inga Zieten war zu diesem Zeitpunkt dreiundzwanzig Jahre alt. Sie hatte ein sorgloses Leben geführt, war als einzige Tochter von Ulla und Hans-Joachim Zieten in einer Grunewalder Stadtvilla aufgewachsen, hatte die letzten zwei Schuljahre an einem Privatgymnasium in der Schweiz absolviert und danach in Genf und Los Angeles eine Wirtschafts-, Finanz- und Managementausbildung durchlaufen. Das Ganze hatte um die zweihunderttausend Dollar gekostet, was allerdings angesichts der Kontakte und Berufsperspektiven, die sich daraus ergaben, eher preiswert erschien. Natürlich hätte sie auch ohne ein solches Studium in das verzweigte Geschäftsimperium ihres Vaters eintreten können. Die Kunst, beim Jonglieren mit öffentlichen Geldern reich zu werden, lernte man ohnehin nicht im Hörsaal. Aber ihr Vater hatte nun einmal gewünscht, dass sie sich erst einmal ein wenig in der Welt umschaute, bevor sie bei ihm einstieg, wie er das nannte.

Inga Zieten war intelligent, aber nur mäßig hübsch, was in beiden Fällen daran lag, dass sie ihrem Vater in fast allem ähnlicher war als ihrer Mutter. Seit sie Julia Roberts in Erin Brockovich gesehen hatte, traktierte sie zwar ihre glatten dunkelbraunen Haare regelmäßig mit Föhn und Lockenwicklern, aber das führte nur dazu, dass sie aussah wie jemand, der wie jemand anderes aussehen wollte. Die etwas zu fülligen Waden und ihre bereits sich andeutende Hüftschwere gingen aus jedem noch so teuren Powertraining unbeschadet hervor. Gegen die kühle, blassgrüne Irisfärbung, die sie anstelle der braunen Augen ihrer Mutter von ihrem Vater geerbt hatte, war schon gar nichts zu machen. Der Gesamteindruck von Inga war der einer Zwanzigjährigen, bei der überall bereits die Vierzigjährige durchschimmerte, wobei sich allerdings die Frage stellte, ob das nicht auch an ihrem Lebensstil lag. Inga berechnete ihr Jahresbudget nicht. Die Kosten für ihre Penthouse-Wohnung, ihren MINI Cabrio und ihre laufenden Ausgaben ganz allgemein kannte sie nur vage. Ebensowenig wie ihre Mutter wusste sie, was mit Hilfe der diversen Karten, mit denen sie ihre Einkäufe tätigte, am Monatsende vom Konto abgebucht wurde. Irgendwie ging das alles zu einem Steuerberater, der daraus Betriebskosten für eine von Hans-Joachim Zietens zahlreiche Firmen machte.

If you wanna be with me, baby there's a price to pay, sang Christina Aguilera gerade, als Inga auf ihren Parkplatz rollte. Sie stoppte kurz vor dem an die Hauswand geschraubten Nummernschild, schaltete den Motor aus, zog den Zündschlüssel ab und öffnete die Tür. Sie schaute sich kurz in der Tiefgarage um, registrierte die gut beleuchtete Fahrstuhltür in etwa zehn Metern Entfernung und die kleine rote Zahl darüber, die anzeigte, dass der Fahrstuhl sich gerade im neunten Stock befand. Sie brauchte sich also nicht zu beeilen. Sie schloss die Fahrertür, trat ans Heck des Wagens und öffnete den Kofferraum. Ihre Sporttasche lag da. Christina Aguilera sang: *I'm a genie in a bottle baby, you gotta rub me the right way honey.*

Und dann spürte sie etwas. Einen Luftzug in ihrem Rücken. Daher drehte sie sich um, anstatt nach ihrer Tasche zu greifen. Und was sie da sah, war sehr merkwürdig. Da kam jemand auf sie zu. Ein Mönch? Oder so etwas Ähnliches. Der Mann trug jedenfalls eine schwarze Kutte, wie sie sie von Mönchen oder Priestern kannte. Seine Hände steckten in seinen Ärmeln. Wollte er sie etwas fragen? Inga richtete sich auf und begann damit, die Kopfhörer aus ihren Ohren herauszuziehen. *Hormones racing at the speed of light ...,* hörte sie noch. Dann stand der Mann direkt vor ihr, lächelte sie an und presste plötzlich etwas Kaltes und Feuchtes auf ihr Gesicht. Inga rutschte nach hinten, schlug mit dem Hinterkopf gegen die geöffnete Hecktür, begriff schlagartig, dass sie gerade überfallen wurde, versuchte ihre Arme zu heben, spürte dabei, dass irgendetwas mit ihrem Körper nicht mehr funktionierte, hatte plötzlich keinerlei Kontrolle mehr über ihre Beine, sackte zusammen und fiel in ein schwarzes Loch.

17

Wir sind uns auf der CEBIT begegnet«, erzählte Alexandra. »Am 24. März.«

Elin schrieb sich das Datum auf. Die junge Frau schaute auf den Tisch und schnippte ihre Asche in den Aschenbecher. Sie saßen im ersten Stock des Schwarzen Cafés. Alexandra hatte den Treffpunkt vorgeschlagen. Ihr Hotel lag um die Ecke. Um zwölf hatte sie einen Termin bei der Vertretung der Europäischen Kommission, deren Büro nicht weit entfernt von hier lag. Sie hatten also knapp eine Stunde.

Elin hatte die junge Frau sofort erkannt. Sie sah genauso aus wie bei der Beerdigung vor sechs Wochen. Helle Haut, dunkle Augen, rabenschwarze Haare hinten hochgesteckt. Erics letzte Eroberung. Oder doch etwas mehr? Sie war Elin schon bei der Beerdigung aufgefallen, weil sie sich so markant vom Typ Jule und den üblichen Tussen unterschied, die Eric normalerweise angeschleppt hatte. Sie hatte sogar erwogen, sie anzusprechen. Aber Alexandra war noch vor dem Ende der Trauerfeier verschwunden. Im Kondolenzbuch hatte sie nur zwei Wörter hinterlassen. *Warum? Alexandra.*

»Du hast vermutlich unsere E-Mails gelesen, oder?«

»Ich musste herausfinden, wer Alexandra ist.«

»Dann weißt du ja alles.«

»Ich wollte deine Adresse«, sagte Elin. »Und ich weiß gar nichts. Nur eines: Eric hat sich nicht das Leben genommen.«

Alexandra schaute sie lange an, bevor sie etwas erwiderte.

»Wenn du recht hättest, müsstest du mit der Polizei sprechen und nicht mit mir.«

»Die Polizei sieht keinen Grund dafür, Fragen zu stellen. Deshalb stelle ich sie.«

Alexandra ergriff Elins Hand und entwand ihr sanft den Kugelschreiber.

»Ich weiß nicht, in was für Geschichten dein Bruder verwickelt war. Und ich will auch in nichts davon hineingezogen werden. Okay?«

Elin klappte ihren Notizblock zu. Alexandra gab ihr den Kugelschreiber zurück.

»Was für Geschichten?«, wollte Elin wissen.

Alexandra zog an ihrer Zigarette. Eric musste sehr verliebt gewesen sein, denn er hatte Raucher nicht leiden können. Oder rauchte sie erst neuerdings?

»Ihr wart euch sehr nah, nicht wahr?«, fragte Alexandra, wobei Elin die Skepsis in ihrem Blick nicht entging.

»Hast du Geschwister?«, fragte sie zurück.

Alexandra schüttelte den Kopf. »Leider nicht. Die Ehe meiner Eltern hielt gerade mal lange genug, um mich hervorzubringen.«

Elin hatte das Gefühl, dass gleich noch etwas folgen würde, und wartete.

»Mein Vater ist Grieche«, fuhr Alexandra schließlich fort, als sei damit alles gesagt.

»Meiner ist Deutscher«, sagte Elin. »Hat aber auch nichts genützt. Jedenfalls hat er meine Mutter ständig betrogen. Allerdings war ich schon unterwegs, als sie es gemerkt hat. Sie war übrigens Schwedin. Vielleicht liegt es ja daran. Mischehen taugen wohl nichts.«

»Du bist jünger als Eric?«

»Ja. Zweieinhalb Jahre.«

»Und deine Mutter?«

Gab es eine andere Möglichkeit, diese Frau zum Reden zu bringen? Elin überlegte nicht lange. Sie hatten nur diese knappe Stunde.

108

»Ist nicht mehr am Leben. Blutkrebs, sagen die Ärzte. Aber ich denke, es war mein Vater. Eric war elf. Ich war neun. Ja, man kann sagen, dass wir uns ziemlich nah waren.«

Alexandra biss sich auf die Lippen.

»Hat er dir nichts erzählt?«

»Nein.«

»Na ja, so viel Zeit hattet ihr ja auch nicht.«

Alexandra drückte ihre Zigarette aus.

»Was wollte Eric auf der CEBIT?«, fragte Elin.

»Er schaute sich irgendwelche Geräte an. Telefonanlagen, glaube ich.«

»Für seinen Internetladen?«

»Ja. Irgendsowas.«

»Und du?«

»Ich hatte einen Job. Als Hostess.«

»Und dann?«

»Na ja. Wir haben uns im Frühjahr ziemlich oft gesehen, hauptsächlich in München. Er kam manchmal für mehrere Tage.«

»Und du kamst nicht nach Berlin?«

»Nein.«

»Wolltest du nicht?«

»Es ergab sich nicht. Und Eric war lieber in München. Er hat seinen Job in Berlin gekündigt und wollte im Herbst loslegen mit seiner neuen Idee. Er hatte ziemlich viel Zeit. Ich auch.«

Eric hatte nie von Alexandra erzählt. Aber das entsprach nur einer unausgesprochenen Regel zwischen ihnen. In Erics Frauengeschichten tauchten gewisse Muster auf, die Elin an ihrem Vater hasste. Und Eric wollte sie nicht hassen. Auf keinen Fall. Deshalb hatte sie nie nach seinen Frauen gefragt.

»Und wie war er? Deprimiert? Schwermütig?«

»Hast du deinen Bruder in dieser Zeit nicht gesehen?«

»Nur einmal. Ende August. Da war er für ein paar Tage in Hamburg.«

Alexandra trank einen Schluck von ihrer mittlerweile lauwarmen Schokolade.

»Eric war kein schwermütiger Typ. Ich habe ihn überhaupt nie bekümmert oder bedrückt gesehen. Aber ich habe ihn auch nie in seinem normalen Umfeld erlebt. Wir hatten immer nur Urlaub zusammen. Er kam nach München, wir gingen aus, unternahmen etwas in der Stadt oder in der Natur.«

»Und Pläne hattet ihr keine?«

»Na ja, ich hatte Aussicht auf einen Job in Brüssel. Und er hatte diese fixe Idee mit dem Internetladen in Berlin. Das war alles ungewiss und offen, aber irgendwie war uns das beiden recht.«

»Und dann?«

Alexandra schwieg einen Augenblick. Elin versuchte zu erraten, was in der Frau vor sich ging. War ihr das Gespräch unangenehm? Wühlte es Erinnerungen auf? Oder warum senkte sie jetzt die Stimme?

»Ich weiß nicht mehr genau, wann das war«, berichtete nun Alexandra, »aber irgendwann im Juni bekam Eric bei einem seiner Besuche in München ein ganze Menge Telefonanrufe und SMS. Er hatte ja immer mehrere Handys, auch so ein teures, mit dem man Daten versenden konnte. Ich weiß noch, dass er ein paar Tage lang laufend am Telefon hing. Und oft, wenn es klingelte, schaute er auf die Anzeige und nahm nicht ab.«

»Und inwiefern war das etwas Besonderes?«

»Na ja, es sah so aus, als ob er mit irgendjemandem ziemlich Ärger hatte.«

»Hast du ihn gefragt?«

»Ja.«

»Und?«

»Er sagte, sein alter Chef wolle noch ein paar Dinge von ihm erledigt bekommen, wozu er keine Lust hätte.«

»Das hat er wörtlich so gesagt?«

»Ja, mehr oder weniger.«

»Und dann?«

»Nichts. Als er das nächste Mal kam, hatte er ein neues, einfaches Handy und so eine Kartennummer. Er gab sie mir. Ich dachte mir damals nichts dabei. Er hatte seinen Job nicht mehr. Also hatte er die teuren Telefone zurückgegeben. Aber vor ein paar Tagen habe ich das hier gefunden.«

Sie zog einen braunen Umschlag aus ihrer Handtasche und schob ihn mit einer raschen Bewegung über den Tisch. Elin wollte danach greifen, aber Alexandra ließ ihre Hand noch darauf liegen.

»Ich will damit nichts zu tun haben, verstehst du?«, sagte sie. »Ich habe den Umschlag erst vor ein paar Tagen gefunden. Beim Packen. Ich habe keine Ahnung, warum er ihn bei mir versteckt hat.«

Elin wartete. Ihr Herz schlug schneller. Es war ein brauner, völlig gewöhnlicher wattierter DIN-A6-Umschlag. Bis auf ein Detail. Im Absenderfeld war ein Firmenaufdruck zu sehen. Elin konnte nur die erste Zeile lesen, aber das reichte ihr schon.

»Ohne diesen Umschlag würden wir beide nicht hier sitzen. Ich hätte dir gar nicht gesagt, dass ich nach Berlin komme. Und ich gebe ihn dir nur unter einer Bedingung: Du sagst niemandem, woher du ihn hast, okay?«

Elin nickte stumm. Alexandra zog langsam ihre Hand zurück. Elin nahm den Umschlag an sich.

Er war geöffnet und dann mit einem Klebestreifen wieder verschlossen worden.

»Er steckte zwischen meinen Büchern«, erklärte Alexandra. »Weiß der Himmel, warum er ihn dort deponiert hat.«

Elin riss den Klebestreifen ab und griff hinein. Zum Vorschein kam eine kleine Plastikhülle, in der drei SIM-Karten steckten. Sie starrte die kleinen Plastikchips ratlos an. Dann hob sie den Blick und fixierte Alexandra. Die war bereits aufgestanden.

»Ich bezahle unten«, sagte sie. »Alles Gute.«

Elin blieb sitzen. Nach einer Weile schob sie die Plastikhülle mit den Karten in den Umschlag zurück und verschloss ihn wieder. Den Firmenaufdruck im Absenderfeld kannte sie längst auswendig. *Berlin Investment GmbH. BIG. Kurfürstendamm 76.*

Erics alte Firma.

18

Sie haben das Tier also nicht angefasst?«, fragte Zollanger und wartete, bis der Dolmetscher übersetzt hatte. Es war einfach mühselig, diese Befragungen mit Dolmetscher. Und was sollte die Putzfrau schon bemerkt haben? Aber irgendwo mussten sie ja anfangen. Der armen Frau stand der Angstschweiß auf der Stirn. Offenbar hatte sie noch immer nicht begriffen, dass sie überhaupt keiner Straftat verdächtigt wurde, sondern lediglich mithelfen sollte, eine aufzuklären.

In Lichtenberg hatte sich trotz erneuter intensiver Befragung in der Nachbarschaft kein einziger verwertbarer Zeuge auftreiben lassen. In Tempelhof standen sie vor dem umgekehrten Problem. Die Liste der Online-Buchungen für die »Bad Santa Party« war mittlerweile eingegangen, neunhundertdreiundsiebzig an der Zahl. Aber was sollten sie damit machen? Sollten sie Jean-Pierre Fontaine aus Toulouse und Günther Henlein aus Duisburg vorladen und fragen, ob sie bei ihrem Berlinbesuch ein totes Lamm im Gepäck gehabt hatten? Nach welchem Muster sollten sie die Liste der Namen durchgehen? Und was war mit den tausend anderen, die im Vorverkauf oder an der Abendkasse bar bezahlt hatten? War der Täter nicht wahrscheinlicher in dieser Gruppe zu finden?

Udo Brenner befragte im Nebenraum schon den ganzen Morgen über die Angestellten und das Sicherheitspersonal des Trieb-Werks, ohne dass sich irgendetwas Konkretes dabei ergeben hätte. Ein ganz normaler Abend sei es gewesen. Nein, niemand habe auffällig viel Gepäck dabeigehabt und wenn, dann nur das Übliche: Masken, Ketten, Lederkram.

Als Zollanger gegen vierzehn Uhr bei Staatsanwalt Frieser anrief, hatte er ihm daher auch kaum Neuigkeiten zu berichten.

»Sie haben also noch immer keine klare Richtung?«

»Nein.«

»Das heißt also, entweder wir haben Pech, und es bleibt, wie es ist, oder wir haben Pech, und es passiert noch etwas.«

»Ja. So würde ich es auch ausdrücken.«

»Und wie würden Sie es beschreiben, wenn wir ein wenig Glück hätten?«, fragte Frieser.

»Vielleicht finden wir in der Gästeliste des Trieb-Werks einen Schafhirten«, schlug Zollanger vor. »Wobei ich bezweifle, dass Schafhirten ihre Clubtickets online buchen. Aber wer weiß. Variante zwei: Wir arrangieren uns mit der Abteilung 21 des Landeskriminalamts, und ich kann Krawczik und Draeger nach Friedrichshain schicken, um einen Verdächtigen oder einen möglichen Zeugen einzusammeln.«

»Was sagen Sie da?«

»Die Telekom hat heute Morgen die Handydaten der Funkzelle geliefert, wo die Abrissplatte steht«, erklärte Zollanger. »In der fraglichen Zeit ist dort mehrmals telefoniert worden. Und zwar …«, er fischte den Ausdruck aus seinen Unterlagen, »… um 22:24 Uhr und um 23:03 Uhr. Die Verbindungen dauerten stets nur ein paar Sekunden, sind aber bereits zugeordnet. Wir haben die drei Anschlussteilnehmer.«

»Das ist ja großartig«, entfuhr es Frieser. »Worauf warten Sie also noch?«

»Das Problem ist: Den Anrufer kennt man schon bei uns. Die Nummer wird seit geraumer Zeit observiert.«

»Von wem?«

»Vom LKA. Abteilung 21. Betäubungsmittel. Der Besitzer der observierten Nummer panscht und vertreibt im großen Stil Partydrogen. Die Kollegen der 21 wollen nicht, dass wir den Burschen hochnehmen, weil sie über ihn an GBL-Produzenten in Belgien herankommen wollen, die offenbar halb Europa mit Partypillen beliefern.«

»Das kann doch nicht wahr sein. Und jetzt?«

Zollanger griff das nächste Blatt heraus und überflog die Angaben.

»Die Personen, die angerufen wurden, sind zwei männliche Individuen, deutsche Namen, beide wohnhaft in Prenzlauer Berg. Bisher nicht auffällig geworden. Aus den Personendaten zu schließen, sind es Studenten. Wir vermuten, dass die beiden entweder Kunden oder Händler sind. Wahrscheinlich haben sie sich am Donnerstagabend in diesem Plattenbau mit dem Dealer getroffen, um sich mit Ware zu versorgen. Der Zeitpunkt käme hin. Ab Donnerstag wird es voll in den Clubs.«

»Das heißt, sie waren in jedem Fall vor Ort und haben möglicherweise etwas beobachtet.«

»Ja. Könnte sein.«

»Dann knöpfen Sie sich wenigstens diese beiden gleich mal vor.«

»Auch davon ist LKA 21 überhaupt nicht begeistert.«

»Wer ist der zuständige Staatsanwalt?«

»Weber.«

»Ich kümmere mich darum.«

Zollanger schüttelte den Kopf, sagte aber nichts.

»Wie steht es mit den Handydaten am Tatort Nummer zwei?«, fragte Frieser.

»Fehlanzeige. An Tatort zwei wimmelt es von Übermittlungsdaten. Es gibt aber keine Überschneidung mit Funkdaten aus der Lichtenberger Funkzelle. Diese Daten helfen uns also nicht viel weiter.«

»Was ist eigentlich GBL?«, fragte Brenner, nachdem Zollanger aufgelegt hatte.

»Gamma-Butyrolacton«, antwortete Zollanger. »Habe ich

115

aber auch heute erst gelernt. In der Szene nennen sie es Liquid Ecstasy. Ist aber Kloputzmittel.«

»Was?«

»Ja. Und Kloputzmittel fallen leider nicht unter das Betäubungsmittelgesetz. Man kann die Scheiße zweihundertliterweise direkt bei der BASF bestellen und zurechtmischen. Die Kids trinken das, um sich aufzupeppen. Ein bis zwei Milliliter, und du hast die beste Party deines Lebens. Oder deine letzte, wenn der Panscher patzt. Die Dosierung ist riskant.«

»Und einer dieser Dealer war Donnerstag Nacht am Tatort?«

Zollanger nickte. »Hör mal, Udo, ich muss kurz weg. Wenn Frieser anruft, sag ihm, wir kämen auch so weiter, und ich sei gegen vierzehn Uhr zurück.«

»Du meinst, Weber gibt kein grünes Licht für die beiden Studenten?«

»Nein. Sicher nicht. Oder kannst du dir einen Trick ausdenken, unter welchem Vorwand wir sie vorladen und befragen sollen? Die sind doch nicht bescheuert. Sobald wir die Abrissplatte erwähnen, wissen sie, dass wir ihre Handys auf dem Radar haben. Und sofort weiß es der Panscher. Nein. Ich kann mir sowieso nicht vorstellen, dass die drei etwas wissen, was uns weiterhilft. Bis nachher.«

Zollanger stand auf, nahm seinen Mantel vom Haken und verließ sein Dienstzimmer in Richtung Fahrstuhl. Das gestrige Gespräch mit Elin Hilger ging ihm noch immer im Kopf herum.

Er hatte ihr hinterhergeschaut, wie sie das Café verlassen hatte und Richtung Hansaplatz verschwunden war. Ihr Teeglas stand noch da, halb leergetrunken. Sonst hatte sie ja nichts gewollt. Warum war sie ausgerechnet jetzt hier aufgetaucht? Was würde sie als Nächstes unternehmen? Viel konnte sie nicht tun. Ihn würde sie vermutlich nicht noch einmal aufsuchen. Ihre Baumstammfotos zur Staatsanwaltschaft schicken? Das würde nicht viel bewirken. Solange sie keinen Anwalt einschaltete, war nicht zu erwarten, dass irgendjemand von ihren privaten Ermittlungen überhaupt Kenntnis nehmen würde. Aber dieses Mädchen war nicht zu unterschätzen. Sie war ein merkwürdiger Typ mit ihrem sehr hübschen Gesicht, das gar nicht zu der restlichen Erscheinung passte. Als sei es ihr lästig.

Er war noch eine halbe Stunde sitzen geblieben und hatte seinen Blick teilnahmslos durch das Foyer der Akademie der Künste spazieren lassen. Unweit des Eingangs war sein Blick dann an ein paar alten Ausstellungsplakaten hängengeblieben. Die großformatigen Drucke mittelalterlicher Fresken hatten ihn regelrecht angestarrt. Und da war ihm dieser unheimliche Gedanke gekommen. Das Lamm. Der Ziegenkopf. Kam ihm das nicht bekannt vor?

Er verließ das Dienstgebäude, ging die paar Schritte bis zur Kurfürstenstraße und winkte ein Taxi heran.

»Zur Staatsbibliothek bitte.«

Der Wagen fädelte sich in den Verkehr ein. Er wurde einfach nicht schlau aus dieser Stadt. Wenn man darin herumfuhr, hatte man das Gefühl, als lebten hier nur Vollidioten. Oder als gingen zumindest die Werbetexter davon aus, dass nur Kretins ihre Anzeigen lasen. Geiz ist geil, rülpste ihm ein Banner entgegen. Ich bin doch nicht blöd, furzte das nächste. Der neueste amtliche Slogan für die Stadt war schlechterdings genial. Arm aber sexy. Er fragte sich, was nur den Erfolg dieses blökenden Mantras ausmachte. Mit welchen anderen Slogans war der Zeitgeist wohl schwanger gegangen, bevor er mit dieser teuflischen Missgeburt niedergekommen war? Dumm aber dufte? Verkackt aber knorke? Verarscht aber Party? Strohdoof aber happy? Wenigstens war seit dem Börsenkrach endlich die feiste Visage seines ehemaligen Lieblingsschauspielers aus dem Stadtbild verschwunden. Wenn

Zollanger allerdings die Augen schloss, sah er sie oft noch vor sich, riesengroß an allen Wänden der Stadt, wo diese Kanaille mit aasigem Lächeln dem Volk empfohlen hatte, die T-Aktie zu zeichnen.

Wenige Minuten später tauchte der beige schimmernde Bibliotheksbau mit seiner Paillettenfassade vor ihm auf. Aber Zollanger nahm ihn kaum wahr. Er sah etwas anderes. Die umwickelten Hinterbeine eines Lamms, das schwarze, reißfeste Textilklebeband und die daraus hervorstehende Messerklinge. Dass ausgerechnet er in diesem Fall ermitteln sollte! Ja, dass vielleicht er selbst gemeint war! Es wäre die verrückteste Erklärung von allen. Und zugleich die plausibelste.

Obwohl er die Bücher schon vor zwei Stunden per Internet bestellt hatte, waren die Bände noch nicht an der Buchausgabe angekommen. *Außenstandort*, meldete der Computer auf seine Nachfrage an einem der Terminals in der Eingangshalle. *Ausgabe Leihstelle ab 12:30 Uhr.*

Er verbrachte die Wartezeit damit, in der Cafeteria der Bibliothek einen Kaffee zu trinken. Das Krangewirr auf dem Potsdamer Platz war fast verschwunden, ebenso wie die Abraumhalden zwischen den fast fertiggestellten Bürotürmen. Zollangers Blick verlor sich rasch zwischen vereinzelt noch herumstehenden Schuttmulden, die sich in den nagelneuen Glasfassaden spiegelten. Aber er nahm sie gar nicht recht wahr, denn das Gebäude, das er vor sich sah, war viele hundert Jahre alt und befand sich über tausend Kilometer entfernt. Er schloss die Augen und versuchte, in Gedanken darin herumzuspazieren. Es war doch erst ein halbes Jahr her, dass er dort gewesen war. Aber die Einzelheiten waren zu verschwommen. An die Ziege konnte er sich erinnern, die der zentralen Figur des Wandgemäldes zu Füßen gelegen hatte. Daneben waren drei weitere Figuren zu sehen gewesen. Und das Lamm? Eine der Figuren hatte es auf dem Schoß gehabt. Aber welche war es gewesen. *Tyrannis? Fraus? Proditio?* Das waren die Namen, die ihm jetzt wieder einfielen. Doch wozu gehörte das Lamm?

Als er aus seiner Grübelei wieder erwachte, war es schon Viertel vor eins. Sein Kaffee stand unberührt vor ihm. Er nippte daran, schob das lauwarme Zeug von sich weg und ging zur Leihstelle. Die großformatigen Bände erwarteten ihn auf einem der Metallregale. Er hatte vorgehabt, sie sich hier anzuschauen. Aber jetzt änderte er seine Meinung. Er fuhr in seine Wohnung, ging in sein Arbeitszimmer und legte alles auf dem Schreibtisch ab.

Er brauchte das Wandgemälde nicht lange zu suchen. Band II der Ausgabe widmete ihm ein ganzes Kapitel. Schon der erste Blick auf die beidseitige Abbildung bestätigte ihm seine Ahnung: Da war *Tyrannis*, die zentrale Figur mit blauem Mantel und goldfarbener Schärpe. Zu ihren Füßen kauerte die Ziege. Die zweite Figur links der Tyrannenfigur hielt das Lamm. *Proditio*, stand auf dem Fries dahinter. Brav saß das Lamm auf dem Schoß der Figur, die Unschuld selbst. Doch das Tier hatte keine Hinterbeine. Stattdessen begann sich der Leib dort zu deformieren. Die Figur, die das Lamm auf dem Schoß hielt, sah davon nichts, war ahnungslos, dass kurz hinter der Stelle, wo ihre Hand das weiche Fell kraulte, der Lammkörper schwarz und hart wurde, sich verjüngte, einschnürte, krümmte, im Rücken der Figur aufragte, um dort in einem giftigen Skorpionstachel zu enden, der im nächsten Moment zustechen würde.

Das war also tatsächlich an ihn gerichtet, dachte Zollanger mit einer Mischung aus Schaudern und Respekt. *Proditio*. Verrat!

Er erhob sich, ging im Zimmer auf und ab und blieb schließlich unschlüssig vor seinem Aktenregal neben der Tür stehen. *Billroth. Zieten. BIG. Hilger.* Wenn er das nur endlich von der Seele hätte. Er kannte die Dokumente so gut wie auswendig. Er hatte ja fast ein Jahr lang gesammelt. Aber wozu? Warum hatte er sich überhaupt so intensiv mit Anton Billroths Hinterlassenschaft beschäftigt? Um über seinen Ausraster hinwegzukommen? Um sich etwas zu beweisen? Er wusste doch, dass er nichts unternehmen würde. Es war sinnlos. Die Sache war zu groß. Zu unübersichtlich. Selbst wenn das Mädchen jetzt darin herumstocherte. Was würde schon dabei herauskommen. Verständlich, dass sie den bizarren Spuren ihres komplizierten Bruders folgte. Aber was konnte sie schon bewirken? Wenn nicht einmal er selbst verwertbare Beweise gefunden hatte. Oder sollte er sie zu ihrer eigenen Sicherheit im Auge behalten? Hatte ihr Bruder ihr möglicherweise Informationen gegeben?

Geschwister!, dachte er grimmig. Besser, man hatte keine.

Er zog den Ordner mit der Aufschrift »Zieten« halb heraus und stieß ihn dann mit einer Mischung aus Wut und Resignation geräuschvoll wieder an seinen Platz zurück. Dann ging er an seinen Schreibtisch und starrte mit zusammengepressten Lippen das Schaf mit dem Skorpionschwanz an. Was immer er jetzt auch tat: Er hatte ein verdammt großes Problem am Hals.

19

Ulla Zieten hatte ihr Montagsprogramm weitgehend hinter sich gebracht. Sie war spät aufgestanden, hatte im Wintergarten ihres Hauses gefrühstückt und sich über die Morgensonne gefreut, die eine halbe Stunde lang durch die Scheiben fiel, bevor heraufziehende Wolken das schöne Schauspiel beendeten. Ihr Mann war längst im Büro, so hatte sie die geräumige Herrlichkeit der Bankiersvilla für sich. Um halb zwölf lenkte sie ihren Audi TT Richtung Innenstadt, gab den Wagen im Kempinski Hotel zum Waschen, was nicht unbedingt notwendig, aber praktisch war, weil sich auf diese Weise die lästige Parkplatzsuche erledigte. Außerdem hatte sie eine Schwäche für den herben Duft des Lederreinigungsmittels, das dort verwendet wurde.

Ulla Zieten verbrachte eine Stunde bei ihrer Nagelspezialistin, schaute dann bei Caltus und Spranger herein, einem neuen Modegeschäft, über dessen Qualität und Güte sie sich noch keine endgültige Meinung gebildet hatte, weshalb sie regelmäßig die neuesten Auslagen prüfte. Dann verspürte sie einen leichten Hunger, vermutlich ausgelöst durch Lily's Austernbar, an der sie vorübergekommen war. Zwölf fines de claire und ein Gläschen Sancerre später machte sie sich auf den Weg zu Genzman, um Gardinenstoff anzuschauen, und schließlich blieb sie wie üblich eine ganze Weile vor den Cartier-Vitrinen stehen.

Ulla Zieten brauchte nichts weniger als neue Gardinen. Und was sie mit der fünften oder sechsten Cartier-Uhr hätte anfangen sollen, war ebenfalls ihr Geheimnis. Aber darum ging es nicht. Schönheit verdiente einfach ihre Beachtung. Teure Schönheit.

Das Geschäft von Cartier war auch die Station ihres Stadtbummels, wo sie es als merkwürdig zu empfinden begann, dass ihre Tochter sich nicht meldete. Das erste Mal hatte sie Inga angerufen, als sie den Audi im Kempinski geparkt hatte. Es war gar kein Anruf im eigentlichen Sinne gewesen. Sie waren ja erst für sechzehn Uhr verabredet. Sie hatte das nur noch einmal bestätigen, die Verabredung telefonisch endgültig der Wirklichkeit einverleiben wollen. Das war zwar überflüssig, aber das machte man ja neuerdings so. Man bewegte sich nicht mehr über große Zeiträume hinweg aufeinander zu, ohne sich in regelmäßigen Abständen telefonisch zu versichern, dass beide noch auf dem richtigen Kurs waren. Und man sah ja, wie leicht etwas dazwischenkommen konnte. Warum, verflixt noch mal, meldete Inga sich nicht?

Ein zweites Mal hatte sie nach der Maniküre bei ihrer Tochter angerufen, nachdem sie nach einem enttäuschten Blick auf ihr Handy festgestellt hatte, dass Inga nicht zurückgerufen hatte. Eine dritte Nachricht hatte sie beim Austernessen abgesetzt. Die vierte vor der Cartier-Vitrine schenkte sie sich jetzt. Stattdessen holte sie ihren Wagen vom Kempinski ab und lenkte ihn direkt nach Steglitz, wo sie gegen sechzehn Uhr eintraf. Sie hatte eine Parkkarte für Ingas Tiefgarage. Ingas Wagen stand auf seinem reservierten Platz. Schlief das Mädchen vielleicht noch?, fragte sich Ulla Zieten, während sie verärgert einparkte. War sie vielleicht krank und hatte ihr Handy nicht angeschaltet?

Ulla Zieten stieg aus, warf einen flüchtigen Blick auf Ingas Auto und ging zum Fahrstuhl. Warum war sie nur so unruhig? Weil Inga nicht dazu neigte, sie einfach zu versetzen. Aber gut. Gleich würde sie ihr wohl erklären, warum sie weder zurückgerufen hatte noch, wie gestern verabredet, auf dem Weg zu Caltus und Spranger war. Oder war sie vielleicht nicht allein?

Ulla Zieten zögerte, als sie endlich vor der Wohnungstür ihrer Tochter stand. Sollte sie klingeln? Hatte Inga vielleicht unvorhergesehenen Herrenbesuch? Sie zog ihr Handy aus der Tasche und drückte die Wahlwiederholung. Drei Sekunden später erklang gut hörbar das charakteristische Nokia-Klingeln hinter der Wohnungstür. Es klingelte sieben Mal, dann meldete sich die Sprachmailbox. Dies war der Moment, da Ulla Zietens Unruhe in milde Panik umschlug. Wo war Inga? Ihre Knie wurden ein wenig weich. Ihr Atem ging schwerer. Ihr Herzschlag wurde schneller. Sie klingelte. Dann klopfte sie gegen die Tür. Keine Reaktion.

Und nun rief sie ihren Ehemann an.

»Hans-Joachim«, sagte sie ohne Umschweife. »Weißt du, wo Inga steckt?«

»Nein, meine Liebe, das weiß ich nicht. Ich dachte, du triffst sie heute.«

»Ich stehe vor ihrer Haustür. Wir waren um vier verabredet. Sie ist nicht gekommen. Also bin ich zu ihr gefahren. Aber sie ist nicht da.«

»Hast du sie angerufen?«

»Was meinst du denn. Natürlich. X-mal. Ihr Handy liegt in ihrer Wohnung. Das Auto steht in der Garage. Aber sie reagiert einfach nicht.«

Hans-Joachim Zieten schaute sich im Spiegel an. Er hatte nämlich die Angewohnheit, vor wichtigen Unterredungen strengste Körperpflege zu üben. Er putzte seine Zähne, überprüfte seine Frisur, jagte unerwünschten Härchen in Nase und Ohren nach, cremte seine immer ein wenig trockenen Hände ein und musterte seine Fingernägel. Tadellos gekleidet und gepflegt zu sein war eine seiner ältesten Marotten. Wenn er schon in dieser primitiven Stadt und Zeit leben musste, dann bitte schön mit Stil. Die Unterredung, die gleich vor ihm lag, war außerdem von so außerordentlicher Wichtigkeit, dass die zehn Minuten Maskenübung vor dem

123

Spiegel wirklich kein Luxus waren. Und ausgerechnet dabei hatte Ulla ihn gestört.

»Aha«, rief er beruhigt. »Ulla. Zisch einfach wieder ab, okay. Wenn du dir nicht den Zorn deiner Tochter zuziehen willst.«

»Was meinst du damit …?«

»Ganz einfach. Inga ist dreiundzwanzig und möchte vermutlich nicht gestört werden, wenn sie überhaupt zu Hause ist. Verstehst du?«

Die drei Sekunden Schweigen am anderen Ende nutzte er dazu, ein Nasenhaar zu entfernen, das ihn schon länger gekitzelt hatte. Die Pinzette bekam es zu fassen. Aber bevor er dazu kam, es mit einem kurzen Ruck herauszuziehen, blaffte Ulla ihn durch das Telefon an.

»Du schickst sofort Jörg mit dem Zweitschlüssel hierher, ja? Hier stimmt etwas nicht. Ich warte.«

Hans-Joachim Zieten legte sein Handy ab. Er erwischte das flüchtige Haar, hielt die Pinzettenspitze ein paar Sekunden unter fließendes Wasser und verstaute sie dann sorgfältig in einem dunkelroten Necessaire. Danach warf er einen letzten Blick in den Spiegel, fand alles wunderbar und verließ das Badezimmer. Erst dann aktivierte er eine einprogrammierte Nummer.

»Jörg? Wo sind Sie? Tegel. Hm. Hören Sie. Kommen Sie bitte kurz ins Büro in die Mommsenstraße. Ich hinterlege an der Rezeption einen Schlüssel für Sie, der gleich nach Steglitz muss. Meine Frau erwartet Sie dort. Adresse lege ich dazu. Und … bitte rufen Sie sie an, dass Sie auf dem Weg sind, ja? Danke.«

Dann stellte er das Gerät auf Vibrationsalarm und versenkte es in seiner rechten Innentasche.

20

Wenn Hans-Joachim Zieten einen Raum betrat, dann geschah etwas Bemerkenswertes: Alle Aufmerksamkeit wanderte zu ihm. Woran das lag, war schwer zu sagen. Ja, er wusste es selbst nicht. Er war weder besonders groß oder korpulent, auch nicht auffallend gutaussehend oder hässlich. Er war einfach eine Führungspersönlichkeit. Die Menschen vertrauten ihm instinktiv, was in seinem Fall allerdings eine gefährliche Instinktlosigkeit bedeutete, denn Hans-Joachim Zieten war wohl der letzte Mensch, dem man Vertrauen schenken durfte. Aber so war es nun einmal. Es fiel unendlich schwer, ihn nicht zu mögen. Seine warme, helle, sanfte und doch feste Stimme, die Art, wie er einen Kunden bei vertraulichen Gesprächen am Arm nahm, um zu signalisieren: Keine Angst, ich bin ganz bei dir, wir bekommen das alles wieder hin. Dem entzog man sich nur schwer. Und wenn, dann meistens zu spät.

Die vielen tausend Menschen, die Zieten in seinem Berufsleben bereits ruiniert hatte, verfielen, wenn Wahlkampfauftritte ein Gradmesser dafür waren, nach wie vor seinem Charme, was allerdings wohl auch daran lag, dass die meisten seiner Opfer gar nicht wussten, dass der charismatische Herr, der im öffentlichen Leben so wortmächtig für Gerechtigkeit und Anstand eintrat, noch keine Unanständigkeit und keinen Rechtsbruch gescheut hatte, um seine Interessen durchzusetzen. Dabei war bisher nie etwas an ihm hängengeblieben. Ob er nun, wie zu Beginn seiner Karriere, schlingernde Familienunternehmen ausgeweidet oder, wie bis noch vor kurzem,

125

ostdeutsche Betriebe geschickt in die Insolvenz getrieben hatte, um deren immense Schulden einzuheimsen, die sich seine Bank dann vom Staat erstatten ließ – stets handelte er nur im Rahmen der gesetzlichen Bestimmungen und setzte um, was ein Bankvorstand oder Finanzminister vorgegeben hatte.

Das besonders Faszinierende an Hans-Joachim Zieten war jedoch nicht, dass er ein gerissener und gewissenloser Banker war, der es zu Macht und Reichtum gebracht hatte. Was ihn auszeichnete, war, dass er dem System, das ihn in immer schwindelerregendere Höhen getragen hatte, selbst oft mit fassungslosem Staunen gegenüberstand. Ja, er hätte niemals geglaubt, dass sein Vater mit seinen drei Wahrheiten tatsächlich recht behalten würde; dass nämlich, erstens, nur Vollidioten arbeiten gingen; dass man, zweitens, dem Geld nicht hinterherjagte, sondern die Hand ausstreckte, wenn es vorbeikam; und dass dies, drittens, glücklicherweise nur sehr wenige Menschen kapierten, womit man wieder zum Ausgangspunkt der Beweisführung zurückgekehrt sei.

Zieten hatte das wundersame Wirken dieser Formel immer wieder beobachtet. Schon bevor er seine Bankkarriere begann, beobachtete er jedes Jahr am Weltspartag fassungslos, wie die kleinen Kinder von ihren Vätern und Müttern zu Tausenden in die Filialen getrieben wurden, um dort freiwillig und ohne die geringste Gegenleistung den gesamten Inhalt ihrer Sparschweine abzuliefern. Wie war das nur möglich? Warum? Für lächerliche Zinsen, die nicht einmal die Geldentwertung wettmachten? Wenn sie wenigstens Goldmünzen oder Wertpapiere gekauft hätten. Aber nein. Sie tauschten ihr noch wertvolles Geld gegen ein Sparbuch und ein Plastikschwein. Freiwillig.

Ja, alles geschah freiwillig. Als er zu Beginn seiner Laufbahn in einigen kleinen Geschäftsbanken arbeitete, die alle durch sittenwidrige Gebühren ihr Betriebsergebnis von Jahr zu Jahr um mehrere Millionen aufstockten, wehrte sich kaum ein Kunde. Bemerkten die Leute das gar nicht? Jahre später im Anlagegeschäft wunderte er sich nicht einmal mehr. Die Branche hatte gerade die Zielgruppe OAS ausgemacht, was intern für *old and stupid* stand. Ältere und unerfahrene Menschen wurden dazu gebracht, ihr Geld so kommissionsträchtig wie möglich anzulegen. Auch hier wieder das gleiche Bild. Niemand schien zu begreifen, dass Banken dazu da waren, ihr eigenes Geld zu vermehren und nicht das ihrer Kunden. Kein vernünftiger Mensch fütterte ein Schwein, das er nicht irgendwann schlachten durfte. Nur Bankkunden taten dies. Sogar dann noch, wenn das Schwein damit begann, sie selbst aufzufressen. Millionenfach. Es war völlig rätselhaft.

Doch das Rätselhafteste war, was sich in einem Bereich abspielte, zu dem er erst mit seinem Parteibuch Zutritt bekam. Im Nachhinein ärgerte es ihn, nicht früher begriffen zu haben, dass Privat- und Geschäftsbanken viel weniger interessant waren als staatliche Banken. Dabei lag der Schluss ja auf der Hand. Schließlich verdienten Banken ihr Geld mit der Abhängigkeit, Ignoranz und nicht selten der Gier von Privatpersonen und Unternehmern, mit Eigenschaften also, die in der Politik mindestens ebenso weit verbreitet waren wie in der freien Wirtschaft. Nur hatte die freie Wirtschaft einen Haken. Man konnte dort pleitegehen, wenn man es zu schlimm trieb. Oder man konnte einem besonders hinterhältigen Exemplar der eigenen Spezies zum Opfer fallen. Man hatte Konkurrenz. Auf dem Kapitalmarkt bekam man es leider rasch mit seinesgleichen zu tun. Nichts davon bei einer staatlichen Bank, die mit staatlicher Garantie quasi unbegrenzt kreditwürdig war und sich so zu unschlagbar günstigen Zinsen finanzieren konnte. Ja, Hans-Joachim Zieten hatte die drei Wahrheiten seines Vaters erfolgreich beherzigt und dabei eine vierte entdeckt: Dass man seine Hand am besten in jenen Geldstrom senkte, der wirklich unerschöpflich war und aus dem sich nur wenige bedienen durften, und das war zweifellos der Steuergeldstrom. Ja, was war schon die Gründung einer Bank gegen die Gründung einer Landesbank?

Natürlich konnte Hans-Joachim Zieten keine Landesbank gründen. Aber sein Parteibuch gestattete es ihm, anderen dabei behilflich zu sein und sich auf diese Weise einen einflussreichen Posten zu sichern. So war er heute in einer unschlagbaren Situation. Er war Chef der Zieten Privatbank, saß jedoch im Aufsichtsrat der gewichtigen Treubau-Gesellschaft oder TBG, einer hundertprozentigen Tochter des landeseigenen Konzerns Volkskreditgesellschaft VKG. Mit der VKG hatte er genau das aufgebaut, was die politischen Herren der Stadt vor ein paar Jahren gewünscht hatten: einen Finanzverbund, der es ihnen gestatten würde, den Boom der Wendejahre zu nutzen, um kräftig zu verdienen. Nicht nur an der projektierten Explosion der Immobilienpreise, sondern auch an der unweigerlich entstehenden Führungsrolle der Stadt als internationalem Finanzplatz.

Zieten hatte diesen Ballon VKG so erfolgreich aufgeblasen, dass ihm angesichts der Zahlen in den ersten Jahren manchmal selbst schwindlig geworden war. Und mit den ersten Erfolgen waren auch sogleich die Erwartungen gestiegen. Mehr Risiko, hatte man von ihm gefordert. Und vor allem: mehr Rendite. Warum sollte er hohe Parteifunktionäre anders behandeln als die einfältige Oma am Bankschalter, die glaubt, was in den Prospekten steht? Er hatte geliefert. Es war nicht schwer gewesen. Da alle Geschäfte hinter der schützenden Fassade der VKG stattfanden und somit durch das Land abgesichert waren, war der Kapitalzustrom kaum zu stoppen gewesen. Und hätte er, der dieses massenhaft heranströmende billige Geld mit phantastischem Gewinn für seine Zieten Bank weiterverteilen konnte, den Zustrom stoppen sollen? Alle verdienten gut. Die Parteien brauchten Geld und Posten in den zahllosen Aufsichtsräten von Dutzenden weiterer Finanzgesellschaften, die sich mittlerweile um diesen Kapitalsee gebildet hatten. Was konnte man mit diesem närrischen Geld nicht alles tun. Wen nicht kaufen? Wählerstimmen. Betriebsräte. Verbündete.

Freilich wusste Zieten die ganze Zeit, dass das Ganze ein Hütchenspiel war und nur so lange funktionieren konnte, wie der Zustrom nicht stoppte. Und genau dies drohte jetzt einzutreten. Der Motor stotterte, die Maschine knirschte. Mehrere große Projekte gerieten gerade in finanzielle Schieflage, und die Presse war hellhörig geworden. Die Artikel lagen auf seinem Schreibtisch, akribisch von ihm durchforstet nach Hinweisen darauf, wie viel die Leute tatsächlich wussten. Natürlich hatte die Presse im Moment noch keine Ahnung vom tatsächlichen Ausmaß der Problematik. Es würde Jahre dauern, bis das sichtbar wurde. Ja, das wirklich Geniale an seiner Konstruktion war es ja gewesen, dass die gigantische öffentliche Verschuldung, die sein System unweigerlich erzeugte, nur für ganz wenige Personen erahnbar war. Und diese wenigen Personen hatten kein Interesse an dieser Information. Nicht nur kein Interesse. Sie scheuten sie wie der Teufel das Weihwasser. Denn diese Information war giftig, hochgiftig. Man könnte sagen: Verfassungsrechtlich erfüllte sie den Tatbestand des Landes- oder Hochverrats.

Zietens Finanzmaschine war etwas völlig Neues, etwas in dieser krassen Form noch nie Dagewesenes. Sie setzte klammheimlich ein Prinzip außer Kraft, um das in Europa über Jahrhunderte blutig gekämpft worden war: das Recht des Volkes, die Staatsausgaben zu bewilligen. Zieten musste regelrecht lachen, wenn er daran dachte. Haushaltskontrolle durch Parlamente? Den Herrschenden vorschreiben, was mit dem Volksvermögen zu geschehen hatte? Was für eine Posse! Er hatte ein System gefunden, den Herrschenden das Volksvermögen der nächsten dreißig Jahre auf den Tisch zu legen, ohne jegliche Kontrolle durch irgendwelche Volksvertreter. Jetzt musste er nur zusehen, dass sein noch unsichtbares

Schuldenraumschiff auf seinem geplanten Kurs nach Sankt Nimmerlein blieb und nicht zurückkehrte, bevor er und seine Seilschaften sich aus dem Staub der Geschichte gemacht hatten. Denn das konnte wirklich gefährlich werden. Auch für ihn.

Die Lösung hatte er in den letzten Monaten gefunden. Es war ein gehöriges Stück Arbeit gewesen, und diesmal war es auch nicht mit Paragraphendehnung und halblegalen Konstruktionen abgegangen. Die Situation war zu verfahren für die üblichen Tricks. Diesmal würde man um ein echtes Täuschungsmanöver nicht herumkommen. Aber was er ausgearbeitet hatte, konnte sich sehen lassen. Das elfseitige Papier lag vor ihm auf seinem Schreibtisch, neben den lästigen Artikeln über Merkwürdigkeiten bei der Heizkostenabrechnung in Leipziger und Dresdener Plattenbauten. Er griff nach dem Dokument und überflog den Titel: *Vorlage für die Sitzung des Konzernvorstandes zum Thema »Phoenix-Projekt«.*

Es war eine elegante Lösung, für Außenstehende kaum zu verstehen, für Insider eine Routinesache. Den Entwurf dafür hatte er bereits vor über einem Jahr konzipiert, als absehbar wurde, dass die Sache sich nicht mehr wie geplant entwickelte. Damals hatte er empfohlen, den Dampf jetzt rauszunehmen und allmählich an einen Ausstieg zu denken, aber niemand hatte auf ihn gehört. Die hitzige Diskussion klang ihm noch in den Ohren. Politiker, dachte er verächtlich. Sie waren genauso hoffnungslose Konsumjunkies wie die Leute draußen auf der Straße. Anstatt sich mit überteuerten Krediten Autos und Flachbildschirme zu kaufen, die sie sich gar nicht leisten konnten, nahmen sie eben Milliardenschulden für unerfüllbare Wahlversprechen auf. Mit dem unschlagbaren Vorteil allerdings, dass sie das Risiko für diese aberwitzigen Kredite den Idioten aufhalsen konnten, die sie wegen dieser absurden Versprechen auch noch gewählt hatten. Aber was sollte er denn tun? Er war Geschäftsmann. Banker. *Soll der*

Geier Vergissmeinnicht fressen? Es war das einzige Gedicht aus seiner Schulzeit, an das er sich erinnerte, weil es so ganz und gar seiner Weltanschauung entsprach. *Was verlangt ihr vom Schakal, dass er sich häute? Vom Wolf? Soll er sich selber ziehen die Zähne?* Das war wirklich gut gesagt von diesem Schöngeist. Wie hieß der Mann noch? Ach, er kam ja kaum noch zum Lesen.

In wenigen Minuten stand ihm die Auseinandersetzung vom letzten Jahr wieder bevor. Diesmal gab es wirklich keine Alternative mehr. Er musste diesen Leuten klarmachen, dass es nun wirklich gefährlich wurde und ihnen die ganze Sache bald um die Ohren fliegen könnte, wenn sie nichts unternähmen.

Er ging im Kopf der Reihe nach die Personen durch, die er gleich vor sich haben würde. Dabei fiel ihm auf, dass ein rotes Lämpchen am Telefon auf seinem Schreibtisch zu leuchten begonnen hatte. Aha. Seine Besucher waren schon eingetroffen. Er warf einen letzten Blick in den Spiegel, entblößte kurz die Zähne und ließ sein Gesicht zu einem Siegerlächeln erstarren.

Politiker, dachte er voller Verachtung, verstanden von Bankgeschäften etwa so viel wie seine Frau von Frauen.

21

Elin bemerkte nicht, dass sie beobachtet wurde. Sie war erschöpft von der langen Fahrt ins Märkische Viertel. Die Sozialstation, zu der sie unterwegs war, lag nur noch fünf Fahrradminuten entfernt. Seit ihrer Ankunft in Berlin kam sie dreimal die Woche hierher, denn außer Jojo und Daniel, den beiden Sozialarbeitern aus der »Kiezoase«, kannte sie niemanden in der Stadt. Diese Welt war ihr vertraut. Straßenkinder. Obdachlose. Jugendliche aus zerrütteten Verhältnissen. Sie arbeitete meistens in der Suppenküche, half aber auch manchmal dem Arzt, der montags und donnerstags vorbeikam, um Obdachlose gegen die Schleppe zu behandeln.

Das Bild ähnelte dem, das sie aus Hamburg kannte. Armut und Elend sahen überall gleich aus. Nur tauchten immer mehr Familien mit Kindern in der Schlange vor der Essensausgabe auf. Und nicht nur Migrantenfamilien. Eine dieser Familien kannte Elin gut. Das heißt, sie kannte die sechs Kinder, die es seit geraumer Zeit vorzogen, in den weitverzweigten Heizungskellern des Märkischen Viertels zu wohnen und sich in der Sozialstation mit dem Nötigsten zu versorgen, anstatt sich »zu Hause« aufzuhalten. Mirat, der große Bruder der fünf anderen, hatte keine andere Möglichkeit gesehen, seine Geschwister vor seinem gewalttätigen Vater in Sicherheit zu bringen. Die Alternative wäre gewesen, den Vater im Schlaf totzuschlagen. Aber Mirat war intelligent genug zu wissen, dass er den Behörden keinen Grund liefern durfte, ihn nach Bosnien zurückzuschicken. So hatte Jojo Elin die Situation jedenfalls geschildert. Es war ja auch gleichgültig. Die Verhältnisse, aus denen die Leute kamen, die hier angespült wurden, waren sowieso nicht zu ändern. Sie waren aus dem System herausgefallen oder gar nicht erst Teil davon geworden. Wie sie selbst ja auch. Sinnlos, darüber zu reden. Man musste sich arrangieren. Zur Not in einem Heizungskeller.

Elin sah nicht, dass Mirat vor dem LIDL-Geschäft herumstand und bettelte. Stattdessen sah sie, dass vier Gestalten vor ihr auf dem Fahrradweg standen und keinerlei Anstalten machten, zur Seite zu treten. Sie klingelte und schaute erst dann richtig hin, wer da stand. Und dann war es zu spät. Sie bremste. Die vier Jugendlichen hatten sich wie ein Mann umgedreht und kamen nun auf sie zu.

»Hast'en Problem, Fotze?«

Die vier waren kaum zu unterscheiden, und ihre Aufmachung ließ wenig Deutungsspielraum zu. Kahl rasierte Schädel, schwarze Lederjacken, Consdaple-Kapuzenpullis, Doc-Martens-Springerstiefel. Elins Atem ging ohnehin schnell, doch als die vier sich um sie aufgebaut hatten, dachte sie, sie würde gleich ersticken. Sie hatte gehofft, ein paar Sekunden Zeit zu haben, sich eine Strategie auszudenken, aber das war ein Irrtum.

»Hab dich was gefragt, Fotze.«

»Nein. Kein Problem. Kann ich bitte weiterfahren.«

»Weiterfahren. Die Fotze will weiterfahren.«

Nur der Anführer sprach. Die anderen drei grinsten bisher nur.

»Für Fotzen gibt's hier Wegzoll. Fünfzig Euro.«

Das fanden die anderen drei offenbar witzig. Jedenfalls lachten sie meckernd.

Elin schaute den Anführer an. Dann traf sie eine Entscheidung.

»Das mag ja sein. Ich heiße aber Elin. Und du?«

Die drei lachten nicht mehr. Der Anführer verzog ein wenig überrascht das Gesicht. Elin versuchte, aus den Augenwinkeln die Situation auf der Straße zu erfassen. War jemand stehen geblieben? Kam ihr jemand zu Hilfe? Nein. Bis jetzt war offenbar niemandem aufgefallen, was sich hier anbahnte. Oder es wollte niemandem auffallen. Sie nahm all ihren Mut zusammen und schaute dem Anführer fest in die Augen. Der schlug einfach zu. Sie stürzte samt Fahrrad auf den Gehsteig.

»Lass mal, Hein. Ich kenn die. Ist aus der Kiezoase«, hörte sie eine Stimme.

»Auch das noch. So 'ne Sozialfotze.« Sie wandte den Kopf. Ein Stiefel traf mit voller Wucht ein paar Zentimeter neben ihrem Kopf die Speichen ihres Vorderrades und brach mehrere davon einfach heraus. Elin spürte Blut im Mund. Ihre ganze rechte Gesichtshälfte schien lichterloh zu brennen. Ein paar Meter entfernt entdeckte sie einen überfüllten Glascontainer. Es standen genügend Flaschen davor herum. Die beiden Sektflaschen könnte sie vielleicht erreichen.

»Lasst sie in Ruhe.«

Mirat? Wo kam der denn plötzlich her?

Sie richtete sich halb auf. Er stand direkt hinter den Skinheads. Eine gespannte Steinschleuder zielte auf den Kopf des Anführers.

»He. Mach keinen Quatsch, Alter«, sagte der, trat jedoch ein paar Schritte zurück. Die anderen drei folgten.

»Mehr Abstand«, fauchte Mirat.

Die vier rührten sich nicht. Mirat zielte auf die Flaschen neben dem Container und schoss. Die Wirkung war kolossal. Die Ladung durchschlug nicht nur die Flaschen und zerpulverte sie regelrecht. Mit einem lauten Knall riss sie auch noch ein faustgroßes Loch in den Container hinein. Mit einem raschen Griff in die Hosentasche lud Mirat seine Zwille erneut, spannte und zielte auf die Beine der Skins.

»Abgang. Ich zähle bis drei.«

Aber das war nicht nötig. Die Skins machten, dass sie wegkamen.

Mirat half Elin auf.

»Los. Schnell weg hier.«

Elin erhob sich und rieb sich mit dem Handrücken das Blut vom Mund ab.

»Hein ist ein Arschloch. Aber nicht wirklich gefährlich«, sagte Jojo, während er Elin Arnikasalbe auf die Backe schmierte.

»Schön«, erwiderte sie tonlos.

Mirat stand mit verschränkten Armen am Kühlschrank und schaute zu.

»Hat dich jemand schießen sehen?«, fragte Jojo.

Mirat zuckte mit den Schultern.

»*Das* ist dein Problem?«, fragte Elin. »Ob jemand Mirat gesehen hat? Ich denke, wer Mirat gesehen hat, hat auch diese vier Primaten gesehen, die mich grundlos angegriffen haben.«

»Kann sein. Aber Waffenbesitz ist kein Spaß. Du lässt die Schleuder hier, Mirat.«

Jojo schraubte die Tube zu, wischte seine Hände ab, warf seinen Kopf herum, um seinen Pferdeschwanz, der ihm über die Brust gefallen war, wieder auf den Rücken zu befördern, und stand auf.

»Los. Her damit.«

Mirat machte auf dem Absatz kehrt und verließ den Raum.

»Also, dann erzähl du mir, was passiert ist«, sagte Jojo.

»Hab ich doch schon«, antwortete Elin trotzig. »Sie hatten einfach Lust auf Prügeln. Ich habe lediglich geklingelt, weil ich durch wollte. Sie standen auf dem Fahrradweg.«

»Konntest du nicht um sie herumfahren?«

Elin erhob sich nun ebenfalls.

»Klar, Jojo. Ich hätte absteigen, unter dem Asphalt durchkriechen und auf der anderen Seite wieder hinaufsteigen sollen. Es war alles meine Schuld. Du entschuldigst mich. Ich muss Mirat etwas fragen. Ich bin gleich wieder da.«

135

Jojo Jesus. Der Mann war ein Phänomen. Gandhi von Reinickendorf. Ihm war auch noch nie etwas passiert. Er strahlte den Irrsinn aus, den er predigte. Bei ihm funktionierte das.

Mirat hatte sich nicht weit entfernt. Er stand im Hof und musterte Elins zertretenes Vorderrad.

»Das ist hin«, sagte er, als sie bei ihm ankam.

»Ja. Ich weiß.«

»Ich besorge dir ein neues, wenn du willst.«

»Okay. Aber etwas anderes brauche ich noch dringender.«

»Pfefferspray.«

»Nein. Ich brauche einen Berber, der sich mit Computern auskennt. Aber richtig.«

Mirat nickte. »Komm.«

Sie verließen den Hof, überquerten den Senftenberger Ring und gingen an der Rückseite eines der Hochhäuser entlang. Elin schaute an den eintönigen Fassaden hinauf und versuchte gleichzeitig, den pochenden Schmerz in ihrer rechten Backe zu ignorieren. Diese abgefuckten Wohnsilos. Vierzig Prozent Arbeitslosigkeit. Alkohol. In gewisser Hinsicht hatte das stumpfsinnige Arschloch, das sie verprügelt hatte, sogar recht. Sie war eine Sozialfotze. Sie, Jojo, Daniel. Alle waren genau das. Nützliche Idioten, die den Menschenmüll aus der Innenstadt heraushielten. Natürlich gab es nicht nur Typen wie Hein. Es gab auch Mirat. Aber der Vergleich war im Grunde unfair. Mirat würde hier nicht steckenbleiben. Sobald er Papiere bekäme, würde er einen Weg finden. *Wenn* er Papiere bekäme. Für Hein und seine Kumpel indessen bräuchte man vermutlich den kompletten Jahresetat der Sozialstation, um die ganze braune Scheiße herauszuholen, die in ihren Hirnen herumschwamm. Und das war noch eine unsichere Wette. Da konnte ihr keiner etwas erzählen. Sie war in einem Hamburger Villenviertel aufgewachsen und hatte hautnah erlebt, dass Scheiße im Hirn zu allem Übel gar kein Bildungs- oder Schichtenproblem war. Im Gegenteil. Und gegen die braune Scheiße in den Köpfen der Oberschicht half nicht einmal Pfefferspray.

Mirat steuerte auf eine Kellertreppe zu und öffnete die Eisentür. Die nächsten Minuten liefen sie durch ein Gewirr von Kellergängen. Plötzlich bog Mirat rechts ab. Eine schmale Treppe führte in ein noch tiefer gelegenes Stockwerk. Es wurde wärmer. Und dunkler. Mirat blieb stehen, griff in eine Mauernische und holte eine Taschenlampe heraus.

Der Lichtkegel beleuchtete einen schmalen Gang, an dessen Decke Heizungsrohre entlangliefen. Nach einigen Metern stießen sie auf die erste Wohnung. In einer kleinen Nische lag eine schwarze Isomatte auf der Erde, eine graue Filzdecke obenauf. Dahinter standen drei oder vier gefüllte und verschlossene LIDL-Plastiktüten und ein abgewetzter Rollkoffer, alles ordentlich aufgereiht. Mirat ging weiter. Offenbar war es die falsche Wohnung. Nach ein paar Schritten kamen sie am nächsten Lager vorbei. Jemand saß dort auf dem Boden und aß Ravioli aus der Dose. Mirat kniete sich hin und sprach mit der Person. Elin konnte nicht viel von dem Mann erkennen. Sein Gesicht war hinter einem struppigen Vollbart verborgen, und er schaute nicht auf, während Mirat auf ihn einsprach.

»Er ist im Block D«, sagte Mirat, als er wieder aufgestanden war. »Wir müssen oben rum.«

Sie gingen den gleichen Weg zurück, den sie gekommen waren, überquerten das Rasenstück zwischen den beiden Gebäuden und stiegen neben dem Haupteingang von Block D eine Treppe hinab bis zu einer Eisentür.

Mirat rüttelte an der Klinke, aber nichts rührte sich. Elin schaute ihn erwartungsvoll an. Mirat grinste nur.

»Pass auf!« Dann machte er einen Schritt rückwärts und trat mit voller Wucht ein paar Zentimeter unterhalb des Schlosses gegen das Metall. Die Tür sprang auf.

»Ist verbogen«, erklärte er. »Komm.«

Wieder ging es zunächst durch Kellergänge. Dann erreichten sie erneut eine unscheinbare Abzweigung, hinter der sechs Stufen auf eine tiefer liegende Ebene führten.

»Warte«, sagte er plötzlich. Er griff wieder über sich. Sein rechter Arm verschwand fast vollständig in einem unscheinbaren Loch hinter einem der Heizungsrohre. Als seine Hand wieder zum Vorschein kam, lag ein kleiner Stoffsack darin.

»Hier«, sagte er und gab ihn ihr.

»Was soll ich damit?« fragte sie.

Statt einer Antwort angelte Mirat noch einen Gegenstand aus dem Versteck hervor.

»Hier. Das brauchst du auch.«

Sie erkannte es erst, als er mit der Taschenlampe darauf leuchtete: eine Steinschleuder.

»In dem Sack ist die Munition«, sagte er. »Zündkerzenschrot. Durchschlägt alles. Du kannst dort oben nicht ohne Waffe herumlaufen. Hier. Nimm.«

Sie öffnete das Säckchen und ließ ein wenig von dem scharfkantigen Granulat aus zerstampften Zündkerzen in ihre Handfläche rollen. Dann schüttete sie es zurück, verschnürte das Säckchen und legte es samt Schleuder in die Mauernische.

»Danke«, sagte sie. »Aber ich lasse das lieber hier. Falls ich es mal brauchen sollte, weiß ich ja, wo ich es finde.«

Mirat zuckte mit den Schultern und ging weiter.

»Wer war der Typ, den du nach dem Berber gefragt hast?«, fragte Elin, als sie die Stufen hinabgingen.

»Nelson.«

»Und? Wer ist Nelson?«

»Keine Ahnung. War mal Anwalt oder so was.«

»Also auch ein Berber?«

»Hm. Er hilft mir mit den Ämtern.«

Elin prägte sich den Namen ein. Es war beruhigend zu wissen, dass es unter den Obdachlosen Fachleute gab. Immer wieder erstaunlich, wie viele Falltüren ins Nichts der Wohl-

138

fahrtsstaat Deutschland bereithielt. Sogar für die, die eigentlich alles richtig gemacht hatten. Einen Anwalt und einen Computermann hatten sie hier also. Vielleicht fand sie auch noch einen ehemaligen Polizisten, der ihr einen Tipp geben konnte, wie man diesen Zollanger unter Druck setzen könnte. Der Mann wusste irgendetwas über Erics Fall. Das hatte sie genau gespürt. Und sie würde es herausfinden.

»Wie viele Leute wohnen hier unten?«, erkundigte sie sich.

»Das weiß keiner. Manche kommen, andere gehen. Es gibt dreißig oder vierzig Nischen. Manchmal sind alle voll. Manchmal nur ein paar.«

»Und du und deine Geschwister? Wo seid ihr?«

»Tut mir leid. Das sage ich nicht. Aber wenn du mich mal brauchst und nicht weißt, wo ich bin, dann mach einfach das hier.«

Er hob den Arm und schlug mit der Taschenlampe gegen eins der Heizungsrohre.

»Love is in the air«, sagte er grinsend.

»Was?«

»Der Rhythmus. Tata ta tata. Das ist meiner.«

»Ah. Ist es noch weit? Wie heißt der Computerberber überhaupt?«

»Hagen.«

139

22

Hans-Joachim Zieten blickte in die Runde. Was er sah, befriedigte ihn. Er konnte buchstäblich hören, was seinen Zuhörern durch die Köpfe ging, oder besser: was nicht. Das Beste an diesen Sitzungen war, dass das Wichtigste nie Eingang ins Protokoll fand. Etwa, wer von den Anwesenden bereits fünf Minuten nach Sitzungsbeginn eingenickt war oder wer an äußerst kritischen Stellen den Sitzungssaal verlassen hatte, um ein dringendes Telefonat auf seinem Handy entgegenzunehmen. Handys waren bei diesen Sitzungen eigentlich verboten, aber Zieten sah das nicht so eng. Je mehr Ablenkung, desto besser.

Die beiden Gewerkschaftsvertreter verstanden absolut gar nichts von der Materie, ebenso wenig wie der Gesamtbetriebsratsvertreter. Da war es sowieso gleichgültig, dass sie dauernd telefonieren gingen. Bei den Regierungsvertretern sah es nicht viel besser aus. Der Mann aus dem Wirtschaftssenat war von Haus aus Theologe. Dem konnte man nichts erklären, aber dafür fast alles erzählen. Der andere war zwar Chemieingenieur, aber bei der Finanzchemie, die Zieten sich ausgedacht hatte, half das nicht viel, weshalb der Mann auch die ganze Zeit Zeitung las. Die Wirtschaftsexperten verstanden immerhin, wie schlecht die Lage wirklich war. Ob Zietens »Lösung« allerdings funktionieren würde, musste ihnen schleierhaft bleiben. Sie waren so etwas wie informierte Patienten, die sehr gut über ihre Krankheit Bescheid wussten, aber keine Ahnung hatten, wie man sie heilen sollte. Entsprechend sagten sie kein Wort und stellten auch keinerlei Rückfragen. Die Einzigen, denen

Zietens Konstruktion auf Anhieb zugänglich war, waren die Vertreter von zwei Großbanken, die über erhebliche Beteiligungen mit im Boot saßen. Ihre Mienen hatten sich zu Beginn rasch verfinstert, denn dass die tatsächlichen Verluste bereits die Milliardengrenze erreicht hatten, hatte Zietens System ihnen bisher erfolgreich verschleiert. Nun lag die Tatsache offen da, und natürlich ahnten die beiden, dass dies nur die Spitze des sprichwörtlichen Eisbergs war. Zieten wusste, dass er vor allem diese beiden im Auge behalten musste. Ihnen musste er klarmachen, dass ein Totalverlust ihrer Investitionen nur aufzuhalten war, indem man diesen Verlust zunächst kaschierte und sodann in kleine Päckchen aufteilte. Danach mussten die noch lukrativen Teile ausgegliedert und in Sicherheit gebracht und die faulen, unrettbaren Verluste der öffentlichen Hand untergeschoben werden. All dies war in seiner »Phoenix-Vorlage« detailliert beschrieben. Die beiden Banker schauten ihn ernst an, als er zum Schluss kam. Und Zieten hörte die Stimme in ihren Köpfen: »Die VKG ist pleite. Was Zieten sich ausgedacht hat, ist völlig aberwitzig. Wenn das klappt, grenzt es an ein Wunder. Aber etwas anderes als ein Wunder kann uns auch nicht mehr retten.«

In diesem Augenblick betrat die Sekretärin den Raum und legte Zieten einen kleinen Zettel auf den Tisch. Er überflog die Mitteilung, erhob sich dann und sagte:

»Meine Herren, entschuldigen Sie mich bitte einen ganz kurzen Augenblick. Ich bin ohnehin am Ende meiner Präsentation angelangt, und Sie haben vielleicht Lust, sich kurz auszutauschen. Ich bin sofort zurück.«

Er ging in sein Büro und wählte rasch. Seine Frau antwortete nach dem ersten Klingeln.

»Warum gehst du nicht an dein Handy?«

»Liebling, ich bin in einer wichtigen Sitzung.«

»Es ist genauso, wie ich gesagt habe. Inga ist weg. Verschwunden.«

»Wie kommst du denn darauf?«

»Ihr Tenniszeug liegt im Kofferraum. Die Wohnung sieht so aus, als sei sie kurz zum Sport gegangen und von dort nicht zurückgekehrt. Seit gestern Abend hat niemand sie mehr erreicht. Hans, da stimmt etwas nicht.«

Zieten schaute missmutig vor sich hin. Dummes Zeug, dachte er, aber er wusste, dass er seine Frau damit nicht von ihrer fixen Idee befreien würde.

»Was willst du denn tun?«, fragte er.

»Ich werde die Polizei rufen.«

»Was? Bist du verrückt! Warum denn das?« Er überlegte kurz. »Hör zu. Ich bin hier in einer halben Stunde fertig. Ich komme, schaue mir das selbst an, und wenn Inga bis dahin nicht aufgetaucht ist, gehen wir zur Polizei. Bis dahin unternimmst du nichts, hast du verstanden?« Er schaute auf seine Armbanduhr. »Spätestens um halb sieben bin ich da.«

Er versuchte, ruhig zu bleiben. Ulla war hysterisch. Wo sollte das Mädchen schon sein? Und dann die Polizei. Die würden sofort einen riesigen Wirbel veranstalten, Inga vielleicht zur Fahndung ausschreiben, nur um sie am Ende aus irgendeinem Bett zu zerren. Und die Polizei hätte bestimmt so eine Schmeißfliege von der Presse im Schlepptau. Presseaufmerksamkeit. Das fehlte ihm gerade noch.

Als er zurückkam, herrschte eine schwer einzuschätzende Stimmung im Raum. Die Banker begannen, knifflige Fragen zu stellen. Als die Begriffe »Bereinigung von Betreiberaktivität« und »Abkopplung von der internen Konzernverrechnung« fielen, hörte noch niemand so richtig hin. Aber als Orte wie Dublin oder Cayman Islands erwähnt wurden, erwachte plötzlich das Interesse eines der Gewerkschaftsvertreter. Ob diese ganze Konstruktion denn legal sei, wollte er wissen. Zieten liebte solche Fragen.

»Legal. Nun, das kommt ganz darauf an.«

»Worauf?«

»Ob Sie eine Privatperson sind oder nicht. Wenn Sie einer Privatperson in einer vergleichbaren Situation raten würden, derartige Risiken einzugehen, um einen Konkurs zu vermeiden, könnte man Sie vermutlich belangen. Da wir uns hier aber in einer Mischform aus öffentlichem und privatem Interesse befinden, sehe ich kein Problem. Ein Staat, eine Regierung kann und muss Risiken eingehen, die einem Bürger natürlich verboten sind. Außerdem haben Sie gar keine Wahl. Wenn Sie dieser Lösung nicht zustimmen, ist die Treubau-Gesellschaft in drei Wochen pleite. Der Totalverlust wird voll auf das Konzernergebnis der VKG durchschlagen.«

»Was interessiert uns das?«, wollte der Theologe wissen. »Die TBG ist ein Privatunternehmen. Wenn sie sich verspekuliert hat, ist das doch nicht unser Problem.«

Zieten musste lächeln. Die beiden anderen Bankvertreter schauten peinlich berührt zu Boden.

»Die VKG ist ein Konzern«, erklärte Zieten, »an dem das Land über die Landesbank beträchtliche Anteile hält. Für alle Kredite, die uns gegenwärtig Schwierigkeiten bereiten, haftet letztlich nicht der Konzern, sondern das Land.«

Der Theologe schüttelte den Kopf. »Das heißt also, wir haben einen Konzern, der sich mit hochspekulativen Geschäften an den Rand des Ruins gebracht hat, und das Land, das heißt der Steuerzahler, soll jetzt dafür haften?«

»So haben die Parteien es vor sechs Jahren beschlossen«, erklärte Zieten. »Vergessen Sie nicht: Es war eine Zeit der Aufbruchstimmung. Man wollte das große Rad im internationalen Finanzgeschäft drehen. Dazu hat man mehrere Lokalbanken fusioniert und einen Konzern daraus gemacht. Um bessere Bedingungen auf den Finanzmärkten zu bekommen, hat das Land die Risiken abgesichert. Und die ersten Jahre hat es ja auch gut funktioniert. Aber nun haben Sie, wie ich schon erwähnte, gar keine Wahl. Sie müssen die Umstrukturierung, die ich Ihnen vorschlage, vornehmen, sonst kolla-

143

biert der Konzern. Ihre eigenen Anteile sind dann übrigens auch wertlos.«

Diesen letzten Zusatz hatte Zieten sich eigentlich verkneifen wollen. Aber er war angespannt. Er musste nach Steglitz. Er hatte keine Zeit zu warten, bis man hier eingesehen hatte, dass das schon immer zweifelhafte Spiel nur zu gewinnen war, indem man es nun noch dreister trieb. Was dachten diese Leute eigentlich? Hatten sie sich jemals gefragt, wo die satten Gewinne und Dividendenausschüttungen, die sie alle in den letzten sechs Jahren eingestrichen hatten, hergekommen waren? Glaubten diese Leute vielleicht, dass er zaubern konnte?

Die Stadt hatte Geld gebraucht, viel Geld. Summen, die nur am Finanzmarkt aufzutreiben waren. Also hatte er Märchen-Fonds aufgelegt, deren Bedingungen so fantastisch waren, dass er sich vor Anlegern kaum hatte retten können. Acht Prozent garantierte Verzinsung des Einlagekapitals, das man auch noch komplett von der Steuer absetzen durfte. Schon die damals vom Land gewährte Steuerersparnis hatte dem Herrn Betriebsrat auf der anderen Seite des Tisches, von dem Zieten genau wusste, dass er ein hübsches Sümmchen investiert hatte, für jeden angelegten Tausender dreihundert Mark Sofortgewinn in die Tasche gespült.

Die Schrottimmobilien, die diese Rendite angeblich abwarfen, waren das Papier nicht wert, auf dem sie im Grundbuch eingetragen waren. Aber wen kümmerte das, solange das Land für die Mietgarantien – oder besser Mietausfälle – haftete und außerdem noch dafür bürgte, den ganzen Schrott in dreißig Jahren fünfzehn Prozent teurer zurückzukaufen, ganz gleich, wie der Marktpreis dann sein mochte? Die Fachleute hatten natürlich sofort gesehen, dass diese Fonds gar nicht funktionieren konnten. Aber wenn die Regierung das Land zwang, eine Garantie dafür abzugeben? Warum nicht. Aber legal? So ein Bananenrepublikverfahren sollte »legal« sein? Die ganze

Konstruktion der VKG war komplett verfassungswidrig. Wo lebten diese Leute eigentlich?

Zieten dachte noch darüber nach, als er eine halbe Stunde nach Ende der Aussprache mit dem Fahrstuhl in die Tiefgarage fuhr. Natürlich war nichts entschieden worden. Alle wollten die Sache zunächst noch einmal sorgfältig mit ihren Sachverständigen prüfen. Bitte schön. Ihm war es gleich. Es gab keine saubere Lösung. Wichtig waren im Grunde nur zwei Dinge: Das Abgeordnetenhaus musste so lange wie möglich über das wirkliche Ausmaß der Situation im Unklaren gelassen werden. Und das bedeutete: keine Presse. Keinerlei Öffentlichkeit für das Problem, bis der Karren so rasant auf die Wand zuraste, dass eine Panikentscheidung in seinem Sinne erfolgen würde. Mit Angst regierte sich doch immer wieder am besten.

Ein Ausdruck von Selbstzufriedenheit lag bereits wieder auf Zietens Gesicht, als er auf seinen dunkelblauen Mercedes CLS zuging und die Hand in die Tasche gleiten ließ, um den Knopf der Zentralverriegelung an seinem Schlüssel zu betätigen. Die Scheinwerfer der 375 PS starken Karosse blinkten zweimal kurz auf. Doch Hans-Joachim Zietens Blick wurde von etwas anderem abgelenkt. Er schaute irritiert auf seine Windschutzscheibe. Was war denn das? Reklame? Er griff nach dem Zettel, der unter dem linken Scheibenwischerblatt steckte. Schon das Papier erschien ihm seltsam. Was war das für ein Material? Er faltete den Zettel auf. Latein?, dachte er im ersten Augenblick. Wer warb auf Lateinisch?

NULLUS DOLUS CONTRA CASUM.

Nun ja, was immer das heißen mochte, er hatte keine Verwendung dafür. Doch die Abbildung machte ihn stutzig. Was sollte das nur darstellen? Er hielt das Ding, das etwa die Größe einer Postkarte hatte, stärker ins Licht. Drei Personen standen da. Sie sahen merkwürdig aus. Altertümlich. Das Ganze sah aus wie ein Holzschnitt. Die drei Personen blickten einem Tier hinterher, das vor ihnen davonlief. Oder täuschte er sich? Das Tier stand ja still. Der Untergrund bewegte sich, trieb in einem Fluss dahin, oder so ähnlich. Was für ein Tier sollte das überhaupt sein? Ein Hund? Nein. Das war kein Hund. Das war ... er musterte den buschigen Schweif des Tieres. Das sollte wohl ein Fuchs sein. Ein Fuchs auf einer Eisscholle vielleicht?

Er setzte sich in den Wagen, ohne den Blick von der Abbildung zu nehmen. Das war kein Reklamezettel. Aber was war es dann? Und was hatte es an seiner Windschutzscheibe verloren? NULLUS DOLUS CONTRA CASUM. Seine Lateinkenntnisse reichten dafür nicht aus. Er warf die merkwürdige Botschaft auf den Beifahrersitz und fuhr los. Ulla wartete.

23

Inga Zieten hatte keine Ahnung, wo sie sich befand. Als sie zu sich kam, dachte sie zunächst, sie läge in der Garage, denn der Geruch war ähnlich. Doch als sie die Augen öffnete, zerstob die schöne Illusion. Und im nächsten Augenblick kehrte die Erinnerung zurück. An den Mönch. An das feuchte Tuch. An … sie fuhr hoch und schlug sich sofort den Kopf an. Sie zuckte zurück und hielt sich einige Sekunden lang die schmerzende Stirn. Dabei fiel ihr noch etwas auf. Etwas war anders an ihrem Kopf. Ungewohnt. Sie überlegte, kam jedoch nicht gleich darauf. Sie streckte ihren rechten Arm aus und stieß gegen etwas Hartes über ihr. Etwas Feinkörniges rieselte auf sie herab. Ihr Herz begann schneller zu schlagen. Wo befand sie sich? Von einer unkontrollierbaren Panik heimgesucht, rollte sie sich zur Seite und schlug nach einem kurzen Fall auf dem Boden auf. Jetzt sah sie die Umrisse ihres Gefängnisses. Es war ein Kellerraum. Sie hatte in einer gemauerten Nische gelegen. Aber bevor sie ihre Umgebung genauer erkunden konnte, fiel ihr plötzlich ein, was sie beim Griff an ihre Stirn so gestört hatte: Da waren keine Haare. Sie fuhr sich mit der rechten Hand über den Kopf. Ihre Haare. Wo waren ihre Haare? Und wo war sie hier überhaupt?

Plötzlich zuckte sie zusammen. Sie war nicht allein!

Er saß keine drei Meter von ihr entfernt auf einem Hocker und betrachtete sie. Als er bemerkte, dass sie ihn gesehen hatte, erhob er sich, deutete auf einen Pappkarton, der neben dem Tisch auf dem Boden stand, und begann zu reden.

»Hier drin ist alles, was Sie die nächsten Tage brauchen.

Wenn Sie sich ruhig verhalten, werden Sie den Aufenthalt hier genauso schnell wieder vergessen haben, wie er gedauert hat. Es passiert Ihnen nichts. Hier drüben liegen Bücher und Zeitschriften. Ich komme morgen früh wieder.«

»Wer … wer sind Sie? Was wollen Sie von mir?«

Er ignorierte ihre Frage.

»Das hier ist eine chemische Toilette.« Er deutete auf eine Plastikbox, die im Halbdunkel kaum sichtbar in der Ecke stand. »Das Ding funktioniert nicht sehr gut. Wenn ich mich auf Sie verlassen kann, lasse ich die Tür unverschlossen, und Sie können die Toilette gegenüber benutzen. Aber nur, wenn Sie mir versprechen, danach sofort wieder in Ihre Zelle zurückzukehren.«

Inga verstand nicht. Wovon redete dieser Irre? Was war das für ein Kerl? Durch die schwarze Kutte, die er trug, war außer seinem Gesicht nichts von ihm zu sehen. Der Mann war alt, das stand fest. Mindestens sechzig, schätzte sie. Eher kräftige Statur und größer als sie. Sie musste versuchen, so viele Einzelheiten wie möglich zu erfassen. Für später. Um ihn zu identifizieren, wenn die Polizei sie befreit haben würde. Ovaler Kopf, kurz geschnittene graue Haare ohne lichte Stellen, soweit sie das sehen konnte. Die Ohren lagen an. Seine Augen standen eng, auffallend eng. Farbe? Dunkel, vielleicht braun, schätzte sie. Nase und Lippen waren nicht auffällig. Narben, Leberflecke, irgendwelche Unregelmäßigkeiten? Fehlanzeige. Jedenfalls bei diesem Licht nicht zu sehen. Er stand in leicht gebückter Haltung da. Aber die Augen reichten aus. Die würde sie sofort wiedererkennen. Diese engstehenden Slawenaugen.

»Ich … ich verstehe nicht«, sagte sie. »Warum bin ich hier? Was wollen Sie?«

»Sie befinden sich in Sippenhaft«, sagte er.

Sippenhaft? Inga Zieten versuchte, ihre Angst unter Kontrolle zu bekommen. Sie musste klar denken, klar beobachten. War der Mann wahnsinnig? Wollte er Geld?

»Verstehe ich nicht. Warum?«

»Ihr Vater hat eindeutige Anweisungen bekommen, was er zu tun hat. Sobald er das Notwendige getan hat, können Sie gehen.«

»Kann ich bitte mit ihm sprechen. Damit er weiß, dass es mir gutgeht?«

»Nein. Das ist weder möglich noch nötig. Ich habe viel zu tun und keine Zeit, mit Ihnen zu diskutieren.«

Er schaute sie durchdringend an. Ingas Furcht legte sich ein wenig. Was wollte dieser schräge Vogel nur von ihr?

»Sind Sie ein Priester?«, fragte sie.

Er schnaubte kurz. Dann sagte er: »Sie sind eine dumme Person, aber ich gehe davon aus, dass Sie einfache Anweisungen befolgen können. Ist das so?«

Ihn nur nicht reizen, dachte sie und nickte nur.

»Wie sich Ihre Haft hier gestaltet, hängt einzig und allein von Ihrem Verhalten ab. Damit wir uns nicht missverstehen: Sie als Person sind mir völlig gleichgültig. Sie interessieren mich ebenso wenig, wie Sie und Ihresgleichen sich für das Elend interessieren, das Ihre obszöne Existenz verursacht. Sobald Ihr Vater seine verbrecherischen Praktiken korrigiert hat, sind Sie frei. Versprechen Sie mir jetzt, diesen Raum hier nur zu dem Zweck zu verlassen, die Toilette gegenüber zu benutzen?«

Sie nickte heftig. Natürlich versprach sie das. Alles, was er wollte.

»Ich schwöre es«, fügte sie hinzu.

Der Mann stutzte.

»Sie schwören?«, fragte er höhnisch. »Bei was schwört denn Ihresgleichen?«

Inga Zieten überlegte fieberhaft, was dieser durchgedrehte Priester nur von ihr wollte. »Wir sind Christen«, versuchte sie. »Wir schwören bei Gott.«

Er schaute sie an, und sein Gesicht verzog sich zu einer

Grimasse. Dann sagte er: »*Eure Rede sei aber: Ja – ja; nein – nein; was aber mehr ist als dieses, ist aus dem Bösen.*«

Er verstummte wieder und erwartete offenbar, dass sie dazu irgendetwas sagte. Ihr fiel beim besten Willen keine Erwiderung ein. Und dann sprach der Mann auch schon weiter.

»Was ist das denn für Sie: ein Christ?«

»Jemand, der … der an Gott glaubt«, antwortete sie unsicher. Sie spürte sofort, wie hohl diese Antwort klang. Aber was sollte sie denn sagen? War das hier vielleicht eine Art Inquisition? Inga Zieten glaubte an herzlich wenig. Und wenn sie jemals etwas geschworen hätte, dann vielleicht, dass sie niemals in eine Situation kommen würde, wo sie ein psychotischer Priester in ein kaltes und feuchtes Dreckloch sperren würde, um ihr Religionsunterricht zu geben.

Sie spürte, dass ihre Angst vor diesem Mann allmählich einem erbitterten Trotz zu weichen begann. Dieser Irre unterschätzte sie. Er dachte wohl, er hätte ein ängstliches kleines Mädchen entführt, das er mit so einem Schwachsinn beeindrucken könnte.

»An Gott«, wiederholte der Mann. »Die Juden glauben auch an Gott. Sind sie also auch Christen?«

Inga sagte nichts. Dieser Verrückte konnte seine Bibelstunde gerne mit sich selbst abhalten.

Sie spürte den Blick des Priesters auf sich ruhen. Er war so eindringlich, dass ihre vorübergehende Selbstsicherheit wieder in sich zusammenbrach. Sie wich angstvoll ein wenig vor ihm zurück.

»Ich wiederhole es«, sagte er noch einmal. »Ihnen geschieht nichts. Aber Sie befolgen meine Anweisung. Also. Was sagen Sie. Ja oder nein?«

»Ja.«

»Gut. Sie können jetzt über sich nachdenken. Das haben Sie bestimmt noch nicht oft getan. *Carpe diem.* Nutzen Sie die Zeit. Und denken Sie an Ihr Wort.«

Ohne eine weitere Erklärung verließ er die Zelle. Die Tür fiel ins Schloss, aber das Geräusch eines sich drehenden Schlüssels blieb tatsächlich aus. Glaubte der Mann allen Ernstes, dass sie in dieser Zelle bleiben, ein erzwungenes Versprechen halten würde?

24

oll das heißen, wir kennen drei mögliche Augenzeugen und dürfen sie nicht befragen? Das kann doch nicht wahr sein.«

»Ist aber so, Thomas. Jedenfalls vorerst nicht. Udo. Was hat sich bei dir ergeben?«

»Nicht viel. Nur eine Sache ist auffällig, kann aber Zufall sein.«

»Und die wäre?«, fragte Zollanger.

»Der Plattenbau und das Trieb-Werk gehören dem gleichen Besitzer. Einer gewissen Berlin Investment Group oder BIG. Sitzt am Ku'damm.«

»Und was hilft uns das?«, brummte Krawczik.

»Suchen wir ein Muster oder nicht?«

»Wie viele Gebäude hat denn diese BIG in der Stadt«, wollte Zollanger wissen.

»Ein paar Dutzend sind es schon«, räumte Brenner ein.

»Da hast du dein Muster«, meinte Krawczik.

»Sina. Was ist mit der Ziege und dem Lamm? Irgendwelche Fortschritte?«

»Nein. Leichenzerstückelung ist relativ konstant, etwa acht Fälle pro Jahr. Gewalt gegen Tiere auch. Aber die Kombination ist einmalig. Gab es in dieser Form noch nicht.«

»Was ist mit den Psychiatrien. Irrenanstalten. Hast du das bearbeitet, Thomas?«

Er nickte. »Abgehauen ist in den letzten Wochen niemand. Ein paar Entlassungen, aber nichts von dem Kaliber, das für unsere Sache in Frage kommt.«

152

»Also fassen wir zusammen: Wir haben keine verwertbaren Spuren, keine Zeugen, jedenfalls keine, die wir befragen können, und keinen Hinweis auf ein Motiv. Das Opfer ist nicht identifiziert. Meine Damen und Herren, was schlagen Sie vor?«

Einen Augenblick lang herrschte Stille im Besprechungsraum. Es war Sina, die sich zuerst meldete.

»Vielleicht sollten wir uns einfach die Tatorte noch einmal vornehmen. Ich für meinen Teil würde mir gerne einmal anschauen, was sich in diesem Trieb-Werk abspielt.«

»So?«, entfuhr es Brenner. »Und wie?«

»Ganz einfach: Wir gehen heute Nacht hin.«

»Wir?«, wandte Krawczik ein. »Wir alle?«

»Na ja, wir teilen uns auf. Ein paar von uns observieren den Plattenbau. Vielleicht erwischen wir ja einen dieser Penner, die plötzlich wie vom Erdboden verschluckt sind. Und die anderen gehen ins Trieb-Werk. Ich würde schon gern verstehen, warum jemand ausgerechnet dort ein Lamm mit einem Arm im Gedärm abgelegt hat. So willkürlich kann der Ort nicht gewählt worden sein. Dafür ist er zu schwer zu erreichen und zu riskant.«

Einen Augenblick lang herrschte ratloses Schweigen. Udo kaute auf einem Kugelschreiber. Thomas schüttelte skeptisch den Kopf. Zollanger ließ seinen Blick von einem zum anderen wandern.

»Wie kommst du auf diese Idee, Sina?«

Sie atmete tief durch, bevor sie sprach. »Keine unserer bisherigen Hypothesen scheint mir schlüssig. Ist die Frau hingerichtet worden? Wegen irgendeiner Verwicklung ins organisierte Verbrechen? Frauenhandel etwa? Wenn wir nur den Torso in Lichtenberg gefunden hätten, fände ich so eine Annahme plausibel. Aber der zweite Fund spricht dagegen. Diese Richtung führt nicht weiter. Das Ganze wirkt zu … zu symbolisch. Für ein Sexualdelikt spricht auch wenig. Ich bleibe bei meiner Arbeitshypothese. Wir haben es mit irgendeiner Art Kunst zu tun. Mit kranker Kunst. Wer immer diese Taten begangen hat, hat ein Mitteilungsbedürfnis. Eine Ausdrucksnot. Ich denke, wir sollten versuchen, diese Sprache zu verstehen.«

Udo und Thomas schauten sich skeptisch an. Zollanger überflog die vor ihm ausgebreiteten Unterlagen. Das Ergebnis von vier Tagen Ermittlungsarbeit. Resultat so gut wie null.

»Wenn ihr mich fragt, dann sollten wir LKA 21 mehr unter Druck setzen«, entfuhr es Thomas. »Dieser Ecstasypanscher hat sicher etwas gesehen. Warum lassen die den nicht gleich hochgehen. Ist es zu fassen, man kann die blauen Fässer von der Straße aus im Hof stehen sehen …«

»Bist du etwa dort gewesen?«, fragte Zollanger

»Na sicher«, erwiderte Krawczik trotzig. »Unauffällig natürlich. Es ist ja wohl nicht verboten, am helllichten Tag operierende Dealer zu beobachten.«

»Doch, in diesem Fall schon.«

»Ich habe den Burschen ja nicht hochgenommen. Aber nachschauen darf man ja wohl noch. Hey, was ist eigentlich wichtiger? Einen Dealer zu schnappen oder einen Killer? Der Dealer ist morgen ausgetauscht. Wenn die Kids in den Clubs sich mit diesem Zeug das Hirn plattmachen wollen, können wir es sowieso nicht verhindern. Die schnüffeln zur Not das Kloputzmittel auch pur, um sich die Kante zu geben …«

»Könnten wir bitte beim Thema bleiben …«

Tanja Wilkes betrat plötzlich den Raum.

»Ich habe eine Meldung aus Cottbus«, sagte sie. »Wegen einer Ziege. Es heißt, es sei eilig. Kann das sein?«

Zollanger nahm ihr das Fax aus der Hand. Niemand sagte etwas, während er las.

»Sieht so aus, als hätten wir immerhin etwas«, sagte er, nachdem er fertiggelesen hatte. »Ein Züchter in Jerischke hat vor zehn Tagen den Diebstahl einer Ziege gemeldet. Genaue

Bezeichnung: Witzenhäuser Landschaftspflegeziege. Freut uns das nicht? Wer fährt hin? Harald und Günther. Ich schlage vor, ihr macht das.«

»Wo bitte liegt Jerischke?«, fragte Günther Brodt.

»Jerischke. Kreis Cottbus. Hier ist das Fax. Ruft die Kollegen an. Sie sollen euch in Cottbus treffen und dann hinbringen.«

»Und was genau sollen wir dort herausfinden?«, wollte Findeisen wissen.

»Alles, was ihr könnt. Vor allem: ob die Ziege von dort stammt. Der Ort liegt vierzig Kilometer hinter Cottbus, kurz vor der polnischen Grenze. Befragt den Züchter nach allem, was uns interessieren könnte. Wann das Tier verschwunden ist. Wie. Ob er irgendetwas beobachtet hat. Sucht nach Spuren, die mit Lichtenberg in Verbindung stehen könnten. Quetscht den Bauern aus. Und dann schaut euch die Gegend an. Redet mit den Kollegen in Cottbus, was da unten so los ist. Wenn die Ziege von dort stammt, dann will ich alles über diese Gegend wissen. Vielleicht sitzt der Täter dort unten? Und wenn nicht, warum hat er sich dort herumgetrieben? Los. Ihr könntet schon dort sein.«

Findeisen und Brodt verließen den Raum. Die anderen wechselten Blicke, sagten jedoch nichts. Nur Brenner wagte einen Einwand.

»Ist das nicht ein wenig übertrieben, Chef? Ich meine, können wir die Kollegen dort nicht bitten, das für uns zu machen? Jetzt sind zwei Leute weg.«

»Und wie soll ich den Kollegen in Cottbus erklären, wonach sie suchen sollen? Wir sind einen Tag lang zu fünft, das wird auch reichen. Andere Spuren haben wir ja gerade nicht. Jetzt zu heute Abend. Ich habe beschlossen, dass Sinas Idee nicht schlecht ist. Also, wer kommt mit?«

Brenner, Krawczik und Draeger verstanden nicht.

»Wohin?«, fragte Krawczik.

155

»In dieses Trieb-Werk. Scheint nicht nach deinem Geschmack zu sein, Thomas?«

»Darauf kannst du wetten«, sagte er. »Keine zehn Pferde bringen mich in diesen Tuntenclub.«

»Okay. Wir teilen uns auf. Du und Roland, ihr observiert heute Nacht den Plattenbau. Ich will, dass ihr jeden Penner befragt, der dort aufkreuzt. Sina, Udo und ich besuchen das Trieb-Werk und schauen uns mal an, was dort geschieht.«

»Wie soll Sina denn dort hineinkommen?«, erkundigte sich Krawczik.

»Wenn man dort tote Lämmer hineinschmuggeln kann, wird es auch einen Weg geben, eine lebendige Frau einzuschleusen«, erwiderte Sina. »Außerdem ist heute gemischter Abend.«

»Woher weißt du das denn?«, fragte Udo.

»Ich habe mir die Webseite angeschaut.«

»Die Idee ist doch schwachsinnig«, wiederholte Thomas.

Zollanger schaute in die Runde. »Hat jemand eine bessere Idee, wie wir weiterkommen sollen?«

Das war offenbar nicht der Fall.

»Ich rufe diesen Naeve an«, schloss Sina die Diskussion ab. »Er soll sich darum kümmern, dass wir am Eingang keine Probleme haben.«

25

Hagen erwartete sie an der Ecke Oldenburger und Wiclefstraße. Er hatte sich geweigert, ihre Wohnung zu betreten und sich Erics Festplatten dort anzuschauen. »Bring die
Dinger mit«, hatte er sie aufgefordert.

»Und dann?«

»Dann kümmere ich mich drum.«

Sie folgte ihm. Was blieb ihr anderes übrig. Sie überquerten
die Oldenburger Straße und gingen dann ein Stück Richtung
Turmstraße. Hagen musterte die Hauswände. Es dauerte eine
Weile, bis Elin begriff, warum. Hagen studierte die Graffiti,
die überall die Mauern zierten. Aber wozu? Hatte er überhaupt einen Plan?

»Wohin gehen wir?«, fragte sie nach einer Weile.

»Internetcafé«, erwiderte Hagen.

»Aber … wir sind schon an mindestens dreien vorbeigekommen. Da drüben ist noch eins.«

»Ich brauche ein sauberes. Saubere Maschinen, verstehst
du. Oder was ist auf deinen Platten?«

Er blieb stehen. Elin musterte ihn. Besonders vertrauens-
würdig sah er nicht aus. Seine Augen waren ihr ein wenig
unheimlich. Er hatte diesen starren Blick, diesen typischen
Paranoia-Blick. Mirat hatte ihr versichert, dass er nicht gefährlich war und dass er mehr über Computer wusste als
sonst irgendjemand in den Kellern.

»Ich weiß nicht, was darauf ist.«

»Aber es ist verschlüsselt, oder?«

»Ja. Offenbar.«

»Also. So etwas macht man nur auf, wo keiner zuschaut, okay. Und wo keiner zuschaut, das steht genau hier.«

Er deutete auf einen grauen Kasten, der an der Straße stand und von oben bis unten vollgesprüht war.

»Aha«, staunte Elin.

Hagen sagte nichts und ging einfach weiter. Sie überquerten zwei Querstraßen und bogen dann in die Siemensstraße ein. Elin hätte gar nicht bemerkt, dass es dort ein Internetcafé gab. Es befand sich im Hinterraum eines Zeitungsladens. Sechzehn Computerplätze gab es dort. Nur zwei waren besetzt. Hagen ließ sich auf einer Bank neben dem Eingang nieder und wartete.

»Worauf warten wir?«, flüsterte Elin.

»Ich will den PC dort, an dem das Mädchen sitzt.«

Elin zuckte mit den Schultern und wartete ebenfalls. Es dauerte eine Weile, bis das Gerät frei wurde. Kaum war das Mädchen gegangen, schob sich Hagen auf den Platz.

»Ich muss erst ein paar Einstellungen machen«, sagte er. »Gib mir die Platten. Bezahl für eine halbe Stunde. Länger bleiben wir nicht.«

Elin holte die vier Festplatten aus ihrem Rucksack und legte sie neben Hagen auf den Tisch. Dann ging sie zum Tresen und bezahlte. Sie hasste es, Geld zu benützen, aber in diesem Fall hatte sie keine Wahl. Als sie zurückkam, war auf dem Bildschirm etwas Merkwürdiges im Gang. Hagen hatte offenbar eine Fantasy-Internetseite aufgerufen. Jedenfalls war dort ein animiertes Ungeheuer zu sehen. Das Biest sah aus wie ein Minotaurus. Es stand auf der Stelle, schabte angriffslustig mit dem Vorderhuf im Staub und senkte den Kopf zum Angriff. Hagen drückte eine Tastenkombination. Plötzlich erschien aus dem Nichts ein Arm mit einem Schwert und stach dem Minotaurus direkt zwischen die Augen. Der Bildschirm wurde schwarz.

Hagen griff nach einer der Platten, verband sie über ein

158

Kabel mit dem Rechner und begann, Codeanfragen auszufüllen. Eine Weile lang beobachtete Elin die Vorgänge fasziniert, dann gab sie auf. Sie hatte keine Ahnung, was Hagen da trieb. Das einzige Detail, das sie im Auge behielt, war eine kleine Figur am rechten unteren Rand des Bildschirms. Sie kniete dort sprungbereit. Die Animation sah aus wie ein kleiner römischer oder griechischer Soldat, der mit gezücktem Schwert in Lauerstellung auf irgendetwas zu warten schien. Ansonsten huschten nur unlesbare Codezeichen über den Bildschirm. Nach einer Weile schloss Hagen die zweite Festplatte an. War das Laufwerk schon geknackt? Oder war der Versuch misslungen? Elin schaute wieder auf den kleinen Krieger am unteren Bildrand. Plötzlich sprang der auf und drehte sich um. Aber zu spät. Der Minotaurus war wieder da. Ohne Vorwarnung stürzte er auf den kleinen Krieger zu und durchbohrte ihn mit einem seiner beiden Hörner. Hagen reagierte sofort, zog das Kabel aus dem PC, schloss die Maske und loggte sich aus.

»Komm. Wir gehen«, sagte er und war schon halb draußen.

Sie brauchten den ganzen Nachmittag, um die vier Platten aufzuschließen. War Hagen verrückt? Oder war seine Vorsicht begründet? Er rührte keinen PC an, der nicht von irgendwelchen Hackern über Grafficodes an Hauswänden als sauber empfohlen wurde. Sauber, das hieß: Es war ein Störprogramm darauf installiert, das verhinderte, dass die Rechnertätigkeit beobachtet oder gespeichert werden konnte. Solange Theseus den Minotaurus außer Gefecht gesetzt hielt, konnte man gefahrlos arbeiten, unbeobachtet in Fremdnetze eindringen, Serverparks anzapfen und schwer nachvollziehbare Pfade im Netz legen, auf denen man nicht Gefahr lief, von den mächtigen Spähprogrammen der Regierungen und Geheimdienste erwischt zu werden.

»Gehe niemals von einem normalen Computer aus ins Internet«, schärfte Hagen ihr ein. »Alles, was du dort tust, wird aufgezeichnet. Alles. Wenn Theseus den Minotaurus schlachtet, hast du zehn bis fünfzehn Minuten Ruhe, bis sie dich wieder auf dem Radar haben. Dann musst du verschwinden.«

Sie hatte ihm ungläubig zugehört, dann aber dankbar die geknackten Platten entgegengenommen.

»Und wie finde ich einen sauberen Computer?«, hatte sie noch gefragt.

»Frag mich. Du weißt ja, wo ich wohne.«

Jedenfalls hatte Hagen die Dateien entsperrt. Als Elin wenig später das erste Laufwerk anschloss, surrte es leise, und im nächsten Augenblick erschien es auf dem Bildschirm. Sie klickte zweimal darauf. Vier Ordner erschienen. Die Abkürzungen sagten ihr nichts. Und als sie das erste Dokument öffnete, verstand sie auch nicht mehr. Es waren Listen. Listen von Zahlen. Sie scrollte sich durch die Spalten, ließ jedoch bald resigniert davon ab. Sie war nicht viel weiter. Sie konnte sich zwar für jedes Stück aus Erics Hinterlassenschaft mühselig einen Spezialisten suchen, der ihr Zugang zu diesen Unterlagen verschaffte. Aber was konnte sie letztlich damit anfangen? Mit Kontendaten einer Firma, die es nicht mehr gab. Warum hatte Eric das alles bei ihr deponiert? Sie schloss die Dateien und stöpselte die nächste Festplatte ein. Wieder das gleiche Bild. Dutzende von Ordnern mit Zahlenreihen. Aber auch eine Word-Datei. Sie hieß »Phoenix.doc«. Elin klickte sie an – das Dokument war offenbar noch in Arbeit. »Vorstandsvorlage«, stand auf dem Deckblatt. Und darunter etwas, das endlich einmal interessant klang: »Streng vertraulich«.

26

Ulla hatte recht gehabt. Die Situation war merkwürdig. Er ging langsam durch die Wohnung und versuchte, aus den herumliegenden Gegenständen herauszulesen, wo seine Tochter sein könnte. Das Bett war gemacht. Auf dem Sessel neben dem Fenster lagen eine Jeans, ein T-Shirt, ein hellbrauner Kaschmirpulli und Unterwäsche. Sie war beim Tennis gewesen. Und sie war zurückgekommen, sonst wäre ihr Auto nicht in der Garage.

Ulla saß am Küchentisch und schaute ihn gereizt an, als er von seinem Rundgang zurückkam.

»Wir rufen jetzt die Polizei. Keine Diskussion.«

»Das wirst du nicht tun«, entgegnete er ruhig. »Wo ist Ingas Handy?«

Ulla Zieten zog es aus ihrer Jackentasche und warf es auf den Tisch. Er prüfte die Anrufliste, und seine Stimmung verdüsterte sich. Was er sah, gefiel ihm nicht. Der letzte abgehende Anruf stammte von gestern. Der Eintrag ließ keine Zweifel zu:

Mama
09-12-2003 19:54

Bei den eingehenden Anrufen sah es nicht viel besser aus. Den letzten Anruf hatte sie gestern um 18:07 Uhr entgegengenommen. Irgendeine Britt. Länderkennung einundvierzig, also Schweiz. Danach zeigte die Liste der unbeantworteten Anrufe sieben Namen an, alles Personen, die Inga in ihrem

Handy gespeichert hatte. Und natürlich die ganzen unbeantworteten Anrufe seiner Frau.

Zieten legte das Handy wieder auf dem Tisch ab.

»Ich begreife dich nicht«, stieß Ulla Zieten hervor.

»Ich will einfach nichts überstürzen«, sagte er. »Eine Vermisstenmeldung ... weißt du, was das für jemanden wie mich bedeutet? Presse, Fragen, Aufmerksamkeit. Ich kann das jetzt nicht brauchen.«

»Und deine Tochter? Kümmert dich das überhaupt nicht?«

»Inga hat bestimmt einen Grund, warum sie nicht hier ist. Ich vermute, sie ist bei einem Mann. Das kann doch sein, mein Gott.«

»Hans-Joachim.« Ullas Stimme zitterte jetzt. »Ihre Sporttasche liegt unten im Wagen. Ihr Handy ist hier. Keine ihrer Freundinnen hat sie in den letzten zwölf Stunden erreichen können. Sie hat mich versetzt, ohne mir Bescheid zu sagen. Das tut sie nie. Verdammt noch mal, wir müssen etwas unternehmen.«

Das Handy klingelte. Ulla war schneller als er.

»Ja«, sagte sie erregt. »Oh, hallo Dagmar. Nein. Ich bin es. Ihre Mutter. Nein, Inga ist nicht hier.«

Sie warf ihrem Mann einen verzweifelten Blick zu. Aber Zieten schüttelte nur zweimal langsam den Kopf. Seine Lippen bildeten kaum mehr als einen Strich.

»Nein, ich weiß es nicht genau. Aber ich werde ihr sagen, dass du angerufen hast. Ja. Sie meldet sich.«

Zieten nahm ihr das Handy ab.

»Jörg«, rief er dann.

Der junge Mann kam herein.

»Begleiten Sie meine Frau nach Hause.«

Und zu ihr gewandt sagte er: »Du tust nichts, bis ich es dir sage. Ich kümmere mich um alles. Fahr nach Hause, ruhe dich aus, und in spätestens zwei Stunden weiß ich, wo Inga ist. Verlass dich darauf. Und jetzt fahr bitte. Ich muss telefonieren.«

Er durchkämmte die Wohnung erneut. Natürlich hatte Ulla recht. Irgendetwas war komisch. Er setzte sich im Wohnzimmer auf die Couch und überlegte. Die Wohnung sah nicht so aus, als habe Inga vorgehabt, unangekündigt zu verreisen. Ihr Wagen stand in der Garage. Hatte jemand sie abgeholt? Jemand, den außer ihr niemand kannte oder kennen sollte? Aber dann hätte sie sich doch vermutlich nach dem Sport umgezogen und ihre Sporttasche nicht im Wagen gelassen. Überhaupt, der Wagen. Er war hier. Und ihr Handy auch. Das war eigenartig.

Er erhob sich und ging zum Kühlschrank. Fruchtjoghurts. Orangen. Käse. Milch. Ein paar Selleriestangen. Eier. Er schloss die Tür wieder, verließ die Wohnung und fuhr in die Tiefgarage hinunter. Er leckte sich Schweißperlen von der Oberlippe und versuchte, ruhig zu atmen. Aber sein Instinkt meldete ihm Gefahr. Was konnte nur geschehen sein? Sollte er doch die Polizei benachrichtigen?

Ingas Wagen war unverschlossen. Er öffnete die Fahrertür und sah hinein. Beschädigt war nichts. Nacheinander öffnete er alle Türen und untersuchte die Sitze und den Innenboden. Der Wagen war erst drei Monate alt, verströmte noch den typischen Fabrikgeruch. Als er die Heckklappe öffnete und die Sporttasche anhob, sah er die Karte. Jemand hatte sie dort plaziert wie eine Visitenkarte des Teufels. Wer um alles in der Welt … aber er konnte keinen klaren Gedanken fassen.

VITA MIHI MORS EST.

So viel Latein konnte er noch. MEIN LEBEN IST DER TOD. Im Vergleich zu der Karte, die er vorhin gefunden hatte, war die Darstellung auf dieser eindeutig: ein Vogel, der aus einem Feuer heraus in den Himmel flog.

Er drehte die Karte um und bemerkte, dass seine Hand zitterte. Aber es gab keine weitere Botschaft. Wozu auch, dachte er und öffnete seinen Kragenknopf, um besser atmen zu können. Das Bild sagte ja alles. Den Namen dieses Vogels kannte schließlich jeder: Phoenix.

27

Inga rutschte von ihrem Lager herunter und stand einen Augenblick lang ratlos da. Sie öffnete den Karton, der neben dem Tisch stand. Er enthielt Thunfischkonserven, Obst, Schokolade, Kekse, zwei Flaschen Mineralwasser, eingeschweißten Gouda, abgepacktes Vollkornbrot sowie Plastikbecher und -geschirr. Sie stieß den Karton wütend von sich weg und starrte grimmig vor sich hin.

Ein Scherz, dachte sie. Das Ganze war ein übler, ein miserabler Scherz. Aber wer? Wer hatte sich das ausgedacht? Und dann dämmerte es ihr. Natürlich! Sie war bei drei großen Consulting-Unternehmen im Rennen. War das zu fassen? So weit gingen die schon, um Persönlichkeiten herauszufiltern? Denn was sollte das hier sonst sein? Was hatte dieser verrückte Mönch gesagt? Sippenhaft? Wer sollte sie in Sippenhaft nehmen? Warum überhaupt? Sie kam aus einer vorbildlichen, erfolgreichen Familie. Es waren diese Spanier. Bestimmt die Spanier. Deshalb auch die Priesterkutte. Die Interviews waren schon so komisch verlaufen. Was die alles gefragt hatten. Okay, die Briten und die Franzosen hatten auch viel gefragt. Und natürlich Rollenspiele. Die Franzosen hatten sogar einen Graphologen dabeigehabt. Für Top-Nachwuchspositionen wollten die eben kein Risiko eingehen. Fachkenntnisse konnte jeder testen. Aber Persönlichkeit. Reaktionsvermögen unter Stress. Das wollten die ja immer herausfinden. Managementfähigkeiten unter extremer Belastung. Aber so etwas?

Sie schaute sich um. Wo befand sie sich? Vermutlich am Potsdamer Platz, im Keller von einem der großen Player.

Und die nächsten zehn Minuten entschieden darüber, ob sie in die nächste Runde kam. Nein, das ging zu weit. Betäubt und entführt. Die Arschlöcher hatten sich gehörig ins Knie geschossen. Das war Freiheitsberaubung. Eine Straftat. Sie würde jetzt da rausgehen, und diese Leute hätten dann genau zwei Optionen: ihr den Job ihrer Wahl zu geben oder eine Klage an den Hals zu bekommen, die sich gewaschen hatte. Was bildeten die sich eigentlich ein? Sie war Inga Zieten. Wenn ihr Vater erst davon erfuhr …

Sie schaute auf ihre Armbanduhr. Halb neun. Morgens oder abends? Wie lange hatte sie geschlafen? Sie fuhr sich mit der Hand durch die Haare und erschrak wie beim ersten Mal über die Stoppeln auf ihrem Kopf. Und plötzlich war ihre Selbstsicherheit wieder wie weggeblasen. Sie kauerte sich angstvoll gegen die Kellerwand und lauschte angestrengt in die Stille hinein. Kein Laut drang an ihr Ohr. Nein, sie befand sich sicher nicht am Potsdamer Platz. Und dort draußen warteten keine Headhunter auf sie. Sie war in der Gewalt eines Irren. Eines durchgedrehten Priesters oder Mönchs.

Sie nahm sich vor, eine Stunde auszuharren. Aber bereits nach zwanzig Minuten hatte sie das Gefühl, eine Ewigkeit damit verbracht zu haben, auf Geräusche zu lauschen. Nichts rührte sich. Und hatte der Mönch nicht gesagt, sie könne die Toilette benutzen? Also würde sie das tun.

Sie erhob sich, ging zur Tür und drückte auf die Klinke. Es war eine Metalltür, und die Klinke fühlte sich eiskalt an. Mit einem leisen Klick gab die Tür nach und schwang nach innen. Inga steckte den Kopf aus der Öffnung.

Ein gemauertes Gewölbe erstreckte sich links und rechts von ihr. Vor ihr hing eine Glühbirne von der Decke herunter. In einer Nische gegenüber stand tatsächlich eine verdreckte Toilettenschüssel. Inga wandte sich nach rechts und folgte dem Gang, so weit der Schein der Glühbirne reichte. Nach wenigen Metern begann eine Kurve, und sie sah nichts mehr.

Sie ging noch ein paar Schritte und blieb dann stehen. Nichts rührte sich. In geringer Entfernung erkannte sie die Umrisse einer Tür, hinter der Licht brannte. Hatte sie vielleicht doch recht gehabt mit ihrer Vermutung? Ein Test. Welcher echte Entführer würde eine solch idiotische Regel aufstellen, ihre Tür tatsächlich unverschlossen lassen und ernsthaft glauben, dass sie nicht versuchen würde zu fliehen?

Also doch ein Test. Sie würde sich lächerlich machen, wenn sie in ihrer Zelle sitzen bliebe. Potentielle Top-Managerin harrt bei psychologischer Prüfung stundenlang in ihrer Zelle aus. Risikobereitschaft gleich null. Initiative gleich null.

Sie ging zwei Schritte weiter, blieb wieder stehen und lauschte erneut. Es war nichts zu hören. Die Tür vor ihr war nur angelehnt. Sie drückte leicht dagegen. Die Tür schwang zurück. Der Raum war weitgehend leer. Was war das hier nur? Eine ehemalige Waschküche? An der Wand zu ihrer Linken stand ein gut vier Meter langer Edelstahltisch. Inga ließ ihren Blick durch den Raum gleiten. Da war eine große, dunkelblaue Metallkiste. Eine mächtige Tiefkühltruhe stand an der Stirnseite. Daneben befand sich ein Durchgang zu einem weiteren Raum, der stockdunkel war. Gab es hier nirgendwo ein Fenster? Sollte sie nicht doch besser zurückkehren?

Der Trotz stieg wieder in ihr hoch. Sie ließ sich doch nicht foppen. Das konnte nur ein Witz sein. So etwas passierte nur in Filmen. Aber wer immer sich das ausgedacht hatte, würde es bereuen. Denn trotz allem hatte sie doch Angst. Der Ort war ihr unheimlich. Und diese Kühltruhe dort? Natürlich stand sie genau deshalb hier, um zu testen, ob sie sie aufmachen würde, oder nicht? Und was sollte sie denn sonst tun? Sie ignorieren? Sie hatte dieses Spiel satt. Mit zwei beherzten Schritten ging sie darauf zu und riss den Deckel auf.

Ihr erster Impuls war, loszulachen. Es war einfach zu viel, dachte sie. Und jetzt war sie sich sicher. Es war ein verdammter, geschmackloser Test. Vor ihr lag etwas, das aussah wie ein Bein. Es war so zusammengeschnürt, dass Ober- und Unterschenkel aneinander lagen. Wie in einem Film, dachte sie noch. Dann hörte sie ein Geräusch hinter sich. Sie fuhr herum. Der Deckel der Truhe knallte herunter. Der Mönch schaute sie an.

»Genau dreiundzwanzig Minuten«, sagte er. »So lange gelten Ihre Versprechen.«

Inga war von sich selbst überrascht. Sie sprang auf den Mann zu und riss ihn zu Boden. Sie hörte, wie sein Hinterkopf hart auf den Steinboden aufschlug. Doch im nächsten Augenblick war er über ihr und verpasste ihr zwei schallende Ohrfeigen. Sie schrie auf, traf ihn mit ihrer rechten Faust am Hals, da hatte er schon ihre Handgelenke gepackt und schleifte sie in ihre Zelle zurück. Ohne ein weiteres Wort ließ er dort von ihr ab, verließ die Zelle und schlug krachend die Tür zu. Diesmal hätte sie hören können, wie ein Schlüssel zweimal umgedreht wurde. Aber Inga hörte nichts. Nur ihr panisches Schluchzen.

28

Irgendwann stellte Hans-Joachim Zieten fest, dass er überhaupt nicht wusste, wohin er fuhr. Seine Frau hatte schon zweimal auf seinem Handy angerufen, aber er hatte nicht geantwortet. Er wusste, dass sie schreckliche Angst hatte. Er kannte seine Frau und wollte gar nicht wissen, welche Horrorszenarien sich in ihrer Phantasie gerade abspielten.

Vor allem hatte er keine klare Vorstellung davon, was er jetzt tun sollte. Diskretion war jetzt erst einmal das Wichtigste. Überreaktionen waren nie gut. Natürlich musste er zur Polizei gehen. Mit diesem Vorsatz hatte er seinen Wagen gestartet. Aber dann hatte er gezögert. Sollte er nicht lieber noch ein paar Stunden abwarten? Vielleicht tauchte Inga wieder auf, und es gab eine ganz einfache Erklärung für die Situation? Würde man ihn überhaupt ernst nehmen? Aber sosehr er sich auch bemühte, Ruhe zu bewahren, die beiden merkwürdigen Nachrichten auf dem Beifahrersitz ließen ihn frösteln. Vor allem die zweite Botschaft lähmte ihn. *Mein Leben ist der Tod.* Und dazu das Sinnbild des Phoenix. Ausgerechnet heute. Konnte das Zufall sein? Vor knapp zwei Stunden hatte er in einer heiklen und vertraulichen Unterredung seine Strategie erläutert. Und jetzt das.

Zieten schluckte. Er hatte gar keine Wahl. Er musste sofort etwas unternehmen. Aber was? Die Phoenix-Vorlage war streng geheim, denn sie war illegal. Niemand durfte davon erfahren. Von den lateinischen Botschaften wusste außer ihm bisher niemand. Er konnte sie verschwinden lassen. Aber wie sollte er dann seine Sorge begründen, dass seiner

Tochter etwas zugestoßen sein könnte? Sie war nicht in ihrer Wohnung, und ihr Auto stand unverschlossen in der Garage. Außerdem hatte sie ihr Handy nicht dabei. Die Polizei würde ihn auslachen. Die Botschaften also doch vorlegen, ohne sich dazu zu äußern? Nur eine oder alle beide? Undenkbar.

Je länger er darüber nachdachte, desto wütender und verzweifelter wurde er. Nur sehr wenige Leute wussten von dem Papier. War vorstellbar, dass einer von ihnen ihn unter Druck setzen wollte? Mit derartigen Mitteln? Zieten schob den Gedanken sofort wieder beiseite. Aber der Verdacht kehrte immer wieder zurück, hartnäckig wie eine Schmeißfliege. Wollte man ihn erpressen? Mit Mafiamethoden? Hatte jemand, der seine Vorschläge nicht mochte, sich das ausgedacht? Nein, Ullas Hysterie hatte ihn angesteckt. So etwas gab es doch hier nicht. Und warum denn er? Warum seine Tochter? Was hatte er denn letztlich mit der Sache zu tun? Er führte ja nur aus, was irgendwo weit über seinem Kopf beschlossen worden war. Zugegeben, er stellte die Instrumente zur Verfügung. Aber die Entscheidungen trafen andere. Leute, die sehr gut geschützt waren. Jedenfalls besser als er!

Er fuhr rechts heran und schaltete den Motor aus. Es regnete leicht, und nach wenigen Augenblicken verschwamm die Straße hinter Schlieren auf seiner Windschutzscheibe. Sein Handy klingelte erneut. Schon wieder Ulla. Er drückte den Anruf weg, öffnete sein Adressbuch und scrollte durch die Einträge. Als er den gesuchten Namen gefunden hatte, markierte er ihn und drückte auf die Ruftaste.

»Hier Frieser.«

»Hallo, Jochen. Hier ist Hajo.«

»Hajo, na so eine Überraschung. Dass du dich einmal meldest. Wie geht es dir? Was verschafft mir die Ehre?«

»Bist du gerade sehr beschäftigt? Ich bräuchte deinen Rat.«

»Ich höre.«

170

»Nein. Nicht am Telefon. Können wir uns kurz sehen … in, sagen wir, fünfzehn Minuten?«

Zieten spürte, dass Frieser zögerte. Aber nur kurz.

»Ich bin noch im Büro«, sagte Frieser. »Wo bist du?«

»Nicht weit weg. Ich komme in die Turmstraße und hole dich ab.«

»Okay. Komm lieber zum Seiteneingang Wilsnacker. Da ist immer Platz. Bis gleich.«

Zieten brauchte knapp zwanzig Minuten, und als er an der verabredeten Stelle eintraf, stand Jochen Frieser schon neben der Drehtür. Zieten fuhr an die Bordsteinkante und öffnete die Beifahrertür.

»Komm. Steig ein.«

Jochen Frieser nahm Platz und schloss die Tür. »Schön, dich zu sehen«, sagte er. »Wohin gehen wir? Sollen wir was essen?«

»Nein«, sagte Zieten. »Tut mir leid.« Er fuhr ein paar Meter weiter, entdeckte eine Parklücke, lenkte den Wagen hinein und schaltete den Motor aus. Frieser sah ihn verwundert an. Zieten kam ohne Umschweife zur Sache.

»Jochen, ich habe sehr wenig Zeit und ein Riesenproblem.«

Frieser musterte Zieten kurz. Dann sagte er nur: »Wofür hat man Freunde, nicht wahr? Also. Was ist? Schieß los.«

»Angenommen, ich ginge zur Polizei und meldete meine Tochter als vermisst? Was würde da passieren?«

Frieser zuckte zusammen. »Machst du Witze, Hajo? Ist Inga etwas passiert?«

»Ich weiß es noch nicht, Jochen. Aber das war nicht meine Frage. Was passiert, wenn ich zur Polizei gehe?«

»Wenn so jemand wie du mit so einem Verdacht zur Polizei geht, dann springt natürlich sofort der ganze Apparat an. Das heißt, vorausgesetzt, es gibt begründete Verdachtsmomente.«

»Was heißt das – der Apparat springt an? Was passiert im Einzelnen?«

»Normalerweise passiert bei Vermisstenmeldungen von Erwachsenen erst einmal gar nichts. Die Betroffenen tauchen in den meisten Fällen nach ein paar Tagen von selbst wieder auf. Der Verdacht, dass eine Straftat vorliegt, muss sich erst einmal erhärten. Bei Personen des öffentlichen Lebens ist das anders. Das Landeskriminalamt würde recht schnell sicher sein wollen, dass kein begründeter Verdacht vorliegt. Aber warum um Gottes willen fragst du mich das? Was ist denn bloß los?«

Zieten war blass geworden. Landeskriminalamt. Das Wort löste nun doch massive Ängste in ihm aus, die er bisher verdrängt hatte. Wie konnte er überhaupt hier sitzen? Warum hatte er nicht längst Alarm geschlagen, selbst auf die Gefahr hin, dass seine heiklen Geschäfte offenbar wurden?

»Es ist in aller Kürze so, Jochen: Ich arbeite zurzeit an einer ziemlich umstrittenen Sache. Es geht um viel Geld. Sehr viel Geld. Die Sache ist auch politisch extrem heikel, und je nachdem, wie geschickt oder tölpelhaft das Ganze gehandhabt wird, kann es sich auch auf die nächsten Wahlen auswirken. Ich habe heute Nachmittag einigen Beteiligten einen Lösungsvorschlag gemacht. Das Dossier ist streng vertraulich. Wir nennen es intern nur Phoenix-Vorlage. Während der Sitzung, wie gesagt, es ist gerade mal ein paar Stunden her, da rief mich plötzlich Ulla an. Sie war besorgt, weil Inga eine Verabredung mit ihr hatte platzen lassen und nicht erreichbar war. Also wollte ich nach der Sitzung zu Ingas Wohnung. Als ich losfuhr, steckte dieser Zettel an meinem Wagen. Ich dachte mir nichts dabei, traf Ulla in Ingas Wohnung, aber von Inga keine Spur. Ihr Handy lag in der Küche. Ihr Auto stand unverschlossen in der Garage. Im Kofferraum lag das hier. Seit gestern Abend hat niemand etwas von ihr gehört. Also, was soll ich tun?«

Jochen Frieser betrachtete die beiden Botschaften. Zieten wartete, aber Frieser ließ sich Zeit mit einer Antwort.

»Es gibt keine List gegen den Zufall«, sagte er schließlich.

»Wie bitte?«

»Die Inschrift. Nullus Dolus Contra Casum.«

Zieten erwiderte nichts. Seine Miene verfinsterte sich.

»Also ist es wohl so. Jemand will mich unter Druck setzen und hat Inga entführt.«

Frieser legte die beiden Botschaften auf dem Armaturenbrett ab. Dann schüttelte er skeptisch den Kopf.

»Ich weiß nicht«, überlegte er. »Was treibt Inga denn so zurzeit? Hast du mir nicht erzählt, dass sie permanent nur in Clubs herumhängt und sich amüsiert?«

»Ja. Schon. Hat ja wohl auch eine kleine Pause verdient nach dem Studium. Das Mädchen hat viel gearbeitet. Das Praktikum in Chicago war ziemlich hart.«

»Ist es dann merkwürdig, wenn sie eine Nacht nicht zu Hause ist?«

»Das habe ich Ulla ja auch gesagt. Aber das hier …?«

Frieser hielt die beiden Botschaften nebeneinander und betrachtete sie eingehend.

»Wie viele Leute wissen von dieser Phoenix-Sache?«

»Nicht viele. Ein Dutzend vielleicht.«

»Um wie viel Geld geht es denn?«

»Genau weiß das niemand. Im günstigsten Fall müssen wir fünf oder sechs Milliarden abschreiben. Im schlimmsten Fall dreißig bis vierzig.«

Frieser verzog ungläubig das Gesicht.

»Du meinst Millionen«, sagte er.

Zieten schüttelte den Kopf.

»Nein, Jochen. Du hast mich schon richtig verstanden.«

»Willst du mich auf den Arm nehmen? Das ist ja fast das gesamte Haushaltsvolumen der Stadt. Ich wusste ja, dass du ganz gut im Geschäft bist, aber solche Summen …?«

»Es ist doch nicht mein Geld, Jochen«, konterte Zieten scharf. Dann riss er sich zusammen und fügte hinzu: »Es ist überhaupt kein Geld, wie du und ich es benutzen, Jochen. Es ist etwas ganz anderes. Es sind komplexe Geschäfte zwischen großen Banken und der Regierung. Es ist Politik.«

Frieser atmete hörbar aus. Dann schüttelte er fassungslos den Kopf. Die Scheiben des Wagens waren längst beschlagen. Frieser fröstelte und rieb die Hände aneinander. Zieten startete den Motor und stellte die Klimaanlage durch mehrmaliges leichtes Tippen auf eine Stelle am Lenkrad ein. Frieser war noch immer sprachlos.

»Gibt es einen Weg, meine Tochter auf diskretem Weg zu suchen?«, fragte Zieten. »Wenigstens in den nächsten Stunden?«

Frieser winkte ab. »Hajo, es gibt nur zwei Möglichkeiten. Entweder, du hast mit deiner Vermutung recht, dann müssen sofort alle Mittel eingesetzt werden, Inga zu finden. Oder du siehst Gespenster. Das passiert übrigens oft, wenn man ein schlechtes Gewissen hat.«

Zieten warf ihm einen vernichtenden Blick zu.

»Ich habe mir nichts vorzuwerfen«, sagte er kurz. »Ich …«

»Lass nur, Hajo, das war nur ein Vorgeschmack darauf, was dich die Ermittler vom LKA als Erstes fragen werden. Das Erste, wonach die nämlich suchen würden, wäre gar nicht deine Tochter.«

»Sondern?«

»Ein Motiv.«

Zieten schwieg.

»Wenn du mich fragst«, fuhr Frieser fort, »warte bis morgen früh. Vielleicht taucht sie im Laufe des Abends wieder auf. Diese Dinger hier …«, er deutete auf die beiden Botschaften, »… ich meine, was soll das schon sein? Erpresserschreiben? Auf Lateinisch?«

29

Es war bereits halb zwei Uhr morgens, aber Elin las noch immer. Neben ihr auf dem Schreibtisch stand ein Teller mit den eingetrockneten Resten einer Linsensuppe, auf dem sich Apfel- und Bananenschalen stapelten. Sie hatte vermutlich schon mehr als zwei Liter Tee getrunken, aber was sie wach hielt, war nicht der Tee. Es waren Erics Dateien. Es waren Hunderte. Mit den meisten konnte sie nicht viel anfangen. Sie würde einen Wirtschaftsfachmann brauchen, um zu verstehen, was diese ganzen Zahlenlisten zu bedeuten hatten. Aber auf der dritten Festplatte hatte sie endlich etwas gefunden, das sie verstand. Es war nur eine Skizze. Nach den Speicherdaten zu schließen, hatte Eric das Dokument im Mai erstellt und im Juni und Juli immer wieder daran geschrieben. Sie hatte die Aufzeichnungen schon zigmal gelesen und war immer wieder an diesem Passus hängengeblieben:

BIG macht nur Verluste. Warum schießt Zieten-Bank immer neue Mio. nach? Zietens Einfluss auf TBG? Prüfen? Was hat TBG von solchen Deals?
1997 34 Mio.
1998 67 Mio.
1999 27 Mio.
2000 87 Mio.!!!
Zieten-Bank ist Melkmaschine für TBG-Kohle. Geld wird v. a. an BIG weiterverschoben. Unterlagen an Anton Billroth? Oder lieber warten? Was bedeutet *Phoenix*?

Elin verstand kein Wort. Nur eine Abkürzung kannte sie: BIG. Das stand für diese *Berlin Investment Group*, Erics ehemalige Firma. Für die hatte er die ganze EDV entwickelt und betreut. Aber wer war TBG?

Hagens Warnungen klangen ihr im Ohr. Aber sie konnte ihn nicht jetzt mitten in der Nacht aufsuchen und ihn bitten, ihr ein sauberes Internetcafé zu nennen. Sie loggte sich von Erics Laptop aus ins Internet ein und gab TBG in die Suchmaske ein. Wie zu erwarten, ergab das Tausende von Treffern. Sportvereine. Firmen. Produkte. Sie probierte es mit der Verknüpfung von BIG und TBG. Das Ergebnis sah schon besser aus.

»Berlin Investment Group dank Treubau-Gesellschaft weiterhin auf Wachstumskurs.«

Die Schlagzeile stammte von 1999. Die anderen versprengten Meldungen über die beiden Finanzinstitute enthielten zu viel Bankenlatein, als dass Elin viel damit hätte anfangen können. Allein die Meldungen vom Oktober 2002 waren eindeutig.

14. Oktober: »TBG dementiert Schieflage der BIG.«
17. Oktober: »Interne Prüfung erhärtet Insolvenzverdacht der BIG.«
20. Oktober: »BIG zahlungsunfähig.«

Elin schrieb die Meldungen ab. Was war diese BIG überhaupt? Sie brauchte fast eine Stunde, bis sie endlich Namen gefunden hatte. Irgendwo in den Tiefen des Internets hatte die Suchmaschine eine Handelsregistereintragung vom Februar 1992 aufgespürt und dort zwei Namen aufgespießt: Uwe Marquardt, Günther Sedlazek. Persönlich haftende Gesellschafter der Berlin Investment Group. Sie schrieb die Namen auf und gab *BIG* und *Billroth* in die Suchmaschine ein. Aber die Korrelation ergab kein Ergebnis. Lediglich die

Seiten zur BIG, die sie alle schon geprüft hatte, tauchten wieder auf. Danach folgten seitenweise Fundstellen zu allen Billroths dieser Welt. Sie erweiterte die Suche um den Vornamen. Anton Billroth ergab einen Treffer. Es war nur eine halbe Zeile aus einer Zeitungsmeldung: »… Polizeihauptkommissar Anton Billroth (1939–2002). Völlig unerwartet …« Elin öffnete den Artikel, einen Nachruf aus einem Journal namens »Polizeidienst«.

Anton Billroth ist tot. Das Landeskriminalamt Berlin – Abteilung Wirtschaftskriminalität – trauert um seinen verdienten Mitarbeiter, Polizeihauptkommissar Anton Billroth (1939–2002). Er verstarb nach kurzer Krankheit völlig unerwartet am 17. Dezember 2002. Wir alle trauern um einen lieben Kollegen und zuverlässigen Mitarbeiter. Unser tiefes Mitgefühl gilt seiner Familie.

Elin übertrug die wichtigsten Daten auf ihren Notizblock. Was hatte dieser Name in Erics Aufzeichnungen verloren? Hatte er den Mann gekannt? Sie setzte den Stift ab und lehnte sich nach hinten. Wo war ihr Bruder da nur hineingeraten? Sie schloss den Ordner und öffnete den nächsten. Er enthielt drei Dateien. Sie klickte auf die erste mit der Bezeichnung ACCESS. Ein Textdokument öffnete sich. Es enthielt nichts als Nummern.

DE14011243110030000/0933/Elin1412
DE43259853980070000/0933/Elin1412
Gen – 6372
Log – 3437
Gar – 8652

Elin musterte irritiert die letzten Buchstaben und Ziffern in den ersten beiden Zeilen. Ihr Vorname und ihr Geburtstag? Was sollte denn das? Sie starrte auf die Zahlen. Dann däm-

merte ihr, worum es sich handelte. Es waren Bankkonten!
IBAN-Codes. Sie sequenzierte die Nummern.

DE/140112431/10030000/0933/Elin1412
DE/432598539/80070000/0933/Elin1412

Kontonummer, Bankleitzahl, PIN und Passwort. Die Suche
nach den Banken über die Bankleitzahl dauerte dank Internet
weniger als zwei Minuten. Elin gab den Namen der ersten
Bank ein und klickte auf Online-Banking. Die Maske erschien
und verlangte Kontonummer und PIN. Elin füllte die Felder
aus. Eine Tastatur erschien. Elin klickte die Buchstaben und
Zahlen an. Im nächsten Moment erschien das Hauptmenü
Kontoführung. Elin klickte auf »Kontenübersicht«.

Saldo: 43.115,95 Euro (DM 84.327,46)

30

Desmond Naeve hatte sie eine halbe Stunde vor Mitternacht an einem Nebeneingang abholen und in sein Büro bringen lassen. So blieb ihnen die Warterei auf der Sandpiste vor dem Gebäude erspart. Nach der Länge der Schlange zu schließen, hätten sie mindestens eine Stunde in der Kälte gestanden und sich mit Sicherheit einen gehörigen Schnupfen geholt.

»Das ist ja hier wie früher am Grenzübergang Friedrichstraße«, bemerkte Udo Brenner kopfschüttelnd, während sie an den Wartenden vorbei auf den VIP-Eingang zumarschierten.

Desmond Naeve empfing sie persönlich in seinem Büro. Das Wummern der Bässe drang bis hierher. Der Engländer erklärte ihnen kurz, welche Partys heute Nacht im Gange waren.

»Und hier hinten können Sie sich umziehen«, sagte er zum Abschluss.

»Umziehen?«, wunderte sich Zollanger.

»Ja klar. Oder wollen Sie vielleicht *so* dort hinein? Das wäre ziemlich auffällig.«

Naeve öffnete einen Schrank. »Hier, bedienen Sie sich.«

»Ich habe was dabei«, sagte Sina und verschwand im Nebenraum. Zollanger und Brenner schauten sich überrascht an. Naeve bemerkte ihre Unsicherheit.

»Am besten nehmen Sie Militärhosen, ein schwarzes Unterhemd und vielleicht ein Lederhalsband. Da unten sind Henkersmasken, aber die sind ziemlich warm. Außerdem sieht man schlecht. Springerstiefel stehen hier drüben.«

Sina sah fabelhaft aus, als sie wieder zum Vorschein kam. Wie eine Edelpunknutte. Sie trug hochhackige Stiefel, schwarze Strümpfe, einen hautengen schwarzen Minirock und ein hochgeschlossenes schwarzes Netztop. Sie hatte sich etwa zwei Pfund Lidschatten um die Augen geschmiert und grinste.

»Na, ihr seht ja direkt mal ganz sexy aus«, sagte sie, als sie Brenner und Zollanger erblickte. Brenner rollte mit den Augen. Dabei stand ihm das schulterfreie T-Shirt ziemlich gut.

»Ich wusste gar nicht, dass du so viel in die Muckibude gehst«, spottete Zollanger ein wenig neidisch.

»Gartenarbeit«, sagte Brenner. »Würde dir auch nicht schaden. Bisschen frische Luft dann und wann.«

Zollanger fühlte sich an seine Militärzeit bei der NVA erinnert. Da hatte er das letzte Mal diese widerlichen Hosen und Stiefel getragen, in denen man den Sohlenabdruck des Vorgängers noch spürte. Und der moderige, ranzige Geruch. Unvergesslich. Und mit so etwas ging man heutzutage zu Sexpartys. Er lief ein paar Schritte auf und ab und hatte das Gefühl, Ruderboote an den Füßen zu tragen.

»Toll sehen Sie aus«, sagte Naeve zufrieden. »Da werden Sie bestimmt Ihren Spaß haben. Hier entlang, bitte.«

Sie stiegen eine Treppe hinab bis zu einer Stahltür. Kaum geöffnet, hämmerten die Techno-Schallwellen ungehindert auf sie ein. Im Nachhinein wunderte sich Zollanger, wie wenig von dem Höllenlärm zu Naeves Büro durchgedrungen war. Kurz darauf standen sie in der Haupthalle. Aber sie war nicht wiederzuerkennen. Die zueinander versetzten Ebenen waren noch da. Natürlich auch die Treppen, die sie verbanden, und die von der Decke herunterhängenden Stoffbahnen. Aber letztes Mal war es hier hell, ruhig und leer gewesen. Jetzt sah man kaum die Hand vor Augen. Die Musik empfand Zollanger wie Schläge. Bewegen konnte man sich entweder mit der Masse oder nur sehr beschwerlich, indem man sich durch schwitzende Körper drängelte.

Sie schafften es noch, mimisch zu vereinbaren, sich in einer Stunde an der gleichen Stelle wieder zu treffen. Dann wurde ihre kleine Gruppe vom Strom der herumirrenden Club-Besucher aufgerieben.

Zollanger hatte die Treppe nach oben nehmen wollen, wurde jedoch nach unten abgedrängt und fand sich kurz darauf neben der großen Bar im Erdgeschoss wieder. Soweit er sehen konnte, waren nur Männer hier. Er zwängte sich zwischen nackten Oberkörpern hindurch in die Vorhalle und stand plötzlich an der Garderobe. Hier betrat also das normale Volk den Club. Er lehnte sich gegen die Wand und beobachtete den Eingang. Fast alle Besucher hatten Gepäck dabei. Sie passierten die Schleuse und verschwanden in einem Umkleideraum. Manche trugen einfach nur Stiefel oder Turnschuhe und eine Unterhose, wenn sie wieder daraus hervorkamen, andere eine komplette Ledermontur. Dazwischen gab es jegliche Abstufung. Vor allem Lederhosen ohne Gesäßteil schienen recht beliebt zu sein.

Ein Hüne, der direkt neben dem Eingang zur Haupthalle stand, zog Zollanger in den Bann. Der Mann musste fast zwei Meter groß sein. Er trug Springerstiefel, schwarze Boxershorts, die mehr zeigten als verhüllten, und ein eng anliegendes Lederkorsett mit allerlei Ösen. Sein Kopf steckte in einer schwarzen Gasmaske. Der Körper war perfekt. Durchtrainiert. Haarlos. In seinen Strümpfen steckte ein Päckchen Zigaretten. Aber er rauchte nicht. Er stand da, die Arme über der Brust gekreuzt, und schien auf irgendetwas zu warten. Zollanger konnte den Blick nicht von ihm nehmen. Es waren viele bizarre Typen hier, aber dieser stach heraus.

Immer mehr Menschen quollen zum Eingang herein. Frauen hatte Zollanger bisher noch keine ausmachen können. Aber nach Naeves Auskunft kamen die ja über das Tanzwerk herein. Das war die heutige Aufteilung: hier die *Böhzen Onkelz*, da die *Garstigen Tanten*.

Der Ort hatte etwas von einem Bergwerk, sinnierte Zollanger. Die Leute, die hierherkamen, legten eine Art Minenkluft an und ließen sich einen Schacht hinabfallen, der nicht in physische, sondern in psychische Sedimente führte, in tiefliegende Schichten sexueller Gier. Merkwürdig war nur, wie unaufgeregt das alles vonstatten ging. Ja, es dauerte eine ganze Weile, bis Zollanger begriff, was ihn am meisten frappierte: Es war die Lockerheit hinter der martialischen Fassade.

Vor ihm auf einer Sitzgruppe, die den Eingangsbereich von der Garderobentheke trennte, saßen zwei Männer in eindeutiger Weise aufeinander und unterhielten sich mit einem eben erst eingetroffenen Dritten, der noch Klamotten aus der Oberwelt trug. Kopulieren und Konversation, dachte Zollanger befremdet. Gleichzeitig. Es wäre ihm im Traum nicht eingefallen, aber so wie es hier geschah, wirkte es auch nicht besonders schockierend. Ja, das war das eigentlich Merkwürdige. Schon nach wenigen Minuten in dieser bizarren Halle machte das alles einen eher banalen Eindruck. Es lag keine Spannung in der Luft. Nur eine gelöste, fast beiläufige Körperlichkeit, die es nicht eilig hatte.

Der Mann mit der Gasmaske erregte wieder Zollangers Aufmerksamkeit. Ein Mann in grünen Militärhosen war vor ihn hingetreten. Zollanger sah seinen nackten Oberkörper nur von hinten. Er war ebenfalls gut trainiert, aber korpulent. Sein Kopf war rasiert, sein Rücken über und über tätowiert. Er trug irgendeine Lederkordel mit sich herum. Im nächsten Moment erkannte Zollanger, dass es eine Hundeleine war. Er hakte sie am Korsett des Gasmaskenmannes fest und führte ihn ab. Herr und Hund steuerten auf die Haupthalle zu.

Zollanger folgte ihnen, blieb aber zurück, als die beiden in einem der Stofftunnel verschwanden. Er zwängte sich durch die Leiber zur Bar, spürte jedoch plötzlich das Vibrieren seines Handys. Es war eine SMS von Sina.

Wo bist du?

Haupthalle Bar, textete er zurück

Und du?

Lab-Oratory. Fundort Torso II. Komm her.

O.k.

Er verzichtete auf ein Bier und machte sich auf den Weg. Er spürte die Bässe der dröhnenden Musik wie wuchtige Schläge. Wieder streifte er verschwitzte nackte Oberkörper. Hin und wieder erntete er Blicke, die auffordernd oder interessiert wirkten, aber er erwiderte sie nicht und wurde auch in Ruhe gelassen. Alles ganz entspannt.

Er brauchte fast fünf Minuten, bis er die Haupthalle durchquert hatte und den an die Wand gesprühten Lab-Oratory-Richtungsanzeiger erreicht hatte. Von einem Moment zum anderen schlug die Stimmung um. War es die relative Ruhe, die hier herrschte? Kleine Gruppen von Männern standen beieinander. Zollanger ignorierte so gut er konnte, womit sie beschäftigt waren, und versuchte, den Weg zu der Nische wiederzufinden, in der sie vor ein paar Tagen den Kadaver entdeckt hatten. Aber die Dekoration war verändert worden. Unvermittelt fand er sich in einem Raum wieder, an den er sich nicht erinnern konnte. Es herrschte völlige Dunkelheit. Aber er spürte, dass er nicht allein war. Allmählich passten sich seine Augen an, und er erkannte Schemen. Vereinzelt hörte er Geräusche, ein Schaben, den Klang einer Gürtelschnalle.

Er kehrte um, gelangte auf den Gang hinaus und entdeckte endlich die Nische, die er eigentlich gesucht hatte. Zwei Schritte weiter, und er stieß auf Sina. Sie stand an der Wand

183

und wies ihn mimisch an, weiterzugehen und selbst nachzusehen. Er sah, dass drei Männer in dem Metallhäuschen standen. Sie rauchten und unterhielten sich leise. Zollanger ging auf sie zu. Sie beachteten ihn nicht. Er trat auf das Gitter und schaute nach unten. Zwei Männer lagen dort. Sie waren nackt und eindringlich miteinander beschäftigt. Der nasse Steinboden unter ihnen glänzte. Zollanger atmete flach. Dann machte er kehrt und ging zu Sina zurück. Er nahm sie am Arm und führte sie in den Hauptgang hinaus.

»Warst du schon drüben, bei den garstigen Tanten?«, wollte er wissen.

Sie nickte. »Ja, kurz.«

»Und? Gibt es da wesentlich anderes zu besichtigen als hier?«

»Nein. Frauen eben«, sagte sie. »Ähnliche Verkleidung, aber weniger SM. Insgesamt vielleicht etwas ruhiger.«

»Bilde ich es mir ein, oder kennst du dich mit diesen Partys aus?«

»Nein. Ist mein erstes Mal. Aber man hört ja davon.«

Zollanger zuckte zusammen.

»Was ist?«, fragte Sina.

Er zog sein Handy aus der Tasche und schaute auf das Display.

»Udo«, sagte er und starrte konsterniert auf den kleinen Bildschirm, der in der Dunkelheit blau leuchtete. »Wir sollen sofort kommen. Notruf aus der Zentrale.«

»Was ist denn los?«

»Es sieht so aus, als hätten wir Torso drei.«

31

Wie war das möglich? Solch eine Summe? Sie klickte auf »Umsätze«. Eine Tabelle erschien. Elin überflog die Kontobewegungen. April, Mai, Juni und Juli ... jeweils zum Ersten waren zehntausend Euro eingezahlt worden. Die Abhebungen waren minimal. Immer mal zweihundert oder dreihundert Euro. Es gab keine Abbuchungen, nur Barabhebungen. 14. August, 17:03 Uhr, Volksbank Hamburg, dreihundert Euro. 17. August, 19:37 Uhr, Stadtsparkasse Frankfurt, zweihundert Euro. Es war verrückt. Sie konnte genau verfolgen, wo Eric gewesen war. Nervös scrollte sie die Seite nach unten. 3. September, 8. September, 14. September ... 29. September. Sie starrte die letzte Eintragung an.

300 Euro am 29. September, 19:27 Uhr. Berliner Sparkasse, Kantstraße 52.

Sie druckte die Seite, loggte sich aus und loggte sich in das zweite Konto ein. Aber es war offenbar unbenutzt. Der Kontostand lag bei etwas mehr als einhundert Euro, und die letzte Kontobewegung war zu lange her, um vom System angezeigt werden zu können. Elin meldete sich wieder ab.

Über vierzigtausend Euro? Woher kam dieses Geld? Und was für Konten waren das? Hatte der Polizeibeamte nicht gesagt, Eric habe hohe Schulden gehabt? Woher wussten die das? Und warum wussten sie von diesen Konten hier offenbar nichts? Wenn Eric so viel Geld besessen hatte, warum hatte er dann seine Schulden nicht beglichen?

Elin spürte, dass sie schlafen gehen sollte. Aber sie konnte nicht. Erics Festplatten waren der Schlüssel zu allem. Genau deshalb hatte er sie in Hamburg gelassen. Bei ihr. Ein neuer Gedanke durchfuhr sie. Alexandra. Die SIM-Karten!

Sie holte die Plastikhülle aus der Tasche und schälte die Karten vorsichtig heraus. Es war, wie sie vermutet hatte. Die Serienkürzel auf den Karten lauteten GEN, LOG und GAR. Die vierstelligen Nummern in Erics Datei mussten die PIN-Codes sein, um die Karten zu entsperren. Aber Elin besaß kein Handy. Sie schaute auf die Uhr. Es war halb vier Uhr morgens. Sie erhob sich, trat ans Fenster und schaute in den dunklen Hinterhof hinunter. Nirgends brannte Licht. Sie war die Einzige, die um diese Zeit noch wach war. Sie öffnete das Fenster und atmete die kalte Nachtluft ein. Kantstraße 52, ging es ihr durch den Kopf. Das war Erics letzte Spur. Bis jetzt. Am Vorabend seines Todes hatte er dort Geld abgehoben. Und wo war er dann hingegangen? Hatte er noch jemanden getroffen? War er verabredet gewesen? Oder war er tatsächlich einfach so in den Tegeler Forst gefahren?

Sie schaute auf die SIM-Karten auf dem Schreibtisch. Morgen würde sie das alles zusammenfügen. Alle Daten. Alle digitalen Spuren. Wie recht dieser Hagen doch hatte. Überall im Netz hinterließ man Spuren.

Sie ging zum Schreibtisch zurück, um den Laptop herunterzufahren. Sie klickte auf das Kreuz in der oberen Ecke. Aber der Bildschirm reagierte nicht. Sie klickte erneut. Nichts geschah. Sie schloss das Fenster. Wenigstens das funktionierte. Aber kaum war es am unteren Rand des Bildschirms zusammengeschnurrt, sah sie ein anderes kleines Fenster, das sich unbemerkt hinter der Explorer-Maske geöffnet hatte. Was war das? Es war kaum größer als eine Streichholzschachtel. Zahlen und Nummern flossen darin vorüber. Und das Ganze blinkte schwach.

Elin klickte sofort auf »Ausschalten«. Aber nichts geschah.

Das Feld blinkte. Die Zahlen schossen vorüber. Ihre Hand zitterte, als sie das Internetkabel aus dem Gerät herauszog. Augenblicklich gefror das kleine graue Feld. Sofort ausschalten, dachte sie. Aber in letzter Sekunde hielt sie inne, rief die Screenshot-Funktion auf und druckte die gefrorene Seite aus. Es klappte. Danach versuchte sie, das Gerät auszuschalten. Aber es reagierte nicht mehr. Erst als sie das Netzkabel und die Batterie entfernt hatte, erlosch der Bildschirm endlich.

Erics Laptop! Wie hatte sie nur so naiv sein können! Sie musste sofort zu Hagen. Er musste ihr noch einmal helfen.

32

Brenner fuhr mit Blaulicht, aber ohne Sirene. Erst als sie die verkehrsreichere Innenstadt erreichten, schaltete er sie ein. Sie hatten sich in Windeseile umgezogen. Sina schmierte sich zum wiederholten Mal Abschminkcreme ins Gesicht, um den Lidschatten wegzubekommen. Zollanger war über Handy mit Krawczik verbunden, der schon am Tatort war.

»Kurfürstendamm 71, sagst du?«

»Ja.«

»Ist Weyrich alarmiert?«

»Er ist auf dem Weg.«

»Der Mann, der das Ding gefunden hat, ist noch da?«

»Ja.«

»Wer ist das?«

»Ein Angestellter der Sicherheitsfirma, die das Gebäude betreut.«

»Okay. Ich will mit dem Mann reden. Was ist mit den Zugängen? Wie ist das Ding dorthin gekommen?«

»Vermutlich durch die Garage. Es gibt einen Fahrstuhl direkt hier hoch. Die Bürotür wurde aufgebrochen. Keine professionelle Arbeit.«

»Gibt es Videoüberwachung?«

»Ja. In der Garage.«

»Habt ihr die Bänder?«

»Roland kümmert sich gerade darum.«

»Wem gehört das Büro?«

»Irgendeiner Beratungsgesellschaft.«

Zollanger wartete.

»Marquardt und Sedlazek Consulting«, hörte er Krawcziks Stimme. »Sie waren schon vor uns da.«

»Was? Wieso denn das?«

»Der Sicherheitsdienst hat den Einbruch erst ihnen gemeldet.«

»Haben die irgendetwas angefasst?«

»Angeblich nicht.«

»Okay. Lass niemand an den Tatort, bis wir da sind. Verdammt. Harald und Günther sind noch in Cottbus. Wo bekommen wir jetzt Tatortleute her?«

»Habe ich schon organisiert«, sagte Thomas. »Wir bekommen zwei Beamte von der vierten. Harald und Günther sind erst morgen Mittag zurück.«

»Gut gemacht. Wir sind in fünf Minuten da.«

Brenner bog soeben von der Stadtautobahn ab und raste die Bundesallee hinauf. Als sie den Fehrbelliner Platz passierten, klingelte Zollangers Handy erneut. Es war Staatsanwalt Frieser.

»Ich bin noch nicht vor Ort«, sagte Zollanger.

»Wo bleiben Sie denn?«

»Drei Minuten.«

»Hören Sie, Zollanger …«

Plötzlich waren Stimmen im Hintergrund zu hören. Kurzzeitig verstand Zollanger gar nichts. Dann erklang wieder Friesers Stimme.

»Die Geschädigten wollen mit mir sprechen.«

Zollanger fluchte innerlich.

»Das ist ja wie an einer Bushaltestelle«, knurrte er gereizt. »Kann Krawczik diese Leute nicht vom Tatort fernhalten?«

»Warten Sie mal, bis Sie das Ding selbst sehen«, sagte Frieser. »Und ich hoffe, Sie haben mittlerweile ein paar Ergebnisse, die uns helfen, diese Sauereien zu erklären.«

Zollanger starrte konsterniert Sina an.

»Was ist los?«, fragte sie.

»Frieser. Ist schon vor Ort und offenbar sauer, dass wir noch nichts wissen.«

»Was sollen wir denn *wissen*«, schimpfte Udo. »Wir haben Nummer drei noch nicht einmal *gesehen*. Sag dem Klugscheißer einfach: Lichtenberg, Tempelhof, Charlottenburg. Soll er sich doch selbst einen Reim drauf machen.«

»Ab jetzt wird es einfacher«, sagte Sina ruhig. »Drei sind ein Muster. Hat Thomas sonst noch irgendetwas gesagt?«

»Ja«, antwortete Zollanger nach einer kurzen Pause. »Diesmal ist es der Kopf.«

33

»Was hast du unternommen?«

Zieten schloss die Tür, zog seinen Mantel aus und hängte ihn an den Garderobenhaken. Dann durchquerte er die Eingangshalle und ging auf Ulla zu, die an der Treppe stand. Sie atmete schwer.

»Ich habe den Staatsschutz kontaktiert«, log er.

Ulla blinzelte. Dann wurden ihre Augen groß und furchtsam. »Heißt das …«

»Das heißt zunächst einmal, dass wir uns nicht lächerlich machen, wenn deine Tochter nur aus einer Laune heraus irgendwohin gefahren ist, ohne uns zu informieren. Und es heißt, dass ich deine Sorgen trotzdem ernst nehme.«

»Warum gehst du dann nicht zur Polizei?«

»Weil es für Leute wie mich andere Abläufe gibt, Ulla. Die Stelle, an die ich mich gewandt habe, hat ganz andere Möglichkeiten als die Polizei. Ich habe den Fall genau geschildert, und man hat mich beruhigt. Wir sollen bis morgen früh abwarten. Noch besteht kein konkreter Anhaltspunkt, dass überhaupt irgendetwas Schlimmes passiert ist. Diese Leute haben jede Menge Erfahrung mit derartigen Situationen. Wir sind nicht irgendwer. Und ich kann dir sagen, wenn der Staatsschutz uns rät, abzuwarten, dann kannst du beruhigt sein.«

»Abwarten? Wie lange?«

»Ich sagte dir doch: bis morgen früh.«

Sie riss empört ihre Augen auf. »Ich rufe jetzt die Polizei an.«

»Ulla«, schrie er sie an. Sie blieb erschrocken stehen. »Die

191

Polizei wartet bei Erwachsenen vier bis sechs Tage, bevor sie etwas unternimmt.«

Ulla Zieten kämpfte mit den Tränen. »Aber ... wir können doch nicht einfach hier sitzen und nichts tun.«

Er ging zu ihr hin und nahm sie in den Arm. »Liebling, es gibt im Moment keinerlei Grund anzunehmen, dass Inga etwas zugestoßen ist. Sie ist eine junge Frau, die sich gern mal amüsiert. Vielleicht ist sie ...«

»Hast du die Krankenhäuser angerufen?«

»All das geschieht gerade. Gründlich und diskret.«

Er redete fast eine Stunde auf sie ein. Mit viel Mühe gelang es ihm, sie zu beruhigen. Sie aß zwar fast nichts zu Abend, aber die zwei Gläser Wein, die sie trank, dämpften vor allem ihren Widerstand gegen seinen Vorschlag, doch besser eine Schlaftablette zu nehmen, um nicht die ganze Nacht wach zu liegen.

Als sie endlich schlief, ging er in sein Arbeitszimmer. Was konnte er nur tun? Warten? Aber worauf. Auf einen anonymen Anruf? Eine Forderung? Er starrte auf das Telefon.

Es war fast Mitternacht. Wenn Inga sich bis morgen früh nicht gemeldet hatte, würde Ulla durchdrehen. Das stand fest. Seine kleine Notlüge war sicher richtig gewesen. Aber morgen? Was dann? Und wie lange konnte er selbst diese Ungewissheit ertragen? Wo zum Teufel steckte sie nur? Beim Gedanken an seine Tochter wurde ihm allmählich selbst bang. Mit jeder Stunde, die verging, schrumpfte die Zahl der möglichen Erklärungen für ihre Abwesenheit zu der entsetzlichen Gewissheit zusammen, dass ihr tatsächlich etwas zugestoßen war.

Um halb vier Uhr morgens klingelte plötzlich das Telefon. Zietens Herz schlug bis zum Hals, als er den Hörer abnahm.

»Zieten«, sagte er so bestimmt er konnte.

»Hast du etwas von Inga gehört?«

Jochen Friesers Stimme klang völlig anders als sonst.

»Nein«, antwortete er. »Aber nett, dass du morgens um halb vier an mich denkst.«

»Hör zu, Hajo«, fuhr Frieser nach einer kurzen Pause fort. »Ich fürchte, ich habe schlechte Nachrichten. Ich bin bei einem Einsatz in Charlottenburg. Kurfürstendamm 71.«

»Was ist da passiert, Jochen? Das ist eines unserer Büros.«

»Ich weiß. Das heißt, ich habe es gerade eben erst von einem deiner Mitarbeiter erfahren.«

»Was für Mitarbeiter?«

»Uwe Marquardt und Günther Sedlazek. Sie werden gerade befragt.«

»Das sind die Geschäftsführer der BIG.«

»Ja. Bei ihnen stehe ich gerade.« Frieser senkte die Stimme. »Hör mir gut zu, Hajo: Hier sind vor einer Stunde Leichenteile gefunden worden. Es ist seit letztem Freitag schon der dritte Vorfall dieser Art. Wir arbeiten unter Hochdruck daran. Irgendein Irrer. Das heißt, bisher wissen wir überhaupt nichts ...«

»Leichenteile! O Gott, Jochen, es ist doch nicht Inga«, unterbrach er ihn.

»Nein, nein, es ist nicht Inga. Das steht fest. Es ist irgendeine Unbekannte. Wir haben andere Körperteile dieser Frau schon vor ein paar Tagen in Lichtenberg und Tempelhof gefunden. Aber einen Zusammenhang gibt es offenbar doch.«

Zieten wollte etwas sagen, aber er war dazu nicht mehr in der Lage.

»Die Körperteile wurde gegen zwei Uhr entdeckt. Der Sicherheitsdienst hat die Geschäftsführer alarmiert, und die haben dann die Polizei verständigt. Da ich für den Fall zuständig bin, hat die Mordkommission mich natürlich gleich informiert, und ich bin sofort hergekommen. Das Problem ist Folgendes, Hajo: Einer deiner beiden Geschäftsführer, ich glaube, Marquardt, hat vorhin an seinem Wagen eine ähnliche Botschaft gefunden, wie du sie mir gestern Abend gezeigt hast. Es ist genauso ein komischer, altertümlicher Druck. Diesmal ist eine Frau darauf abgebildet, die eine abgeschlagene Hand und einen Kopf in den Händen trägt. Und es steht ein lateinischer Spruch darüber.«

»Wir müssen uns sofort sehen«, sagte Zieten erregt.

»Nein, Hajo. Ich kann jetzt hier nicht weg. Unmöglich. Hier ist die Hölle los. Es wimmelt von Polizei und Spurensicherung. Allein die Tatsache, dass ich dich überhaupt anrufe, ist schon ziemlich unorthodox. Aber nach unserem Gespräch gestern wollte ich nicht warten. Und ich brauche so schnell wie möglich die beiden Zeichnungen, die du mir gestern gezeigt hast. Kann ich einen Boten vorbeischicken?«

Zieten rieb sich die Schläfen. Er war es gewöhnt, komplexe Situationen zu beurteilen, aber diese überforderte ihn. Was in drei Teufels Namen spielte sich hier bloß ab?

»Jochen, warte. Was heißt das? Du kannst mich da auf keinen Fall mit hineinziehen. Sind wir uns da einig? Ich habe es dir doch erklärt.«

»Hajo, ich bitte dich. Wie es aussieht, stehen sowohl du als auch Herr Marquardt und vielleicht sogar deine eigene Tochter im Fadenkreuz eines vermutlich geisteskranken Leichenschänders. Die Mordkommission wird mit dir sprechen wollen …«

»Jochen, warte. Das kannst du nicht machen.«

Es wurde kurz still. »Was kann ich nicht machen?«

Zieten stand auf und ging nervös einige Schritte hin und her. Leichenteile? Kryptische Drohbotschaften? Woran erinnerte ihn das? An einen Bluff? Zietens Instinkt war erwacht. Spielte da nicht jemand ein schmutziges Spiel mit ihm? Wurde er manipuliert? Ein Szenario ging ihm plötzlich durch den Kopf. Inga konnte überall sein. Mit einem originellen Trick konnte man ein junges Mädchen leicht für ein oder zwei Tage »entführen«, wenn der »Entführer« nur gut genug aussah.

Eines war sicher: Wenn über die Phoenix-Vorlage jetzt etwas durchsickerte, gäbe es einen politischen Flächenbrand. Es wäre die Kernschmelze. Alle Beteiligten wussten das. Zieten ging die Kandidaten im Geiste rasch nacheinander durch. War einer der sieben von gestern morgen ein Zündler? Nein. Er kannte ihre Interessenlage sehr genau. Ihr politisches Schicksal war auf Gedeih und Verderb mit dieser ganzen Sache verwoben. Und sein eigenes erst recht.

»Jochen, ich brauche Zeit. Du darfst die Polizei noch nicht über diesen Zusammenhang informieren. Verstehst du? Es steht zu viel auf dem Spiel.«

»Auf dem Spiel? Wovon redest du? Es geht unter anderem um deine Tochter!«

»Ja. Ich weiß. Und nimm das bitte als Maß meiner Einschätzung der Gefährlichkeit der Situation. Es geht um sehr viel. Wenn ihr ...«, er korrigierte sich, »wenn wir einen Fehler machen, gibt es eine Katastrophe.«

Jochen Frieser fand keine Worte. Zieten spürte, dass der Staatsanwalt um Fassung rang.

»Verstehe ich dich richtig«, sagte er kühl. »Du willst, dass ich Ermittlungen ...«

»Ich will, dass du genau abwägst, Jochen. Dass du mit mir überlegst, bevor du handelst. Vor allem will ich, dass du nichts überstürzt. Du hast eben gesagt, ihr hättet in den letzten Tagen drei solcher Vorfälle gehabt?«

»Ja«, antwortete Frieser ungeduldig. »Drei Frankensteinfiguren. Körperteile von Tieren und Menschen, zu grotesken Gebilden zusammengeschnürt.«

»Wo?«

Frieser zögerte. Aber dann nannte er die Fundorte.

»Also geht es tatsächlich gegen uns«, sagte Zieten.

»Das musst du mir jetzt aber bitte erklären«, erwiderte Frieser.

»Siegfried- und Borsigstraße. Das sind Fonds-Objekte von uns. Die Platte in Lichtenberg und das alte Umspannwerk sind beide in einem Fonds-Portfolio der BIG. Leider. Wegen solcher Engagements ist die Gesellschaft ja seit Herbst in

195

Konkurs. Die BIG hat eine Menge Geld in den Sand gesetzt. Wie viel Geld, weiß glücklicherweise niemand.«

»Aha. Und was hat das mit dir zu tun?«

»Die BIG ist zu hundert Prozent über uns finanziert worden, Jochen. Sie war nie selbständig, sondern ein Investitionsgrab der Treubau-Gesellschaft und damit der VKG. Bei der BIG ist sehr viel schiefgelaufen, so dass wir demnächst eine kostspielige Korrektur durchführen müssen.«

»Kostspielig für wen?«

Zieten zögerte.

»Für das Land. Jochen, ich habe von ganz oben den Auftrag, diesen Schlamassel so geräuschlos wie möglich zu beseitigen. Das ist möglich, aber nur, wenn das Abgeordnetenhaus nicht zu früh davon erfährt. Die Abstimmung soll im Februar oder März stattfinden. Kern der ganzen Rettungsaktion ist ein Antrag zu Änderung der Eigentümerverhältnisse im Konzern. Ich habe dir ja schon gesagt, wie die Vorlage intern heißt.«

»Ganz oben wird also kräftig gemauschelt ...«

»Habe ich ganz oben gesagt?«, unterbrach ihn Zieten. »Ich wollte natürlich *ganz* oben sagen, wenn du verstehst, was ich meine.«

Frieser erwiderte nichts. Zieten spürte, dass der Staatsanwalt langsam unsicher wurde.

»Je weniger du darüber weißt, desto besser. Mein Verdacht ist, dass mir jemand Angst machen will. Vielleicht irre ich mich, aber bevor dieser Verdacht nicht ausgeräumt ist, kann ich keine Polizisten brauchen, die überall herumstochern und mehr Schaden anrichten, als sie nützen. Diese Botschaften und diese Kadaver, ausgerechnet in Objekten der BIG – das ist doch nicht normal. In welche Richtung ermitteln denn deine Leute bisher?«

»Sexualdelikt«, gab Frieser preis – in einem Tonfall, der nicht verhehlte, was er davon hielt.

Zieten war jetzt hellwach.

196

»Überleg doch mal«, sagte er. »Die Person, die hinter diesen Vorgängen und Botschaften steckt, verfügt offenbar über hochsensible Informationen, setzt sie aber auf eine sehr verschlüsselte und diskrete Weise ein. Niemand hat bisher irgendwelche Forderungen an mich gestellt. Falls jemand Inga entführt hat, um Druck auf mich auszuüben, warum nimmt dann niemand Kontakt mit mir auf?«

»Und? Was vermutest du?«

»Ich denke immer noch nach. Wer immer diese Aktionen durchführt, verfügt über Insiderwissen, kommuniziert dieses jedoch in Chiffren.«

»Ein Geisteskranker?«

»Oder ein sehr raffinierter Strippenzieher.«

Jochen Frieser begriff nicht, aber Zieten sprach schon weiter. »Die Frage ist: In welcher Richtung muss man so jemanden suchen ... oder besser: Wer ist geeignet, so eine Suche durchzuführen, vor allem angesichts der heiklen Lage, die entsteht, falls diese Vorgänge bekannt werden?«

»Worauf willst du denn damit hinaus?«

»Wer ermittelt in dem Fall?«

»Die siebte Mordkommission. Hauptkommissar Zollanger.«

»Okay. Hör zu. Gib mir eine Stunde. Lass die Ermittlungen weiterlaufen wie bisher. Ich werde jetzt ein paar Telefonate führen. Du hast recht. Ich verlange zu viel von dir. Ich werde das auf einer höheren Ebene regeln. Du wirst von weiter oben Weisung bekommen, wie du zu verfahren hast, und brauchst dir später keine Vorwürfe zu machen, gegen Prinzipien verstoßen zu haben ...«

»Moment, Moment«, unterbrach ihn Frieser. »Was soll denn das nun heißen? Du kannst doch nicht einfach hinter meinem Rücken meinen Vorgesetzten befehlen ...«

»Befehlen? Wer redet denn von befehlen. Jochen, geht das denn nicht in deinen Kopf? Jemand muss in einer heiklen

Situation eine schwerwiegende Entscheidung fällen. Das ist nicht Dienst nach Vorschrift.«

Frieser stockte. Er hörte Zietens unterschwelligen Vorwurf deutlich genug. *Und da du dich nicht traust, werde ich mir die Genehmigung eben von ganz oben holen. Das wird dir dort bestimmt Beförderungspunkte einbringen. Prinzipienreiter sind immer gesucht.*

Zietens Stimme wurde eindringlicher: »Unser Gespräch gestern Abend war vertraulich, Jochen. Niemand weiß davon. Keiner wird dir vorhalten können, du hättest einen Ermittlungszusammenhang ignoriert.«

»Was erwartest du von mir?«, fragte Frieser missmutig.

»Einblick in die Ermittlungsakten. Und zwölf Stunden Zeit.«

»Bist du wahnsinnig? Das kann ich nicht. Dass kann mich mein Amt kosten.«

»Jochen! Willst du immer in diesem Amt bleiben? Meinst du, mit Dienst nach Vorschrift kommst du in Positionen, wo die großen Entscheidungen fallen? Meine Tochter ist vermutlich in Lebensgefahr. Weißt du, was es mich kostet, nicht zur Polizei zu gehen und sie endlich als vermisst zu melden? Ulla ist außer sich. Und glaubst du vielleicht, ich fühle anders? Aber ich bin für sehr viel mehr verantwortlich, daher handle ich so. Wir sind in einer Ausnahmesituation.«

»Für wen brauchst du die Akten?«

»Für einen Profi, Jochen. Kein Mensch wird etwas erfahren. Wenn wir diese Sache bis morgen diskret bereinigen, wird dir das gehörig nützen, das kann ich dir garantieren. Und sag bitte Marquardt und Sedlazek, sie sollen mich sofort anrufen.«

Er legte auf. Als er sich umdrehte, stand seine Frau in der Tür und starrte ihn an.

»Du unternimmst nichts, hast du mich verstanden?«, sagte er mit gepresster Stimme. » Und kein Wort. Zu niemandem!«

Sie nickte stumm und wandte sich ab.

34

Zollanger hatte Mühe, seine Fassung zu bewahren. Er schloss immer wieder die Augen in der absurden Hoffnung, dass die grässliche Figur auf dem Schreibtischsessel dadurch verschwinden würde. Aber natürlich geschah nichts dergleichen. Im Gegenteil. Jedes Mal, wenn sein Blick auf die leblose Fratze fiel, schien ihre Gegenwart noch wirklicher, unausweichlicher geworden zu sein. Der Kopf war leicht nach hinten geneigt, die Augen bis auf einen schmalen Spalt geschlossen. Der Mund stand ein wenig offen. Man konnte die Zähne sehen. Der Gesichtsausdruck war ... aber konnte man überhaupt von einem Gesicht sprechen? Dieser abgesägte Frauenschädel trug kein Gesicht zur Schau, sondern eine Totenmaske. Zollanger musterte angewidert die wächserne, bleiche Gesichtshaut. Ein blonder, geflochtener Haarkranz war auf dem rasierten Haupt der Toten befestigt worden. Zollanger spürte einen Würgereiz, schaffte es jedoch, ihn zu unterdrücken. Sein Blick fiel auf die rechte Hand der Figur. Die Vorderglieder der Finger waren nach unten gebogen und dann zusammengebunden worden, so dass die Hand wie verkrüppelt aussah. Einzelne lange schwarze Borstenhaare steckten zwischen den Fingerrücken und ließen den Handstumpf gänzlich unnatürlich aussehen.

Unnatürlich? Was für ein sinnloses Wort. Jedes Detail dieser Puppe, der jemand den Kopf und die rechte Hand einer menschlichen Leiche verpasst hatte, war unnatürlich. Unter dem grünen Mantelsaum, wo sich das rechte Bein befand, war auch diesmal etwas Tierisches beigemischt worden: Eine

Kralle von einem Hahn ragte dort hervor. Auf dem Rücken des Wesens waren aus Seide und Draht geformte, merkwürdig gezackte Flügel befestigt.

Weyrich untersuchte das Objekt bereits seit einigen Minuten. Er hatte den schweren grünen Mantel zur Seite geschlagen und den Oberkörper der Puppe darunter freigelegt. Jetzt stand er kopfschüttelnd davor und betrachtete die Bemalung des Brustbereichs. In drei Reihen untereinander waren insgesamt neun grüne Kreise, Vierecke und Rhomben gezeichnet.

Zollanger beobachtete Sina, die jeden Handgriff Weyrichs mit gespannter Aufmerksamkeit verfolgte. Sie machte sich unentwegt Notizen.

»Chef?«

Krawczik stand plötzlich neben ihm.

»Ja.«

»Wir haben die Bänder der Videoüberwachung. Du solltest dir das ansehen. Es ist kaum zu glauben.«

»Was?«

»Komm mit runter.«

Er folgte Krawczik in den Flur hinaus. Der Fahrstuhl wartete bereits. Roland Draeger blockierte die Lichtschranke der Türen.

»Der Typ hat echt Nerven«, sagte Krawczik. »Spaziert einfach mitten durchs Bild.«

»Bist du sicher?«

»Todsicher. Du wirst es gleich sehen. Wir nehmen die Bänder mit zur Bildtechnik und blasen die Bilder auf. Mit ein bisschen Glück haben wir das Gesicht von dem Kerl. Kannst du Frieser gleich melden, wenn er mit den Eigentümern fertig ist.«

Der Fahrstuhl kam mit einem Ruck zum Stehen. Die Überwachungstechnik war in einem Metallschrank neben dem Heizungskeller untergebracht. Ein Sicherheitsbeamter erwartete sie. Ein schwarzweißes Standbild flimmerte auf dem Monitor.

»Lassen Sie abfahren«, befahl Krawczik dem Mann.

Die Zeitanzeige am unteren Bildrand stand bei 19:49:37. Die Sekunden ratterten los. Um 19:49:48 öffnete sich die Garagentür. Ein dunkelfarbiger Lieferwagen rollte langsam die Rampe herunter. Der Fahrer war aus dieser Perspektive nicht zu erkennen, aber das Nummernschild war gut lesbar. Hamburger Kennzeichen, registrierte Zollanger. Der Wagen bog ab und verließ den Aufnahmewinkel der Kamera. Der Sicherheitsmann drückte auf einen Knopf. Das Bild wechselte zu einer anderen Kamera, die einen Parkplatz direkt neben dem Fahrstuhl überwachte. Der Wagen parkte. Ein vermummter Mann stieg aus. Zollangers Schläfen pochten.

»Ein verdammter Mönch«, flüsterte Krawczik. »Ist das zu fassen? Ein Kirchenmann.«

Zollanger sagte nichts. Bisher war das Gesicht der Person nicht zu sehen gewesen. Der Unbekannte öffnete die Hecktür des Wagens und wuchtete einen großen Rollkoffer von der Laderampe.

»Modus operandi«, kommentierte Krawczik. »So wird er auch Torso Nummer eins transportiert haben.«

»Glaubst du wirklich?«, fragte Zollanger. »In Mönchskutte mit einem Rollkoffer durch Berlin-Lichtenberg. Auffälliger geht es wohl kaum?«

»He, der Typ kümmert sich doch einen Scheiß um Unauffälligkeit. Überall Kameras. Große, alte Dinger aus den achtziger Jahren, die man gar nicht übersehen kann. Und er spaziert einfach davor herum.«

»Er ist vermummt.«

»Und das Nummernschild?«

»Hamburg«, sagte Zollanger. »Ich fresse einen Besen, wenn es kein Mietwagen ist. Mit falschem Ausweis gemietet.«

Der Mönch schloss die Hecktür, zog den Teleskopgriff aus dem Rollkoffer und ging zum Fahrstuhl.

»Keine Aufnahme von seinem Gesicht?«, fragte Zollanger.

»Abwarten«, erwiderte Krawczik.

Das Band spulte vor. Bei 20:14:24 öffnete sich die Fahr-stuhltür wieder. Mönch und Rollkoffer kamen zum Vor-schein. Der Mann schien keinerlei Angst zu haben, dass ihn jemand entdecken könnte. Er öffnete die Heckklappe, stellte den Rollkoffer hinein und schloss die Tür. Dann, während er zur Fahrertür ging, blickte er kurz direkt in die Kamera. Das Objektiv hatte sein Gesicht erfasst. Aber es war nur spärlich ausgeleuchtet, ein Schemen in der Kapuze.

»Das kriegen wir hin«, sagte Krawczik. »Mehr als das brauchen die bei der Bildtechnik nicht. Sie werden es aufhel-len und durch ihre Pixelprogramme jagen, bis diese Visage so klar und deutlich zu sehen ist wie der Arsch von einem Pavian.«

»Okay«, sagte Zollanger und erhob sich. »Harald und Günther sind in Cottbus. Das Band ist zu wichtig. Ich nehme es selbst mit. «

»Schaut direkt in die Kamera«, murmelte Krawczik. »Kaum zu glauben.«

»Eben«, sagte Zollanger. »Freuen wir uns mal nicht zu früh. Jeder Verbrecher macht Fehler. Aber so viel Dummheit ist selten. Bis gleich.«

Als Zollanger das oberste Geschoss erreicht hatte, lief er Staatsanwalt Frieser in die Arme.

»Ich habe Sie gesucht«, sagte er schroff. »Wo waren Sie denn?«

Zollanger zeigte Frieser die Videokassette, die er in der Hand hatte.

»Wir haben wahrscheinlich eine Bildaufnahme vom Täter«, erwiderte Zollanger ruhig. »Wenn wir Glück haben, wissen wir bald, woran wir sind.«

Frieser fuhr sich mit der Hand über das Kinn.

»Na endlich. Ich dachte schon, Sie kämen überhaupt nicht voran.«

Zollanger schluckte den Vorwurf. Dann sagte er: »Möglicherweise haben wir einen Hinweis darauf, wo der Ziegenkopf herstammt.«

»Mir geht das alles zu langsam«, schimpfte Frieser. »Lassen Sie mir bitte Kopien sämtlicher Akten machen, auch von den CD-ROMs mit den Tatortfotos. Ich will mir das alles selbst noch einmal genauer ansehen.«

Zollanger zuckte mit den Schultern und ließ seinen Blick wieder in Richtung des Torsos schweifen. Weyrich untersuchte gerade den Kopf etwas genauer. Er löste den geflochtenen Haarkranz von der Kopfhaut ab und legte ihn neben sich.

Zollanger ging zu ihm hin.

»Was sind das für Haare?«

»Menschliche Haare, aber nicht von diesem Kopf. Diese Dame hier war brünett.« Er deutete auf eine Stelle am Hinterkopf, wo deutlich sichtbar noch einige Haarbüschel zu sehen waren. »Der Kopf ist teilweise rasiert worden.« Er reichte Zollanger ein Stück schwarzes Klebeband. »Das habe ich an der Tierkralle unter dem Stoff gefunden. Ich habe es noch nicht geprüft, aber es sieht genauso aus wie das Klebeband an den Hinterläufen des Schafes.«

»Also hat er bereits zwei menschliche Körper in seiner Gewalt«, sagte Sina, die zu ihnen getreten war.

Frieser kam näher und studierte den blonden Haarkranz, den Weyrich neben sich abgelegt hatte.

»Schicken Sie bitte sofort eine Probe dieser Haare nach Dahlem ins Labor.«

»Das mache ich sowieso«, sagte Weyrich. »Spätestens morgen Mittag gehen die Haare und alle anderen Proben von dieser Scheußlichkeit zusammen dorthin.«

»Nein«, sagte Frieser. »Ich will, dass Sie die Haare sofort losschicken. Möglicherweise gibt es ein zweites Opfer. Und vielleicht noch weitere. Ab jetzt zählt jede Stunde.«

Zollanger und Sina wechselten verstohlen einen Blick.

203

»Kein Problem«, sagte Weyrich. »Wir haben genug davon. Hier.«

Er nahm den Haarkranz, schnitt ein Stück davon ab, ließ es in einen Spurenbeutel fallen und versiegelte ihn. »Bitte.«

Frieser schaute verdutzt. Dann nahm er ohne eine weitere Erwiderung den Beutel und ging zu einem der beiden Tatortleute, der ihn nach einer kurzen Erklärung Friesers kennzeichnete.

»Ob er ihn wohl selbst nach Dahlem bringt?«, bemerkte Sina spöttisch.

Zollanger sagte nichts. Er tastete nach der Videokassette in seiner Jackentasche und schob sie instinktiv tiefer hinein.

35

»Was machst du in Berlin?«

Elin antwortete nicht. Der Klang seiner Stimme. Das Unsichere, Unverbindliche und Passive daran ... sie konnte es nur schwer ertragen. Sie wollte nicht mit ihrem Vater sprechen. Warum rief er sie hier an? Warum war sie ans Telefon gegangen? Woher wusste er überhaupt, dass sie in Erics Berliner Wohnung war?

»Was willst du, Papa?«

»Ich will mit dir reden, Elin. So kann es doch nicht weitergehen mit uns. Meine beiden Kinder ...«

Die Stimme versagte ihm.

»Das fällt dir jetzt ein«, sagte sie kühl.

Edmund Hilger war nicht in der Lage, zu sprechen. Sie hörte ihn schniefen. Wut stieg in ihr hoch. Dieses Selbstmitleid. Diese klebrige, weiche, lasche Art von ihm. Wie sie das hasste, immer gehasst hatte. Warum ließ er sie nicht in Ruhe? Sie hatten sich nichts zu sagen. Dieser Egomane. Dieser schwanzgesteuerte Schönling mit seinem sinnlosen Geknipse und seinen Hochglanztussis. Was wollte er von ihr?

Sie legte auf, und sofort tat es ihr leid. Und dass es ihr leidtat, machte sie wütend. Genau deshalb änderten sich diese Menschen nie, dachte sie grimmig. Weil sie in ihrer Erbärmlichkeit Mitleid erregten. Selbst zu keinerlei Mitleid fähig, konnte man sie dennoch nur bedauern.

Sie hatte Jahre gebraucht, bis sie wirklich begriffen hatte, wie er ihre Mutter zugrunde gerichtet hatte. Ihre schwedische Tante hatte es ihr erzählt, als sie sechzehn war. In allen

Einzelheiten. Die Lügen, die gebrochenen Versprechen. Elin lebte damals auf der Straße. Einmal war sie zu ihr nach Lund getrampt und hatte wochenlang bei ihr gewohnt. Irgendwann hatte ihre Tante ihr die Briefe gezeigt, die ihre Mutter ihr in den letzten zwei Ehejahren geschickt hatte. Da hieß der Krebs noch Migräne und Stoffwechselstörung. Elin hatte die Briefe gelesen und tagelang geheult. Ihre Mutter war seit sieben Jahren tot. Aber Elin konnte ihre Stimme hören, wenn sie diese Zeilen las, den schwedischen Singsang. *»Seit dieser Woche weiß ich, wo er sich herumgetrieben hat, als Elin zur Welt kam. Mit wem. Es ist so banal. So billig. Warum also zerschneidet mir der Gedanke das Gedärm. Und was kann das arme Kind dafür?«*

Diesen Satz hatte sie nie begriffen. Was hatte ihre Mutter damit gemeint? Es war ein wirrer Satz in einem wirren Brief. Ein Aufschrei gegen jemanden, der so viel Sensibilität hatte wie ein Kameraobjektiv. *»Er kann nichts dafür.«* Das stand auch irgendwo. Und vermutlich stimmte es. Edmund Hilger konnte man nicht ändern. Man konnte ihn nur meiden. Ihre bildschöne Mutter! Ihr Aussehen war ihr stärkster Trumpf gewesen. Sie hatte ihn gespielt. Und eine Arschkarte gestochen.

Elin stieß das Telefon zur Seite und brach auf.

Sie fuhr zu Hagen, fand ihn in seinem Kellerverschlag und zeigte ihm den Ausdruck der eingefrorenen Bildschirmseite. Er schüttelte nur den Kopf.

»Kapiert ihr junges Gemüse das nicht. Das Internet ist eine Sonde, eine Sonde in dein Hirn. Computer sind keine Maschinen. Es sind Tentakel, Sinnesorgane – des Feindes!«

»Was ist das für ein Fenster?«, fragte Elin kleinlaut.

»Ein beschissenes Logfile ist das. Dein Bruder ist auf der Kackliste von irgendeinem Server. Sobald du mit seiner Maschine ins Netz gehst, meldet die sich automatisch dort an.«

»Wo dort?«

»Keine Ahnung. Die meisten Firmen kontrollieren, was

ihre Angestellten im Internet treiben, welche Dateien sie aufmachen, was für Daten sie herunterladen, und so weiter. Ich sage doch, mit dieser Technik gibt es keine Geheimnisse mehr. Ohne das Theseus-Programm bist du nackter als nackt. Lass die Finger davon. Schmeiß diese Kiste auf den Müll ...«

»Hagen, ich brauche diese Informationen. Wenn mich dieses Logfile gefunden hat, dann muss es doch auch möglich sein, den umgekehrten Weg zu gehen. Wer interessiert sich für den Computer von jemandem, der tot ist?«

»Keine Ahnung. Solche Programme laufen automatisch. Alles, was ich weiß, ist: Irgendwo steht ein Server, auf dem jetzt alles gespeichert ist, was du gestern auf dieser Maschine gemacht hast. Wer immer darauf Zugriff hat, kann diese Informationen haben. Wenn dich das nicht stört, dann ist es ja kein Problem.«

»Wo steht dieser Server?«

»Wo hat dein Bruder gearbeitet?«

»In einer Immobilienfirma in Charlottenburg.«

»Dann wird er vermutlich dort stehen. Das ist jedenfalls das Wahrscheinlichste.«

Hagen nahm Elins Ausdruck zur Hand und musterte die Zahlenkolonnen. »Hier«, sagte er und deutete dabei auf eine Stelle. »Hat dein Bruder noch alte Geschäfts-E-Mails in dieser Maschine?«

»Ja. Sicher. Tausende.«

»Mach mal eine auf.«

Elin schaltete den Computer ein, öffnete das E-Mail-Programm und klickte auf eine alte Nachricht mit dem Kürzel @BIG-gmbh.de im Absender. Hagen drückte auf eine Schaltfläche. Ein Fenster unter der Nachricht öffnete sich. Es sah so ähnlich aus wie das kleine Fenster, das sie gestern entdeckt hatte. Hagen fuhr mit der Maus über den Zahlensalat. Plötzlich hielt er inne und markierte eine Zeile mit Nummern und Buchstaben.

207

»Bingo. Siehst du. Das ist die Kennung. Gleicher Server.«

»Das heißt, die kontrollieren Eric noch immer?«

»Seine Computertätigkeit wird dort registriert. Das passiert automatisch. Kapierst du jetzt, warum du von dieser Kiste die Finger lassen solltest?«

Elin hockte sich auf Hagens Decke und starrte vor sich hin. »Hast du irgendwo ein altes Handy?«, fragte sie dann. Hagen schüttelte den Kopf. »Handy? Ich? Für wie bescheuert hältst du mich eigentlich. Geh zu Mirat. Der hat jede Menge von den Dingern.«

Sie fand Mirat wie üblich vor dem LIDL. Er gab ihr ein altes Nokia und begleitete sie auf einen verwahrlosten Spielplatz, auf dem sogar die Mülleimer demoliert waren. Es war kalt und nieselte, und so hockten sie sich in das Führerhäuschen einer Lokomotive, deren Kessel verkohlt, deren Dach aber dicht war.

Mirat legte die erste SIM-Karte ein. Elin nannte ihm den Code. Er funktionierte. Es dauerte etwa zwei Minuten. Das Gerät piepste zweimal. Dann noch einmal, dann erneut. Mirat drückte auf den Tasten herum.

»Reklame«, sagte er. »Von August. Wie lange war die Karte inaktiv?«

»Keine Ahnung«, sagte Elin. »Sind irgendwelche Namen gespeichert?«

»Ja. Jede Menge.«

Er reichte ihr das Handy. Sie scrollte sich durch den Bildschirm. Berhalter. Kulnik. Wagner. Sie zählte über vierzig Namen, von denen ihr kein einziger etwas sagte.

Sie fuhr den Laptop hoch, öffnete eine Excel-Datei, bat Mirat, ihr die Namen vorzulesen, und schrieb sie alle in eine Liste.

Dann erfasste sie die Gesprächsdaten, die noch auf der Karte waren. Als sie damit fertig war, nahm sie sich die zweite Karte vor. Aber sie funktionierte nicht. Stimmte der PIN nicht? Sie versuchte es noch zweimal. Dann kam die Meldung: gesperrt.

»Wahrscheinlich abgelaufen«, sagte Mirat. »Wie viele Handys hatte dein Bruder denn?«

»Vier oder fünf. Aber ich habe nur diese Karten.«

Bei der dritten Karte funktionierte der PIN wieder. Das Namensverzeichnis war umfangreicher. Aber es standen fast nur Vornamen darin. Cemal, Kalle, Peri, Pia …

Eine halbe Stunde später hatte sie alle Daten ausgelesen. Und eines war offensichtlich: Wer immer sie war, Erics Telefonkontakt zu dieser Pia war äußerst intensiv gewesen. Elin musste wieder an Hagen denken, wie recht der Mann doch hatte.

All diese Daten existierten natürlich auch bei den Telefongesellschaften. Vermutlich sogar gekoppelt mit den Informationen darüber, wo sich das Handy befand, als telefoniert wurde. Wie hatte Hagen das formuliert: eine Sonde des Feindes.

Plötzlich fiel ihr etwas auf. Nach dem 14. August war kein Gespräch mehr geführt worden. Aber die Karte verzeichnete noch eine Menge Anrufe, die Eric nicht angenommen hatte. Elin scrollte sie durch. Jürgen. Jens. Und immer wieder Pia. Auch am 29. September.

Mirat rauchte, während Elin sich immer tiefer in ihre Listen vergrub. Die erste Karte stammte mit Sicherheit aus seinem Geschäftshandy. Arbeitskollegen also. Albogast, Gruner, Kornheim …? Ratlosigkeit überkam sie. Was sollte dieses Herumstochern in Erics Leben ihr schon nützen? Sie konnte diese Leute doch nicht alle aufsuchen. Und seine abgelegten Freundinnen? Corinna. Saskia. Alexandra. Aha. Sie war also auch hier. In guter Gesellschaft.

Dann hatte sie eine Idee. Sie kopierte alle Namen und Nummern in eine einzige Datei und sortierte die Einträge nach den Nummern. Das war schon interessanter. Vier Nummern erschienen auf beiden Listen. Sie markierte sie und verschob sie auf ein separates Blatt. Drei Männer und eine Frau, Arbeitskollegen offenbar, mit denen Eric auch privat zu tun gehabt hatte.

Pia Albogast
Jürgen Garottin
Jens Bleiwald
Kurt Lothar

Sie spürte Mirats Blick auf sich ruhen.

»Was ist?«, fragte sie.

»Was ist mit *dir*?«, fragte er im Gegenzug.

»Wieso?«

»Weil du plötzlich rote Backen hast.«

»Ich muss in die Kiezoase.«

Der Aufenthaltsraum war verlassen. Jojo Jesus saß im Büro und telefonierte.

»Ja, der Kühlschrank ist kaputt ...«, hörte sie ihn sagen. »Warum? Ja, das ist eine wirklich wichtige Frage. Bin ich vielleicht Kühlschrankingenieur?«

Er drehte sich zu ihnen um. Elin deutete auf den Computer in der Ecke. Jojo Jesus nickte.

»... drei Wochen. So, so. Und wo sollen wir bis dahin die Lebensmittel kühlen?«

Elin startete eine Adressabfrage und gab Pia Albogast ein. Ein Treffer.

Albogast, Pia – Kantstraße 54

Elin stutzte. Diese Adresse.

»Macht ihr das im Rathaus auch so mit euren Gaumenkitzlern? Petits Fours vom Balkon mit Taubenscheiße drauf?«, schimpfte Jojo Jesus ins Telefon.

Kantstraße 54. Das war das Haus neben der Sparkasse, wo Eric seine letzte digitale Spur hinterlassen hatte.

»Wo willst du hin?«, fragte Mirat.

»Geld abheben.«

36

Der Anblick übertraf seine schlimmsten Befürchtungen.
Zietens Blick irrte über die Fotos, die Marquardt vor
Eintreffen der Polizei mit dem Handy von seinem Schreib-
tisch gemacht hatte. Was um alles in der Welt war das?

Sein Blick eilte von Detail zu Detail in der Hoffnung, irgendwo einen Ansatzpunkt für eine Erklärung zu finden.
Aber es fiel ihm keine ein. Das Ding ergab für ihn nicht mehr
als die Summe seiner widerlichen Teile. Ein schauderhaftes
Arrangement aus Leichenteilen, Stoff und Plastik. Das einzige Beruhigende daran war, dass, wer immer das Opfer dieser
bestialischen Schlachtung war – es war nicht seine Tochter.

»Das ist angeblich schon der dritte Fall dieser Art innerhalb
von fünf Tagen«, flüsterte Marquardt, der neben ihm saß und
nervös rauchte. Sedlazek hatte hinten im Wagen Platz genommen und starrte nur stumm nach draußen auf den Ku'damm,
der noch immer wie ausgestorben dalag. Nur ein paar Taxis
fuhren langsam vorbei auf der Suche nach Fahrgästen.

Zieten nahm erneut das Ding vor sich in Augenschein. Dieser Kopf! Die Kralle unter dem Mantelsaum.

»Ist das echt?«, wollte er wissen.

Marquardt nickte. »Die Kralle stammt von einem Hahn.
Die rechte Hand und der Kopf gehören sehr wahrscheinlich
zu der Leiche, die sie in Lichtenberg gefunden haben.«

»Wann?«, stieß Zieten hervor.

»Freitagmorgen«, sagte Marquardt. »Ein Frauentorso.
Freitagmittag haben sie den linken Arm gefunden, in diesem
Schwuchtelficktempel in Tempelhof. Und jetzt das.«

Zieten verzog kurz das Gesicht über Marquardts Wortwahl, sagte jedoch nichts. Außerdem meldete sich jetzt Sedlazek vom Rücksitz:

»Das heißt also, wer immer das hier zustande gebracht hat, ist vermutlich noch nicht fertig. Es fehlen noch die Beine und der rechte Arm.«

Zieten nickte angewidert.

»Hast du den Zettel dabei?«, fragte er dann.

Marquardt griff in seine Innentasche und holte die Zeichnung hervor.

Zieten sah auf den ersten Blick, dass es die gleiche Sorte Botschaft war. Das gleiche Papier. Dieselbe rätselhafte Darstellung irgendeiner altertümlichen Szene. Und wieder ein lateinischer Spruch.

PIETAS VINDICTAM AVERTENS.

»Was denkst du, Hajo?«, fragte Marquardt nach einer Weile.

»Ich denke, wir fahren jetzt in mein Büro, und ihr beiden erzählt mir, was ihr mir da eingebrockt habt. Das kommt doch aus eurer Ecke, oder? BIG-Objekte. Das BIG-Büro. Wer zum Teufel kommt da in Frage? Das müsst ihr doch wissen, verdammt noch mal!«

Marquardt und Sedlazek wechselten Blicke.

»Hört auf mit diesem Theater«, schrie er sie an. »Meine Tochter ist verschwunden. Das hier lag in ihrem Wagen.« Er warf Marquardt die Phoenix-Zeichnung in den Schoß. »Irgendjemand hat offenbar sehr detaillierte Kenntnisse über uns, vor allem über mich. Habt ihr in letzter Zeit irgendwelche Probleme gehabt? Intern? Los, raus mit der Sprache.«

»Nicht hier, Hajo. Komm. Fahren wir in dein Büro.«

Zieten rührte sich nicht. Seine Schläfen pochten.

»Ihr beide habt genau fünf Minuten, mir zu erklären, was bei euch schiefgelaufen ist. Dann fahren wir in mein Büro und finden eine Lösung. Los.«

»Es ... es kann eigentlich gar nicht sein«, fing Marquardt stammelnd an. »Wir hatten das Problem eigentlich bereinigt. Aber offenbar nicht vollständig.«

»Welches Problem?«

»Eric Hilger.«

»Wer ist das?«

»Er war unser EDV-Mann.«

»War? Was ist mit ihm?«

»Er, nun ja, er ist tot.«

Zieten drehte sich langsam zu Marquardt um und schaute ihn eindringlich an.

»Tot. Einfach so?«

»Ja. Er hat sich umgebracht. Im September.«

Die anschließende Stille wurde vom Hupen eines Busses unterbrochen, der gerade an ihnen vorbeifuhr.

»Hilger hat unsere gesamte EDV entwickelt«, fuhr Marquardt fort. »Er kannte die Buchhaltung besser als wir. Wir hatten natürlich ein Auge auf ihn. Aber wir dachten, das ist ein ehrgeiziger Junge, der Karriere machen will. Er hat blendend verdient. Wir haben ihn wie einen von uns behandelt. Er hatte glänzende Perspektiven, verstand sich super mit den anderen, war mit einem unserer Marketingmädchen liiert. Aber was soll man machen. Günther, wie war das noch? Du bist ihm doch auf die Schliche gekommen?«

»Hilger war eine hinterhältige Ratte«, sagte Sedlazek. »Er hat ständig Daten heruntergeladen. Angeblich Sicherungskopien vor größeren Wartungen. Niemand konnte das so richtig überprüfen, denn die Systemarchitektur ist ja von ihm. Aber so ganz von gestern bin ich auch nicht. Ich habe mal ein paar Wochen genauer hingeschaut. Er war überall drin. Nicht nur bei uns. Ich fürchte, auch bei dir, Hajo. Der Kerl hat Daten abgezogen wie ein Staubsauger.«

»Weiter«, forderte Zieten ruhig.

»Im Januar bekamen wir einen Tipp, dass sich jemand im LKA mit uns beschäftigt hatte. Ein gewisser Anton Billroth. Der Mann war glücklicherweise ein paar Wochen zuvor an einem Herzinfarkt gestorben, aber du kannst dir vorstellen, dass ich fast selbst einen bekam, als ich davon erfuhr. Ich habe ein wenig herumgefragt, und es war klar, dass jemand diesem Billroth ein paar heiße Tipps gegeben hatte. Wir haben natürlich sofort alle in Frage kommenden Mitarbeiter durchleuchtet. Alles deutete auf Eric Hilger. Er muss bemerkt haben, dass wir wussten, was er da trieb. Er kündigte Knall auf Fall und tauchte unter.«

Zietens Gesichtsausdruck wurde immer dunkler.

»Und ihr seid nicht einen Moment lang auf die Idee gekommen, mich zu informieren?«, fragte er zornig.

»Warum? Es war eine interne Sache.«

»Intern? Wenn jemand über eure Computer bei mir eindringt! Möglicherweise bis hoch zur Treubau? Das nennst du intern?«

Die beiden Männer schwiegen.

»Weiter«, befahl Zieten.

»Wir haben versucht, mit ihm zu reden. Aber er war einfach nicht mehr zu erreichen. Offenbar hatte er Angst vor uns. Unser Mann, der sich um ihn kümmerte, meinte, er sei

215

total panisch. Er wechselte ständig den Aufenthaltsort, benutzte Kartenhandys, war psychisch labil. Nach langem Hin und Her haben wir begonnen, ihm Geld zu schicken, damit er zur Besinnung kommt. Natürlich haben wir auch kleine Zeichen setzen müssen, dass wir durchaus auf dem Laufenden waren, wo er sich aufhielt. Das mussten wir tun. Zuckerbrot und Peitsche eben. Aivars hat dann …«

»Wer ist Aivars?«

»Unser Mann für schwierige Aufgaben, Aivars Ozols. Ein Lette. Ex-Geheimdienstmann. Phänomenaler Typ. Er hat die Datendepots ausgehoben, die dieser Idiot überall angelegt hatte. Wir dachten, dass wir das Problem Hilger damit los wären. Außerdem weißt du selbst, dass im Sommer unsere eigentlichen Probleme begannen. Die Insolvenz war ja im Mai schon sichtbar. Wir hatten also noch anderes zu tun, als einen kleinen Möchtegernerpresser in Schach zu halten …«

»Was ist mit Hilger passiert?«, fragte Zieten.

»Er hat sich erhängt. Ende September. Im Tegeler Forst.«

Zieten schüttelte fassungslos den Kopf. »Wie konntet ihr das tun!«

»Wie! Was denn? Der Junge ist durchgedreht. Die Sache ist untersucht worden. Die Polizei hat eindeutig Selbstmord festgestellt …«

Zieten drehte den Zündschlüssel und startete den Motor. Im gleichen Moment piepste Sedlazeks Handy. Er schaute auf das Display und las die Textnachricht.

»Jetzt ist es amtlich«, sagte er. »Unser Server hat letzte Nacht mehrere Zugriffe von Hilgers Laptop registriert.«

Zieten drehte die Augen zum Himmel. »Von woher?«

»Das wissen wir noch nicht. Wir haben bisher nur seine Kennung. Hilger ist tot. Aber offenbar hat jemand einen Computer, auf dem Hilgers Zugangscodes noch installiert sind.«

»Wie kann das sein? Wieso habt ihr das nicht alles geändert?«

»Hajo!«, rief Marquardt aufgebracht. »Hilger war eine hinterhältige Ratte. Er hat das gesamte System aufgebaut. Wir hätten eine komplett neue Anlage installieren müssen, um sicherzugehen, dass alle Geheimtüren zu sind, die er da eingebaut hat ...«

»... und da habt ihr lieber ihn abgeschaltet. Nein. Kein weiteres Wort. Ruft mir diesen Ozols«, kommandierte Zieten. »Sofort.«

37

Der Hauseingang lag keine zehn Meter von dem Geld-
automaten entfernt, an dem Eric am Tag seines Todes
seine letzte Abhebung durchgeführt hatte. Der Name stand
deutlich lesbar auf dem vorletzten Klingelschild. Elin klingelte im zweiten Stock. Eine Stimme fragte, wer da sei. Sie gab
an, Post einwerfen zu wollen, und wurde mit dem Summen
des Türöffners belohnt. Zwei Minuten später stand sie vor
einer Wohnungstür im vierten Obergeschoss. Sie legte den
Kopf an das Holz und lauschte. Ein Radio lief. Sie musterte
das mit Kugelschreiber geschriebene Namensschild: P. Albogast. Dann drückte sie auf den Knopf. Einige Sekunden vergingen. Das Radio wurde leiser. Schritte auf Holzfußboden
näherten sich. Dann ein Klappern hinter der Tür.

»Ja. Wer ist da?«

Elin klopfte.

Erneutes Klappern, der Hörer der Wechselsprechanla-
ge wurde aufgelegt. Die Tür öffnete sich einen Spalt. Keine
Kette.

»Ja?«

»Frau Albogast?«

»Ja.«

»Ich bin Elin. Erics Schwester.«

Wieder vergingen mehrere Sekunden. Dann trat die Frau
zur Seite und öffnete die Tür.

»Bitte.«

Elin betrat den Flur, nahm links eine unaufgeräumte Küche
wahr und betrat den ersten Raum, der vom Flur abzweigte.

218

Pia deutete auf ein dunkelrotes Sofa hinter einem Glastisch. Elin setzte sich. Die Frau war ein paar Jahre älter als sie selbst, aber wohl noch keine dreißig. Erics Typ. Mittellange blonde Haare. Pony. Gut sichtbare Oberweite. Schmale Hüften. Ein attraktives, aber zugleich durchschnittliches Gesicht.

»Willst du etwas trinken?«

»Nein, danke.«

Pia verließ den Raum. Das Radio verstummte. Sie kam mit einem weißen Becher zurück.

»Ich habe dich in Erics Handy gefunden«, erklärte Elin.

Pia nickte. Dann zuckte sie mit den Schultern. »Du bist hier, um seine Sachen zu holen?«

»Er hat noch Sachen bei dir?«

»Nein«, sagte sie und lächelte über das Missverständnis. »Bei ihm, meine ich.«

»Du kennst seine Wohnung?«

»Ich … nein, er hat sie ja erst im Frühjahr gekauft. Wir waren nur kurz zusammen, vor zwei Jahren.«

Aber habt viel telefoniert, dachte Elin stumm.

Einen Moment lang sagte niemand etwas. Elin wünschte sich, Gedanken lesen zu können.

»Aber ihr wart befreundet, oder?«

»Wir waren Arbeitskollegen. Befreundet nicht, nein.«

»Dann habe ich ihn wohl damals falsch verstanden«, sagte Elin. »Ich dachte, ihr wärt befreundet. Du und Jürgen und Jens.«

»Hat er von uns erzählt?«

Elin nickte stumm.

Pia setzte sich und stellte ihren Becher auf dem Glastisch ab. Eine feine Staubschicht lag darauf.

»Klar, mit Jürgen und Jens hatte er immer zu tun. Durch die Arbeit. Aber wir … du weißt schon, wie so etwas läuft. Eric und ich, das war nur so ein Strohfeuer.«

Sie schwieg wieder und fügte dann hinzu: »Ich bin mit Jür-

219

gen zusammen. Seit eineinhalb Jahren. Eric und ich hatten fast keinen Kontakt mehr. Nur bei der Arbeit natürlich. Bis er wegging.«

»Jürgen und Jens waren seine Kollegen?«

»Ja und nein. Eric hatte mit dem Geschäftlichen ja gar nichts zu tun. Er war der Techniker, der Computermann. Er hatte keine Investmentbereiche so wie Jürgen oder Jens.«

»Die BIG ist pleite, nicht wahr?«

Pia nickte.

»Und ihr? Seid ihr alle arbeitslos?«

»Ich schon.«

»Und die andern?«

»Jens ist in den USA und macht einen MBA.«

»Und Jürgen?«

»Arbeitet für Marquardt. In einer anderen Firma.«

»Warum ist Eric im Frühjahr ausgestiegen? Weiß du etwas darüber?«

Pia schüttelte den Kopf und schaute betreten vor sich hin. Plötzlich hatte sie Tränen in den Augen.

»Ich … ich kann mir vorstellen, wie es in dir aussieht«, stammelte sie mit belegter Stimme. »Es tut mir so leid. Warum hat er das nur getan?«

»Die Polizei sagt, dass er Schulden hatte. Weil er sich selbständig machen wollte.«

Pia schneuzte sich. »Ach ja, davon hat er oft geredet. Internet und so.«

»Deshalb ist er gegangen?«

»Ich habe keine Ahnung. Niemand wollte, dass er geht. Wir brauchten ihn doch. Er kannte alles in- und auswendig.«

Aus dem Nebenzimmer kam ein Geräusch. Pia stand auf. »Entschuldige. Ich habe ein Fenster offen.«

Als sie zurückkam, wirkte sie ernst. Elin hatte versucht, sich darüber klarzuwerden, wie diese Frau auf einen Fron-

220

talangriff reagieren würde. Aber sie war zu keinem Schluss gekommen.

»Ich will nicht unhöflich sein, Elin, aber ich habe noch ziemlich viel zu tun heute. Es tut mir wie gesagt furchtbar leid. Ich habe deinen Bruder sehr gemocht.«

Elin stand auf.

»Ja. Ich weiß.«

Sie ging ein paar Schritte auf den Flur zu. Dann drehte sie sich wieder um.

»Deshalb hast du ihn ja wahrscheinlich angerufen, bevor er sich aufgehängt hat.«

Pia Albogast antwortete nicht. Sie stand wie angewurzelt da, den Kopf leicht gesenkt, und starrte sie an.

»Er war hier«, fuhr Elin ruhig fort. »An dem Abend, als er sich umgebracht hat, ist er bei dir gewesen, nicht wahr?«

Pia Albogast wich ein wenig zurück. Dann schloss sie die Augen, schüttelte kurz den Kopf und sagte: »Es muss furchtbar für dich sein. Aber was, bitte, sollen diese Fragen? Eric war nicht hier. Seit über zwei Jahren nicht. Und ich habe ihn nicht angerufen. Wie kommst du überhaupt darauf?«

»Ich habe seine Handys. Du hast ihn mehrmals angerufen am 29. September. Du und Jürgen und Jens. Und noch ein paar andere, mit denen Eric offenbar nicht mehr reden wollte. Das Handy war schon seit Wochen stillgelegt. Offenbar hatte er keine Lust auf Konversation mit euch. Aber ihr wolltet etwas von ihm, nicht wahr? Und er hat hier unten Geld abgehoben. Am Abend seines Todes. Um 19:27 Uhr. Da ist er hier gewesen, oder vielleicht nicht?«

Pia öffnete und schloss ihren Mund, brachte aber kein Wort heraus.

Elin drehte sich um, ging zur Wohnungstür, öffnete sie und trat in den Hausflur hinaus. Sie war bereits zwei Stufen nach unten gegangen, als Pia Albogast aus ihrer Schockstarre erwachte. Plötzlich stand sie dort oben, das Gesicht feuerrot.

»Was ... was zum Teufel willst du damit sagen? He ... wo willst du hin? Bleib stehen. Erkläre dich.«

Elin antwortete nicht. Ab jetzt bekäme sie ohnehin nur noch Lügen zu hören. Zeitverschwendung. Als sie acht Stufen weitergegangen war, hörte sie die Tür knallen. Sie blieb stehen. Wartete. Dann machte sie kehrt und schlich die Treppe wieder hinauf. Sie brauchte das Ohr gar nicht an die Tür zu legen. Verstehen konnte sie nichts, aber die Stimmen waren deutlich vernehmbar. Die von Pia. Und eine zweite, männliche.

Sie verließ das Haus und stieg auf ihr Fahrrad. Sie musste diesen Kommissar sprechen. Als sie zwanzig Minuten später die Bartningallee erreicht hatte, war das Wetter genauso schlecht wie am Sonntag, als sie auch schon hier gestanden hatte. Sie klingelte mehrmals, aber es erfolgte keine Reaktion. Nach einer Stunde spürte sie die Kälte. Sie spazierte auf und ab und begann sich zu fragen, ob es keine andere Möglichkeit gab, mit diesem Mann in Kontakt zu kommen. Als eine ältere Frau das Gebäude verließ, schaffte sie es noch rechtzeitig und schlüpfte zur Tür hinein. Sie fuhr mit dem Fahrstuhl in den achten Stock und klingelte an Zollangers Wohnung. Vergeblich lauschte sie einige Sekunden in die Stille hinter der Wohnungstür hinein, ging dann eine halbe Treppe abwärts und setzte sich auf die Stufen. Das Treppenlicht erlosch. Die plötzliche Wärme nach den Stunden draußen in der Kälte ließ eine bleischwere Müdigkeit in ihr aufkommen. Sie versuchte, all das, was sie die letzten Tage über gesammelt hatte, irgendwie zu ordnen. In jeder Richtung gab es Unklarheiten, nichts, woran man sich halten konnte. Eric hatte massenhaft Firmendaten gesammelt, die ihm so wichtig gewesen waren, dass er sie aufwendig versteckt und geschützt hatte. Auf seinem Konto waren große Beträge eingegangen, die er nicht benutzt hatte, um seine Schulden zu bezahlen. Warum? Wieso hatte er seine alten Handys stillgelegt? Warum log Pia? Was hatte Eric am Tag seines Todes von ihr gewollt? Sie hatte versucht, ihn anzurufen, auf einem seiner stillgelegten Handys, deren SIM-Karte in München bei Alexandra versteckt gewesen war.

Elin drückte auf den Lichtschalter und holte ihre Unterlagen hervor. Sie musste alles logisch aufschreiben für diesen Bullen, ihm eine Geschichte erzählen, eine Geschichte von Eric, der monatelang vor einer unbestimmten Gefahr auf der Flucht war. Sie begann ihre Notizen zu ordnen. Mehrmals machte sie das Licht wieder an. Dann wurde ihr Kopf von neuem schwer. Vielleicht sollte sie fünf Minuten schlafen, dachte sie. Nur fünf Minuten. Sie legte den Kopf auf die Arme. Es roch nach Bohnerwachs. Das registrierte sie noch. Dann schlief sie ein.

38

Aivars Ozols hatte etwa drei Stunden mit dem Material verbracht, als ihm allmählich ein Licht aufging.

Er spürte ein erregendes Gefühl in der Magengegend. Dieser Auftrag war so richtig nach seinem Geschmack. Die Scheußlichkeit auf den Tatortfotos rang ihm Respekt ab. Bereits die Emblemdarstellungen hatten ihn neugierig gemacht. Als Droh- oder Erpressernachrichten waren sie außergewöhnlich stilvoll. Aber das hier? Das war geradezu unerhört. Das war kein Durchschnittstäter. Ein Schlauberger konnte sich dumm stellen. Aber ein ungebildeter, primitiver Mensch konnte schwerlich eine kultivierte Maske tragen.

Nach Marquardts Anruf hatte er seinen Morgentee stehen lassen und war sofort losgefahren. Immer noch diese Hilger-Sache! Sechs Monate hatte er sich mit diesem Kerl herumgeschlagen. Und jetzt schon wieder?

Zieten hatte ihm ausführlich geschildert, was geschehen war. Dann waren Ermittlungsakten eingetroffen, und er hatte einen Raum, einen Computer und Zeit bis Mittag gefordert.

Zuerst hatte er sich mit den Emblemen beschäftigt. Es war nicht sonderlich schwierig gewesen, sie zu identifizieren. Er schlug die Sentenzen im Internet nach und stieß schnell auf die entsprechenden Darstellungen. Der Fuchs, der auf einer treibenden Eisscholle gefangen war, stammte aus der Emblemsammlung eines gewissen Joannes Sambucus aus dem Jahr 1564. Offenbar hatte sich das Dargestellte kurze Zeit zuvor bei Regensburg tatsächlich zugetragen. *Nullus Dolus Contra Casum. Es gibt keine List gegen den Zufall.* Aivars notierte. War Zieten der Fuchs? Behauptete der Versender der Botschaft, ihm durch Zufall auf die Schliche gekommen zu sein, ihn in der Hand zu haben? Eine andere Lesart fiel ihm jedenfalls auf Anhieb nicht ein.

Er wandte sich der nächsten Vignette zu. *Vita Mihi Mors Est.* Sie wurde einem gewissen Joachim Camerarius zugeschrieben. Aivars erfasste die Quelle, ohne eine klare Idee zu haben, was er damit anfangen würde. *Mein Leben ist der Tod,* schrieb er unter die Darstellung des Phoenix und meditierte eine Weile darüber, was diese Botschaft dem Adressaten wohl mitteilen sollte. Zieten hatte ein geheimes Dokument erwähnt, das den Codenamen Phoenix trug. Aber war noch ein anderer Bezug denkbar?

Da er diese Frage nicht beantworten konnte, nahm er sich Botschaft Nummer drei vor. Es war, wie er fand, die interessanteste: *Pietas Vindictam Avertens.* Das Emblem stammte von Barthélémy Aneau aus dem Jahr 1552. Aivars betrachtete fasziniert die davoneilende Frau und den zurückbleibenden Mann, der sich entsetzt über den geschlachteten Leib eines Menschen beugt, dem Kopf und Gliedmaßen abgehackt worden waren. Die lateinische Bildunterschrift kommentierte den Sachverhalt. Das Emblem bezog sich auf Medeas Flucht vor Aietes. Aivars übersetzte den lateinischen Kommentar und unterstrich das Motto:

Als die Colcherin vor Aietes floh und dem Jason folgte, hielt sie den Vater, der sie verfolgte, solcherart auf: Sie zerfleischte den kleinen Apsyrtus, ihren Bruder, und zerstreute seine sterbenden Glieder hinter sich auf den Weg, so dass der fromme Vater, da er die verstreuten Gliedmaßen seines Sohnes einsammelte, aufgehalten wurde und die ruchlose Tochter fliehen konnte. Was bedeutet diese Erzählung? Wohl soviel, dass die Frömmigkeit es oft nicht zulässt, grässliche Übeltaten zu rächen.

Aivars legte die drei Bildbotschaften vor sich hin. List und Zufall? Leben und Tod? Frömmigkeit und Rache? Gab es eine Beziehung der Embleme zum Arrangement der Leichenteile?

Er begann, die Elemente aufzulisten und versuchte, Entsprechungen zu finden. Embleme waren schließlich genau das: Bilder aus einer Zeit, als man die Welt in all ihren Erscheinungen noch als erfüllt von heimlichen Verweisen und verborgenen Bedeutungen gesehen hatte.

Stand Torso I in einer heimlichen Beziehung zum ersten Emblem? Aivars ging die Tatortfotos durch und begann damit, das Internet nach allen möglichen Begriffskombinationen zu durchforsten, die sich aus den Emblemen und den Torsi herleiten ließen. Welche symbolische Bedeutung hatte der Kopf eines Ziegenbocks auf dem Leib einer Frau? Was sollte ein menschlicher Arm im Gedärm eines Lammes bedeuten? Gab es eine irgendwie geartete Beziehung zur Phoenix-Legende?

Nach kurzer Zeit hatte er zu jedem Element Dutzende von sich gegenseitig ausschließenden Bedeutungen erfasst. Schon allein die Ziege ergab jede Menge unvereinbarer Sinnzusammenhänge. Er überflog die Liste der Attribute, die er für das Tier gefunden hatte: Genügsamkeit, Fruchtbarkeit, Stärke, Heil, Leben, Wankelmut, Schwäche, Zartheit, Opfer, Bosheit, Sünde. So kam er nicht weiter. Symbolsprache war notorisch widersinnig. Arm im Gedärm eines Lammes, schrieb er. Wiedergeburt? Er lehnte sich zurück und starrte missmutig auf seine Skizzen.

Dann ließ er ein drittes Mal die Tatortfotos durchlaufen. Torso I sah aus der Ferne aus wie ein Höllenfürst. Ein Mischwesen, halb Tier halb Mensch, mit einem prächtigen blauen Umhang. Bild nach Bild erschien auf seinem Monitor, ohne dass Aivars eine Idee kam, wie er weitersuchen sollte. Dann erschien das Lamm. Was hatte es nur mit diesen umwickelten Hinterbeinen auf sich? Er zoomte die Stelle heran.

226

Den Fotografen schien das auch interessiert zu haben. Es gab siebzehn Aufnahmen des Hinterleibes. Die Umwicklung begann im letzten Drittel des Rumpfes. Der Täter hatte festes schwarzes Textilklebeband benutzt. Stand in den Akten Genaueres? Er öffnete die Datei mit den Spurenblättern. Spur Nummer 179 enthielt, was er suchte:

```
LKA Berlin — 7. Mordkommission
Aktenzeichen: KAP/PS 14537/01
Delikt: Leichenschändung
Spur Nr. 179
Ort: Club Trieb-Werk, Borsigzeile 44, Berlin Tempelhof.
Anhaftung auf Tierkörper (Umwicklung von Hinterleib
und Hinterbeinen eines Lammkadavers u.a. zur Fixie-
rung eines Küchenmessers. Spur 183)
Gegenstand: 253 cm Gewebeklebeband der Marke TESA ext-
ra Power, 50 mm breit, schwarz
Datum: 07.12.2003 Uhrzeit: 08:37
Beamte(r): H. Findeisen
```

Er rief Spur Nummer 183 auf:

```
LKA Berlin — 7. Mordkommission
Aktenzeichen: KAP/PS 14537/01
Delikt: Leichenschändung
Spur Nr. 183
Ort: Club Trieb-Werk, Borsigzeile 44, Berlin Tempelhof.
Gegenstand: Handelsübliches Spick- und Garniermesser
der Marke Zwilling Twin Profection, Klingenlänge 10 cm.
Der Griff des Messers wurde mittels Gewebeklebeband
(179) zwischen den Hinterhufen des Lammes fixiert. Nur
die Klinge ist sichtbar.
Datum: 07.12.2003 Uhrzeit: 08:39
Beamte(r): H. Findeisen
```

Immer wieder ließ Aivars die Bilder über den Schirm laufen. Was war das nur? Ein Lamm mit einem Stachel? Er gab »Lamm« und »Stachel« in die Suchmaschine ein. Das Ergebnis war der übliche Internetsalat. Ein Traditionsweinhaus **Stachel** empfahl Rhön-**Lamm** mit Beilage. Eine **Stachel** GbR hielt ihre Jahresversammlung im Wirtshaus **Lamm** ab. Auffällig war, wie oft Jesus als **Lamm** Gottes auftauchte, häufig in Verbindung mit dem **Stachel** der Sünde oder des Todes. Aivars klickte eine der theologischen Seiten an und las den Eintrag.

O Tod, wo ist dein **Stachel**, o Grab, wo deine Siegesmacht? Des Todes **Stachel** ist die Sünde, und die Kraft der Sünde ist das Gesetz. Drum Dank sei dir Gott, der uns den Sieg gegeben hat durch Christum unsern Herrn. Würdig ist das **Lamm**, das da starb, und hat versöhnet uns mit Gott durch sein Blut …

Aivars verzog den Mund. Diese Art Text erfüllte ihn stets mit einem milden Ekel. Aber irgendetwas daran erschien ihm beachtenswert. Er betrachtete erneut Torso I und die Embleme. Der Täter mochte Rätsel. Und offenbar Rätsel, die sich auf ferne Jahrhunderte bezogen. Ein Torso mit Ziegenkopf. Ein Lamm mit einem Stachel. Er lud die Aufnahmen von Torso III auf seinen Bildschirm: die geflügelte Gestalt mit Tierkralle. War dies eine Harpyie? Oder die Travestie eines Engels?

Je länger er die Figuren betrachtete, desto stärker wuchs in ihm die Überzeugung, dass er in diese Richtung suchen musste. Er hatte es mit mythologischen Chiffren zu tun. Oder mit Bezügen zu Fabelwesen. Aber warum? Zu welchem Zweck? Das Spiel reizte ihn zunehmend, aber es begann ihn zu irritieren, dass er nicht vorankam. Das Lamm. Der Stachel. Das musste doch aufzulösen sein.

Er versuchte erneut mehrere Kombinationen aus den Begriffen Lamm/Schaf und Stachel. Ohne Ergebnis. Dann musterte er wieder den Hinterleib des toten Tieres. War das überhaupt ein Stachel? Ja, durchaus, aber kein gewöhnlicher. Er war schwarz und lang, sehr lang. Wie von einem Skorpion! Ein Lamm mit einem Skorpionstachel? Gab es eine solche Figur in der Mythologie? Aivars gab die Kombination ein. Die ersten Seiten führten erwartungsgemäß zur Astrologie. *Zum einen gibt es **Skorpion**geborene, die sanft wie ein **Lamm** sind ...*, las er. Die nächste Eintragung war ebenso nutzlos: *Tschechische Gemeindeflaggen: Tierwelt (Löwe, Adler, **Lamm**, **Skorpion**, Hahn, Ziege, Hirsch, Pferd).*

Doch plötzlich stutzte er: Unter einem kryptischen Eintrag, der fast nur aus Zahlen bestand, hatte die Suchmaschine einen interessanten Satzstummel gefunden: *... auf dem Schoß ein **Lamm** mit dem Schwanz eines **Skorpions**.*

Aivars lächelte und leckte seine Oberlippe. Es war ein Tick von ihm. Eine Art und Weise, seine Emotionen unter Kontrolle zu halten. Na endlich, dachte er, und klickte zweimal auf den Link. Es war eine Dissertation. Ambrogio Lorenzettis Freskenzyklus. Universität Zürich. Das PDF-Dokument öffnete sich. Nach wenigen Sekunden hatte er per Stichwortsuche die Textstelle gefunden:

Fraus, der Betrug, ist dargestellt als Höfling mit falscher Pfote und Krallenfüßen. *Proditio*, der Verrat, erscheint indessen mit Kopfbedeckung in der Figur des guten Bürgers, auf dem Schoß ein **Lamm** mit dem Schwanz eines **Skorpions**.

Fraus. Proditio. Aivars begann fieberhaft, sich Notizen zu machen. Der Leichenschänder inszenierte Allegorien des Bösen. Merkwürdig. Eine Wandmalerei als Inspirationsquelle für ein Verbrechen. Der Täter erschien ihm immer interessanter.

Kurz darauf hatte er Gewissheit. Es gab keinen Zweifel.

Genau hier lag der Schlüssel, auf der Wandbemalung des Rathauses von Siena. Aivars hatte kein Problem gehabt, eine Abbildung des Freskos zu finden, und zoomte nun die Einzelheiten heran. Für Torso II hatte zweifellos Lorenzettis *Proditio* Pate gestanden:

Torso III war ebenso eindeutig. Alles war vorhanden: die gezackten Flügel, die Embleme auf der Brust, die verkrüppelte Hand, die Tierkralle unter dem grünen Mantelsaum. Kein Zweifel. Auf dem Schreibtischsessel saß Seine Höllische Hoheit: *Fraus*. Betrug.

Blieb noch Torso I. Hier hatte sich der Emblem-Mörder einige Freiheiten genommen. Eine weibliche Figur mit Ziegenkopf suchte man auf dem Fresko vergebens. Aber es war durchaus ein Ziegenbock vorhanden: Er kauerte zu Füßen eines Ungeheuers. Aivars betrachtete das schielende Monstrum, dem Teufelshörner aus dem Kopf und mächtige Wildschweinhauer aus dem Unterkiefer wuchsen. Es war die zentrale Figur: Tyrannis.

Warum war er hier vom Original abgewichen?, fragte sich
Aivars. War der Transport eines Torso und einer ganzen Ziege
zu aufwendig? Oder hatte er es vorgezogen, den menschlichen Kopf für Torso III zu nutzen und daher Torso I ab-
geändert? Hieß das, dass er unter Materialknappheit litt? Wie
viele Leichen standen ihm zur Verfügung?

Einzeltäter?, schrieb Aivars nach einer Weile auf seinen
Notizblock. Dann kam ihm sein ganzer Triumph wieder
zweifelhaft vor. Wenn diese Torsi wirklich Chiffren waren,
an wen waren sie adressiert? Welchen Sinn sollte es haben,
derart verschlüsselte Arrangements zu erzeugen? Wer konnte
dergleichen entziffern? Oder war es ein geisteskranker Täter,
Bewohner einer grotesken Phantasiewelt, in der diese Mon-
stren erzeugt wurden?

Und wer war der Täter? War er jung? Alt? Männlich?
Weiblich? Aivars schaute sich erneut die Embleme an. Plötzlich kam ihm eine Idee. Er loggte sich in eine Datenbank ein
und stellte eine Reihe von Datensätzen zusammen. Es war
ein Schuss ins Dunkle. Ein Versuch. Aber dieser Täter war
nicht jung. Er war alt. Seine Symbolsprache hatte wenig mit
der heutigen Welt zu tun. Also würde er auch nicht die Instrumente der Gegenwart benutzen.

Nach kurzer Zeit hatte er achtundzwanzig Datensätze zum
Stichwort »Ambrogio Lorenzetti« gesammelt. Er ging zum
Telefon, führte ein kurzes Gespräch und gab die Daten durch.
Dann wartete er. Er trank einen Kaffee, spazierte nachdenklich durch das schöne Büro, das Zieten ihm zur Verfügung
gestellt hatte, kehrte jedoch immer wieder an seinen Schreibtisch zurück, um sich das Fresko anzuschauen.

Um 11:34 Uhr meldete sein Computer eine neue E-Mail.
Er öffnete sie und überflog die Nachricht, die sein Hacker
ihm geschickt hatte. Es war die gleiche Liste, die er vor zwanzig Minuten durchgegeben hatte. Aber unter jedem Daten-
satz standen nun Nummern, Daten und Namen. Er überflog

233

die Namen. Und plötzlich begann er zufrieden zu grinsen. Das war unmöglich. Und doch war es so. Er griff nach den Ermittlungsakten, um sicherzugehen, dass er sich nicht geirrt hatte. Aber es gab keinen Zweifel. Er hatte ins Schwarze getroffen. Wahrhaftig! Ein echter Insider! Wie heimtückisch. Wer wäre darauf gekommen. Er erhob sich wieder, streckte sich und blickte auf die Uhr. Viertel vor zwölf. Nicht schlecht für einen kurzen Vormittag. Dann ging er zur Tür, um Zieten und die anderen hereinzurufen.

39

»Warum wollte Frieser unbedingt die Haarprobe? Hast du dafür eine Erklärung?«, fragte Sina.

»Nein, du?«

Sie schaute Zollanger von der Seite an. Dann versank sie in Grübeleien. Die Bilder der letzten Nacht spukten ihr im Kopf herum. Sie hatten noch gar keine Zeit gehabt, sich darüber auszutauschen. Hatte der Besuch in diesem Trieb-Werk sie irgendwie weitergebracht? Wie mochte das Treiben dort auf Zollanger gewirkt haben? War er davon geschockt? Wie wirkte so etwas auf jemanden aus seiner Generation? Sie selbst war wenig überrascht gewesen von dem, was sie dort gesehen hatte. Aber sie hatte den Vorteil, dass sie mit einem Psychologen verheiratet war, der auch einmal mit dem Gedanken geliebäugelt hatte, als Sexualtherapeut zu arbeiten. Hendrik hatte ihr mehrfach geschildert, was sich heutzutage in solchen Clubs abspielte. Das Thema hatte ihn schnell angeödet, und er war bald darauf auf Kinderpsychologie umgestiegen. So war der gestrige Abend für sie nur insofern erhellend gewesen, als sie ihren Mann nun besser verstand.

Aber wie stand es mit dem Torso-Mörder? Waren sie ihm durch den Besuch näher gekommen? Sie wollte es nicht zugeben, aber der heutige Fund hatte sie ziemlich verunsichert. Wer immer diese Objekte deponierte, schien einen klaren Plan zu haben, was Zeit, Ort und Art der Taten betraf. Und für keinen dieser drei Parameter hatte sie auch nur den Ansatz einer Erklärung. Die zeitlichen Abstände sagten wenig aus. Die Orte wiesen keinerlei Gemeinsamkeit auf. Willkürlich waren sie jedoch offenbar nicht, denn es war riskant, die Torsi dort zu deponieren. Tatrisiken bargen immer Ansätze für ein Motiv. Doch was war mit den Objekten selbst? Wer sollten diese Wesen sein? War es der Gedanke an Hendrik, der sie jetzt darauf brachte, dass es Märchenfiguren sein konnten, Monster, wie Kinder sie sich in Alpträumen zusammenphantasierten? Ja, bei allem Grauen sprach etwas Simples, Ursprüngliches aus diesen Arrangements. War das eine Richtung, in die sich weiterzudenken lohnte? Oder ging sie viel zu analytisch vor, wie Udo ihr immer vorhielt? Verlor sie die Banalität des Verbrechens aus dem Auge, das Primitive, Einfache, Kurzschlussartige des Bösen, das oft gar keine wirkliche Tiefe oder Komplexität hatte?

Zollanger bremste scharf und riss sie aus ihren Gedanken. Die Straße war plötzlich verstopft. Berufsverkehr. Er wartete einige Sekunden, dann kurbelte er kurz entschlossen die Scheibe herunter, klemmte das Blaulicht auf das Dach und ließ die Sirene zweimal aufheulen. Der zähflüssige Blechbrei vor ihnen geriet langsam in Bewegung, und eine schmale Gasse öffnete sich. Zollanger brauste durch.

»Ich bin hundemüde«, sagte Zollanger, wie um sein Verhalten zu entschuldigen. »Komm, wir gehen erstmal frühstücken.«

Kurz bevor sie die Keithstraße erreichten, schaltete er das Blaulicht wieder aus.

Sie gingen in ein Café in der Ansbacher Straße. Recht schnell erschienen zwei dampfende Milchkaffeeschalen und ein Körbchen mit lauwarmen Croissants vor ihnen auf dem Tisch. Umso länger dauerte Zollangers Rührei, auf das er schon fast keinen Appetit mehr hatte, als es endlich kam.

Sina biss ein Stück Croissant ab und spülte es mit Kaffee hinunter. Zollanger hatte sein Hörnchen nur kurz eingetunkt und dann desinteressiert auf seiner Untertasse abgelegt.

»Keinen Hunger?«, fragte sie.

»Nein. Nicht wirklich.«

»Schon länger?«

Er lächelte.

»Du klingst wie der Amtsarzt.«

Ja, dachte sie jetzt. Der sollte dich auch einmal untersuchen. Denn du siehst müde aus. Müde und alt. Sie war versucht, ihm zu empfehlen, bald mal wieder einen Italienurlaub zu machen. Die zwei Wochen Toskana im Frühjahr hatten ihm so gutgetan. Er war ganz verändert zurückgekehrt. Aber … warum machte sie sich überhaupt Sorgen um ihn? Er war ihr Chef. Sonst nichts.

»Also, wo stehen wir, Martin?«, sagte sie rasch, um das Thema zu wechseln. »Wie machen wir weiter?«

»Wir warten, bis die Videomitschnitte ausgewertet sind«, erwiderte er. »Vermutlich haben wir ein Foto des Täters. Vielleicht bringen Harald und Günther verwertbare Informationen aus Cottbus mit. In ein oder zwei Tagen haben wir den Kerl.«

»Wann kriegen wir die Fotos?«

»Ich denke, bis morgen früh. Oder schon heute Nachmittag, wenn Frieser Druck macht.«

»Womit sich weitere Spekulationen erst einmal erübrigen.«

Zollanger nickte. »Ich hoffe.«

»Und unser Ausflug letzte Nacht war überflüssig.«

»Ja«, seufzte Zollanger. »Das hätte ich uns wirklich gern erspart. Obwohl … dein Anblick war es durchaus wert.«

»Danke«, sagte sie und versuchte, kühl zu bleiben. Aber Zollangers Blick ließ sie nun doch ein wenig erröten. Sie lächelte unsicher.

»Woher hattest du den Lederkram?«, fragte er spitz.

»Ach, das waren ganz normale Sachen in ungewöhnlicher Kombination. Hendrik hat mir mal erzählt, wie das geht.«

»Hendrik. Sag bloß. Seid ihr … ich meine, habt ihr …?«

»Nein, nein. Er hat früher beruflich mal mit Sexkram zu tun gehabt, hatte aber ziemlich schnell die Schnauze voll davon. Mir ging es übrigens gestern ähnlich. Dir nicht?«

»Wie meinst du das?«

Sina wusste gar nicht, wie ihr geschah. Sie wollte mit Zollanger nicht über diese Dinge reden. Und zugleich wollte sie es doch.

»Erst ist man ein wenig erregt«, sagte sie unsicher. »Schockiert und erregt, meine ich. Aber dann kommt man sich vor wie bei Stromausfall bei ALDI an der Kasse. Nur dass eben alle halbnackt sind.«

»Mich hat etwas ganz anderes überrascht«, sagte Zollanger.

»Und zwar?«

»Die Entspanntheit. Ich habe selten so viele Männer auf einem Haufen gesehen und gleichzeitig so wenig Aggression gespürt. Ich meine, die Aufmachung der Typen war zum Teil furchterregend, aber es war im Grunde kein Vergleich zu anderen Männerversammlungen.«

Sinas linke Braue fuhr skeptisch nach oben.

»Wie meinst du das?«

»Na ja, was man eben sonst mit Männern erlebt. Im Fußballstadion oder in einer Diskothek. Es gibt da immer eine unterschwellige Aggression, einen Triebstau wahrscheinlich, der sich nicht entladen kann. In diesem Trieb-Werk war das nicht der Fall.«

»Vielleicht, weil die Entladung garantiert ist«, sagte Sina. »Einfach rein in irgendeinen Tunnel, und los geht's.«

»Ja«, stellte Zollanger fest. »Es gab jedenfalls keinen Mangel an Freiwilligen.«

Eine kurze Pause entstand. Sinas Herz klopfte. Sie wollte weg von diesem Thema. Es hatte nichts mit dem Fall zu tun. Aber zugleich spürte sie, dass sie wissen wollte, wie Zollanger diesen Abend erlebt hatte. Ja, sie hätte gern so einiges über ihn gewusst. Warum er zum Beispiel keine Freundin oder Frau hatte? Oder gab es jemanden? Und seine Familie? Sie hatte ihm sehr viel von sich erzählt. Und er? Irgendwo gab es einen

Bruder, mit dem er aber keinen Kontakt pflegte. Und sonst? Seine Ex-Frau hatte wieder geheiratet. Sahen sie sich manchmal noch? Warum interessierte sie das? Vielleicht war das der Unterschied zwischen Männern und Frauen. Triebstau? Merkwürdiges Wort für erotische Spannung.

Zollanger schaute ratlos vor sich hin. Er trank einen Schluck. Dann sagte er: »Je älter ich werde, desto schwerer fällt es mir, überhaupt irgendwas zu beurteilen. Mein Verstand sagt mir, dass der Mensch seine Triebe ausleben muss, damit sie ihn nicht zugrunde richten. Aber mein Gefühl sagt etwas anderes.«

»Und was sagt dein Gefühl?«

»Das Gegenteil. Dass uns das überfordert. Dass uns die Bilder, die solche Grenzerfahrungen in uns zurücklassen, dauerhaft beschädigen. Es wird ja fast nur mit Grenzerfahrungen experimentiert, bei denen einem schwindelig wird, selten mit solchen, die innerlich festigen. Entgrenzung ist willkommen, Begrenzung suspekt.«

»Du meinst, wenn die gleichen Leute, die sich im Trieb-Werk besinnungslos vögeln, zu einem anderen Zeitpunkt vorübergehend eine unbeheizte Klosterzelle beziehen würden, wäre die Welt in Ordnung?«

»Wie kommst du denn auf diesen Vergleich?«, fragte Zollanger verblüfft.

»Wegen der Verkleidung.« Sina nahm sich noch ein Croissant. »Vielleicht ist unser Torso-Täter ein Kulturpessimist, der uns die Verkommenheit der Welt zeigen will.«

»Die Verkommenheit von Plattenbauten?«, fragte Zollanger. Seine Überraschung war wieder verflogen.

»Immerhin eine Abrissplatte, wo Designerdrogen gedealt werden«, konterte Sina. »Vielleicht irgend so ein Fundamentalist. Oder einer, der die Schnauze voll hat von spätkapitalistischer Dekadenz.«

»Du meinst, so jemand wie ich?«, fragte er spöttisch.

239

Sina rührte verlegen in ihrer Kaffeetasse. Sie hatte gar nicht bemerkt, dass sie unwillkürlich ein Reizthema angesprochen hatte, das vor vielen Monaten zu einem heftigen Streit zwischen ihnen geführt hatte. Es hing mit Zollangers Ausraster zusammen, mit den beiden Teilen in ihm, die zusammengehörten, aber offenbar nicht zusammenwachsen wollten. Sina mochte Martin. Sie bedauerte es schon jetzt, wenn er morgens nicht mehr im Büro auftauchen würde. Aber trotz vieler Gemeinsamkeiten hatten sie, was das Ende der DDR betraf, doch sehr unterschiedliche Auffassungen.

»Deine Idee ist gar nicht so übel«, sagte Zollanger in leicht provokantem Tonfall. »Warum nicht gleich die Taliban?«

Sie mied seinen Blick.

»Lass sein, Martin. Es tut mir leid. So habe ich das nicht gemeint.«

»Hey«, sagte er. »Wir alten Ossis werden uns doch nicht immer wieder über den Kapitalismus in die Haare kriegen.«

»Doch. Das werden wir«, entgegnete sie. »Weil du noch immer glaubst, dass der Sozialismus zu einer besseren Gesellschaft geführt hätte, in der das Verbrechen allmählich von selbst verschwunden wäre.«

»Jedenfalls gab es jede Menge von Verbrechen bei uns *nicht*«, erwiderte Zollanger reflexartig.

»Sicher. Weil die Gelegenheiten dafür begrenzt waren. Wir waren ja alle schon im Gefängnis. Womit du dich früher herumgeschlagen hast, war letztlich Knastkriminalität. Die wahre Bestie Mensch kam doch bei uns in der freien Natur gar nicht vor, es sei denn bei den Staatsdienern. Aber selbst die waren im Käfig.«

»Da hast du recht«, pflichtete Zollanger ihr bei. »Hier hingegen laufen diese Exemplare massenhaft frei herum. Sogar die Verurteilten lässt man ziemlich schnell wieder frei. Ein Freilandexperiment.«

Sina verzog das Gesicht. Die Richtung, die das Gespräch

eingeschlagen hatte, passte ihr nicht. Daher sagte sie jetzt: »Unser Torso-Mörder will uns also die Fäulnis und Dekadenz der Welt vor Augen führen? Ihre Verkommenheit und Vertiertheit?«

»Möglich«, antwortete Zollanger.

»Er hat Probleme mit diesen Erscheinungen«, spekulierte sie weiter. »Es geht ihn eigentlich einen Scheißdreck an, wer sich zudröhnt. Was kümmert es ihn, wer wann wem was wo und wie hineinsteckt? Aber er sieht das nicht so.«

Woher kamen diese Worte?, fragte sie sich erschrocken. Was redete sie da nur? Aber Zollanger schien ihre krasse Wortwahl gar nicht bemerkt zu haben.

»Nein«, entgegnete er. »Für ihn hängt das alles zusammen. Er glaubt nicht, dass man nach Mitternacht Mr. Hyde spielen und am nächsten Morgen wieder Dr. Jekyll werden kann.«

»Das heißt, das Private ist für ihn gesellschaftlich. Und umgekehrt.«

»Eben. Ein unverbesserlicher Ossi, der auf Maßhalten und Anstand pocht. Wer shoppen und ficken sagt, der muss auch Kinderporno und Frauenhandel sagen.«

Sina atmete tief durch. Doch bevor sie etwas erwidern konnte, klingelte Zollangers Handy. Sina schaute ihn fragend an. Zollanger starrte auf den kleinen Bildschirm.

»Findeisen«, sagte er. Dann drückte er auf die Antworttaste. »Hier Martin. Was ist? Wo seid ihr?«

Zollanger stand plötzlich auf.

»Seid ihr sicher?«

Sina erhob sich sofort, ging zum Tresen und bezahlte. Als sie zurückkam, stand Zollanger nachdenklich am Tisch.

»Was ist?«, fragte sie.

»Wir sind offenbar ein Stück weiter.«

»Und? Al-Quaida?«

»Nein. Frauenhandel. Die haben eine Spur. In Cottbus.«

241

40

Hans-Joachim Zieten starrte entsetzt den Namen an, der auf Aivars' Liste hellgelb markiert war. Der Lette wartete zufrieden, bis Zieten die Worte wiederfand.

»Können Sie mir bitte erklären, wie Sie zu dieser absolut irrwitzigen Information gekommen sind?«

»Die Torsi sind Nachbildungen«, erklärte Aivars. »Sie sind Allegorien auf einer italienischen Wandmalerei nachempfunden. Sie stammen aus dem vierzehnten Jahrhundert. Von einem gewissen Lorenzetti.«

»Was heißt das bitte, verdammt noch mal. Ich verstehe überhaupt nichts.«

»Ich gebe Ihnen eine Kurzfassung«, sagte Aivars ruhig. »Die Stadt Siena war im dreizehnten Jahrhundert so gut wie ruiniert, weil jede Regierung derart mit den lokalen Clans verstrickt war, dass letztlich immer das Gleiche herauskam: Die Bürger wurden ausgeraubt. Der wirtschaftliche und politische Niedergang der Stadt war katastrophal. Es gelang der Stadt erst, sich aus dem Würgegriff der mächtigen Familien zu befreien, als man damit begann, wichtige Ämter nur noch auf Zeit und vor allem an neutrale Verwalter von auswärts zu vergeben. Das rettete die Stadt. Um diesen Erfolg für alle Zeit im Gedächtnis der Regierenden frisch zu halten, wurde um 1340 ein Wandgemälde in Auftrag gegeben. Es stellt sehr drastisch die Folgen einer guten und einer schlechten Regierung gegenüber. Schauen Sie.«

Er öffnete eine Datei auf dem Computer und lud eine Detailansicht des Gemäldes auf den Bildschirm.

»Das hier ist die Allegorie der schlechten Regierung. In der Mitte sitzt der Chef der üblen Bande: die Figur des Tyrannen. Wie Sie sehen, handelt es sich um ein schielendes Monstrum mit Schweinezähnen, zu dessen Füßen eine Ziege kauert. Links davon sitzen Crudelitas, Proditio und Fraus, also die Grausamkeit, der Verrat und der Betrug. Proditio und Fraus haben den Torsi Nummer zwei und drei Pate gestanden. Davon bin ich überzeugt. Der Torso, der in Lichtenberg gefunden wurde, enthält Elemente der Tyrannenfigur.«

Zieten starrte die Fratzen auf dem Bildschirm an. Seine Lippen bildeten nur noch einen schmalen Strich.

»Auf den Botschaften, die Sie und Marquardt bekommen haben, sind Embleme zu sehen«, erklärte Aivars weiter. »Die Torsi verweisen auf eine hochpolitische Wandmalerei. Das heißt, die Symbolsprache dieses Täters ist stark moralisierend. Vor allem ist sie ungewöhnlich altertümlich. Meine Vermutung war, dass kein Jugendlicher oder junger Mensch, sondern ein älterer Zeitgenosse hinter diesen Arrangements steckt, jemand, der diese Wandmalerei sehr gut kennt oder in Büchern studiert hat. Eine Person, die vermutlich Bibliotheken benutzt. Es war, wie gesagt, nur eine Arbeitshypothese. Ein Versuch.«

»Aber wie um alles in der Welt haben Sie diesen Namen gefunden?«, wollte Zieten ungeduldig wissen.

»Ich habe in den Online-Katalogen der fünf größten Bibliotheken Berlins nach Kunstbänden gesucht, die diese Gemälde detailliert behandeln. Die Signaturnummern der entsprechenden Bände habe ich jemandem geschickt, der für mich arbeitet. Er hat die Server der Bibliotheken danach durchforstet, wer in den letzten sechs Monaten diese Signaturnummern bestellt hat. Für einen guten Hacker ein Kinderspiel. Und wir haben Glück gehabt. Wie Sie sehen, hat Hauptkommissar Martin Zollanger gestern um 9:38 Uhr zwei der gelisteten Bände bestellt und sie um 13:34 Uhr ausgeliehen.«

243

Zieten war sprachlos. Er wusste gar nicht, worüber er mehr staunen sollte. Über diesen Aivars und seine analytischen Fähigkeiten. Über die Tatsache, dass ein Hacker in kürzester Zeit herausfinden konnte, wer wann welche Bücher las. Oder das Unglaublichste von allem: Dass der Mann, der für all diesen Wahnsinn verantwortlich war, ein Polizist sein sollte. Und dazu noch ausgerechnet der Polizist, der diesen Fall bearbeitete.

»Aber … was soll das heißen?«, stammelte er.

Aivars zuckte mit den Schultern.

»Ich kann Ihnen nur Informationen liefern. Schlüsse müssen Sie selbst ziehen.«

»Dieser Zollanger ist der Chefermittler in der Torso-Geschichte«, sagte Zieten. »Vielleicht … vielleicht war er einfach schneller als Sie?«

Aivars schüttelte den Kopf. »Warum steht dann kein Sterbenswörtchen von diesem wichtigen Zusammenhang in seinem Ermittlungsbericht? Der Mann weiß doch nicht erst seit gestern Morgen, dass es diese Verbindung gibt.«

Zietens legte die Handflächen gegeneinander, ging mehrmals auf und ab und sagte kein Wort.

»Sie meinen also, dieser Hauptkommissar steckt hinter all dem Irrsinn? Warum? Das ist doch absurd.«

»Ich weiß nicht, was für eine Rolle Herr Zollanger in dieser Sache spielt«, sagte Aivars und betrachtete die Fingernägel seiner linken Hand. »Sie wissen nun, dass der Chefermittler der Mordkommission äußerst wichtige, fallrelevante Informationen zurückhält. Das ist merkwürdig. Wissen Sie etwas über diesen Mann? Hatten Sie schon einmal etwas mit ihm zu tun?«

»Nein«, antwortete Zieten schroff, bemüht, die Fassung zu bewahren. In seinem Kopf herrschte völliger Aufruhr. Zollanger? Ein Hauptkommissar? Was hatte er mit diesem Polizisten zu schaffen? Nichts. Gar nichts. Sein Verstand lief auf Hochtouren, aber er produzierte nur Herzklopfen.

244

Sein Handy klingelte.

»Warten Sie bitte einen Augenblick«, sagte Zieten. Er ging in den Nebenraum und griff zum Telefon.

»Hajo. Hier ist Jochen. Wir haben das Ergebnis.«

»Und?«

»Es sind Ingas Haare.«

Zietens Knie wurden weich. Er setzte sich, fuhr sich mit der Hand über das Gesicht und schluckte.

»Ich muss die Mordkommission informieren. Ich kann das nicht länger für mich behalten.«

»Das tust du nicht. Auf keinen Fall.«

»Hajo, ich muss …«

»Ich rufe dich gleich zurück«, schnitt er ihm das Wort ab.

Aivars musterte ihn, als er zurückkam.

»Schlechte Nachrichten? Sie sehen sehr blass aus, Herr Zieten.«

»Hören Sie zu«, sagte Zieten. »Ich weiß nicht, was Marquardt, Sedlazek und Sie mit diesem Hilger gemacht haben … nein, sagen Sie gar nichts. Dafür ist jetzt keine Zeit. Was auch immer geschehen ist: Sie drei haben etwas Entsetzliches in Gang gesetzt. Etwas Grauenvolles, absolut Widerwärtiges. Sie müssen mir helfen, dieses Monstrum zu stoppen.«

»Ist das ein Auftrag?«

»Nennen Sie es, wie Sie wollen. Sie haben in ein paar Stunden Dinge herausgefunden, wozu die Polizei vermutlich Wochen gebraucht hätte, wenn sie überhaupt darauf gekommen wäre. Und wenn Sie mit Ihrer Vermutung Recht haben, ist die Polizei sowieso nutzlos. Ich habe keine Zeit, verstehen Sie? Also, was schlagen Sie vor? Was soll ich tun?«

»Herr Zieten, ich fürchte, es bleibt Ihnen nicht viel anderes übrig, als sich etwas mit Herrn Zollanger zu beschäftigen.«

»Und wie soll ich das machen?«

»Ganz einfach. Ich besuche ihn und schaue nach, was er sonst noch so alles liest.«

245

41

Der Hof, wo die Ziege verschwunden ist, liegt vierzig Kilometer südöstlich von Cottbus«, begann Findeisen seinen Bericht und deutete dabei auf eine Karte, die der Beamer an die Wand projizierte. »Es ist weit und breit der einzige Hof, der diese Ziegenart hält. Das Tier wurde vor sechs Tagen als gestohlen gemeldet.«

Findeisen drückte eine Taste auf dem Laptop und ließ ein paar Fotos des Hofes auf der Leinwand erscheinen. Niemand kommentierte die Ansichten. Es waren Aufnahmen der Gebäude, triste Stallungen mit Dächern aus gewellten Asbestplatten. Die Muttertiere und Lämmer in den Ställen hatten weiße Augen vom Blitz des Fotoapparates.

»Wie viele Tiere haben die dort?«, fragte Zollanger.

»Dreiundsechzig«, antwortete Günther Brodt.

»Und sie merken es tatsächlich, wenn eines fehlt?«

»Ja.«

»Vor sechs Tagen, das heißt, das Tier wurde am vergangenen Mittwoch gestohlen.«

»Genau. Und zwar zwischen neun und vierzehn Uhr. Da waren die Tiere auf einer umzäunten Koppel, wo sie eigentlich nicht heraus können. Das Grundstück grenzt an einer Stelle an einen Wald an. Dort sind Fahrzeugspuren gefunden worden. Vermutlich hat der Dieb das Tier irgendwie an den Zaun gelockt, einen der querliegenden Balken zur Seite geschoben und es dann einfach mitgenommen.«

»So einfach geht das?«, fragte Sina.

»Die Gegend ist ziemlich menschenleer«, erklärte Günther

Brodt. »Die Bauern haben kaum Vorkehrungen gegen Tierdiebstahl getroffen.«

»Haben die Kollegen aus Cottbus etwas unternommen?«

»Eine ganze Menge. Sie haben einen Abdruck von den Reifenspuren genommen. Der Reifenbreite nach zu schließen, muss es ein Transporter gewesen sein. Sie haben in der Gegend herumgefragt, ob jemandem ein solcher Wagen aufgefallen ist. Zwei Personen haben am letzten Mittwoch einen Sprinter mit Hamburger Nummer bemerkt. Der eine Zeuge hat das Fahrzeug in Jerischke stehen sehen. Der andere in Zelz.«

»Zelz?«, meldete sich Brenner, der bisher noch nichts gesagt hatte. »An der polnischen Grenze?«

Alle Köpfe drehten sich zu Brenner.

»Habe ich da etwas verpasst?«, fragte Krawczik. »Muss man Zelz kennen?«

»Ja. Wenn man sich für Menschenhandel interessiert«, sagte Brenner. »Die Gegend ist berüchtigt. Zelz. Żarki Wielkie. Runter bis fast nach Bad Muskau. Die Grenze ist eine Katastrophe. Dreißig Kilometer unübersichtliches Gelände und kaum Kontrollen. Dazu fast keine Koordinierung mit den Kollegen in Polen. Bleibt nur zu hoffen, dass Polen bald in die EU kommt und die Polizeizusammenarbeit endlich besser geregelt wird.«

»Könntest du das etwas genauer ausführen?«, forderte ihn Krawczik auf.

Udo Brenner schaute zu Findeisen. »Harald hat sicher aktuellere Infos, oder?«

»Udo hat recht. Die Kripo in Cottbus hat viel Ärger dort unten. Immer wieder werden Leute aufgegriffen. Bisweilen taucht auch eine Leiche auf. Fast immer junge Frauen.«

Jetzt wurden alle hellhörig. Sina sprach zuerst.

»Du meinst also, eine Schlepperbande exekutiert eines ihrer Opfer, bringt es über die Grenze, nimmt auf dem Weg nach

247

Berlin noch rasch eine Ziege mit und stellt das verstümmelte Opfer in einem abrissreifen Plattenbau aus?«

»Nein. Das scheint uns auch wenig wahrscheinlich«, verteidigte sich Findeisen. »Aber wir können nicht ausschließen, dass der Torso und die Ziege aus derselben Gegend stammen und der Täter daher vielleicht auch.«

»Wann ist die letzte Leiche dort gefunden worden?«, fragte Zollanger.

»Im April« antwortete Draeger. »Und davor im Januar.«

»Also zwei dieses Jahr?«

»Ja.«

»Und auf polnischer Seite?«

»Das wissen wir nicht.«

»Haben die Kollegen in Cottbus denn gar keinen Kontakt mit den Polen?«, bohrte Zollanger weiter.

»Doch. Aber wie gesagt, keinen besonders guten. Und die Polen haben andere Prioritäten.«

Einen Augenblick lang herrschte Schweigen. Dann sprach Zollanger: »Was habt ihr sonst noch herausgefunden?«

Findeisen schaltete den Laptop aus und drückte auf einen Knopf auf dem Tisch. Die Leinwand fuhr langsam nach oben und verschwand in einem Kasten.

»Das war das Wichtigste. Aber wie wir gehört haben, ist hier Torso Nummer drei aufgetaucht?«

Zollanger ignorierte ihn und wandte sich an Draeger.

»Roland, was ist mit dem Nummernschild von dem Transporter, den wir auf dem Video haben. Irgendwelche Fortschritte?«

»Noch nichts«, sagte Roland Draeger. »Frieser muss die Daten anfordern. Die Mietwagenfirma hat mir nicht einmal gesagt, wo der Wagen angemietet wurde oder welches Modell es ist.«

Zollanger nickte. Das war normal.

»Was ist mit dem Band?«, fragte Krawczik. »Wann kommt

es aus der Technik zurück? Je schneller wir das Täterfoto haben …«

»Nicht vor morgen früh«, unterbrach ihn Zollanger. »Was machen wir bis dahin? Hat jemand eine Idee?«

Findeisen meldete sich: »Wir sollten die Laborergebnisse, die Weyrich bisher geschickt hat, nach Cottbus weiterleiten. Oder gleich an die polnischen Stellen in diesem Grenzabschnitt. Wenn die Leiche aus der Gegend ist, haben die vielleicht irgendwelche Daten.«

»Ich gehe zur Technik und mache denen Dampf wegen des Videos«, sagte Krawczik erbost. »Das kann doch nicht bis morgen dauern.«

Zollanger erhob sich. »Wir machen jetzt erst einmal Mittagspause. Wir haben alle einen ziemlich anstrengenden Einsatz hinter uns, und wie es aussieht, sind wir ein ganzes Stück weiter.«

Er erhob sich und verließ den Raum. Ohne sich umzusehen, eilte er auf den Flur hinaus, fuhr ein Stockwerk tiefer und suchte die Toilettenräume auf. Wie er gehofft hatte, war hier niemand. Er ging ans erstbeste Waschbecken, öffnete den Hahn, ließ das kalte Wasser in seine Handflächen laufen und schlug sich dann mehrere Ladungen davon ins Gesicht. Die Kälte tat ihm wohl. Er hätte es keine Sekunde länger dort oben ausgehalten. Sein Herz klopfte wie rasend. Er versuchte seine Gedanken zu ordnen, aber es gelang ihm nicht. Er befühlte das Videoband in seiner Tasche. Frieser spielte mit verdeckten Karten. Für wen hatte er die Haarproben mitgenommen? Er war doch sonst nicht so eifrig. Ein Identitätsabgleich mit einer Leiche kam nicht in Frage. Seit Freitag war kein neuer Todesfall gemeldet worden. Wurde jemand vermisst? Auch das hätte er erfahren. Es sei denn, die vermisste Person war noch nicht als vermisst gemeldet worden. Warum wusste dann Frieser davon? War er selbst betroffen? Oder irgendein hohes Tier, das diskrete Ermittlungen wünschte?

249

Zollanger spürte, wie ihm der Schweiß die Achselhöhlen hinunterlief. Die Dinge waren offenbar bereits gehörig in Bewegung geraten. Die Stadt reagierte.

Er blickte auf und sah sein Gesicht im Spiegel. Ein altes, müde wirkendes Gesicht. Er trocknete sich ab und massierte seinen Nacken, der völlig verspannt war. Wenn er den Kopf drehte, hörte es sich an, als knirschten Sandkörnchen zwischen seinen Halswirbeln. Schmerzhaft war die Bewegung nicht, aber das Geräusch ließ ihn dennoch schaudern. Pfeifende Lungen und knirschende Halswirbel. Und dann sagte jemand seinen Namen.

»Martin?«, Sina stand am Eingang und schaute ihn besorgt an. »Ist alles okay?«

»Ja. Sicher.« Er lächelte sie an. »Warum?«

Sie schaute ihn stumm an. Ein paar Sekunden lang sprach keiner ein Wort. »Gehst du mit zu Wiebke?«, fragte sie schließlich.

Er schüttelte den Kopf.

»Ich will erst kurz nach Hause. Ein frisches Hemd. Und rasieren wäre auch nicht schlecht.«

Sie blieb noch einen Augenblick auf der Schwelle stehen. Dann machte sie wortlos kehrt und verließ den Raum. Er wartete, bis er sicher sein konnte, dass Sina verschwunden war. Dann holte er seine Dienstwaffe und ging zu seinem Wagen.

42

Ein leises Klappern weckte sie. Im ersten Augenblick hatte sie keine Ahnung, wo sie sich befand. Ihre Wange ruhte auf etwas Hartem. Sie hob den Kopf und blickte sich um. Der Mann stand keine vier Meter von ihr entfernt mit dem Rücken zu ihr. Es war dunkel. Er benutzte eine Taschenlampe, deren Lichtstrahl eine Stelle an der Tür ausleuchtete, an der er sich zu schaffen machte. Elin hielt den Atem an und ließ ihren Kopf ganz langsam wieder auf die Treppenstufe zurücksinken. Der Mann würde sie entdecken, sobald jemand das Treppenlicht anschaltete. Und warum hatte er das nicht getan? Taschenlampe, dachte sie. Es dauerte noch einige Augenblicke, bis ihr schläfriger Verstand den einzig logischen Schluss zog: dass gerade jemand versuchte, in die Wohnung dieses Bullen einzubrechen.

Ein leises Klicken ertönte, und die Tür sprang auf. Ein Lichtstreifen erhellte für einen kurzen Augenblick das Gesicht des Mannes. Er sah völlig unscheinbar aus. Mittelgroß. Zwischen vierzig und fünfzig, schätzte Elin. Kurzes dunkles Haar. Keinerlei auffällige Gesichtsmerkmale. Noch ein Bulle? Der Mann schob sich vorsichtig durch den Spalt, und die Tür fiel wieder ins Schloss. Elin stand sofort auf und schlich eine Treppe abwärts. Sie lehnte sich gegen die Wand und atmete tief durch. Dann machte sie plötzlich kehrt und stieg wieder hinauf. Als sie an der Stelle angekommen war, wo sie eben noch gelegen hatte, blieb sie stehen und lauschte. Aus der Wohnung kamen Geräusche. Vorhänge wurden auf- oder zugezogen, Schubladen geöffnet. Eine Schranktür quietschte.

Plötzlich wurde es still. Sie wartete angespannt. Minutenlang war gar nichts zu hören, dann Schritte. Die Tür öffnete sich. Elin zog den Kopf zurück. Der Aufzug setzte sich in Bewegung. Dann vernahm sie das Piepen von Handywahltasten.

»Er ist es. Ganz sicher.«

Elin hielt den Atem an.

»Er hat Akten über Sie. Auch über Hilger und Billroth ... Ja. Ich habe meine Kamera unten im Wagen. Ich melde mich.«

Die Fahrstuhltür öffnete und schloss sich wieder. Elin wartete ein paar Augenblicke. Dann sprang sie mit drei Sätzen die Treppe hinauf. Die Tür war nur angelehnt. Wie viel Zeit hatte sie? Eine Minute. Zwei? Sie huschte in die Wohnung hinein. Wer war der Mann? Ihr Herz klopfte bis zum Hals. Hilger? Billroth?

Sie lauschte in den Hausflur hinaus. Das Geräusch des Fahrstuhls würde sie warnen. Ein paar Minuten hatte sie. Ihr Blick irrte durch das Wohnzimmer. Nichts deutete darauf hin, dass es eben durchsucht worden war. Erst alle Zimmer, dachte sie. Wenn dann noch Zeit ist, vielleicht eine Schublade. Sie ging in die Küche, dann den Flur entlang in den hinteren Teil der kleinen Wohnung. Rechter Hand war das Schlafzimmer. Das Bett war nicht gemacht. Ein Kleiderberg lag auf einem Rattanstuhl. Hinter ihr war noch ein Zimmer. Erst lauschte sie. Kein Fahrstuhl. Sie ging hinein und sah die Akten sofort. *Zieten. Billroth. Hilger. BIG.* Sie bekam kaum noch Luft vor Aufregung. Da stand ein Schreibtisch. Ein Bett. Ein Schrank. Ein Gästezimmer, dachte sie. Aber verlassen. Sie öffnete rasch den Schrank. Ein dunkler Mantel hing darin, sonst nichts. Sie zog den ersten Ordner mit der Aufschrift »Hilger« aus dem Regal und blätterte darin. War das die Ermittlungsakte zum Tod ihres Bruders? Warum stand die hier? Sie lauschte angestrengt in die Stille. Kein Fahrstuhl. Aber was war das? Sie hörte plötzlich Schritte. Ganz nah auf der Treppe. So lautlos sie konnte, schob sie die Akte an ihren Platz zurück. Jetzt

252

war jemand an der Tür. Sie spürte es. Sie kam hier nicht mehr raus.

Langsam wich sie zurück. Jemand stand im Flur. Sie hörte jemanden atmen. Plötzlich ertönte auch noch das klackernde Geräusch des Fahrstuhls. Elin glitt in den Schrank hinein und schloss lautlos von innen die Tür.

Einige Momente lange geschah nichts. Dann hörte sie plötzlich die Stimme Zollangers:

»Was machen Sie in meiner Wohnung?«

»Kommen Sie herein und machen Sie die Tür zu«, antwortete eine andere Stimme.

Elin hielt den Atem an. Der Einbrecher war zu Fuß heraufgekommen! Und der Kommissar war ihm direkt in die Arme gelaufen.

»Was wollen Sie?«

»Mit Ihnen reden. Los. Hier entlang.«

Die Schritte kamen näher. Als der Mann wieder sprach, stand er offenbar direkt vor ihrer Schranktür.

»Es kommt jetzt gleich jemand, der sich gerne mit Ihnen unterhalten möchte.«

Elin ging in die Knie, kauerte auf dem Boden. Ein leises Knarren ließ sie erstarren. Einige Sekunden lang herrschte völlige Stille.

Plötzlich wurde die Schranktür aufgerissen. Elin schrie. Der Lauf einer Pistole war auf sie gerichtet. Im nächsten Moment flog der Kopf des Mannes mit einem krachenden Geräusch nach hinten. Der Kommissar trat erneut zu und kickte dem röchelnden Mann die Waffe aus der Hand. Dann hob er sie auf und hieb ihm damit mit voller Wucht ins Genick. Es gab einen dumpfen Schlag. Der Mann krachte zu Boden und rührte sich nicht mehr.

Elin saß mit weit aufgerissenen Augen da und starrte auf das wutverzerrte Gesicht des Kommissars.

»Was zum Teufel machen Sie hier?«, fauchte er. Mit einer

schnellen Bewegung steckte er die Waffe ein und zerrte sie aus dem Schrank. Sie wäre fast über den Mann gestolpert, der davor auf dem Boden lag. Zollanger schubste sie grob gegen die Wand. »Was machen Sie hier, verdammt noch mal?«, brüllte er sie an. »Wie sind Sie hier hereingekommen?«

Sie erklärte ihm stammelnd, was passiert war, dass sie auf ihn gewartet hatte, eingenickt war und so Zeugin des Einbruchs wurde. »Der Mann hat telefoniert ... er sprach von Akten meines Bruders ... da wollte ich nachsehen.«

Sie sah, dass Zollangers Schläfen pochten. Er schaute gehetzt um sich. Der Mann auf dem Boden stöhnte. Er hat den Eindringling niedergeschlagen, dachte sie. Gleich würde er ihm Handschellen anlegen und die Polizei rufen. Das wäre das Normale. Aber dieser Bulle war offenbar nicht normal.

»Gehen Sie ins Wohnzimmer und warten Sie dort«, zischte er sie an.

Sie tat wie befohlen. Sie sah noch, dass der Bulle den Bewusstlosen umdrehte und damit begann, dessen Kleidung zu durchsuchen. Sie bewegte sich wie in Trance. Was geschah hier?

Keine zwei Minuten später kam Zollanger mit zwei Taschen wieder zum Vorschein.

»Los, Sie müssen mir helfen. Holen Sie den kleinen Rollkoffer, der noch hinten steht. Schnell. Der schläft nicht ewig.«

»Aber ... Sie müssen die Polizei rufen«, sagte sie stotternd.

»Ich bin die Polizei. Und ich sage: Wir gehen jetzt. Los.«

Elin gehorchte. Sie kehrte in den Raum zurück. Das Aktenregal war leer. Sie griff nach dem kleinen Rollkoffer, der neben dem Bewusstlosen stand. Der Mann stöhnte und zuckte leicht mit den Beinen.

»Los!«, hörte sie Zollangers Stimme. »Schnell.«

Sie zwängte sich neben Zollanger in den Fahrstuhl, der für so viel Gepäck nicht ausgelegt war. Für ein paar unerträgliche

Sekunden ging die Tür noch einmal auf, bevor sie sich endgültig schloss und der Lift sich in Bewegung setzte. Elin sah, dass der Kommissar seine Pistole gezogen hatte. Die Anzeige zählte die Stockwerke ab. Ohne Unterbrechung erreichten sie das Niveau −2. Als die Tür sich öffnete, war niemand da. Zollanger ließ seine Waffe sinken, steckte sie ein, griff nach den beiden Taschen und ging zu seinem Wagen. Elin folgte ihm. Er warf die Gepäckstücke in den Kofferraum und schlug die Klappe zu. Als sie im Wagen saßen, sagte er:

»Wo wohnen Sie?«

Aber Elin kam nicht mehr dazu, zu antworten. Die Eisentür zur Treppe flog plötzlich auf, und zwei Männer stürmten in die Garage. Zollanger startete sofort den Motor, legte den ersten Gang ein, drehte hoch und raste mit quietschenden Reifen auf die beiden zu. Die Männer sprangen zur Seite. Zollanger streifte einen der beiden mit dem Seitenspiegel. Der Mann stürzte mit einem Schrei zu Boden. Zollanger drückte auf einen Knopf und fuhr auf das Rolltor der Ausfahrt zu, das sich nur langsam in Bewegung setzte. Elin schaute angstvoll nach hinten. Der zweite Mann rannte hinter ihnen her. Hatte er womöglich auch eine Waffe? Sie zog den Kopf ein und kauerte neben Zollanger, der in den Rückspiegel schaute. Plötzlich bremste er scharf. Er griff nach der Waffe des Einbrechers, stieg aus, stellte sich breitbeinig hin und feuerte zweimal in Richtung des Mannes. Der sprang zur Seite und suchte hinter einem Pfeiler Deckung. Zollanger stieg wieder ein. Das Rolltor war endlich oben angekommen. Er legte den Gang ein und raste die Auffahrt hinauf.

»Also. Wo können wir in Ruhe reden?«, fragte er noch einmal.

Elin war kreidebleich geworden. Ihr Atem ging flatternd, und sie spürte Schweißperlen auf der Stirn.

»Mein Rucksack«, stammelte sie. »Mein Rucksack ist noch dort oben.«

255

»Was ist da drin?«

»Alles. Alle Unterlagen von meinem Bruder, die ich gefunden habe.«

Zollanger schaute konzentriert auf die Straße.

»Was ist mit Ihren Personaldokumenten? Die sind viel gefährlicher. Sind die auch in Ihrem Rucksack?«

Elin spürte Würgereiz. Sie nickte.

Zollanger sagte nichts. Stattdessen fuhr er plötzlich mit seiner Hand in die Tasche seines Jacketts. Aber da war nichts. Er schlug mit der Faust auf das Lenkrad. Dann schaute er wieder Elin an und schüttelte nur den Kopf.

»Jetzt haben sie uns also alle beide.«

»Was meinen Sie damit?«

»Nachher«, rief er gereizt. »Wohin also?«

»Wiclefstraße«, flüsterte Elin. Das war doch alles nicht wahr? Aber der Geruch von verbranntem Pulver, der ihr in die Nase stieg, belehrte sie eines Besseren.

»Wiclefstraße 12.«

43

Es war gespenstisch. Zieten folgte gebannt dem Lieferwagen, wie er die Rampe in die Tiefgarage hinabfuhr und parkte. Er hatte das Gefühl zu fallen. Sein Verstand hatte immer größere Mühe, diese Vorgänge zu begreifen. Aber was sollte er tun? Vor seinen Augen wuchtete ein Mann in einer Mönchskutte einen Rollkoffer von der Ladefläche und machte sich auf den Weg zum Fahrstuhl. Und was sich in dem Rollkoffer befand, hatte er ja vor ein paar Stunden auf Marquardts Handy gesehen.

Der Zeitcode in der Fußleiste des Monitors machte einen Sprung. Knapp zwanzig Minuten hatte er gebraucht, um diese Scheußlichkeit auf Marquardts Schreibtischstuhl zu arrangieren.

Gleich würde die interessanteste Stelle auf dem Videoband kommen. Er hatte sie sofort bearbeiten lassen, nachdem Aivars nach dem Zwischenfall in der Wohnung des Kommissars zurückgekommen war und ihm die Kassette und den Rucksack dieses Mädchens gebracht hatte. Gleich würde der Mönch kurz direkt in die Kamera schauen.

Zieten wandte kurz den Kopf und musterte Marquardt und Sedlazek, die neben Aivars Ozols saßen und ebenso gebannt wie er verfolgten, wie das Video plötzlich langsamer wurde, um einzelne Einstellungen vergrößert wiederzugeben. Das Nummernschild des Wagens wurde mehrfach eingeblendet. Dann kam das wichtigste Detail überhaupt: Das Gesicht des Mönchs. Allen digitalen Bildbearbeitungskünsten zum Trotz war es ein wenig unscharf geblieben.

Aivars schaute nur einmal kurz hin und nickte.

»Er ist es«, sagte er. »Keine Frage.«

Zieten musterte die engstehenden Augen des Mannes auf dem leicht zitternden Standbild. War dieser Kommissar geisteskrank? Ein Amokläufer? Und was sollte er jetzt tun? Frieser benachrichtigen? Ihn mit der Tatsache konfrontieren, dass der Torso-Mörder und mutmaßliche Entführer seiner Tochter kein anderer als sein Chefermittler war? Aber war Zollanger überhaupt ein Einzeltäter? War das denkbar? Hatte er vielleicht weitere Komplizen innerhalb der Polizei? War Zollanger der Kopf dieser ganzen Geschichte oder nur die Hand?

Das Video war zu Ende. Marquardt erhob sich und schaltete das Deckenlicht wieder ein. Keiner sagte etwas.

Was hatte denn Sedlazek für eine Miene aufgesetzt?

»Ist dir nicht gut, Günther?«, fragte Zieten. Sedlazek antwortete nicht. Zieten schaute zu Marquardt. Der lächelte grundlos – für Zieten, der ihn in- und auswendig kannte, ein klares Zeichen dafür, dass er ziemlich verunsichert war. Aivars schwieg und schaute aus dem Fenster.

»Was für eine *verdammte* Sauerei habt ihr mir da eingebrockt!«, brach Zieten das Schweigen.

Weder Marquardt noch Sedlazek antwortete. Aivars Gesicht war wie versteinert.

»Es ist jetzt siebzehn Uhr«, fuhr Zieten fort. »Seit drei Stunden ist der Mann untergetaucht. Er hat Akten über Hilger gesammelt. Hilgers Schwester war in seiner Wohnung. Offenbar arbeiten die beiden zusammen. Was in drei Teufels Namen ...«

»... das mag ja alles sein, Hajo«, warf Marquardt jetzt ein. «Aber sie haben nichts über uns. Vielleicht ein paar falsche Abrechnungen. Aber mehr nicht. Vielleicht ist er deshalb ausgetickt. Weil es nichts gibt. Wenn du mich fragst, dann ist dieser Zollanger ein frustrierter Bulle, der sich ein perverses Spielchen ausgedacht hat, um uns unter Druck zu setzen, um uns Angst zu machen. Ein Irrer. Er hat nichts. Höchstens Hass und Wut, dass er uns nichts kann.«

»Uwe, er hat meine *Tochter*!«

Einige Sekunden herrschte Schweigen.

»Ja«, meldete sich jetzt Sedlazek zu Wort. »Vielleicht. Aber bist du ganz sicher? Und falls es wirklich so ist: Glaubst du wirklich, dass er ihr etwas antut? Was hätte er denn davon? Ich glaube, Uwe hat recht: Er will uns Angst machen. Uns provozieren.«

Zieten ging nervös hin und her.

»Und das soll mich beruhigen? Dass du es nicht *glaubst*? Der Typ zerstückelt Frauen.«

Es wurde wieder still im Raum.

»Du hast doch herumtelefoniert«, setzte Zieten wieder an. »Weiß man etwas über diesen Mann?«

»Er ist ein alter Genosse«, sagte Sedlazek. »Jahrgang 1940. Dresden. Offiziersschule in Aschersleben. Dann Offizier der mittleren Laufbahn der Organe des Ministeriums des Innern. Bis zum Mauerfall operativer Diensthabender VPKA Schleiz im Rang eines Unterleutnants …«

»Verschone mich bitte mit diesem DDR-Kauderwelsch. Wie wird ein VOPO im Westen Hauptkommissar?«

»Keine Ahnung. Der Mann war wohl ein ganz guter Ermittler. Wahrscheinlich war seine Akte in Ordnung. Die haben uns ja nach dem Ende nicht alle auf den Müll geworfen.«

Die Bitterkeit war unüberhörbar.

»Für das, was du so getrieben hast, bist du noch ganz schön weich gefallen, findest du nicht, Günther?«, gab Zieten kalt zurück.

»Ich arbeite für Sieger«, erwiderte Sedlazek kühl, »genauso wie du, Hajo.«

»Können wir bitte bei der Sache bleiben«, bemerkte Marquardt.

Zieten verkniff sich eine weitere Replik. Das hatte man

davon, wenn man sich mit solchen Leuten einließ, dachte er grimmig. Aber jetzt war nicht die Zeit, sich mit Marquardt und Sedlazek zu streiten. Es gab mit den beiden schon Probleme genug. Warum hatte er bloß nicht früher gesehen, was für Ganoven sie im Grunde waren. Diese Vollidioten hatten Hilger ermorden lassen, weil der das Treiben der BIG durchschaut hatte. Davon war er mittlerweile überzeugt. Wenn er nicht aufpasste, würde diese Sache auch noch an ihm kleben bleiben.

»Was wissen wir noch?«, fragte er und riss sich so gut es ging zusammen.

»Geschieden. Keine Kinder. Viel mehr konnte ich in der Eile nicht herausfinden. Es gibt nur einen Berührungspunkt zwischen uns und ihm.«

»Und der lautet?«

»Billroth.«

Zieten setzte sich und rieb sich die Schläfen.

»Wer ist Billroth?«

»LKA«, erklärte Marquardt, »Abteilung Wirtschaftskriminalität.«

Zieten drehte die Augen zum Himmel. »Das wird ja immer besser.«

»Billroth und Zollanger waren befreundet. Vielleicht hat Billroth ihm ein paar Dinge erzählt? Das ist die einzige Erklärung. Wie sonst sollte eine Bulle von der Mordkommission uns überhaupt ins Visier kriegen?«

»Wegen Hilger natürlich«, bemerkte Zieten trocken mit einem Seitenblick auf Aivars. Der hatte begonnen, interessiert zuzuhören. Zietens Bemerkung kommentierte er jedoch nicht.

»Das war Selbstmord, verdammt noch mal«, rief Sedlazek aufgebracht. »Die Mordkommission hat gar nicht zu Hilger ermittelt. Die haben sich nur mal die Akten angeschaut, weil die Familie Ermittlungen zu Fremdverschulden gefordert hat. Aber natürlich haben sie nichts gefunden. Die Staatsanwaltschaft hat alles eingestellt.«

»Außerdem gibt es zeitlich überhaupt keinen Zusammenhang«, ergänzte Marquardt. »Billroth ist letztes Jahr gestorben, irgendwann vor Weihnachten. Herzinfarkt. Wir haben erst im Januar erfahren, dass er Nachforschungen über uns angestellt hat. Er hat sie übrigens schon bald wieder eingestellt. Hilger hat sich erst ein dreiviertel Jahr später umgebracht. Wie soll es da also einen Zusammenhang geben?«

»Was machen Hilgers Akten dann bei Zollanger? Und stand da nicht auch eine Akte über Billroth?«

Die Frage war an Aivars gerichtet. Der nickte.

»Und das hier?« Zieten trat an den Tisch und betrachtete den Inhalt von Elins Rucksack, der geordnet dalag. Ihr Personalausweis lag neben ihrer Brieftasche. Daneben ein USB-Stick, ein Plastikumschlag mit drei SIM-Karten, ein Stapel Computerausdrucke, Lippenfettstift, Wollhandschuhe und weitere persönliche Gegenstände.

Zieten nahm die Computerausdrucke und betrachtete sie Blatt für Blatt. Hatte sie das alles von ihrem Bruder? Hatte er sie eingeweiht? Was wollte das Mädchen mit diesen Abrechnungsdaten? Wusste sie, was diese Dokumente bedeuteten? Die Informationen waren teuer, aber nicht wirklich gefährlich. Abrechnungsbetrug war nichts als eine Art illegales Glücksspiel. Wenn man erwischt wurde, gab man den Fehler zu und bezahlte. Wenn nicht, was häufig der Fall war, gewann man nebenher ein kleines Vermögen durch die Dummheit von Mietern, die nicht imstande waren, Betriebskostenabrechnungen zu lesen.

Die BIG hatte ganz andere Probleme. Und die Frage war, ob das Mädchen auch darüber Bescheid wusste.

Er blätterte weiter und stieß auf die Fotoserie: Großformatige Aufnahmen von einem Ast und eine ganze Reihe von Nahaufnahmen von einem Seil. Eine handschriftliche Notiz des

261

Mädchens gab es auch: *In der Nähe des Tatorts wurden drei gleich lange Seilstücke gefunden, die nach Art und Beschaffenheit mit dem Strangmaterial identisch sind, deren Zusammenhang mit der Selbsttötung indessen nicht geklärt ist.* Der Satz klang so, als stammte er aus dem offiziellen Polizeibericht. Zieten nahm Foto für Foto zur Hand und studierte die Abbildungen. Dann fiel sein Blick auf eine weitere Notiz. Nur drei Zeilen. Aber sie ließen ihn schaudern. *BIG macht horrende Verluste. Warum schießt TBG immer neue Mio. nach? 1997 134 Mio., 1998 167 Mio., 1999 227 Mio., 2000 487 Mio.?? Phoenix-Vorlage total unverständlich? An Billroth schicken?*

Er warf Marquardt das Blatt hin.

»Hilger hatte eine Menge Informationen«, gestand Marquardt zu, nachdem er die Passage gelesen hatte. »Aber wir haben ihn ruhiggestellt, nicht wahr, Aivars? Du hast ihn doch unter digitale Quarantäne gestellt. Seit März waren wir überall drin: in seinen Handys, seinen E-Mails, seinen Kontobewegungen. Er konnte sich nicht mehr unbeobachtet bewegen. Und er wusste das auch.«

»Wie konntet ihr sicher sein, dass er nicht doch etwas gegen euch plante?«

»Ganz einfach: Wir hatten ihn an den Eiern«, sagte Sedlazek. »Da halten die Leute normalerweise still. Und er hielt ja still. Bis er die Nerven verlor. Nicht wahr, Aivars?«

Aivars hatte die ganze Zeit aus dem Fenster geschaut. Jetzt drehte er den anderen den Kopf zu und sagte nur: »Brauchen Sie mich noch, meine Herren?«

Ein perplexes Schweigen folgte.

»Ansonsten würde ich mich gern auf die Suche nach Herrn Zollanger machen, wenn Sie nichts dagegen haben.«

Er stand auf, nahm seine Jacke und verließ den Raum.

44

»Wo ist Zollanger?«

Warum war Krawczik nur immer so brüsk. Sina schaute von ihrem Schreibtisch auf. »Er ist kurz nach Hause gefahren«, sagte sie. »Er müsste gleich wieder hier sein. Wieso? Was ist denn?«

»Er hat das Videoband nicht in die Technik gegeben. Ich war eben dort. Die haben das Band noch gar nicht.«

Sina stutzte. »Bist du sicher?«

»Ja. Ich bin sicher.«

»Dann ruf Zolli doch an. Er wird ja wissen, wo das Band ist.«

Krawczik schnaubte. »So. Meinst du, da wäre ich nicht schon selbst drauf gekommen?«

»Und?«

»Er geht nicht ran.« Und damit stürmte er wieder aus dem Zimmer.

Sina versuchte es selbst. Zollangers Handy klingelte, aber er nahm nicht ab. Hatte er nicht nach Hause fahren wollen? Sie wählte seine Privatnummer. Ohne Ergebnis. Sie saß einige Minuten ratlos da. Dann ging sie in Zollangers Arbeitszimmer. Sein Schreibtisch sah so aus wie immer. Aber warum hatte sie ein merkwürdiges Gefühl? Das Gespräch mit Udo vor einigen Tagen kam ihr in den Sinn. Sollte sie mit Udo reden? Oder sah sie Gespenster?

Kurz entschlossen zog sie ihre Jacke an, nahm ihren Wagen und fuhr zu Zollangers Wohnung. Es war ja nicht weit. Das Videoband war wichtig genug, um einen solchen Überfall bei ihm zu rechtfertigen. Aber das war nicht der eigentliche Grund, warum sie zu ihm fuhr. Sie musste mit ihm reden. Ganz allgemein. Es ging ihm nicht gut. Sie spürte das. Irgendetwas war nicht in Ordnung mit ihm. Vielleicht würde er ihr etwas erzählen, wenn sie ihn außerhalb des Dienstes aufsuchte?

Sie parkte vor seinem Haus. Ein Streifenwagen stand in der Einfahrt, Beamte waren jedoch nirgendwo zu sehen. Sie klingelte und stellte dann fest, dass die Haustür offen stand. Sie wartete erst gar nicht auf den Summer, sondern ging sofort die Treppen zu seiner Wohnung hinauf. Vor der Tür angekommen, blieb sie stehen und drückte auf die Klingel. Nichts rührte sich. Sie klingelte erneut. Dann klopfte sie. Erst zaghaft, dann lauter. Nichts.

Sie holte den Fahrstuhl und fuhr ins Erdgeschoss zurück. Als sie ausstieg, stand plötzlich ein Streifenpolizist vor ihr.

»Was machen Sie denn hier?«, fragte Sina und zückte ihren Dienstausweis.

»Wir sind angerufen worden«, antwortete der Mann. »Hier sollen Schüsse gefallen sein.«

»Schüsse?«, fragte Sina konsterniert. »Wo?«

»In der Tiefgarage.«

»Und? Trifft das zu?«

»Offensichtlich. Mein Kollege ist unten. Er hat zwei Patronenhülsen gefunden. Ich wollte gerade die Kripo benachrichtigen.«

»Ich suche meinen Chef«, sagte Sina. »Er wohnt hier. KHK Zollanger, siebte Mordkommission. Ist er zufällig dort unten?«

Sie deutete auf das Türschild. Der Streifenbeamte schüttelte den Kopf. »Nein. Unten sind nur mein Kollege und der Hausmeister.«

»Zeigen Sie mir bitte, wo geschossen wurde.«

Zwei Minuten später stand sie mit den drei Männern in der hell erleuchteten Tiefgarage.

»Wer hat Sie angerufen?«, fragte Sina den Hausmeister.

»Jemand aus dem Haus. Erster Stock. Gebering.«

»Wann?«

»Vor zwanzig Minuten.«

»Warum?«

»Die Frau meinte, sie habe Schüsse gehört. Natürlich sind wir gleich gekommen. Und es stimmt ja offensichtlich. Man riecht es sogar noch.«

»Hat die Frau jemanden gesehen?«

»Nein. Sie hat sich nicht getraut, ihre Wohnung zu verlassen.«

Sina ließ ihren Blick durch die Garage schweifen. Dann sagte sie: »Von welchem Abschnitt kommen Sie?«

»Tiergarten.«

Sie nahm den Plastikbeutel in die Hand, in dem die beiden sichergestellten Patronenhülsen aufbewahrt waren. Es waren eindeutig Hülsen von Neun-Millimeter-Munition. Aber waren es Polizeipatronen?

»Könnte einer von Ihnen bitte mit mir mitkommen?«

Sie fuhren wieder zu Zollangers Wohnung hinauf. Sina klingelte erneut. Als sie keine Reaktion feststellen konnte, sagte sie zu dem Beamten: »Brechen Sie bitte die Tür auf.«

»Die Tür …?«

»Ja. Los. Ich nehme das auf meine Kappe. Machen Sie schon.«

Der Mann gehorchte. Er testete die Verschlusspunkte der Tür durch leichten Druck auf die Stellen über und unter dem Schloss.

»Besonders gut verriegelt ist sie nicht«, sagte er. Er nahm Anlauf und trat einmal beherzt gegen das Schloss. Mit einem hellen Knirschen gab die Tür nach und flog nach innen auf.

Sina hatte ihre Waffe gezogen. »Polizei«, rief sie jetzt. »Ist da jemand?«

Stille. Sie wartete fünf Sekunden, dann trat sie ein. Sie spürte, dass die Wohnung leer war. Doch um sicherzugehen, machte sie sofort einen Rundgang, betrat das Schlafzimmer, das Arbeitszimmer und das Wohnzimmer, öffnete die Balkontür und überprüfte auch das Bad. Aber es war niemand da.

Man musste kein Polizist sein, um zu sehen, dass die Wohnung durchsucht worden war. Der Teppich im Wohnzimmer war umgeschlagen. Schubladen ragten geöffnet aus dem Sideboard unter dem Fernsehgerät. Das Durcheinander darin sprach für sich. Sina war zweimal in dieser Wohnung gewesen. Sie hatte dabei keine Schubladen geöffnet. Aber sie kannte ihren Chef und seinen Ordnungssinn.

Sie ging den Flur entlang ins Schlafzimmer. Es war entweder gar nicht oder nur oberflächlich durchsucht worden. Der Raum gegenüber gab nicht viel her. Er war leer. Sina blickte auf das staubige Regal neben der Tür, das abgezogene Gästebett, den kleinen weißen Schreibtisch, den offen stehenden, leeren Kleiderschrank. Dann schaute sie auf die Uhr. Die Schüsse waren gegen halb zwei Uhr gemeldet worden. War Zollanger hier gewesen? Hatte er seine Wohnung in diesem Zustand hinterlassen? Oder war hier jemand eingedrungen? Warum meldete Zollanger sich nicht? War ihm etwas zugestoßen?

Sina überlegte fieberhaft, was sie tun sollte. Schließlich zog sie ihr Handy hervor und wählte Udos Nummer.

»Wo bist du denn?«, fragte er vorwurfsvoll.

Sie erzählte ihm, was vorgefallen war. Udo schnaubte. »Was ist denn da nur los«, zischte er. »Sind denn plötzlich alle verrückt geworden?«

»Wieso alle?«

»Ich habe mir gerade die Daten vorgenommen, die wir von diesem Naeve bekommen haben«, sagte Udo. »Die Datensätze sind manipuliert worden. Irgendjemand hat zwanzig oder dreißig Kreditkartennummern gelöscht.«

»Was heißt: irgendjemand?«

»Jemand von uns!!!«

Sina ließ ihren Blick erneut durch Zollangers Wohnzimmer schweifen, als fände sich dort eine Erklärung.

»Udo, wir müssen Zolli so schnell wie möglich finden«, sagte sie dann. »Da stimmt irgendetwas nicht.«

»Das kannst du wohl sagen«, knurrte Brenner. »Frieser nimmt sich vom Tatort Haare mit nach Hause. Hier fingert jemand an den Daten herum, und bei Zolli in der Garage wird herumgeballert. Geht er denn nicht an sein Handy? Ihr wolltet doch nachher zu Frieser.«

»Ich komme jetzt erst mal ins Büro«, sagte Sina.

Sie befahl dem Polizisten, die Wohnung zu versiegeln. Dann fuhr sie nach unten und ging zu ihrem Wagen. Sie stieg ein und steckte den Schlüssel ins Schloss. Dann brach plötzlich alles um sie herum zusammen. Sie spürte, wie ihr Magen sich zusammenzog. Irgendetwas war aus dem Lot. Schüsse? Die durchwühlte Wohnung. Erinnerungen vom Jahresanfang kamen ihr in den Sinn. Die Eskalation während der Verhaftungen in Neukölln. Zollangers Ausraster. Seine Depressionen im Frühjahr. War da mehr in ihm passiert, als es den Anschein gehabt hatte? Und hatten sie das alle übersehen?

Sie drehte den Schlüssel und startete den Motor. 14:03 zeigte ihre Uhr an. Wo zum Teufel war er nur?

45

Zollanger wählte die letzte gespeicherte Nummer und wartete. Nach dem dritten Klingeln wurde abgenommen.

»Zieten.«

Zollanger schwieg.

»Ozols? Was ist. Wo sind Sie?«

Zollanger beendete das Gespräch und steckte das Handy, das er dem Einbrecher abgenommen hatte, wieder ein.

Dann stieg er aus und verschwand in einem Telefonladen. Als er zurückkam, hatte er vier SIM-Karten und ein Handy gekauft, das er Elin in den Schoß warf. Bevor er losfuhr, öffnete er sein Telefon und entfernte die darin befindliche Karte. Dann lenkte er den Wagen die Turmstraße hinab, bog auf die Emdener ab und parkte an der Kreuzung zur Wiclefstraße.

Elin ging voran. Sie durchschritten rasch die beiden Höfe und betraten Erics Wohnung im zweiten Stock. Zollanger verriegelte sofort die Tür und inspizierte die Wohnung, was nach zwei Minuten erledigt war. Am längsten ruhte sein Blick auf dem Schreibtisch, dem Laptop, den Laufwerken und der Pinnwand mit Elins Notizen.

»Wie lange sind Sie schon hier?«, fragte er.

»Seit etwas mehr als drei Wochen.«

»Die Wohnung Ihres Bruders?«

Sie nickte.

»Und wem gehört der Computer?«

»Eric. Er hat ihn in Hamburg deponiert, als er das letzte Mal da war.«

»Haben Sie ihn benutzt? Online?«

Elin nickte.

Zollanger ging zum Schreibtisch, zog alle Kabel aus den Geräten und beförderte sie samt Laptop so schnell er konnte in einen der Kartons, der neben dem Schreibtisch stand.

»Kommen Sie«, sagte er und ging zur Wohnungstür.

»Wohin?«, fragte Elin.

»Kommen Sie«, wiederholte er nur.

Er öffnete die Tür, ließ sie an sich vorbeigehen und schob sie die Treppe hinauf.

»Was soll das?«, fragte sie.

»Sie sind in Lebensgefahr, Elin. Los. Gehen Sie dort hinauf.«

Er schloss die Tür und folgte ihr. Sie stiegen bis in den vierten Stock. Dort waren die letzten Wohnungen. Eine halbe Treppe höher befand sich ein Fenster, das zur Hofseite wies. Zollanger stieg noch weiter hinauf und öffnete eine Speichertür, die unverschlossen war und leicht quietschte. Er verschwand kurz, kehrte dann zurück und setzte sich so auf das letzte Treppenstück, dass er den Hof im Auge hatte. Elin schaute ihn nur fragend an.

»Wir haben nicht viel Zeit«, flüsterte er. »Geben Sie mir bitte die Tüte.«

Sie gehorchte. Er schälte die SIM-Karten aus der Verpackung und legte eine davon in das Handy, das er gekauft hatte, die andere in sein eigenes.

»Damit können Sie mich erreichen«, sagte er leise. Und dann fügte er hinzu: »Sie werden jetzt Berlin sofort verlassen, haben Sie mich verstanden? Ich kann nichts, aber auch gar nichts für Sie tun, so lange Sie hier sind. Und ich kann Ihnen jetzt auch nichts erklären. Es würde zu lange dauern. Gibt es in Hamburg einen Ort, wo Sie sich verstecken können?«

Elin schüttelte unwillig den Kopf.

»Ich fahre nirgendwo hin. Was wird hier gespielt?«

Zollanger ergriff sie am Arm und schüttelte sie.

»Elin. Wollen Sie wie Ihr Bruder enden?«

Sie starrte ihn hasserfüllt an.

»Ich will wissen, was mit ihm passiert ist.«

»Das wollte ich auch mal. Und sehen Sie, wohin es mich gebracht hat?«

Elin wich zurück und verschränkte die Arme.

»Ich gehe keinen Schritt von hier weg, bevor Sie mir nicht sagen, was Sie wissen. Darauf können Sie Gift nehmen.«

Zollangers Handy piepste. Er schaute auf das Display, tippte den Code ein und gab es Elin.

»Hier. Ich werde Sie in ein paar Tagen anrufen. Benutzen Sie bitte nur dieses Gerät, wenn Sie mich anrufen. Jetzt müssen Sie aus Berlin verschwinden. Sofort. Brauchen Sie Geld?«

Elin starrte erst ihn an, dann das neue Handy in ihrer Hand. Sie holte aus und warf es gegen die nächste Wand. Der Lärm war beträchtlich. Zollanger war aufgesprungen. Kurzzeitig standen sie da wie eingefroren. Im Haus rührte sich nichts. Zollanger fluchte leise und bückte sich, um das Handy aufzuheben.

»Was geht hier vor, verdammt noch mal«, stieß sie hervor.

»Wer war der Mann in Ihrer Wohnung? Warum haben Sie ihn nicht festgenommen?«

Zollanger musterte sie. Sah sie ihrem Bruder ähnlich? Er hatte diesen Eric Hilger nie lebend gesehen. Nur Fotos von seiner Leiche.

»Weil ich seit einer halben Stunde kein Polizist mehr bin«, antwortete er.

46

Sedlazek nahm ein Taxi. Marquardt hatte angeboten, ihn nach Hause zu fahren, aber Sedlazek hatte das dringende Bedürfnis gehabt, alleine zu sein. Die ganze Sache ging ihm an die Nieren. Er raunzte dem Fahrer seine Adresse zu, sank auf dem Rücksitz zusammen und verfiel ins Grübeln.

Zieten!, dachte er wütend. Es war ja typisch für diesen arroganten Sack, dass er sie für das ganze Debakel verantwortlich machte. Wenn sie von diesem geschniegelten Halunken nicht so abhängig wären, hätte er ihm längst einmal seine Meinung gegeigt. Aber ohne Zieten wären sie völlig exponiert. Natürlich musste der auch zusehen, dass er heil aus allem herauskam. Aber seine Probleme lagen auf einer anderen, einer abstrakteren Ebene. Zieten drehte das ganz große Rad. Die BIG hatte nur Geldprobleme. Allerdings so gewaltige, dass es ihm und Marquardt an den Kragen gehen könnte, wenn Zieten es nicht schaffte, das große Rad richtig zu drehen. So lange musste er diesen Widerling also wohl noch ertragen.

Doch das war nur ein Aspekt seiner Grübelei. Der andere beunruhigte ihn weitaus mehr. Denn sosehr ihm Zieten, die BIG und alles, was damit zusammenhing, Sorgen bereitete: Es war ihm wenigstens nicht unheimlich. Aber dieser Zollanger!

Er hatte sich nichts anmerken lassen und keine Miene verzogen, als diese Visage plötzlich auf der Leinwand erschienen war. Das Gesicht kannte er doch. Und wenige Augenblicke später hatte er auch gewusst, wo ihn diese engstehenden Augen vor gar nicht allzu langer Zeit angeschaut, gemustert, ja angestarrt hatten.

Zufall? Er starrte auf die Rückenlehne des Taxis, als enthielten die Beförderungstarife wertvolle Informationen. Donnerstag. Vorletzten Donnerstag war es gewesen. In der Sauna. Er war wie üblich ins *Allegra* gegangen, hatte sich eine Weile die Mädchen angeschaut und dann zum Einstieg eine kleine Koreanerin gebumst. Das war so seine Routine. Etwas Kleines, Kompaktes zum Auftakt, um erst einmal zur Ruhe zu kommen. Dann Dampfbad und Massage. Meistens trank er danach etwas, las Zeitung oder schaute einen Porno. Danach begann er mit den Saunarunden, bis er wieder in Stimmung war für eine zweite Nummer, bevorzugt mit einer dieser langbeinigen, vollbusigen Osteuropäerinnen, die leider nicht immer verfügbar waren. Zu große Nachfrage oder zu geringes Angebot. Was ihn betraf, so konnte die Osterweiterung der EU gern schneller vorangehen.

Vorletzten Donnerstag war es also gewesen. Bei seinem zweiten Saunagang hatte der Typ dagesessen und ihn angelinst. Das war ihm natürlich aufgefallen. Die Männer im *Allegra* schauten sich üblicherweise nicht an. Und schon gar nicht so. Er kannte dort niemanden und wollte auch niemanden kennen. Diese Donnerstage waren sein Privatvergnügen. Ein paar ruhige Stunden. Zwei Mädchen. Mehr wollte er nicht. Vor allem keine Visage, die ihn angaffte. Oder nein, angegafft hatte der Typ ihn eigentlich nicht. Aber irgendwie doch. Anfänglich waren sie zu viert in der Kabine gewesen. Da war ihm noch nichts aufgefallen. Aber als zwei Männer kurz hintereinander hinausgingen, da war es doch augenfällig, dass der Typ ihn beobachtete. Nicht lange. Zwei oder drei Minuten. Dann war der Typ gegangen. Gesagt hatte er kein Wort. Aber er war es gewesen. Kein Zweifel.

Und? Ein Bulle im Puff. Was war dabei? Wenn er sich's leisten konnte. Das *Allegra* war nicht gerade billig. Das war ja das Schöne daran. Nur erstklassige Mädchen und kein Prollpublikum, sondern Geschäftsleute, Kongressbesucher und dergleichen. Was verdiente denn so ein Bulle? Genug, um ein paar hundert Euro für einen garnierten Saunagang hinzublättern?

Zuvor war ihm der Mann dort noch nie begegnet. Da war er sich sicher. Und letzten Donnerstag war er auch nicht da gewesen, was aber nichts heißen musste. Also Zufall. Oder nicht?

Sedlazek lehnte sich zurück, starrte aus dem Fenster und blickte missmutig auf die Häuserfassaden im Nieselregen. In was für einer Scheiße steckten sie da bloß drin. Wenn er die gegenwärtige Situation überdachte, gab es eigentlich nur eine positive Sache in einem Meer von Fragen und Ungereimtheiten: Übermorgen war wieder Donnerstag.

47

Sie war ein ziemliches Biest, dachte er. Unberechenbar, so wie sie eben das Handy gegen die Wand geworfen hatte. Sie war zornig. Aber er spürte auch, dass sie Angst hatte. Und er war sich nicht darüber im Klaren, was Angst in ihr auslösen würde. Panik? Schätzte sie ihre Situation überhaupt halbwegs realistisch ein? Er versuchte, in ihren abweisenden grünen Augen zu lesen. Was für ein feines, schönes Gesicht, dachte er noch. Und so unglücklich und ernst.

»Hören Sie mir gut zu, Elin. Ihr Bruder hat eine riesengroße Dummheit gemacht, die er mit seinem Leben bezahlt hat. Sie sind drauf und dran, diese Dummheit zu wiederholen. Nein, sagen Sie jetzt nichts. Wir haben verdammt wenig Zeit. Wir haben vorhin alle beide sehr viel Glück gehabt. Der Mann, den Sie in meiner Wohnung gesehen haben, wird nicht von uns ablassen. Oder sie schicken einen anderen ...«

»Wer ist *sie*?«

»Die ehemaligen Chefs Ihres Bruders, Elin. Die mögen es überhaupt nicht, wenn ihnen jemand zu nahe kommt. Ihre Schnüffelei bringt Sie in Lebensgefahr. Verstehen Sie das nicht? Vor diesen Leuten kann Sie niemand schützen. Niemand. Sie müssen Berlin sofort verlassen.«

Elin blickte finster vor sich hin.

»Was ist mit meinem Bruder passiert? Bevor ich das nicht weiß, bringen mich keine zehn Pferde von hier weg.«

Zollanger drehte ungehalten die Augen zum Himmel.

»Ich habe es Ihnen doch schon einmal erklärt«, sagte er. »Kein Mensch weiß, was wirklich passiert ist. Fest steht, dass

Eric geheime Firmendaten gestohlen und unterschiedlichen Leuten in der Stadt angeboten hat.«

»Was für Daten?«

»Informationen über Geldströme zwischen einigen großen Banken. Es ist eine sehr komplexe Angelegenheit, Elin. Und eine sehr gefährliche. Weder Ihr Bruder noch Sie oder ich haben da etwas verloren. Verstehen Sie?«

Elin schnaubte verächtlich. »Und das sagt ausgerechnet ein Polizist.«

Zollanger setzte sich auf eine der Treppenstufen und schaute zu ihr auf.

»Was wollen Sie, Elin?«

»Ich will wissen, wer meinen Bruder auf dem Gewissen hat.«

»Gut«, sagte er. Er erhob sich und öffnete das Fenster. Dann deutete er nach draußen und sagte: »Das da draußen, Elin. Alles, was dazugehört. Diese ganze beschissene Stadt.«

»Was soll das heißen?«

Zollanger schaute in den Hinterhof hinab. Er hatte die Einfahrt gut im Blick. Überrascht werden konnten sie hier so leicht nicht.

»Setzen Sie sich hin, Elin.«

Sie blieb gegen die Wand gelehnt stehen und schaute ihn feindselig an.

»Hat Ihr Bruder Ihnen jemals erzählt, für wen er gearbeitet hat?«, fragte er nach einer Pause.

»Nein.«

»Aber er hat dort ganz gut verdient, oder?«

Elin zuckte mit den Schultern.

»Eric hatte immer Geld. Aber über so etwas haben wir nie gesprochen. Er wusste, dass ich mit Geld nichts zu tun haben will und dass mir seine oberflächlichen Ansichten zuwider waren. Aber er war mein Bruder.«

Zollanger schaute erstaunt auf.

275

»Was machen Sie eigentlich, Elin?«, fragte er. »Für wen arbeiten Sie?«

»Für niemanden«, erwiderte sie genervt. Was sollte diese Fragerei.

Zollanger wartete.

»Ich kümmere mich um Straßenkinder«, erzählte sie schließlich. »Ich war selbst mal ein paar Jahre auf der Straße. So ist das eben gekommen.«

»War Eric auch mal auf der Straße?«

Elin lachte kurz. »Nein. Er kam mehr nach meinem Vater. Eric war wie alle, ein ganz normaler Yuppie. Wir hatten über fast alles unterschiedliche Ansichten. Reicht das jetzt?«

Eine kurze Pause entstand. Zollanger schaute in den Hof hinab. Dann sagte er: »Ihr Bruder hat bei der BIG glänzend verdient. Wissen Sie, warum er im Frühjahr plötzlich gekündigt hat?«

Elin schüttelte den Kopf.

»Wann haben Sie ihn das letzte Mal gesehen?«

»Anfang September. Drei Wochen vor seinem Tod.«

»Und er hat Ihnen nie erzählt, warum er diesen tollen Job plötzlich hingeschmissen hat? Was wollte er denn machen?«

»Irgendeine Internetgeschichte. Ich weiß es nicht. Es interessierte mich auch nicht. Eric war Eric. Er hatte immer Geld, und er kam immer klar. Ich sage doch, wir haben nie über solche Dinge geredet.«

»Aber er hat Ihnen Dokumente gegeben. Disketten. Laufwerke …«

»Die habe ich erst nach seinem Tod gefunden.«

»Wo?«

»In meinem Zimmer in Hamburg. Er hat eine Tasche dagelassen. Angeblich hatte er sie vergessen. Er rief mich aus Berlin an und sagte, die Sachen seien nicht so wichtig, er würde sie nächstes Mal abholen. Aber wollten Sie nicht über Erics Firma sprechen?«

Zollanger blickte erneut in den Hof hinab.

»Ihr Bruder ist mir ein Rätsel, Elin. Er hat für Ganoven gearbeitet. Das kann er nicht erst nach drei oder vier Jahren gemerkt haben. Warum klaut er plötzlich Daten und versucht, sie zu verkaufen? Brauchte er Startkapital für seinen Internetladen?«

Elin fuhr herum und schaute Zollanger zornig an.

»Wer sagt, dass er die Daten verkaufen wollte?«

»Ich sage das. Weil es so war.«

»Woher wollen Sie das wissen? Kann es nicht sein, dass er einfach ein anständiger Mensch war, der Beweise gesammelt hat?«

Zollanger blickte sie mitleidig an.

»Ein anständiger Mensch, der für so eine Bank arbeitet? Ist das Ihr Ernst?«

Sie schaute ihn völlig irritiert an. Er zuckte nur mit den Schultern.

»Ich komme aus dem Osten, Elin. Ich bin fremd hier. Erklären Sie mir dieses Paradox.«

Elin wusste nicht, was sie erwidern sollte. Was der Mann sagte, war nicht sehr weit von dem entfernt, was sie selbst auch dachte.

»Ich muss in letzter Zeit oft an einen Roman denken, den ich als Jugendlicher gelesen habe«, fuhr er fort. »John Steinbeck, *Die Früchte des Zorns*. Da gibt es diese entsetzliche Passage, wo eine Familie von ihrem Land vertrieben wird, in den sicheren Hungertod. Die Familie hofft auf Gnade. Sie haben nichts falsch gemacht. Was können sie dafür, dass die Preise gefallen sind, ihre Arbeit nicht mehr profitabel ist. Sie betteln um Aufschub. Das sei nicht möglich, wird ihnen gesagt. Die Bank könne nicht anders. Die Bank? fragen sie. Aber das seien doch Menschen. Nein, werden sie belehrt. Das sei ein Irrtum. Eine Bank sei etwas ganz anderes, etwas völlig Unmenschliches. Aber sie bestehe doch aus Menschen,

277

beharrt die Familie. Sicher, sagt man ihnen. Und es treffe sogar zu, dass jeder, der für die Bank arbeitet, es hasse, was die Bank tut. Aber die Bank sei größer als der Mensch. Sie sei ein Monster. Menschen hätten sie zwar geschaffen, aber Menschen könnten sie nicht kontrollieren.«

Er schaute sie an. Elin sagte nichts.

»Und wissen Sie auch, warum das so ist?«, fuhr er fort. »Weil die Bank von etwas lebt, das unerschöpflich ist: von Gier. Sie ist im Grunde nur das Vergrößerungsglas der Raffgier all derer da draußen, die heute schon ausgeben wollen, was sie noch gar nicht haben. Das Monster sind immer auch die, die es nähren und füttern. Aber das wissen Sie vermutlich so gut wie ich, oder?«

»War das eine Frage?«

»Nein. So mager, wie Sie aussehen, sind Sie vielleicht wirklich ein anständiger Mensch. Aber was ist mit Ihrem Bruder? Warum hat er da mitgemacht? Warum hat er erst glücklich und zufrieden für das Monster gearbeitet und auf einmal beschlossen, es zu reizen? Verstehen Sie das?«

»Vielleicht, weil es ihn angekotzt hat«, entgegnete sie aufgebracht. »Weil er gesehen hat, was es anrichtet. Was weiß ich! Man könnte meinen, Sie gönnen ihm sein Schicksal.« Ihre Stimme begann zu zittern. »Was für ein menschenverachtender Zyniker sind Sie eigentlich? Sie wissen, dass mein Bruder von irgendeiner Scheißbank in den Tod getrieben oder ermordet wurde. Sie sind sogar Polizist. Und Sie haben nichts unternommen?«

»Sie wissen sehr wenig über mich«, erwiderte Zollanger.

»Es liegt bei Ihnen, das zu ändern.«

Zollanger schaute auf seine Armbanduhr, dann wieder in den Hof. Es dämmerte bereits.

»Die BIG ist nur ein kleiner Fisch, Elin. Er stinkt mächtig. Aber das ist gar nichts im Vergleich zu dem, was noch kommen wird. Die BIG ist das letzte Glied in der Kette. Haben

Sie schon einmal von der Volkskreditgesellschaft gehört? Der VKG?«

»Nein.«

»Und Sie sind sicher, dass Sie das alles wirklich wissen wollen?«

»Ich will wissen, warum mein Bruder sterben musste.«

Zollanger setzte sich, winkelte die Beine an und stützte seine Unterarme darauf.

»West-Berlin war nach dem Krieg und der Teilung nicht lebensfähig«, begann er. »Die Stadt hing immer am Tropf des Westens. Gleichzeitig war undenkbar, dass man sie jemals aufgeben würde. Die Leute, die hier am Ruder waren, konnten die Stadt ausplündern und in Grund und Boden wirtschaften – der Bund hatte gar keine Wahl, als die Rechnung zu bezahlen. Bis zum Mauerfall war West-Berlin ein Milliardengrab, ein vom Westen gemästeter Brückenkopf des Kalten Krieges. Eine Frontstadt eben, mit allen dafür typischen Erscheinungen – einer gewissen Anarchie, lockeren Sitten und daraus folgend Korruption und Vetternwirtschaft.«

Zollanger blickte durch Elin hindurch, als sähe er die Vergangenheit vor sich.

»Nach der Wiedervereinigung stand die Stadt plötzlich so da, wie sie wirklich war: heruntergekommen, ohne tragfähige wirtschaftliche Basis, mit einem gigantischen öffentlichen Dienst und einem Heer von einflussreichen Günstlingen in allen wichtigen Schaltstellen. Wie sollte man die alle durchfüttern und bei Laune halten? Es musste dringend Geld her, und zwar viel. Aber wie füllt man leere Kassen? Aus der Gegenwart war nichts mehr herauszuholen, die war schon kahlgefressen. Blieb nur die Zukunft. Die Schuldengrenze war jedoch ebenfalls erreicht, denn es gibt ja Grenzen, bis wohin die öffentliche Verschuldung steigen darf. Die Stadt war bereits seit zwei Jahren nicht mehr in der Lage, einen verfassungskonformen Haushalt aufzustellen. Man klagte in

Karlsruhe, versuchte, die anderen Bundesländer anzuschnorren. Glücklicherweise ohne Erfolg. Was sollte man also tun? Nun, was meinen Sie?«

»Sparen«, sagte Elin.

»Sparen? Diese Stadt ist ein Ausgaben-Junkie, Elin. Ein Junkie kann nicht plötzlich sparen. Er braucht Stoff. Und wenn es sein muss, verdrückt er nicht nur das Geld vom nächsten Jahr, sondern auch das der nächsten dreißig oder fünfzig Jahre. Es ist ja sowieso überall das Gleiche: In den leergefischten Meeren, auf den überdüngten Äckern – der Exzess findet überall statt. Warum sollte es ausgerechnet in der Kreditbranche anders sein, die ja davon lebt, die Zukunft zu verkaufen?«

Elin verzog das Gesicht. Zollanger ließ sich nicht unterbrechen.

»Und wie kommt man an dieses Geld heran? Es liegt ja recht gut geschützt in den Taschen der Bevölkerung. Auf ihren Sparbüchern. In ihren Rentenansprüchen. In den ganzen Werten und Rücklagen, die die Leute für sich oder ihre Kinder geschaffen haben. Mit ein paar Steuerüberfällen im Morgengrauen nach der nächsten Wahl ist es da nicht getan. Man muss schon eine Bohrinsel mit einem ganz besonders langen Saugrohr konstruieren, um an diese in tiefer Zukunft liegenden Vermögensschichten heranzukommen und sie klammheimlich leerzupumpen. Selbstverständlich darf niemand auf die Idee kommen, dass die Stadt selbst an dieser räuberischen Bohrarbeit beteiligt ist. Also, was tut man? Ganz einfach. Man versteckt die Bohrstation im Keller des Rathauses. In der Eingangshalle steht sogar ein Schild: ›VKG-Volkskreditgesellschaft. 2. OG links‹. Aber da sitzen nur die Damen von der Werbeabteilung. Von der Bohrstation im Keller wissen nur ganz wenige.«

»Eric hatte Material über diese BIG und eine gewisse TBG«, sagte Elin. »Von einer VKG war nirgendwo die Rede.«

»Nett, diese ganzen Abkürzungen, nicht wahr?«, sagte Zollanger. »Es gibt noch ein paar Dutzend andere, aber dafür haben wir jetzt wirklich keine Zeit. Sie müssen auch nur die Struktur verstehen. Die VKG ist wie ein Tumor. Es ist sehr schwierig, Gesundes und Krankes, Öffentliches und Privates, Legales und Illegales voneinander zu unterscheiden.«

»Und wenn man den Tumor herausschneidet?«

»Dann stirbt der Patient. Denn er sitzt in allen lebenswichtigen Organen. Sie müssen sich das so vorstellen: Die Stadt, also die VKG, übernimmt Beteiligungen an verschiedenen Piranha-Banken, die für sie in hochriskante Finanzgeschäfte einsteigt. Die Piranha-Banken sind auf dem Markt natürlich suspekt. Doch da sie plötzlich Anzug und Krawatte tragen, auf denen VKG eingestickt ist, erscheinen ihre Geschäftsmodelle auf einmal seriös. Noch die absurdesten Geschäfte, die von den Piranhas auf den Markt gebracht werden, sind durch die VKG abgesichert. Was passiert nun? Das Geld beginnt in Massen zu fließen. Die Konditionen sind so unglaublich, dass sich niemand solche Gewinne entgehen lassen will. Im Keller des Rathauses sprudelt es nur so. Und es erscheinen immer neue Finanzhaie, die in diesem Kapitalsee mitschwimmen wollen, vor allem aus dem Immobiliensektor. Bald sind es so viele, dass es im Rathauskeller zu eng wird. Man lagert aus in die Treubau-Gesellschaft TBG. Unter diesem Dach sammeln sich die Investoren, die das Geld verschleudern, das aus dem Rathauskeller herübergepumpt wird. Und eine dieser Gesellschaften war die Berliner Investment Group oder BIG.«

»Erics Firma.«

»Ja. Aber man sollte besser von Marquardt und Sedlazek sprechen. Die BIG war eine regelrechte Geldverbrennungsmaschine. Fast alle Projekte, die dort aufgelegt wurden, gingen baden. Aber diese Leute verdienten trotzdem genug, denn wo so viel Geld fließt, bleibt an den Händen, durch die es geht, noch immer mehr als genug hängen.«

Zollanger machte eine Pause und räusperte sich.

»Die VKG ist der Tumor, Elin, die BIG eine der vielen Metastasen. Den im Handelsregister genannten Firmensitz gibt es im Adressbuch gar nicht. Jedes Investitionsprojekt ist in einer eigenen Projektgesellschaft mit völlig nebulösen Eigentümerverhältnissen untergebracht. Sagen wir es mal so: Die Konstruktion von VKG und TBG war eine politische Straftat, durch die hochtoxische Finanzströme in die Stadt gelenkt wurden. Die BIG und all die anderen sind nichts als Hehler, die diese Milliarden verdealen. Und Sie dürfen nie vergessen: Für jeden Euro dieses Finanzkokains haftet die Stadt.«

Elin schwieg. Was sollte sie zu diesem Szenario schon sagen? Zollanger musterte sie. »Soll ich weitersprechen?«

Elin nickte.

»Ihrem Bruder war aufgefallen«, fuhr er fort, »dass die Treubau-Gesellschaft den Herren Marquardt und Sedlazek Kredite in einer Größenordnung nachwarf, die einfach nicht normal war. Die beiden kauften damit dutzendweise Schrottimmobilien im Osten auf – mit Geldern, die sie über ihren Parteifreund Zieten und dessen Bank ohne jeden Nachweis von Sicherheiten bei der TBG abrufen konnten.«

»Aber … wenn das alles bekannt ist, warum hat dann niemand eingegriffen?«

»Es ist sehr wenig bekannt. Noch. Ihr Bruder hat den Vorhang ein wenig angehoben, aber nur kurz. Niemand will, dass diese Dinge bekannt werden. Warum auch? Im Moment verdienen doch alle blendend. Alle Welt will plötzlich hier investieren. Die Konditionen sind unschlagbar. Acht Prozent Zinsen. Man kann die Geldanlagen von der Steuer absetzen. Wenn die Schrottimmobilien nicht gut vermietet werden, zahlt die Stadt auf Jahre hinaus die Miete für die leeren Wohnungen. Und wer in das Roulette einsteigt, bekommt auch noch die Garantie, dass er seine Einlagen nach fünfundzwanzig Jahren garantiert zurückerhält. Natürlich muss so ein System nach ein paar Jahren zusammenkrachen. Und so ist es ja auch geplant. Wie ein Hütchenspiel. Erst massiv absahnen und dann die Schulden der Nachwelt hinterlassen, die das jahrzehntelang abbezahlt.«

Zollanger hatte sich warmgeredet. Aber plötzlich hielt er inne.

»All dies ändert nichts daran, dass Sie in Lebensgefahr schweben, Elin. Ich beschwöre Sie: Bleiben Sie nicht hier. Verlassen Sie so schnell wie möglich Berlin. Ich kann hier nichts für Sie tun.«

Er erhob sich und drückte ihr das neue Handy wieder in die Hand.

»Rufen Sie mich an, wenn Sie wieder in Hamburg sind.«

Sie blickte zu ihm auf. »Und Sie lassen das alles einfach geschehen. Einfach so?«

»Ich?«, erwiderte er und lachte bitter auf. »Was sollte ich denn Ihrer Meinung nach tun? Die Stadtverwaltung verhaften? Die Investoren anzeigen? Die ganze Kette dieser obszönen Gier können Sie nicht stoppen. Und Ihr Bruder? Wollte er wirklich etwas ändern? Aufklären? Missstände anprangern? War er so naiv? Ich denke nicht. Er war ein kluger Junge. Klug genug, um zu wissen, dass man diesen Kräften hilflos ausgeliefert ist. Er wollte das Monster auch gar nicht töten. Er wollte einen Anteil vom Gold, das es bewacht. Ihr Bruder hat Mauscheleien innerhalb der BIG aufgedeckt und gedacht, er könne damit Geld machen. Dummerweise ist er dabei auf Zusammenhänge gestoßen, deren ganze Tragweite er wahrscheinlich gar nicht begriffen hat. Er hat ein Dokument gefunden, eine Vorstandsvorlage der Volkskreditgesellschaft, in der diese Verflechtung genau beschrieben ist. Das Dokument ist für Außenstehende kaum zu verstehen. Ich habe einen Experten gefunden, der es mir unter dem Siegel der absoluten Verschwiegenheit erklärt hat. Und selbst der hat mir geraten, es so schnell wie möglich wieder zu vergessen …«

»Phoenix«, flüsterte Elin.

»Ja, Elin. Ein Wort, das Sie besser so schnell wie möglich wieder aus Ihrer Erinnerung löschen. Wir haben zwar einen Rechnungshof. Aber dort gibt es weder Ausnüchterungszellen für durchgedrehte Finanzminister noch Polizei, Gericht oder Gefängnis. Der Tumor regiert, Elin.«

»Was zum Teufel machen Sie dann noch hier?«, fuhr sie ihn an. »Warum erzählen Sie mir das alles? Soll mich das vielleicht trösten?«

Er schaute sie an.

»Sie haben mir vorhin wahrscheinlich das Leben gerettet, Elin. Ich schulde Ihnen also etwas. Aber ich kann nicht mehr tun, als Sie zu warnen. Verlassen Sie Berlin …«

»*Und Sie?*«, schrie sie jetzt.

Er drückte ihr die Hand auf den Mund, aber sie riss sich los und starrte ihn voller Hass an. »Sie … Polizist. Sie sind doch genauso korrupt wie alle hier. Wer sagt mir denn, dass Sie mit denen nicht gemeinsame Sache machen, Sie …«

»Ich bin in der gleichen Situation wie Sie, Elin.«

»Warum? Was wollen die denn von Ihnen? Sie tun doch keinem was mit Ihrem zynischen Selbstmitleid!«

Zollanger schüttelte stumm den Kopf. Dann trat er auf sie zu und drückte ihr das neue Handy in die Hand.

»Wir sind quitt, Elin Hilger. Machen Sie, was Sie wollen. Ich habe Sie gewarnt.«

Damit machte er auf dem Absatz kehrt und lief schnell die Treppen hinab. Das Geräusch seiner Schritte entfernte sich rasch. Elin trat unschlüssig ans Fenster und schaute in den Hinterhof hinab. Eine Kirchenglocke schlug viertel. Dann sah sie ihn. Ohne sich umzusehen, ging er schnellen Schrittes durch den Innenhof und verschwand aus ihrem Blickfeld.

Sie wartete und versuchte, den Aufruhr in ihrem Kopf zu

bändigen. Der Scheißbulle wusste alles und hatte nichts getan. Sie wollte aufstehen, in Erics Wohnung zurückkehren und ihre Sachen holen. Aber sie war wie gelähmt. Sie saß einfach da, starrte in den langsam dunkler werdenden Himmel hinauf und hatte keine Ahnung, was sie nun machen sollte.

48

Aivars wartete. Die Digitalanzeige seiner Armbanduhr stand auf 18:34 Uhr. Er saß also seit einer halben Stunde hier im Wagen und beobachtete die Hauseinfahrt zur Wiclefstraße 12. Aber er musste jetzt Geduld haben. Seit dem Zwischenfall mit diesem Zollanger galt eine andere Zeitrechnung. Bis zu dem Augenblick, als der Polizist ihn überrascht und überwältigt hatte, war es nur ein Auftrag gewesen. Jetzt lagen die Dinge anders. Der Auftrag bestand zwar noch immer. Aber er war nun Nebensache. Er würde ihn mit erledigen. Priorität hatte etwas anderes.

Dieser Zollanger war ein Bulle, und natürlich hatte der Mann ihn durchsucht. Aivars trug keinerlei Dokumente mit sich herum. Aber auf das Handy hatte er nicht verzichten können. Alle Informationen darin waren kompromittiert. Vor allem Zietens Nummer.

Aivars beobachtete die Passanten. Bisher hatten drei Personen das Wohnhaus verlassen und zwei es betreten. Ausnahmslos alte Menschen. Soeben tippelte eine abgerissene Oma aus der Einfahrt heraus und nahm Kurs auf einen *Plus* Markt, der sich zwei Blocks weiter befand. Täuschte er sich, oder hatte die Frau tatsächlich Pappkarton um die Beine gebunden? Aivars blickte auf die Temperaturanzeige. Minus fünf Grad. Und den Wind konnte man hören.

Der Schlag ins Genick bereitete ihm noch immer mächtige Kopfschmerzen. Aber schlimmer war sein Hals. Wenn der Tritt des Bullen anstelle des Unterkiefers seinen Kehlkopf getroffen hätte, wäre er jetzt vermutlich tot. Eins zu null, dachte er und gab sich vorübergehend einer Phantasie hin, was er mit Zollanger und dem Mädchen anstellen würde, wenn er sie gefunden haben würde. Aber erst musste er sie finden. Einen untergetauchten Berliner Bullen zu erwischen war kein Kinderspiel. Deshalb saß er jetzt hier. Vermutlich war es einfacher, zunächst die Besitzerin des Rucksacks aufzuspüren.

Er drehte zum wiederholten Mal den Personalausweis in den Händen. Elin Hilger. Geboren am 14. Dezember 1982 in Hamburg. Vierzehnter Dezember, dachte er und rechnete. Noch drei Tage bis zu ihrem nächsten Geburtstag. In jedem Fall ihrem letzten, falls überhaupt.

Wenn das Ausstellungsdatum des Ausweises ein Indikator war, so war das Foto nur acht Monate alt. Er hatte sie nur einen Augenblick lang gesehen, zusammengekauert in diesem Schrank. Aber das reichte, um sie wiederzuerkennen. Wie war sie dort hingekommen? War sie schon in der Wohnung gewesen, als er die Tür aufgebrochen hatte? Hatte sie sich vor ihm versteckt? Nein, das war unmöglich. Er hatte alles durchsucht und auch diesen Schrank geöffnet. Der Zufall hatte ihm einen völlig unvorhersehbaren Streich gespielt. NULLUS DOLUS CONTRA CASUM, dachte er grimmig. Sie war ausgerechnet in dem Moment gekommen, als er kurz zum Wagen gegangen war. Er hatte es sich ersparen wollen, das Schloss noch einmal zu knacken, und die Tür nur angelehnt. So musste sie hineingekommen sein. Dann hatte sie ihn kommen hören und sich versteckt. Ganz einfach.

Oder arbeitete sie mit Zollanger zusammen? War das des Rätsels Lösung? Hatte das Mädchen ihn dazu gebracht, zum Tod ihres Bruders weiter zu ermitteln, ohne Wissen der Staatsanwaltschaft? Er ließ seinen Daumen über ihr Passfoto gleiten. Ganz hübsch war sie ja. Hatte sie den alten Bock mit ihren langen Beinen eingewickelt oder sonstwie bearbeitet, damit er verdeckt herumschnüffelte? Und hingen diese Torso-Sauereien irgendwie damit zusammen? Der Bulle hatte illegal ermittelt. Das stand fest. Eine ganze Bibliothek von Akten hatte in diesem Arbeitszimmer gestanden. Und das Mädchen hatte in der BIG herumspioniert. Genauso wie ihr heimtückischer großer Bruder.

Die Möglichkeit, dass die Schwester von diesem kleinen Halunken hier auftauchen könnte, war ihm gar nicht in den Sinn gekommen, als er Hilger im Frühjahr allmählich ausgetrocknet hatte. Ein kardinaler Fehler, wie er jetzt feststellen musste. Er hatte das komplette Umfeld dieser Laus mit einer sehr feinen Bürste durchkämmt. Sogar Hilgers letzte Bettgeschichte in München hatte er durchleuchtet. Und diesen Dönerfritzen in Kreuzberg. Er kannte das Leben von Eric Hilger. Der kleine Scheißer war doch ein Stümper gewesen. Aber die Schwester hatte er offenbar völlig falsch eingeschätzt. Ehemaliges Straßenkind. Jetzt so ein Zwischending zwischen Sozialfall und Sozialarbeiterin. Pfiff finanziell auf dem letzten Loch. Wohnte in irgendeinem Dreckstall in der Hafenstraße und sah nicht gerade so aus, als verbinde sie besonders viel mit ihrem Yuppie-Bruder.

Fehleinschätzung. Das Mädchen war nach Berlin gekommen, hatte sich in der verlassenen Wohnung ihres Bruders eingenistet und war kein Deut weniger neugierig und hinterhältig als er. Elin Hilger, las er erneut auf dem Ausweis. Eric und Elin. Brüderchen und Schwesterchen. Ein Computer-As wie ihr Bruder war sie jedenfalls nicht. Sonst wäre sie wohl nicht so unvorsichtig gewesen, seinen alten Laptop zu benutzen.

Am besten wäre es, wenn der Kommissar das Mädchen erschießen würde, dachte er dann. Ja, so wäre das machbar. Eine Polizeikugel im Kopf des Mädchens. Was immer sie wusste, war dann gut aufgehoben. Zollanger war ohnehin erledigt. War der Mann geisteskrank? Oder was bezweckte er mit seiner grotesken Aktion? Nun, das war nicht sein Problem.

Blieb nur eine Frage: Was war mit Zietens Tochter. Wo war

sie? Lebte sie noch? Hatte Zollanger sie umgebracht oder hielt er sie irgendwo fest? Und wenn ja, wo? Was genau hatte er mit ihr vor? Wenn sie die kleine Hilger erst einmal hätten, könnte man tauschen. Tauschen und ausschalten.

Jemand klopfte gegen seine Fensterscheibe und öffnete dann die hintere Wagentür.

»Hallo, Boris«, sagte Aivars.

»Hallo.«

»Wo ist Sergei?«

»Kommt gleich.«

»Hier.« Er nahm Elins Ausweis und reichte ihn nach hinten. »Anfang zwanzig. Ziemlich groß, wie du siehst. Kurze blonde Haare. Schlampig angezogen. Die Wohnung ist im Seitenflügel, zweiter Stock links. Falls sie auftaucht, beschatten und mich sofort anrufen. Alles klar?«

»Wie lange sollen wir warten?«

»Bis ihr sie habt.«

49

Er war diese Strecke schon länger nicht mehr gefahren. Das Ostkreuz lag bereits hinter ihm, und die Bahn nahm Kurs auf die Außenbezirke von Berlin. Verfallene Industrieanlagen säumten die Strecke, manchmal dekoriert mit hoffnungsvollen Entwürfen von Büro-Lofts und Einkaufspassagen. Zwei Stationen später waren diese Chimären verschwunden, und es blieb bei verlassenen Fabrikhöfen mit eingeworfenen Scheiben und zerfressenen Fassaden.

Er fuhr bis Hirschgarten. Der anschließende Fußweg ins Allende-Viertel dauerte etwa fünfzehn Minuten. Eine Ladenzeile, die das letzte Mal, als er hier vorbeigekommen war, noch zwei Geschäfte beherbergt hatte, war inzwischen aufgegeben worden, ein Schaufenster war mit Brettern vernagelt. Ein anderes kündete davon, dass eine westdeutsche Supermarktkette hier demnächst eine Zweigstelle eröffnen würde. *Invasion der Ossi-Snatcher* hatte jemand auf die Scheibe gesprüht. Auf einem leeren Feld gegenüber spielten ein paar Jungs im Grundschulalter Fußball. Ein missglückter Pass beförderte den Ball vor Zollangers Füße. SPARKASSE stand auf dem Ball. Die beiden S hatte ebenfalls ein Sprayer bearbeitet und durch SS-Runen ersetzt. Zollanger trat den Ball zurück und setzte seinen Weg fort.

Er betrat eine Pizzeria, wählte einen Fensterplatz und bestellte, ohne die Karte anzuschauen, eine Pizza Napoli und eine große Cola. Er war der einzige Gast. Er holte sein Handy aus der Jackentasche und aktivierte es. Den PIN-Code der neuen Karte musste er erst auf einem Zettel nachschauen, den er in seinem Geldbeutel verwahrt hatte. Als das Gerät einsatzbereit war, wählte er eine Nummer, die er von einem anderen Zettel ablas. Aber der Anschluss funktionierte nicht. Teilnehmer nicht erreichbar, lautete die Botschaft der Computerstimme. Als nächstes wählte er Elins Nummer. Die funktionierte immerhin. Aber sie antwortete nicht. Als der Anrufbeantworter ansprang, drückte er das Gespräch weg und legte das Handy missmutig neben sich.

Er musste eine Entscheidung treffen. Er war hier herausgefahren, weil es der unwahrscheinlichste Ort war, der ihm in den Sinn gekommen war. Hier würde ihn vorerst niemand suchen, und er konnte überlegen, was er tun sollte. Aber hatte er überhaupt eine Wahl? Konnte er jetzt noch zurück?

Ozols hieß also der Mann, der ihm aufgelauert hatte. Merkwürdiger Name. Und geschickt hatte ihn dieser Zieten. Nicht Marquardt oder Sedlazek. Nein. Die graue Eminenz selbst war hinter ihm her. Wie war der Mann nur so plötzlich auf ihn gekommen? Zollanger betrachtete kurz sein Spiegelbild im Fenster. Nun, es war ohnehin gleichgültig. Jetzt hatten sie das Band, das er in der Tasche gehabt hatte. Und es war eine Frage von Stunden, bis Frieser es ausgewertet haben würde und die ganze Meute auf ihn losließ.

Die Pizza kam. Zollanger nahm die Hände vom Tisch, um dem Teller Platz zu machen. Er aß einige Stücke und versuchte, den Gedankenstrom in seinem Kopf zu stoppen. Dann ließ er sein Besteck sinken und blickte ratlos vor sich hin. Was hatte er getan! Er war erledigt. Er stellte sich Sina und Udo vor. Schauten sie sich vielleicht gerade jetzt die Videoaufnahmen aus der Garage an? Waren die Mietwagendaten aus Hamburg mittlerweile eingegangen? Es war gar keine Frage von Stunden mehr. Alles war längst geschehen. Die Beweislast war erdrückend. Frieser konnte gar nicht anders, als den ganzen Apparat gegen ihn in Gang zu setzen. Und seine Kollegen? Was würden sie über ihn denken? Sina und Udo wür-

291

den vielleicht noch zweifeln und versuchen, zu ihm zu halten. Zunächst. Die anderen nicht. Vor allem Krawczik würde sich bestätigt sehen. Der Gedanke amüsierte ihn ein wenig.

Der arme Krawczik. Diese tragische Figur, die stets recht hatte und doch immer falsch lag. Ach, im Grunde war es ihm gleichgültig, was seine Kollegen von ihm dachten. Mit Ausnahme von Sina und Udo.

Er ließ die Pizza halb gegessen stehen, trank sein Glas aus, bezahlte und verließ das Lokal. Ein leichter Regen hatte eingesetzt. Die Hochhäuser des Allende-Viertels saßen wie Stümpfe in der Landschaft. Was tat er hier? Er rechnete und stellte fest, dass er seit vier Monaten nicht mehr hier gewesen war. Vier Monate. Zeiträume machten ihm neuerdings immer größere Schwierigkeiten. Er hatte schon lange nicht mehr das Gefühl, sich in der Zeit zu bewegen. Vielmehr kam es ihm vor, als sei er darauf aufgespießt, auf ein paar Tage und Stunden des Jahres 1989. Die Wende. Die Zeitenwende. Das suggerierte ein Vorher und ein Nachher. Aber für ihn war es das nicht. Es war ein verfluchtes Kontinuum, eine Zeitschleife in Form eines immer größer werdenden Fragezeichens.

Er stand an der Straßenecke und schaute wieder zu den Wohnblockstümpfen hinüber. Dann ging er auf einen davon zu. Er klingelte. Die Wohnung lag im vierten Stock. Eine ältere Frau öffnete und schaute ihn überrascht an.

»Martin. Du liebe Zeit.«

»Hallo, Sonia. Ich war in der Nähe. Bist du beschäftigt?«

»Machst du Witze?« Sie trat zur Seite. »Du siehst schlecht aus«, sagte sie. »Und alt. Sehe ich auch so aus?«

»Ja«, sagte er. »Sicher. Wo ist Frank?«

Sie machte eine fahrige Handbewegung. Zollanger versuchte erst gar nicht, die Geste zu deuten. Es war ihm schnuppe, wo sein Nachfolger an Sonias Seite war.

»Willst du einen Kaffee?«

»Ja. Gern.«

Als sie mit den zwei Tassen erschien, wusste er wie immer nicht, was er sagen sollte. Er kam seit Jahren bisweilen hier vorbei. Sie plauderten eine Stunde über nichtssagende Dinge. Dann ging er wieder. Vielleicht, weil sie immer noch hofften zu erfahren, was damals eigentlich passiert war.

Er musterte sie. Sie war wirklich gealtert. Ihre Haare waren schon lange grau. Aber die Haut hatte sichtlich nachgelassen. Vor allem am Hals. Er sah das. Wenn er jedoch ehrlich war, dann sah er nur ihre lebendigen, immer ein wenig spöttischen Augen. Und darin die bezaubernde junge Frau, die er vor sechsunddreißig Jahren geheiratet und zwölf Jahre später wieder verlassen hatte. Oder sie ihn. Darüber waren sie sich bis heute nicht einig.

»Nicht bei der Arbeit heute?«, fragte sie. »Kein Mord und Totschlag in der Stadt?«

»Ziemlich ruhig.«

»Hier draußen auch. Was machst du so? Reisepläne über Weihnachten?«

Er schüttelte den Kopf. »Nein. Ihr?«

»Hiddensee.«

Er stellte die Tasse ab.

»Du hast Glück, dass ich hier bin«, sagte sie. »Ich wollte heute eigentlich nach Mitte fahren. Aber das Wetter.«

Er nickte. So verliefen diese Gespräche. Manchmal, wenn er Sonia besuchte oder sie spontan bei ihm auftauchte, hatte er das Gefühl, dass sie zusammenkamen, um etwas zu betrauern. Eine Trennung, von der keiner so recht wusste, warum sie überhaupt geschehen war. Ein Kind, das nie existiert hatte. Oder vielleicht einfach alles. Die Zeit eben, die verging, ohne dass irgendjemand wirklich begriff, wozu und wofür. Er sprach das nicht aus. Er wusste nicht, ob Sonia ähnlich empfand. Aber er vermutete es.

»Vielleicht fahre ich doch ein paar Tage weg«, sagte er, als er wieder aufbrach.

»Wieder zu deinem Bruder nach Italien wie im Frühjahr? Wie geht es Georg eigentlich?«

»Ich … ich weiß es nicht«, antwortete er nach einer kurzen Pause. »Ich habe länger nichts von ihm gehört.«

»Mach das. Fahr zu ihm. Letztes Mal hat es dir gutgetan. Schickst du mir eine Karte?«

Er versprach es. Dann ging er.

Als er wieder am S-Bahnhof stand, fühlte er sich leer und wie erschlagen. Er ließ drei Züge vorbeifahren. Dann stieg er ein.

Die Taschen und der Rollkoffer mit dem Material aus seiner Wohnung lagen sicher im Kofferraum seines Wagens im Parkhaus am Ostbahnhof. Für sich selbst hatte er jetzt klare Pläne. Er hatte die Situation in den letzten Stunden gründlich analysiert und seine Optionen durchdacht. Auch wenn er es nicht wahrhaben wollte: Die Situation war unabänderlich. Es gab nur einen Faktor, mit dem er absolut nicht klarkam: Elin. Sie machte ihm Sorgen. Hatte sie begriffen, wie gefährdet sie war? Oder hätte er ihr mehr erzählen, reinen Wein einschenken sollen?

Er holte das neu gekaufte Handy heraus, legte seine alte SIM-Karte ein und wählte erneut die Nummer, die er vorhin zu kontaktieren versucht hatte. Jetzt gab es ein Freizeichen. Und dann meldete sich eine männliche Stimme.

»Martin?«, sagte die Stimme.

»Wo bist du?«, fragte der Kommissar.

»Warum?«

»Es ist einiges passiert. Wir müssen reden. Wo bist du?«

Anstatt einer Antwort hörte er nur den Atem des anderen. Der Mann schnaufte schwer, als habe er sich gerade körperlich sehr angestrengt.

»Hast du es dir überlegt?«, fragte die Stimme.

»Ja«, sagte Zollanger. »Aber wir müssen reden. Alles ist komplizierter geworden. Wir müssen uns treffen.«

Wieder erfolgte eine lange Pause.

»Wo?«, fragte die Stimme.

Zollanger überlegte. Sollte er es riskieren, in die Stadt zurückzufahren?

»Also?, fragte die Stimme ungeduldig.

»Am Ostbahnhof« erwiderte Zollanger. »In einer Stunde.«

50

Was ist denn nur los, Hajo? Bitte!«
Ulla Zietens Stimme zitterte. Zieten bat Jochen Frieser mit einer Handbewegung um einen Moment Geduld, ging mit dem Handy am Ohr in den Nebenraum und begann leise, aber eindringlich auf seine Frau einzusprechen.

Jochen Frieser saß reglos da und blickte auf die Gegenstände vor ihm auf dem Tisch. Er berührte den abgewetzten Rucksack sowie die schwarze Mönchsrobe, die daneben lag. Aber hatte er vielleicht geglaubt, die Gegenstände würden dadurch verschwinden? *Martinetti & Rea* las er auf dem Etikett der Robe. *Abbigliamento ecclesiastico.*

Die Leinwand, auf der er soeben die Videoaufnahmen gesehen hatte, war noch heruntergelassen. Der Beamer neben ihm rauschte.

Er musste den Oberstaatsanwalt informieren. Den Polizeipräsidenten. Den Innensenator. Zieten konnte doch nicht ernsthaft von ihm verlangen, diese Sache auch nur eine Stunde länger unter Quarantäne zu halten? Das konnte ihn den Kopf kosten. Wenn Zietens Tochter etwas zustieß? Warum war dieses Band überhaupt hier in Zietens Büro und nicht bei der Polizei? Er hätte sich niemals auf diese Sache einlassen sollen. Schon die Haarprobe mitzunehmen und untersuchen zu lassen war ein Fehler gewesen. Wie sollte er das rechtfertigen? Und jetzt ging die Sache weiter? Nein, er hatte keinerlei Lust, für Zietens krumme Geschäfte den Kopf hinzuhalten.

»Wie geht es ihr?«, fragte er, als Zieten zurückkam.

»Nicht gut«, erwiderte Zieten. »Wie du dir leicht vorstellen kannst.«

»Hajo, ich …«

Aber Zieten ließ ihn gar nicht erst zu Wort kommen.

»Ich habe eben nicht nur mit Ulla telefoniert«, sagte er. »Bitte geh in den Nebenraum. Da will jemand mit dir sprechen.«

Friesers Augen verengten sich. »Was fällt dir ein«, brach es aus ihm heraus. »Ist das die Art und Weise, wie du deine Freunde behandelst? Du hintergehst mich ständig, deine gutsmeisterliche Art beginnt mich langsam anzuko…«

»Du würdest in meiner Lage genauso handeln wie ich, Jochen. Du hast keine Vorstellung davon, was es mich kostet, die Nerven zu behalten. Also bitte, geh nach nebenan und nimm den Telefonhörer.«

Frieser erhob sich und ging wütend ins Nebenzimmer. Der Hörer lag auf dem Konferenztisch. Er knallte die Tür hinter sich zu, hob ihn auf und legte ihn an sein Ohr.

»Hier Frieser.«

»Guten Tag, Herr Frieser. Hier spricht Britta Jungblut.«

»Frau Staatssekretärin …«

»Wir haben ein heikles Problem, Herr Frieser. Ich habe gerade mit dem Oberstaatsanwalt gesprochen. Der Fall, den Sie bearbeiten, berührt möglicherweise vitale Interessen der Stadt. Sie haben das Video aus der Überwachungskamera mit eigenen Augen gesehen?«

»Ja.«

»Können Sie bestätigen, dass es sich bei dem Täter wirklich um Hauptkommissar Martin Zollanger handelt?«

»Soweit bei Videoaufnahmen überhaupt etwas sicher ist, ja. Es ist Zollanger.«

»Haben Sie weitere Spuren überprüft, die auf seine Täterschaft hinweisen?«

Frieser lief nervös hin und her und versuchte, ruhig zu

bleiben. Mit Zieten war er fertig. Dieser verfluchte Strippen-zieher.

»Sollten Sie all diese Fragen nicht besser Herrn Zieten stel-len, Frau Staatssekretärin? Offenbar hat er ja die Ermittlun-gen übernommen. Wie er in den Besitz dieses Videobandes gekommen ist …«

»Bitte regen Sie sich nicht auf, Herr Frieser. Wenn ich rich-tig informiert bin, hat Herr Zollanger dieses Beweismittel un-terschlagen. Oder ist das nicht so?«

»Das werde ich jetzt gleich herausfinden.«

»Wie steht es mit den anderen Beamten?«

»Was soll ich denn dazu sagen? Sie arbeiten alle sehr inten-siv an dem Fall. Wollen Sie hier vielleicht andeuten, die ganze siebte Mordkommission sei eine Bande von Gewaltverbre-chern?«

»Ich will gar nichts andeuten, Herr Frieser. Wir haben es mit einer völlig außergewöhnlichen Situation zu tun. Herrn Zietens Tochter wird vermisst. Ein Hauptkommissar legt in der Stadt Leichenteile aus. Und ich stehe vor der nicht ganz einfachen Entscheidung, ob ich mir die Zeit nehmen soll, die ganze siebte Mordkommission durch die Mangel zu drehen, oder es darauf ankommen lasse, dass die anderen okay sind. Denn wenn ich sie jetzt nicht weiterarbeiten lasse, stehen die Chancen für das Mädchen wohl eher schlecht. Also, welches ist das größere Risiko? Was raten Sie mir?«

Frieser biss sich auf die Lippen. Die Frage, ob Zollanger die einzige faule Frucht in diesem Haufen war, war ihm natürlich auch schon gekommen. Aber war das vorstellbar? Sina Haas. Udo Brenner. Krawczik und die anderen. Das waren doch alles tüchtige Leute ohne jeden Fehl.

»Nun?« Die Staatssekretärin ließ nicht locker.

»Ich kann diese Frage nicht beantworten«, sagte er. »Nach allem, was ich heute erlebt habe, kann ich für niemanden ga-rantieren.«

298

Britta Jungblut schwieg einen Augenblick lang. Dann sagte sie: »Wir können unmöglich riskieren, dass dem Mädchen etwas zustößt. Intensivieren Sie die Ermittlungen. Ich will, dass Sie mir stündlich berichten. Auch wenn es nichts zu berichten gibt. Wir schreiben Zollanger zur Fahndung aus.«

51

Sina hörte schon seit einigen Minuten nicht mehr zu. Ihr Blick war zum Fenster gewandert. Im Licht der Straßenbeleuchtung sanken Schneeflocken so langsam zur Erde, dass Sina den Eindruck hatte, sie stünden still. Oder war es der dumpfe Druck in ihrem Kopf, der diesen Eindruck erzeugte? Sie schloss kurz die Augen und versuchte sich vorzustellen, wo Zollanger sich befand. Hatte er irgendwo einen Unterschlupf, eine Wohnung, von der niemand etwas wusste? Hatte er Komplizen? Oder war er aus der Stadt oder gar aus dem Land geflohen? Sie schaute auf ihre Armbanduhr. Es war halb sechs. Seit dreieinhalb Stunden war die Welt aus den Fugen, und es sah nicht danach aus, als würde sich dieser Zustand so schnell ändern. In wenigen Minuten würde Frieser die Lagebesprechung beenden und Instruktionen geben, wie es im Fall »Torso« weitergehen sollte. Oder hatten sie es mit einem neuen Fall zu tun? Einem Fall »Zollanger«?

Sinas Blick wanderte zur Wandtafel. Sie hatte sich in den letzten zwei Stunden mit Zetteln und Diagrammen gefüllt. Mögliche Tatzeiten, Annahmen und Berechnungen zu Zollangers Bewegungsmustern. Die Indizienkette war überwältigend. In der Tat sprach alles dafür, dass Zollanger die Torsi selbst deponiert hatte. Alles war lückenlos erfasst und zu einem glasklaren Ermittlungsergebnis addiert. Blieb nur eine Frage: Warum konnte sie das alles noch immer nicht glauben? Wieso hatte sie unablässig das Gefühl, zu träumen, eine irreale Situation zu erleben, aus der sie jeden Augenblick zu erwachen hoffte? Aber sie erwachte nicht. Sie konnte nur immer wieder alle Fakten überprüfen und feststellen, dass die Tatsachen unwiderlegbar waren.

Zollanger hatte das Fahrzeug gemietet, mit dem Torso III deponiert worden war. Die Videokamera hatte sein Gesicht erfasst, als er den Rollkoffer mit den tierischen und menschlichen Leichenteilen zum Fahrstuhl befördert hatte. Sie hatte die Aufnahmen soeben selbst gesehen. Wo Frieser das Band plötzlich hergezaubert hatte, wollte der Staatsanwalt zwar nicht erklären. Thomas hatte es doch Zollanger gegeben, und danach war sein Verbleib ungeklärt. Aber Frieser hatte Krawcziks diesbezügliche Frage abgeschmettert und ihnen zu verstehen gegeben, dass weitere Nachfragen äußerst unerwünscht waren.

Die Aufstellung von Zollangers Dienstzeiten ergab genügend Zeitfenster, in denen er die Taten hätte durchführen können. Die GPS-Daten des Mietwagens waren auf dem Weg und würden gleich eintreffen. Danach wäre es ein Kinderspiel, den Wagen zu orten und die Bewegungsmuster aus den Daten herauszufiltern. Aber genau dies war es auch, was Sina nicht begriff. Zollanger wusste doch, wie mächtig die Instrumente der digitalen Überwachung heutzutage waren. Warum hätte er derart dumme Fehler begehen sollen? Es gab nur eine Erklärung dafür: sein Ausraster im Frühjahr. Seine Wiederherstellung war nur äußerlich gewesen. In seinem Inneren tobte anscheinend ein Kamikaze.

Und warum das so war, stand in seiner Krankenakte.

Frieser hatte unverzüglich sämtliche Personalakten über Zollanger angefordert. Sie waren noch vor der Dienstbesprechung geliefert worden. Sina war wie vom Donner gerührt, als Frieser daraus vorlas. Niemand hatte eine Ahnung von Zollangers Krebserkrankung gehabt. Psychologische Behandlung, ja. Das wussten alle. Er war das ganze Frühjahr nur bedingt einsatzfähig, einmal sogar mehrere Wochen krankgeschrieben gewesen. Aber die Untersuchungen im Klinikum

Steglitz im April. Davon hatte niemand etwas gewusst. Verdacht auf chronische myeloische Leukämie!

Und dann das nächste Rätsel: *Der Patient erschien nach den alarmierenden Ergebnissen des Blutbildes nicht zu einer terminlich vereinbarten Knochenmarkspunktion des Beckenkamms. Wider jeden ärztlichen Rat lehnte er kurz darauf jegliche weitere Behandlung ab.*

CML. Sina wusste nicht viel über diese Krankheit. Nur, dass sie schleichend und, wie die meisten Krebserkrankungen, unheilbar war. Vor allem war es keine Krankheit, die man ignorierte. Stand Zollangers Ausraster im Frühjahr auch damit in einem Zusammenhang?

Sie alle hatten bemerkt, dass es ihm nicht gut ging. Dass er müde und erschöpft wirkte, noch schweigsamer war als sonst. Sina meinte sich jetzt sogar zu erinnern, dass er selten Appetit hatte, meistens nur Wasser trank oder einen kleinen Salat bestellte, wenn sie irgendwo zusammen aßen. Noch letzten Freitag war es so gewesen.

Sina spürte Udo Brenners Blick auf sich. Was mochte er denken? Sie sah ihm an, dass er innerlich kochte. Er fühlte sich verraten. Oder lag es an Krawczik, dessen Laune mit jeder neuen Enthüllung über seinen verhassten Chef besser zu werden schien? Alles an Krawczik drückte plötzlich Zufriedenheit und Bestätigung aus.

Er erwähnte natürlich mit keinem Wort, dass er im letzten Halbjahr immer wieder Zollangers Diensttauglichkeit in Frage gestellt hatte. Er begnügte sich damit, Frieser immer im richtigen Augenblick gerade die Information zu liefern, die der gerade brauchte, um die weitere Vorgehensweise zu bestimmen.

»Wir haben eine Meldung aus Żary«, verkündete er. »Vor neun Tagen ist aus dem Wojewódzki-Spital die Leiche einer jungen Frau gestohlen worden. Eine gewisse Elżbieta Lipska. Siebenundzwanzig Jahre alt. Es ist eine psychiatrische Klinik.

Die junge Frau war gemütskrank und hat sich das Leben genommen.«

»Weyrich sagte doch, die Frau sei ertrunken«, wandte Findeisen ein.

»Ja. Selbstmord durch Ertrinken in der Badewanne. Ist bei gesunden Menschen selten, bei Geisteskranken kommt es jedoch vor. Die Leiche wurde am Samstag, dem 1. Dezember als vermisst gemeldet. Natürlich nur in Polen.«

»Die Proben zum Abgleich sind ja schon unterwegs«, sagte Frieser. »In einem Gebiet von zehn mal zehn Kilometern haben wir also eine gestohlene Ziege und eine gestohlene Frauenleiche. Schafe gibt es zwischen Berlin und Cottbus im Übermaß ...«

Sinas Gedanken schweiften wieder ab. Zollanger hatte einen Transporter gemietet, war über die polnische Grenze gefahren und hatte aus dem Leichenkeller einer psychiatrischen Anstalt eine Frauenleiche gestohlen? Das war doch einfach nur absurd. Wenn überhaupt, dann hatte ihm jemand die Leiche besorgt. Sie schaute wieder zu Brenner, dessen Blick hasserfüllt auf Krawczik gerichtet war.

Brenner kannte sich dort unten aus, dachte sie plötzlich. Er interessierte sich für das Problem Menschenhandel und kannte viele Leute, die sich in diesem lukrativen Geschäft tummelten. Auch den einen oder anderen Schlepper, der sich aus dem Geschäft verabschiedet hatte. Hing Brenner womöglich mit in dieser Sache drin?

Sina spürte ein pelziges Frösteln im Rücken. Wäre Zollanger, falls er wirklich der Torso-Täter war, überhaupt in der Lage gewesen, allein zu handeln? Das Deponieren der Torsi. Und dazu noch eine Entführung? Und selbst wenn er das alles wirklich getan haben sollte – wozu? Was wollte er damit erreichen?

Die Tür zum Konferenzraum öffnete sich, und ein junger Mann in Lederjacke und Jeans erschien.

Frieser schien ihn zu kennen, denn er winkte ihn sofort zu sich.

»Haben Sie alles?«, fragte er nur.

»Ja. Wo steht der Beamer?«

Der Mann schloss seinen Laptop an und öffnete die Programme, die für das Auslesen und Darstellen der Daten notwendig waren. Der Lichtstrahl des Beamers flammte auf. Das Erste, was man auf der Leinwand sah, war eine Deutschlandkarte.

»Die Cluster sind eindeutig«, sagte der Mann. »Nach den GPS-Daten erfolgten die meisten Fahrten von diesem Ort hier.«

Die Abbildung änderte sich mehrmals. Unterschiedlich große rote Kreise und Balken erschienen, während der junge Mann den Mauspfeil auf verschiedene Felder schob, die er nacheinander aktivierte. Als er endlich fertig war, zeigte die Karte das Gebiet östlich und südöstlich von Berlin bis zur polnischen Grenze. Ein Netz von roten Strichen unterschiedlicher Intensität war darübergelegt und verband ein gutes Dutzend Örtlichkeiten miteinander. Sina las den Namen des Ortes, der das tiefste Rot aufwies: Müllrose.

»Wir können die Bewegungsmuster nach allen möglichen Parametern aufschlüsseln. Hier sind die Standzeiten.« Sina starrte auf die Leinwand. Ein Parkplatz in Mariendorf hatte die dunkelste Färbung. Hier hatte er den Wagen also die meiste Zeit geparkt.

»Hier sind die GPS-Abgleichsprotokolle für die Tatorte«, fuhr der Mann fort und setzte zwei Häkchen in seine Maske. Das Ergebnis war niederschmetternd genau. Eine dünne rote Linie verband den Parkplatz in Mariendorf am 6. Dezember 2003 um 16:43 Uhr mit der Borsigzeile in Tempelhof und um 19:36 Uhr mit der Siegfriedstraße in Lichtenberg.

»Er hat erst das Lamm abgeladen und dann den Torso«, sagte Günther Brodt.

»Besser keinen Bruch mit Mietwagen machen«, kommentierte Krawczik und schaute in die Runde in der Hoffnung auf Gelächter. Aber nur Günther Brodt lächelte ein wenig.

»Was für ein Ort in Müllrose ist das?«, fragte Frieser.

Der Techniker vom Landeskriminalamt öffnete ein anderes Programm. EGNOS erschien kurzfristig auf dem Bildschirm.

»Was ist EGNOS?«, fragte Brenner.

»Ein Fernerkundungsprogramm der Europäischen Union«, antwortete der Mann. »Es ist noch in der Testphase. Es sammelt Satellitendaten, um Agrarsubventionen zu überwachen. So kann man von einem Büro in Brüssel aus sehen, wer wie viel Raps oder Mais anbaut.«

»Und wir. Was machen wir damit?«

»Das hier.«

Der Mann zoomte eine Stelle auf einer Landkarte heran. Die Polizisten trauten ihren Augen nicht. Man sah ein Dorf, eine Ausfallstraße, einen See, ein Waldstück. Die Auflösung wurde immer größer. Sogar Straßennamen wies das System aus.

»Die Clusterkoordinaten weisen auf diesen Ort«, sagte der Mann.

»Weiß Ihr System auch, was sich dort befindet?«, wollte Findeisen wissen.

»Nein. Aber das Liegenschaftsamt weiß es. Eine ehemalige sowjetische Kaserne.«

Sinas Blick wanderte von dem Satellitenbild weg zu den altertümlichen Drohbotschaften.

NULLUS DOLUS CONTRA CASUM. VITA MIHI MORS EST. PIETAS VINDICTAM AVERTENS.

Zollanger konnte Latein?

52

Sie saß ratlos auf der Treppe, bis es sieben Uhr schlug. Es war kalt. Außerdem bekam sie allmählich Hunger. Sie dachte sehnsüchtig an den Rest Linsensuppe, der in Erics Kühlschrank stand.

Sie schlich die vier Treppen hinunter und verharrte auf dem Treppenabsatz über Erics Wohnung. Sie wartete einige Minuten. Als sie nichts hörte, ging sie ein paar Stufen abwärts und musterte misstrauisch die Tür. Nichts Verdächtiges. Rasch zog sie den Schlüssel hervor, steckte ihn so geräuschlos wie möglich ins Schloss, öffnete, huschte hinein, schloss die Tür wieder und lehnte sich von innen dagegen.

Plötzlich spürte sie ein Vibrieren in ihrer Hosentasche. Sie zuckte nervös zusammen und zog das Handy heraus. *Wo sind Sie?* stand auf dem Display. Sie drückte die Botschaft weg, schaltete das Handy aus und steckte es wieder ein. Hatte dieser Bulle doch recht? Sollte sie nicht besser so schnell wie möglich von hier verschwinden?

Sie wagte nicht, das Licht einzuschalten, aber von draußen kam genügend Helligkeit ins Zimmer. Sie schlich in die Küche, öffnete den Kühlschrank, nahm den Topf mit dem Suppenrest und löffelte ihn kalt in sich hinein.

Die Mahlzeit bekam ihr nicht besonders gut. In der U-Bahn wurde ihr übel. Oder war es die Angst, die langsam heraufdämmernde Einsicht, dass sie wirklich in Gefahr sein konnte, die für das flaue Gefühl in ihrem Magen verantwortlich war? Das Bild dieses Kommissars, der ohne Warnung auf die beiden Verfolger in seiner Garage geschossen hatte, ließ ihr keine Ruhe. Berufskiller, hatte er gesagt. Auftragsmörder. Aber warum war der Bulle mit ihr geflohen, anstatt Verstärkung zu rufen? Er sei seit dreißig Minuten kein Polizist mehr, hatte er gesagt. War das sein Ernst? Sollte sie zur Polizei gehen? Oder aus Berlin verschwinden, wie er ihr geraten hatte?

Sie schaute sich misstrauisch um, zwei Plastiktüten mit ihren restlichen Habseligkeiten und Erics Festplatten zwischen die Beine geklemmt. Die U-Bahn war gut gefüllt. Niemand beachtete sie, aber ihr kam mittlerweile jedes Gesicht verdächtig vor. Nach der Haltestelle Leopoldplatz bereute sie es fast, sitzen geblieben zu sein. Sie vermied jeglichen Blickkontakt mit den Gestalten, die auf den anderen Sitzen herumhingen. Die meisten waren glücklicherweise ohnehin mit ihren Handys beschäftigt. An der Osloer Straße stieg sie um, fuhr bis Wittenau und ging den restlichen Weg zu Fuß. Immer wieder schaute sie sich ängstlich um, ob ihr jemand folgte. Aber ihr Verdacht war wohl unbegründet.

Als sie gegen acht Uhr die Kiezoase erreichte, war sie geschlossen. Sie ging um das Gebäude herum. Den Hintereingang schloss Jojo Jesus nie ab, damit der Kühlschrank nachts für Straßenkinder erreichbar blieb, die sich tagsüber hier nicht blicken ließen. Sie schaute durch die regennasse Fensterscheibe ins Innere. Der Kühlschrank stand offen. Noch immer kaputt. Sie ging zur Hintertür und rüttelte daran. Verschlossen. Heute ging offenbar alles schief.

Sollte sie warten? Hier war es zu kalt. Sie hob ihre Plastiktüte auf und setzte sich wieder in Richtung Vordereingang in Bewegung. Da sah sie die beiden Männer. Sie standen auf der anderen Straßenseite hinter einer Reihe geparkter Autos, unterhielten sich und schauten nicht zu ihr herüber. Aber Elin spürte sofort, dass sie dort nicht hinpassten. Sie wich zurück, ging wieder hinter die Station und begann zu rennen. Wohnblock D lag etwa zweihundert Meter entfernt. Sie sprang über eine niedrige Buchshecke, kauerte sich dahinter zusammen und schaute zurück. Es verging keine Minute, bis einer der beiden Männer am Hintereingang der Sozialstation auftauchte und sich suchend umsah. Sie kroch auf allen Vieren nach rechts weg bis zu einer Gruppe von Mülltonnen, die ihr erneut Deckung gaben. Von hier sah sie, dass der zweite Mann nun ebenfalls erschienen war und auf die Buchshecke zumarschierte.

Sie hatte keine Wahl. Zwischen ihrem Versteck und dem Kellereingang zu Block D lag ein großes Stück offenes Gelände. Hier zu warten war sinnlos. Die beiden würden sie finden. Und dann? Welchen Auftrag hatten sie? Sie hatte absolut keine Lust, das herauszufinden.

Sie rannte los. Sie meinte, in ihrem Rücken einen Ruf zu hören, aber durch ihr Keuchen war sie sich nicht sicher. Sie schaute sich nicht um. Natürlich hatten die beiden sie gesehen. Jede Sekunde zählte. Sie rannte über die Straße und von dort direkt zum Eingang von Block D. Dann schlug sie sich nach rechts und hielt auf die Treppe zu, die zu den Kellern hinabführte. Sie sprang die Stufen hinunter und trat gegen die Eisentür, wie Mirat es ihr vor ein paar Tagen vorgemacht hatte.

Die Tür sprang auf. Elin huschte hinein, schloss die Tür hinter sich und verschnaufte einige Sekunden. Völlige Dunkelheit umgab sie. Sie tastete den Türrahmen ab, erspürte den Lichtschalter und drückte auf die Taste. Mehrere Neonröhren begannen zu flackern und tauchten den Kellergang in kaltes Licht.

Sie prüfte die Tür. Ohne Schlüssel war sie nicht zu verriegeln. Die Abzweigung zur unteren Ebene befand sich am Ende des Kellerganges. Daran erinnerte sie sich noch. Und dort unten würde sie hoffentlich Mirat finden. Er musste ihr helfen. Sie ging ein paar Schritte den Gang entlang und musterte die Decke. Nach etwa zehn Metern fand sie, was sie gesucht hatte: Heizungsrohre. Sie zog ihr Handy aus der

Hosentasche und schlug den Takt, den Mirat ihr vorgeführt hatte. *Tata ta tata.* Love Is In the Air. Dreimal. Viermal.

Sie schaute zurück zur Kellertür. War sie hier sicher? Oder war es genau umgekehrt, saß sie in der Falle? Wenn die Männer sie hier fänden! Sie schaute sich um. Aber der einzige Gegenstand, der als Waffe in Frage kam, war ein alter Besen, der neben der Kellertür an der Wand lehnte. Das Licht, durchfuhr es sie dann. Sie musste das Licht löschen. Sie rannte zur Tür, griff nach dem Besen und kehrte so schnell sie konnte zu der ersten Neonröhre zurück. Ein fester Schlag mit dem Besenstiel zertrümmerte die Röhre und ließ einen Teppich feiner weißer Glassplitter auf dem Zementboden zurück. Elin eilte weiter und zertrümmerte sämtliche Lichtquellen. Dann hielt sie wieder inne und wartete. War da jemand an der Tür? Sie starrte in die Dunkelheit, fühlte sich jedoch erst einmal wieder sicher. Sie schaltete das Handy ein. Das Licht des Handydisplays wirkte wie ein Scheinwerfer. Sie leuchtete ihre Umgebung ab. Die Abzweigung zum Untergeschoss lag nur noch ein paar Meter entfernt. Kein Lebenszeichen von Mirat.

Sie prüfte, ob das Handy Empfang hatte. Das Antennensymbol zeigte einen von fünf Balken. Die Nummer von Zollangers Textnachricht war noch gelistet. Sie rief die SMS-Funktion auf und schrieb rasch folgende Nachricht:

Wurde verfolgt. Zwei M. Bin in Reinkndrf im Keller v Hhaus hinter Sozstat Kiezoase. Block D! Bitte helfen! Schnell! Elin

Dreimal lehnte das es Handy mit einem quengelnden Piepston ab, die SMS zu senden. Erst nach dem vierten Versuch gelang es. Sie benützte das Handy weiter als Taschenlampe und ging auf die Abzweigung zu. Sie musste dort hinunter und Mirat finden. Und vielleicht auch … Sie hielt inne. War das nicht die Stelle? Sie leuchtete mit dem Handy die Heizungsrohre ab.

309

Dort war die Vertiefung. Sie stellte sich auf die Zehenspitzen, griff mit der Hand in die Mauervertiefung hinein und bekam das Säckchen mit dem Zündkerzengranulat zu fassen. Dann griff sie tiefer in das Loch und umfasste den Griff der Steinschleuder. Im gleichen Augenblick hörte sie, dass jemand an der Eisentür rüttelte.

53

Die beiden Polizeiwagen rasten mit Blaulicht auf der E 30 in östlicher Richtung an Fürstenwalde vorbei. Brenner fuhr den ersten Wagen. Findeisen saß neben ihm. Sina befand sich auf dem Rücksitz. Krawczik, Brodt und Draeger fuhren in etwa fünfzig Meter Abstand hinter ihnen. Findeisen bediente das Funkgerät. Sie standen in ständigem Funkkontakt mit Beamten aus Frankfurt/Oder, die Weisung bekommen hatten, die Kaserne zu observieren und bis zum Zugriff zu sichern. Sina und Udo lauschten stumm den Meldungen. Das Gebiet sei unübersichtlich. Die Kaserne stehe seit vielen Jahren leer. Es seien keinerlei Spuren irgendeiner Nutzung der Anlage zu erkennen.

»Die sollen sich zurückhalten, bis wir da sind«, sagte Brenner.

»Wie lange brauchen wir noch?«

Er drückte auf einen Knopf des Navigationsgerätes.

»Achtundzwanzig Minuten. Haben die einen Sanitätswagen bestellt?«

Findeisen gab die Frage weiter.

»Ja«, kam die Antwort. »Steht in Müllrose auf dem Hof des Polizeiamtes ...« Der Kontakt wurde plötzlich unterbrochen.

»Durchsage an alle«, meldete sich plötzlich die Leitzentrale in Berlin. »Wir haben den Lieferwagen geortet. Standort ist Parkplatz Pankehallen in Berlin-Wedding. Zwei Zivilbeamte sind bereits dort und observieren das Fahrzeug.«

Sina registrierte die sich überschlagenden Meldungen wie

in Trance. Alle Informationen, die in den letzten Stunden auf sie hereingeprasselt waren, steigerten ihre Verwirrung nur. Parkplatz Pankehallen.

»Wenn der Wagen in Berlin ist, dann ist Zollanger ja wohl auch dort«, sagte Findeisen.

»Nicht unbedingt«, entgegnete Udo. »Den Transporter hat er benutzt, um die Torsi zu deponieren. Er hat auch einen eigenen Wagen. Den haben wir noch nicht geortet.«

»Ja, schon. Aber an der Kaserne steht kein Fahrzeug. Das heißt, Zollanger hält sich vermutlich in Berlin auf.«

»Wo auch immer. Wir kriegen ihn schon.«

Der Ton von Brenners Stimme war schneidend. Sina drehte sich kurz um und warf einen Blick auf den Wagen hinter ihnen. Die Meute war losgelassen, dachte sie. Und immer wieder ging ihr die gleiche Frage durch den Kopf. Wie konnte Zollanger das tun? Warum? Was hatte er sich nur dabei gedacht? Abgesehen von den Taten an sich, die grausig genug waren. Er hatte ein Tabu gebrochen, das Schlimmste getan, was ein Polizist tun konnte: die Kollegen hintergangen und sich auf die Seite der Verbrecher geschlagen. Sie fasste es einfach nicht. Daher hatte sie Verständnis für Brenners Wut. Aber konnte es nicht vielleicht doch eine Erklärung geben? Irgendetwas, das Zollangers absurdes Verhalten rechtfertigte?

»Die Kaserne besteht aus einem Hauptgebäude und zwei Seitenflügeln, die jedoch stark baufällig sind«, kam die nächste Meldung aus dem Lautsprecher.

»Wir sind zu wenige«, sagte Brenner, nachdem die Beschreibung der Örtlichkeit durchgegeben worden war. »Wir brauchen Verstärkung, mindestens zehn oder zwölf Beamte, um das Gelände abzuriegeln. Gib das durch.«

Findeisen tat wie befohlen.

Sina hatte Mühe, ihre Gedanken auf einen Schauplatz zu konzentrieren. In ihrem Kopf jagten sich die Bilder. Zollanger, wie er den Lieferwagen auf einem Parkplatz im Wedding abstellt und in der U-Bahn verschwindet. Oder hatte er dort seinen Wagen geparkt, um damit zu flüchten? Und was würden sie in dieser Kaserne vorfinden? Die Leiche des entführten Mädchens? Sina schickte ein Stoßgebet zum Himmel, dass sie noch lebte.

Brenner verminderte die Geschwindigkeit leicht, als er die Ausfahrt erreichte. Kaum auf der Landstraße angekommen, drehte er wieder voll auf. Glücklicherweise war die Gegend so gut wie menschenleer. Ein gut gewähltes Versteck, dachte Sina. Nur knapp eine Stunde von Berlin und eine Stimmung wie am Ende der Welt. Leere Felder links und rechts. Ab und zu kleinere Waldstücke. Isolierte Höfe, die verlassen aussahen. Etwa zwei Kilometer vor dem Ortseingang bremste Brenner den Wagen ab und schaltete das Blaulicht aus. Sie passierten die ersten Häuser, stießen dann im Ortskern an eine T-förmige Kreuzung, hielten sich links und fuhren an einem See entlang. Ein paar hundert Meter weiter war der Ort bereits wieder zu Ende. Sie folgten der Landstraße. Dann fuhr Brenner plötzlich rechts ran. Sina hatte die Beamten, die dort standen, gar nicht gesehen. Hinter ihnen hielt der zweite Wagen. Krawczik stieg aus und gesellte sich zu Brenner, der bereits mit den beiden örtlichen Beamten sprach.

»Die Kaserne liegt dreihundert Meter vor uns auf der linken Straßenseite«, sagte Brenner, als er wieder ins Auto stieg. »Da vorne ist ein Feldweg. Wir parken, und dann planen wir den Zugriff.«

Ohne eine Antwort abzuwarten, fuhr er los. Der zweite Wagen folgte. Nach einer kurzen Strecke gabelte tatsächlich ein Feldweg nach rechts von der Landstraße ab. Es standen bereits vier Polizeifahrzeuge dort. Brenner fuhr an ihnen vorbei und parkte hinter dem letzten Wagen. Krawczik folgte seinem Beispiel.

Als sie ausstiegen, hatten die beiden Polizisten von der Landstraße zu ihnen aufgeschlossen. Sie gaben ihnen einen raschen Überblick über die Lage. Die Kaserne befand sich auf der anderen Straßenseite. Auf jeder Seite waren im Moment zwei Beamte postiert, um alle Zugänge zu überwachen. Das Gebäude stand seit Jahren leer. Alle Versorgungsleitungen waren gekappt. Nach Aussage der örtlichen Verwaltung sollte die Liegenschaft schon längst verkauft worden sein, doch mangels Käufer verrotte sie eben so langsam.

»Gibt es irgendeinen Zugang?«, fragte Krawczik.

»Nein«, antwortete der Beamte, »sämtliche Eingänge und auch die Fensteröffnungen sind vernagelt.«

»Wie steht es mit den Kellern?«

Der Mann zuckte mit den Schultern. »Das Gebäude steht seit Jahren leer. Wir wissen nichts darüber.«

»Haben Sie irgendwelche Fahrzeugspuren gefunden?«, fragte Krawczik ungeduldig. »Ein Transporter muss mehrfach auf dem Gelände herumgefahren sein.«

»Ja«, antwortete einer der Beamten. »Wir haben Pkw- und Motorradspuren im Erdreich festgestellt.«

Sina ging auf die Landstraße zu und musterte das Gebäude, das sich schemenhaft auf der anderen Straßenseite abzeichnete. Es stand gut zwanzig Meter von der Straße entfernt. Falls es einmal eine Zufahrt gegeben hatte, so war nichts mehr davon zu sehen. Der Wald hatte sich die Fläche zurückgeholt. Aber Krawczik hatte natürlich recht. Irgendwo musste der Transporter entlanggefahren sein. Brenner trat neben sie.

»In ein paar Minuten kommt ein SEK aus Frankfurt/ Oder«, sagte er. »Die gehen dann zuerst dort rein. Wir sollen noch warten.«

»Okay«, erwiderte Sina, bewegte sich jedoch nicht vom Fleck.

Brenner blieb ebenfalls stehen, als erwarte er, noch mehr von ihr zu hören. Aber Sina schwieg.

»Es will einem einfach nicht in den Kopf, nicht wahr?«, sagte Udo.

»Nein. Und ich befürchte, was immer in dieser Kaserne ist, wird uns auch nicht viel weiterhelfen.«

»Wenn wir nur das Mädchen finden«, sagte Brenner. »Lebendig.«

Sina nickte. Dann fügte sie hinzu: »Du hattest also recht mit deiner Vermutung vor ein paar Tagen.«

Brenner schüttelte den Kopf. Dann sagte er grimmig: »In meinen wildesten Träumen hätte ich mir so etwas nicht vorstellen können. Ausgerechnet er. Der Musterwendepolizist. Wie lange kenne ich ihn? Zehn Jahre? Und was weiß ich in Wirklichkeit über ihn? Null.«

»Hendrik sagt immer: Niemand weiß gar nichts.«

Brenner spuckte aus. »Ja, einen Scheiß wissen wir.« Dann senkte er die Stimme und fuhr fort: »Frieser hat mich eben angerufen. Die Innenrevision hat zwei Leute geschickt. Die sitzen in Zollangers Büro und drehen jedes Blatt um. Und nicht nur in seinem Büro. Verstehst du?«

»Ja, klar. Ein fauler Apfel … wir sind auf einmal alle verdächtig.«

Brenner scharrte wütend mit dem Fuß. »Ich bin sicher, wenn die Sache nicht so eilig wäre und wir diese verdammte Kaserne nicht gefunden hätten, dann wären wir alle erst einmal beurlaubt worden. Heute brauchen sie uns noch, weil sie die Hosen gestrichen voll haben wegen dieses verschwundenen Mädchens. Aber morgen …«

Die Bitterkeit in Brenners Stimme war nicht zu überhören. Sina nahm es ihm nicht übel. Zollangers Amoklauf würde für sie alle unabsehbare Konsequenzen haben. Nicht auszudenken, was geschehen würde, wenn die Presse davon Wind bekam. *Ossi-Bulle schändet Frauenleichen*. Schon der Gedanke daran verursachte ihr Übelkeit. Was für ein Licht würde ein solcher Vorfall auf den Dienst werfen. Und was erst, wenn es noch schlimmer war: *Ossi-Bulle schlachtet Frauen ab*.

»Udo … ich glaube das alles erst, wenn ich es aus Zollis

315

Mund höre. Verstehst du. Ich werde mich morgen sowieso krankmelden. Ich kann gar nicht richtig arbeiten. Ich habe das Gefühl, ich sehe alles doppelt.«

Udo erwiderte nichts. Er hatte den Kopf gesenkt und schaute sie von unten herauf an.

»Mir geht es ja genauso«, gestand er schließlich. »Wie ein beschissener Film, der keiner ist.«

»Irgendetwas ist da noch im Gang«, sagte Sina. »Ich war in Zollis Wohnung. Sie war völlig durchwühlt. Und in seiner Tiefgarage ist geschossen worden.«

Das Geräusch von schweren Dieselmotoren wurde in der Ferne hörbar.

»Das müssen sie sein«, sagte Brenner. »Komm zum Wagen. Hier stören wir nur.«

54

Sie war sofort in den tiefer gelegenen Teil des Kellers geflüchtet. Sie lief rasch zur Seite weg und versuchte, im trüben Licht des Handydisplays die Orientierung zu behalten. Aber sie realisierte schnell, dass sie bereits nicht mehr genau wusste, wo sie sich befand. Instinktiv hatte sie eine Richtung gewählt, die von der Eisentür wegführte. Aber war das klug gewesen? Diesen Teil hier kannte sie überhaupt nicht. Mit Mirat war sie letzte Woche nach der Treppe rechts abgebogen, um das Lager von diesem Hagen zu finden.

Sie blieb stehen und lauschte. Außer dem leisen Rauschen der Heizungsrohre über ihrem Kopf hörte sie nichts. War die Kellertür eingetreten worden? Waren die Männer schon hier unten? Sie meinte, dass sie das gehört haben müsste. Aber sicher konnte sie sich nicht sein. Sie reckte sich und klopfte erneut gegen die Rohre. *Tata ta tata.* Eine Reaktion blieb aus. Stattdessen klingelte plötzlich ihr Handy.

»Elin?«

Sie versuchte dagegen anzukämpfen, aber der Klang von Zollangers Stimme hatte plötzlich eine ungeheure Wirkung auf sie.

»Wo sind Sie?«

»In einem Heizungskeller in Reinickendorf«, flüsterte sie so deutlich und zugleich unauffällig, wie sie konnte.

»Wo genau?«

Sie beschrieb ihm den Ort. »Draußen warten zwei Männer«, fügte sie hinzu. »Sie sind mir gefolgt. Ich weiß nicht, ob sie schon hier drin sind, aber ich fürchte es. Wo sind Sie?«

»Ich bin auf dem Weg zu Ihnen. Gibt es einen zweiten Eingang zu diesem Gebäude?«

»Das … das weiß ich nicht. Ich glaube nicht. Ich bin im unteren Kellergeschoss. Herr Zollanger. Was wollen diese Leute von mir?«

»Sie wollen vor allem mich, Elin. Hören Sie zu. Können Sie sich dort unten verstecken? Wenigstens eine Stunde, bis ich da bin?«

»Sie kommen hier nicht herein, ohne dass die Sie bemerken. Sie werden Sie …«

Plötzlich war der Empfang weg. Sie drückte auf den Wiederwahlknopf, aber die Feldstärkenanzeige gab keinerlei Signal. Eine Stunde. Was sollte sie tun? Sie hielt das Handy vor sich und leuchtete den Gang hinab. Er führte geradeaus auf eine Abzweigung zu.

55

Sina schaute zum wiederholten Male auf die Uhr. Sie verfolgten den Einsatz per Funk. Wie lange würde es denn noch dauern, bis das Kommando in Position war und der Zugriff beginnen konnte? Niemand wollte ein Risiko eingehen. Um 20:17 Uhr drangen die Mitglieder des Sonderkommandos gleichzeitig an vier Stellen in die Kaserne ein. Sina lauschte gespannt in die Stille jenseits der Straße, aber es war nichts zu hören. Manchmal blitzte der Strahl einer Taschenlampe hinter der Fassade auf, aber sonst geschah nichts. Nach sieben Minuten meldete der Einsatzleiter, dass die Kaserne leer sei. Die Wartenden tauschten enttäuschte und ratlose Blicke aus. Dann kam die nächste Meldung: Eine verschlossene Kellertür war gefunden und geöffnet worden. Es vergingen vier endlose Minuten. Die nächste Meldung sprach von mehreren Räumen, die offenbar gegenwärtig benutzt wurden. Sina lauschte gespannt. Dann, um 20:46 Uhr, kam die erlösende Nachricht.

»Wir haben soeben eine weibliche Person vorgefunden, die in einem der Kellerräume eingesperrt war. Sie ist unversehrt und gibt ihren Namen mit Inga Zieten an. Wir setzen die Untersuchung der anderen Kellerräume fort.«

Sina lief nervös hin und her, die Hand ans linke Ohr gelegt, in dem der kleine Kopfhörer steckte. Brenner stand an den Wagen gelehnt da und rauchte. Mit jeder neuen Meldung wechselten sie vielsagende Blicke, sprachen aber nicht mehr. Was für eine Horrorhöhle hatten sie hier nur ausgehoben.

»Wir haben Leichenteile menschlichen Ursprungs in einem

Tiefkühlgerät sichergestellt. Außerdem Zerlegewerkzeuge und einen Metalltisch. Außer der Gefangenen haben wir keine weiteren Personen hier unten angetroffen. Wir überprüfen noch einmal sämtliche Räume und mögliche zusätzliche Ein- und Ausgänge.«

»Was machen wir zuerst?«, fragte Udo. »Mit dem Mädchen sprechen?«

Sina nickte. Sobald das SEK fertig war, wären erst einmal die Techniker dran. Nach den Schilderungen zu urteilen, gab es dort unten Hunderte von Spuren zu sichern. Das würde dauern.

Sina rieb sich die Schläfen. Das Mädchen war unversehrt! Wenigstens das. Sie schaute in den Nachthimmel hinauf und atmete tief durch. Aber eine Erklärung. Es musste doch eine Erklärung geben. Gleich würden sie Inga Zieten sprechen. Sie musste ihren Entführer ja gesehen haben. Und es konnte doch verdammt noch mal nicht Zollanger gewesen sein.

Scheinwerfer flammten auf und tauchten die Kasernenruine in ein gespenstisches Licht. In der Ferne hatten sich, angelockt von den vielen Polizeifahrzeugen, die ersten Schaulustigen eingefunden. Brenner schaute mürrisch zu ihnen hinüber.

»Immer das Gleiche. Was erhoffen die sich nur?«

Sina stieß sich von ihrem Wagen ab und ging langsam in Richtung der Absperrung, hinter der eine Gruppe junger Leute stand und stumm das Treiben der Polizei beobachtete. Sie ließ ihren Blick aus einigem Abstand über die Gesichter wandern. Es war eine Angewohnheit von ihr. Tatorte waren besondere Orte, die besondere Menschen anzogen. Nicht unbedingt den Täter. Das war ihrer Erfahrung nach nur in Filmen so. Aber fast immer jemand, der etwas Interessantes wusste.

Die Gesichter erschienen ihr fast alle nichtssagend. Direkt an der Absperrung tummelte sich vor allem Dorfjugend. In etwas Abstand dahinter standen ein älterer Mann und zwei Frauen mit Kopftuch. Etwas abseits bemerkte Sina eine hagere Figur. Der Mann sah alt und kränklich aus. Seine ganze Körperhaltung war leicht gebückt. Aber es war sein Gesichtsausdruck, der ihr aufgefallen war.

Sina ging zu ihm hin. »Guten Abend«, sagte sie.

Die Köpfe der anderen wandten sich ihnen zu, aber niemand erwiderte etwas.

»Abend«, antwortete der Mann.

»Wohnen Sie hier im Dorf?«

Er nickte. Dann deutete er auf die hell ausgeleuchtete Kaserne und fragte: »Was ist damit? Baufällig?«

»Die Kaserne? Ja. Ziemlich.«

»Kaserne?«, sagte der Mann spöttisch. »Das war noch nie 'ne Kaserne.«

»So. Was war es denn dann?«

Er verzog die Mundwinkel und musterte sie abschätzig.

»Weiß doch jeder, was das hier war.«

Damit drehte er sich um und trottete weg.

Sina bückte sich, glitt unter dem Absperrband durch und folgte ihm. Er war leicht einzuholen. Als er bemerkte, dass sie ihm gefolgt war, blieb er stehen und drehte sich halb zu ihr um.

»Ich weiß es aber nicht«, sagte sie. »Und das Katasteramt liegt dann offenbar auch falsch.«

»Was für 'n Amt?«, fragte der Mann und machte eine Miene, als habe das Wort ihm wehgetan.

»Was ist das für ein Gebäude?«, fragte Sina. »Wir würden das schon gerne wissen.«

Er schüttelte den Kopf. Dann zog er die Nase hoch und spuckte aus.

»Na, hier war Erichs Sonnenstudio.«

Sina spürte, dass der Mann immer wieder scheu in Richtung der anderen Schaulustigen blickte. Sie waren jetzt zu weit entfernt, um die Unterhaltung hören zu können, aber allein ihre Anwesenheit schien den Mann nervös zu machen.

»Erichs Sonnenstudio?«, wiederholte sie verständnislos. »Und was soll das bitte sein?«

Aber der Mann schüttelte nur den Kopf und stolperte in die Dunkelheit davon.

»Sina«, hörte sie plötzlich im Knopf in ihrem Ohr. »Wo bist du denn? Das Mädchen ist da.«

Sie kehrte um und ging zum Sanitätswagen, der mittlerweile direkt neben dem Gebäude stand. Inga Zieten saß auf der Tragbahre und ertrug geduldig, dass man ihren Blutdruck maß. Sie telefonierte offenbar gerade mit ihrem Vater.

»… ja Papa, ich bin wirklich okay … nein, er hat mir nichts angetan … unheimlich, ja, ein Spinner … ich erzähle dir alles … aber gib mir bitte Mama …«

Sina und Udo warteten, bis die wichtigsten Neuigkeiten ausgetauscht waren. Dann meldeten die Sanitäter, dass Frau Zieten keine gesundheitlichen Beeinträchtigungen aufwiese und sofort nach Hause gebracht werden könne.

»Aber wir dürfen Ihnen ein paar Fragen stellen?«, sagte Brenner.

»Ja. Natürlich.«

Inga gab bereitwillig einen Abriss der Ereignisse.

»Sie könnten den Mann also identifizieren? Er hat sich keinerlei Mühe gemacht, sein Gesicht zu verbergen?«

»Nein.«

Brenner legte ihr Zollangers Fahndungsfoto vor, das seit achtzehn Uhr landesweit auslag. Inga Zieten zögerte keine Sekunde.

»Aber das ist ja der Mann. Wo haben Sie das her? Wer ist das?«

Sina und Udo schauten sich kurz an.

»Das kann ich Ihnen noch nicht sagen, Frau Zieten. Aber

ich kann Ihnen versichern, dass wir ihn bald gefasst haben werden und Sie nichts mehr von ihm zu befürchten haben.«

Ingas Augen blitzten auf. »Aber er von mir, das kann ich Ihnen schwören.«

»Hat der Täter irgendwelche Forderungen an Sie gestellt?«, wollte Brenner wissen. »Hat er Ihnen gesagt, warum er Sie hierhergebracht hat?«

Inga Zieten schaute ruhig von einem zum anderen.

»Nein«, antwortete sie dann. »Er hat kein Wort mit mir gewechselt.«

»Ist Ihnen sonst irgendetwas aufgefallen, das Rückschlüsse auf ein Motiv für diese Entführung zulässt?«

»Nein«, sagte die junge Frau. »Ich möchte nun auch nichts mehr sagen. Sie wissen, wir sind keine unbedeutende Familie, und wir wollen nicht in die Bild-Zeitung kommen. Mein Vater wird Ihnen einen Anwalt nennen, der Ihnen alle Fragen beantworten wird.«

»Hier sind keine Journalisten, Frau Zieten«, sagte Udo Brenner verärgert. »Wenn wir den Täter fassen wollen, sind wir auf Ihre Mithilfe angewiesen.«

»Aber Sie haben den Mann doch offenbar schon? Bitte lassen Sie mich nach Hause. Ich möchte erst mit meinem Vater sprechen. Vorher werde ich keine weiteren Aussagen machen.«

Sina verließ den Sanitätswagen und machte sich ohne ein weiteres Wort auf den Weg zu der Ruine. Sie durchquerte das Erdgeschoss und folgte dem Lichtschein, der aus dem Kellereingang kam. Acht Kriminaltechniker in weißen Schutzanzügen waren damit beschäftigt, Spuren zu sammeln. Sie fragte, ob sie sich ein wenig umschauen könnte, und mit Ausnahme des großen Kellerraumes, wo der Entführer wohl die Leichenzerstückelungen vorgenommen hatte, wurde ihr das gewährt.

Sie spazierte durch die Gänge, fand einen Raum mit einem

323

Generator, stand eine Weile ratlos vor Inga Zietens chemischer Toilette, musterte die Proviantpakete, die Nische in der Wand, die als Schlafstätte hergerichtet worden war. Offenbar war ein längerer Aufenthalt für die Gefangene geplant gewesen.

Als sie wieder auf den Gang hinausging, stieß sie fast mit Udo zusammen. Sie setzten ihre Besichtigung gemeinsam fort, betrachteten von der Schwelle aus, wie die Tatortleute den Inhalt der Kühltruhe Stück für Stück auf dem Seziertisch ausbreiteten und fotografierten. Sina erkannte einen menschlichen Unterschenkel, einen Arm und Gefrierbeutel mit nicht identifizierbarem Inhalt. Sie konnte dem Schauspiel nicht viel abgewinnen und betrat den Raum direkt neben dem großen Keller. Ein ekelhafter Geruch schlug ihr daraus entgegen. Der Boden war mit Exkrementen beschmiert. Sina verspürte eine immer größere Abneigung gegen diesen Ort. Was war dies nur für ein schauderhafter Keller. Die Räume waren sicher schon lange nicht mehr genutzt worden. Der Entführer hatte sie nur notdürftig hergerichtet. Der Entführer? Zollanger! Sie musste sich das immer wieder in Erinnerung rufen, so absurd kam es ihr vor. Aber warum? Warum hier? Hatte er diesen Ort gekannt? War er früher einmal hier gewesen? Erichs Sonnenstudio? Was hatte der Mann damit gemeint?

Sie kehrte noch einmal zum Generatorraum zurück. Irgendetwas war ihr dort aufgefallen. Sie öffnete den Verschlag und schaute hinein. Auf dem Boden stand der Stromgenerator. Offenbar ein neues Gerät. Aber was war das für ein Raum? Er unterschied sich von den anderen. Sie leuchtete die Wände ab. Dann sah sie es. Die Wände waren nicht gemauert. Es hingen Platten daran. Graugrün überzogene Platten. Sie ging näher hin und strich mit der Hand darüber. Feiner Staub rieselte an der Stelle zu Boden, wo sie die Platte berührt hatte. Sie klopfte dagegen, um Aufschluss über das Material zu gewinnen. Es klang dumpf.

»Es ist Blei«, sagte Udos Stimme hinter ihr. »Hier. Schau.«
Er ritzte mit seinem Autoschlüssel mühelos eine tiefe, schimmernde Kerbe in die Oberfläche.

Sina drehte sich zu ihm um.

»Blei? Aber wozu …?« Doch dann blieb ihr der Satz im Hals stecken. Erichs Sonnenstudio! Zum Teufel noch mal! War das hier eines der geheimen Stasi-Folterlager, wo besonders missliebige Regimegegner verstrahlt wurden, bevor man sie für viel Geld in den Westen entließ? War Zollanger früher einmal hier inhaftiert gewesen? Seine Blutkrebserkrankung! Sein Amoklauf vor zehn Monaten. Und jetzt diese Kamikaze-Aktion mit Leichenteilen? Die Schießerei in seiner Garage! Sina fühlte plötzlich einen furchtbaren Druck im Kopf. War das der Schlüssel? War Zollanger möglicherweise dabei, alte Rechnungen zu begleichen? Mit Leuten, von denen sie alle gar nichts wussten?

56

Aivars traf gegen zwanzig Uhr am Block D ein. Er ließ sich die Örtlichkeiten erklären. Dann gab er den beiden Männern, die das Mädchen beschattet hatten, sein Handy und seine Brieftasche und befahl ihnen, in die Stadt zurückzufahren und die üblichen Vorbereitungen zu treffen. Die beiden wussten, was das bedeutete. Aivars würde in Kürze bei ihnen auftauchen, seine Sachen holen und bis auf weiteres verschwinden. Das war nach Einsätzen dieser Art der normale Ablauf.

Aivars hatte Zieten lediglich darüber informiert, dass er das Mädchen lokalisiert hatte. Aber Zieten hatte ihm gar nicht richtig zugehört. Er war wie aufgelöst gewesen vor Freude darüber, dass die Polizei seine Tochter wohlbehalten wiedergefunden hatte. Ohne Aivars' brillante Analyse der Torsi und ohne das Video, das er diesem geisteskranken Polizisten abgenommen hatte, wären sie niemals so schnell vorangekommen. Aivars nahm die Komplimente kommentarlos entgegen und sagte nur, er werde die Sache jetzt zu Ende bringen. Dann legte er auf, ohne auf eine Erwiderung zu warten, und schaltete das Gerät ab. Zieten hatte, was er wollte. Jetzt war es an Aivars, sich um seine eigenen Interessen zu kümmern. Sowohl Zollanger als auch das Mädchen hatten ihn gesehen. Das war in seiner Branche der schnellste Weg in die Berufsunfähigkeit. Jenen Aivars Ozols, der nun Block D in Augenschein nahm, kannte niemand, nicht einmal Marquardt oder Sedlazek. Und das war nun mal sein wichtigstes Betriebskapital.

Warum hatte die kleine Hilger sich ausgerechnet hier versteckt? Kannte sie sich dort unten aus? Oder irrte sie verloren durch die Kellergänge in der Hoffnung, auf diese Art und Weise zu entkommen? Und war sie allein? Oder war der Bulle auch dort unten?

Er prüfte das Magazin seiner MK23. Die handlichere P8 wäre ihm jetzt lieber gewesen. Aber die hatte der Bulle ihm abgenommen. Er erwog kurz, den Schalldämpfer aufzuschrauben, entschied aber dagegen. Dort unten war es dunkel. Ohne Mündungsfeuer sah man schlecht, ob man getroffen hatte.

Er schlenderte langsam um das Gebäude herum und musterte die Kellereingänge. Das Mädchen war durch den Eingang an der Ostseite verschwunden. Also könnte er vielleicht die Südseite nehmen. Er ging die Stufen hinab und drückte die Klinke der grauen Metalltür. Sie war abgeschlossen. Ein kurzer Blick auf die Metallbeschläge erübrigte es, über Gewaltanwendung nachzudenken. Er probierte die anderen Türen, alle mit dem gleichen Ergebnis. Dann musste er also doch der Fährte seines Opfers folgen. Er machte sich auf den Weg zum Osteingang von Block D. Doch auf halber Strecke hörte er plötzlich das Geräusch einer Polizeisirene. Er ging sofort auf die andere Straßenseite und stellte sich in den Schatten einer Litfaßsäule. Im nächsten Augenblick schoss ein Motorrad heran. Es bremste, hielt kurz an, ein Mann stieg ab und verschwand in Richtung Block D. Der Fahrer des Motorrades wartete, bis der Streifenwagen auf Sichtweite herangekommen war. Dann gab er Gas und raste davon. Der Streifenwagen stoppte keine zehn Meter von Aivars entfernt. Er hatte die volle Weihnachtsbeleuchtung eingeschaltet. Aivars konnte das Quaken des Polizeifunks hören, allerdings ohne zu verstehen, was gesprochen wurde.

Er musste warten, bis die Jagd nach diesen Kleinkriminellen, oder was immer der Anlass dieser Verfolgung gewesen war, ein Ende gefunden haben würde. Zunächst schien die

Polizei gar nicht wieder wegfahren zu wollen. Das Blaulicht zuckte nervös über die aschgrauen Hochhausfassaden. Hier und da öffnete sich ein Fenster, und ein neugieriger Kopf erschien dahinter. Aber sonst blieb alles ruhig. Den flüchtenden Mann auf dem Sozius hatte die Nacht verschluckt. Das Motorrad war längst über alle Berge.

Die Polizisten schienen das nun auch so zu sehen und fuhren weiter. Aivars wartete noch einige Minuten, bis der Spuk endgültig vorüber war. Dann unternahm er den zweiten Versuch, den Osteingang des Kellers von Block D aufzusuchen. Doch auf halber Strecke blieb er plötzlich stehen. Was hatte sich da gerade abgespielt? War das Zufall gewesen? Er schaute aufmerksam um sich und horchte angestrengt in die Stille hinein. Dieser Bulle war ein gerissener Hund. Hatte das Mädchen bemerkt, dass sie verfolgt worden war, und ihn alarmiert? Und hatte der Bulle einen originellen Weg gesucht, einem etwaigen Hinterhalt zu entgehen? Aivars wischte den Gedanken beiseite. Zollanger war zur Fahndung ausgeschrieben. Er konnte es schwerlich riskieren, seine Visage auf einer Polizeistation zu zeigen. Er hatte den Bullen zwar unterschätzt. Aber das war kein Grund, ihn jetzt zu überschätzen.

Er bewegte sich geschmeidig und so gut wie lautlos auf den Kellereingang zu. Als die Tür in Sichtweite kam, bemerkte er, dass sie weit offen stand. Die Waffe schussbereit am ausgestreckten Arm, schlich er die Treppe hinab und starrte in die Dunkelheit. Er trug eine kleine Taschenlampe mit sich herum. Aber natürlich wäre er nicht so dumm, sie einzuschalten. Er ging einige Schritte in den Kellergang hinein und wartete, bis seine Augen sich ein wenig an die Dunkelheit gewöhnt hatten. Vor allem achtete er auf Geräusche. Da war doch etwas! Er lauschte. Dann hob er den Kopf und suchte die Quelle des Klopfgeräusches. *Tata ta tata.* Es kam aus den Heizungsrohren. Er machte vorsichtig zwei Schritte den Gang hinab, in dem er nun wenigstens schemenhaft die Wände erkennen konnte. Etwas knirschte unter seinen Sohlen. Er erstarrte in der Bewegung, ging langsam in die Knie und tastete behutsam den Boden ab. Glassplitter. Plötzlich hörte er Schritte hinter sich auf der Treppe. Mit einer raschen Bewegung drückte er sich gegen die Wand und wartete, die Waffe auf das hellgraue Viereck des Ausgangs gerichtet. Ein Schemen erschien dort und blieb kurz stehen. Aivars hörte, wie eine Hand mehrmals einen Schalter betätigte, ohne dass etwas geschah. Jetzt wurde ihm klar, was die Glassplitter bedeuteten. Jemand hatte die Glühbirnen kaputtgeschlagen.

Das Display eines Handys leuchtete auf. Es kam ein paar Schritte auf ihn zu. Dann war es plötzlich verschwunden. Aivars starrte in die Dunkelheit. Schritte entfernten sich. Mit drei Sätzen war er an der Stelle, wo er das Handy zuletzt gesehen hatte. Da entdeckte er den Spalt in der Mauer, wo eine schmale Treppe abwärts führte. Er zwängte sich hindurch und stand plötzlich in einem tiefer gelegenen Gang. Das Klopfen erklang erneut. Diesmal lauter. *Tata ta tata.* Der Gang führte sowohl nach rechts als auch nach links. Wer immer da soeben gekommen war, war nach links gegangen. Er hörte die Schritte der Person noch. Sollte er in die gleiche Richtung gehen? Er zog den Kopf ein und nahm die Verfolgung auf.

Etwa alle zehn Meter zweigte ein Gang vom Hauptgang ab. Vermutlich eine Querverbindung, dachte Aivars in dem Bemühen, die Struktur der Örtlichkeit zu begreifen. Es war auffällig warm hier unten. Dicke Rohre liefen unter der Decke entlang und machten das aufrechte Gehen schwierig. Es mussten Fernwärmerohre sein.

Plötzlich hielt er inne. Mitten im Gang vor ihm stand jemand. Er drückte sich gegen die Wand, hielt seine Augen jedoch unablässig auf den dunklen Schemen gerichtet, der dort vor ihm in der Finsternis aufzuragen schien. Oder täuschte er sich? Spielten ihm seine überanstrengten Augen einen Streich? Und wer konnte das sein? Wer trieb sich denn alles hier unten herum? Irgendein Mieter, der etwas aus seinem Keller holen wollte? Aber ohne Licht? Ohne Taschenlampe? Er hob den Arm und richtete seine Waffe auf den Schatten. Der aber war schon nicht mehr da. Der Gang lag in einheitlichem Dunkelgrau vor ihm, in der schwarzen Umfassung der ihn begrenzenden Wände. Dann hörte er plötzlich die Stimme des Mädchens.

»Mirat?«, rief sie. »Bist du da?«

Sie war ein ganzes Stück weiter hinten. Aber er hatte die Richtung, aus der der Ruf gekommen war. Mit erhobener Waffe schlich er gebückt weiter und fieberte dem Moment entgegen, da er ihren Schatten sehen würde. Er würde nicht warten, bis er sie beide im Visier hätte. Zu kompliziert und zu riskant. Auch sein ursprünglicher Plan, das Mädchen mit einer Kugel aus einer Polizeiwaffe hinzurichten, war leider zu aufwendig. Er dachte noch darüber nach, als der Schemen unvermittelt nur wenige Meter vor ihm wieder auftauchte. Aivars hob die Waffe und schoss. Der Schemen wurde herumgerissen und stürzte mit einem schrillen Schrei zu Boden. Aivars hatte die Waffe bereits gesenkt, um zwei Fangschüsse auf das liegende Opfer abzufeuern. Doch im Lichtblitz des Mündungsfeuers hatte er gesehen, dass hinter dem stürzenden Körper noch eine weitere Person stand. Der Bulle!, durchfuhr es ihn, während er blitzschnell die Waffe wieder hob und vier Schüsse abgab. Im grellen Licht sah er, dass jeder Schuss getroffen hatte. Der Bulle brach unter grotesken Zuckungen zusammen. Einige Augenblicke war Aivars geblendet. Rote und gelbe pulsierende Flächen tanzten vor seinen Augen. Pulvergestank stach ihm in die Nase. Das Mädchen, sagte er sich und richtete die Waffe erneut Richtung Boden, wo sie hingefallen sein musste. Er hatte noch fünf Schüsse.

Aber er kam nicht mehr dazu, noch einmal zu schießen. Aus der völligen Stille des Kellerganges hinter ihm drang plötzlich ein ganz schwaches Pfeifen an sein Ohr. Es war ein

Geräusch, das er noch nie gehört hatte. Fast gleichzeitig spürte er einen sengenden, brüllenden Schmerz am Hinterkopf. Dann erlosch sein Bewusstsein. Ein letzter Schuss löste sich noch, während er fiel. Die Kugel bohrte sich in seinen rechten Oberschenkel. Aber Aivars Ozols spürte davon nichts. Das zerfetzte Gehirn in seinem von einer Ladung Zündkerzenschrot durchschlagenen Schädel registrierte keine Empfindungen mehr.

57

Sie konnte sich kaum rühren. Jede Bewegung schmerzte. Ihr Hals fühlte sich trocken an. Wie lange lag sie hier schon? Sie wandte leicht den Kopf und betrachtete verständnislos den Nachttisch, auf dem ein ganzes Sammelsurium von Medikamenten herumlag. Dann sah sie die Schläuche. Einer führte zu einer Nadel, die in ihrer linken Armvene steckte. Ein anderer verschwand irgendwo in ihrem Unterleib. Sie sah ein vergittertes Fenster, hinter dem es dunkle Nacht war. Dann schlief sie wieder ein.

Als sie das nächste Mal zu sich kam, war jemand damit beschäftigt, irgendetwas über ihrer linken Brust zuzukleben. Der Mann lächelte ihr zu, als er bemerkte, dass sie zu sich gekommen war. Sie wollte etwas sagen, aber er schüttelte nur leicht den Kopf und legte seinen rechten Zeigefinger sanft auf ihre Lippen. Dann sah sie, wie er an einem der Schläuche herummachte, und kurz darauf wurde wieder alles weich und schwarz und still.

Die meiste Zeit verbrachte sie in einem traumlosen Tiefschlaf. Nur manchmal, kurz bevor sie wach wurde, durchzuckten verzerrte Erinnerungen ihr taubes Bewusstsein. Sie sah diesen dämmerigen Kellergang und einen Schatten, aus dem plötzlich ein Lichtblitz aufflammte. Zollanger war auch da gewesen. Hinter ihr. Und Mirat? War Mirat nicht dazugekommen, bevor der Lichtblitz aufflammte? Manchmal, wenn sie für einige Minuten zu sich kam und in das dunkle Krankenhauszimmer starrte, sah sie die Bilder klarer vor sich. Zollanger hatte sie noch wegziehen wollen. Aber der Blitz war schneller

gewesen. Und danach war alles schwarz. Sie war durch Kellergänge geirrt. Dann war Zollanger plötzlich da gewesen. Und
der Lichtblitz. Sosehr sie sich auch bemühte, klarere Bilder
konnte ihre getrübte Erinnerung nicht erzeugen.

Dann war es auf einmal sehr hell. Sie schlug die Augen auf,
und der Raum, der sonst stets im Nachtdunkel dalag, war
sonnendurchflutet.

»Elin«, vernahm sie eine wohlbekannte Stimme.

»Papa«, flüsterte sie.

»Kind …«

Sie spürte seine Hand. Die Helligkeit war zu viel für sie, und
so schloss sie die Augen wieder. Aber sie hielt seine Hand fest.

Es war wohl noch jemand im Raum, denn ein leise geführ-
tes Gespräch setzte jetzt ein.

»Sie können ganz beruhigt sein, Herr Hilger. Sie ist über
den Berg. Sie ist nur sehr, sehr schwach, das ist alles.«

Und dann fiel sie wieder in diese wunderbare, wärmende
Ruhe zurück.

Später kamen die Schmerzen. Es fing ganz leise an. Wie
ein unangenehmes, kaum wahrnehmbares Geräusch, das allmählich lauter und lauter wurde und dann einfach nicht mehr
verschwand. Es war offenbar auch beschlossen worden, dass
sie nun genug geschlafen hatte, denn es kamen laufend Menschen, die ihr Fragen stellten. Sie schaute sie nur ruhig an und
sagte nichts.

Nur mit ihrem Papa sprach sie manchmal. Und auf eine ihr
völlig unbegreifliche Weise war sie dankbar, dass er überhaupt
gekommen war. Sie fühlte sich so hilflos, als sei sie wieder das
achtjährige Kind und er ihr toller Papa, von dessen wahrem
Wesen sie keine Ahnung hatte.

Allmählich erfuhr sie Einzelheiten. Eine rothaarige Frau,
die öfter kam, um mit ihr zu sprechen, informierte sie. Sie sei
ihre Rechtsanwältin. Denn sie stehe unter Mordverdacht.

Die Frau bat sie, sie Vera zu nennen. Vera, wie die Wahrheit.

333

Sie solle sich keine Sorgen machen. Sie würde die Vorwürfe, die gegen sie erhoben wurden, schon entkräften. Aber die Tatsachen seien nun mal nicht von der Hand zu weisen. Man habe ihre Fingerabdrücke auf der Tatwaffe gefunden, mit der ein Mann von einem privaten Sicherheitsdienst getötet worden sei. Was für eine Waffe?, hatte sie gefragt. Eine Steinschleuder. Der Mann habe allerdings zuvor auf sie und Hauptkommissar Zollanger geschossen und diesen getötet. Daher habe sie wohl in Notwehr gehandelt. Sobald sie bei Kräften sei und eine klare Schilderung der Vorgänge geben könnte, würde man von einer Mordanklage bestimmt absehen. Sie sollte sich zunächst nicht zu den Vorhaltungen der Polizei äußern …

Zollanger war tot? Steinschleuder? Ja, sie hatte das Ding in der Hand gehabt, es die ganze Zeit über mit sich herumgetragen. Aber hatte sie sie benutzt? Sie konnte doch gar nicht damit umgehen. Mirat! Was war mit ihm?

Er sitze in Untersuchungshaft, sagte die Frau. Er sei ebenfalls verdächtig, habe kein Alibi für die Tatzeit. Mehrere Personen hätten bestätigt, dass er der Eigentümer der Steinschleuder sei. Und seine Fingerabdrücke seien auch auf dem Plastikgriff. Ob Mirat auch dort unten gewesen sei?

Elin überlegte lange. Dann sagte sie, sie könne sich an nichts erinnern. Sie habe die Schleuder und die Munition aus dem Versteck geholt. Das wisse sie noch. Und da sei Mirat nicht dabei gewesen. Aber was später geschehen war, wisse sie nicht mehr.

Vera Kornmüller blickte sie aus ihren wässrigblauen Augen ernst an und bat sie, diese Aussage auf keinen Fall zu wiederholen. Es seien noch sehr viele tatorttechnische Ermittlungen im Gang, und ihre Erinnerung sei möglicherweise von den vielen Medikamenten beeinträchtigt, die sie wegen ihrer Schussverletzung bekommen hatte.

Elin nickte. Dann war sie bereits wieder zu schwach, weiterzusprechen, und schlief ein.

58

Brenner betrat das italienische Restaurant in der Acker-straße gegen halb zwei. Er war nicht früher weggekommen und hatte außerdem auf der Invalidenstraße fast zwanzig Minuten im Stau gestanden. Sina saß an einem Ecktisch und hob nur kurz die Hand, als er hereinkam.

»Tut mir leid«, entschuldigte er sich. »Stau.«

»Ich war auch zu spät«, sagte sie und schob ihm die Karte hin. »Hier. Ich nehme nur einen Salat.«

Brenner kommentierte das nicht. Gut, dass sie überhaupt etwas aß. Sina sah furchtbar aus. Sie hatte Ringe unter den Augen. Ihre braunen Haare steckten unter einem Kopftuch, was ihre Wangenknochen und ihre großen dunklen Augen stärker hervortreten ließ. Brenner überflog die Karte, konnte sich wie üblich nicht entscheiden und bestellte schließlich eine Lasagne und ein kleines Bier.

»Geht's dir besser?«, fragte er dann. »Die anderen fragen nach dir. Was soll ich sagen?«

»Gar nichts. Und du? Wie geht es dir?«

Udo Brenner zuckte mit den Schultern. Er hätte sich nach dem Horror der letzten Woche auch am liebsten krankgemeldet. Aber dann hatte er es nicht getan.

»Immer wenn ich an seinem Schreibtisch vorbeigehe, könnte ich losheulen«, sagte er. »Aber zu Hause würde mir die Decke auf den Kopf fallen. Die Arbeit lenkt wenigstens ab.«

Sina nickte und schaute kurz aus dem Fenster. Brenner senkte die Stimme etwas und sagte: »Die Obduktionsberichte sind da.«

Sie nickte. »Und?«

Brenner schaute sich um. Aber dank seiner Verspätung saßen keine anderen Mittagsgäste mehr in Hörweite.

»Alle vier Kugeln haben getroffen. Zwei davon waren tödlich, eine im Hals und eine punktgenau auf dem Aortenbogen.«

Er machte eine Pause. Dann fügte er hinzu: »Wenigstens dürfte er kaum etwas gespürt haben.«

Sina zeichnete mit ihrer Gabel Linien auf ihre Serviette.

»Und der Rest?«

Brenner holte einen Umschlag hervor. »Hier«, sagte er. »Willst du es nicht lieber selbst lesen?«

»Nein. Ich bin außer Dienst. Erzähl es mir bitte.«

Die Bedienung kam. Brenner bestellte. Dann fuhr er fort: »Sie haben seine Krankenakte aus Steglitz mit herangezogen. Zollanger hatte noch ein bis zwei Jahre zu leben. Das erklärt nicht unbedingt seinen Amoklauf. Aber in einen Kugelhagel hineinzulaufen ist auch ein Weg, ein Krebsleiden zu beenden. Jedenfalls deutet nichts darauf hin, dass er versucht hat, diesem Typen auszuweichen. Er ist stehen geblieben wie eine Schießbudenfigur.«

Sinas Gabel hatte das Serviettenpapier durchgewetzt. Sie legte sie zur Seite und sagte: »Wie weit sind die Ballistiker?«

»Die arbeiten noch«, antwortete Udo Brenner. »Aber der Ablauf ist einigermaßen klar. Zollanger hat sich dem Schützen in den Weg gestellt.«

»War er nicht bewaffnet?«

»Nein.«

»Und seine Dienstwaffe?«

»Verschwunden.«

Sina erwiderte nichts. Noch ein Rätsel.

»Entweder hat er nicht damit gerechnet, dass der Mann sofort schießt. Oder er hat einfach noch eine Unbegreiflichkeit auf die anderen gehäuft. Auf jeden Fall ist er dem Mann unbewaffnet gegenübergetreten. Der Schütze hat aus drei oder vier Meter Entfernung gefeuert und Zollanger mit vier Schüssen getötet. Das ist unbestritten.«

»Und das Mädchen?«, fragte Sina.

»Sie kann sich an absolut nichts erinnern.«

»Wo ist sie?«

»Noch im Krankenhaus. Aber sie kommt wohl noch vor Weihnachten in U-Haft. Frieser will beweisen, dass sie hinter dem Schützen gestanden hat. Als der zu feuern begann, soll sie die Schleuder gespannt und geschossen haben.«

»Und wie wurde sie dann verletzt?«, gab Sina zu bedenken.

»Das ist die Frage«, erwiderte Udo. »Der Schütze hat im Todesreflex noch einmal abgedrückt. Eine seiner Kugeln steckte in seinem Schenkel. Er kann durchaus noch zwei oder drei Mal geschossen haben.«

»Und wie soll er das Mädchen getroffen haben, wenn es hinter ihm stand?«

»Sie hat wahrscheinlich einen Querschläger abbekommen. Bei Schießereien auf so engem Raum ist so gut wie alles möglich. Aber wie gesagt, das ist Friesers Theorie, nicht meine.«

»Und wie lautet deine?«

»Ich glaube, dass dieser Mirat geschossen hat. Krawczik hat herausgefunden, dass der Junge das Mädchen offenbar schon einmal mit seiner Schleuder beschützt hat. Irgendwelche braunen Dumpfbacken haben sie letzte Woche vor dem LIDL auf dem Wilhelmsruher Damm angemacht. Mirat hat den Typen Beine gemacht, indem er ein Loch in einen Glascontainer geschossen hat. Es liegt ziemlich nahe, dass er den Typen umgepustet hat.«

»Aber warum sagt das Mädchen nichts?«

»Entweder sie hat wirklich einen Blackout. Oder sie will diesen Mirat nicht belasten. Wir haben ihre Fingerabdrücke«, sagte er. »Sie hat die Schleuder auf jeden Fall in der Hand gehabt. Das ist sicher. Aber es ist nicht klar, wann und ob sie geschossen hat. Wir haben mehrere Zeugenaussagen, dass die Schleuder dem Jungen gehört. Dieser Mirat kann durchaus hinter dem Schützen gestanden und ihn von dort aus erledigt haben. Ich meine, mit so einer Zwille muss man ja umgehen können.«

Sina war nicht überzeugt. »Warum verteidigt sie sich nicht gegen den Vorwurf, den Mann getötet zu haben? Das verstehe ich nicht.«

Brenner verzog den Mund. »Wie gesagt. Wenn sie es nicht war, dann muss es der Junge gewesen sein. Vielleicht will sie ihn decken. Oder sie phantasiert, kann sich einfach nicht erinnern. Wahrscheinlich überlegt sie es sich noch mal. Ich denke, ihre Anwältin wird sie schon noch zum Reden bringen.«

Sie unterbrachen ihr Gespräch wieder, während die Bedienung die Getränke vor ihnen abstellte.

»Was ist mit dem Schützen? Wer ist er?«, wollte Sina wissen.

»Ein Lette. Er heißt Aivars Ozols. Lebt in Riga. Viel mehr war über ihn noch nicht in Erfahrung zu bringen. Der Mann betreibt so eine Art privaten Sicherheitsdienst. Zieten hat ihn engagiert, um seine entführte Tochter zu finden.«

Sinas Miene verdüsterte sich.

»Das hört sich ja nett an«, stieß sie wütend hervor. »Ein Profi also.«

Brenner zog die Augenbrauen hoch. »Ich sage dazu nichts, Sina. Zieten ist eine einflussreiche Figur des öffentlichen Lebens. Seine Tochter war verschwunden. Da kann ihm niemand einen Vorwurf machen, dass er professionelle Hilfe engagiert hat.«

»Professionelle Hilfe? Wie wäre es, genau das zu tun, was jeder Bürger in so einem Fall zu tun hat: nämlich zur Polizei zu gehen?«

»Zieten behauptet, die Polizei würde Vermisstenfälle immer erst nach Tagen ernst nehmen. Er habe nicht so lange warten wollen. Außerdem sei sein Vorgehen durch die Vorfälle ja wohl bestätigt worden. Da ein Polizeihauptkommissar seine Tochter entführt hatte, hätte er von der Polizei wohl wenig Hilfe erwarten können.«

»Als hätte er das gewusst«, rief Sina wütend. »Begreifst du das? Das ergibt doch alles überhaupt keinen Sinn!«

»Nein«, sagte Brenner kurz angebunden. »In der Tat. Aber ich sehe in Martins letzten Lebenswochen ziemlich wenig, was einen Sinn ergibt.«

Sina trank einen Schluck von ihrer Apfelsaftschorle, bevor sie antwortete: »Dann ist also dieser Ozols bei Martin eingebrochen.«

»Hm«, entgegnete Brenner skeptisch. »Frieser geht davon aus, dass Zollanger abhauen wollte. Er wusste, dass wir nur noch ein paar Stunden davon entfernt waren, ihn als Täter zu identifizieren. Schon durch die Mietwagenabfrage wäre er aufgeflogen.«

»Eben«, entgegnete Sina ärgerlich. »Das ist doch einfach Schwachsinn. Martin muss klar gewesen sein, dass wir ihn in null Komma nichts fassen würden.«

»Sina«, unterbrach Udo, »Martin hat nicht vernünftig gehandelt ...«

»... auf wen hat er in seiner Garage geschossen?«, schnitt sie ihm das Wort ab.

»Woher soll ich das wissen? Ich will ja gar nicht ausschließen, dass der Typ schon hinter ihm her war und ihn bis nach Reinickendorf verfolgt hat. Leider ist der Mann aber tot, und wir können ihn nicht mehr befragen. Unsere Rolle in der ganzen Sache ist derart unrühmlich, dass wir überhaupt kaum etwas tun können.«

Sina schaute grimmig vor sich auf den Tisch. Dann sagte sie: »Wie sollen wir uns das also vorstellen: Irgendwann letztes Jahr erfährt Martin, dass er unheilbar an Krebs erkrankt ist. Kurz darauf rutscht ihm bei einer Festnahme die Hand aus.«

»Ja«, sagte Udo. »Das weißt du ja alles. Daraufhin wird er vorübergehend beurlaubt, was aber nur dazu führt, dass sich sein Gemütszustand verschlimmert. Das Bewusstsein, bald sterben zu müssen, setzt Allmachtsphantasien und diffuse Rachegefühle in ihm frei. Er will nicht geräuschlos abtreten, sondern ein Zeichen setzen, seine Verachtung für diese Welt ganz krass bekunden. Er wälzt Kunstbände und Emblem-handbücher und stößt auf mittelalterliche Moralappelle, die er als Vorlage für seine grotesken Leichenarrangements be-nutzt.«

»Das kannst du erzählen, wem du willst«, brummte Sina. »Das glaube ich dir nicht.«

»Mir? Mir brauchst du gar nichts glauben. Das sind ver-dammt noch mal die Fakten. Die Kunstbände aus der Staats-bibliothek liegen noch in seiner Wohnung, Sina. Zollanger ist im Frühjahr in Italien gewesen. Frieser vermutet, dass Zollan-ger das Gemälde der schlechten Regierung dort gesehen hat. Die Psychologin, die ihn behandelt hat, hat Zollanger einen zutiefst autoritären Charakter attestiert. Er habe sich nach einfachen Lösungen gesehnt, die Wende nicht verkraftet. Du weißt ja selbst, wie sehr er den Westen verachtet hat, wie de-kadent und korrupt er alles fand. Weißt du, was in manchen Leuten gärt, die einmal an den Sozialismus geglaubt haben? Die fühlen sich doppelt und dreifach verraten ...«

»Also gut«, lenkte Sina ein. »Er dreht durch, besorgt sich eine Frauenleiche, ein Lamm und eine Ziege und deponiert seine Torsi in Gebäuden, die alle zum Geschäftsimperium von Hans-Joachim Zieten gehören. Um die Sache abzurun-den, entführt er auch noch dessen Tochter. Warum tut er das? Was bezweckt er damit?«

Brenner musste passen. »Das musst du einen Psychiater fragen. Ich habe keine Ahnung. Zieten ist ein stadtbekannter Banker und einflussreicher politischer Strippenzieher. Ich glaube nicht, dass es Zollanger um Zieten als Person ging. Die Psychologin sagt, er habe vermutlich eine Rachephantasie ausleben, dem seiner Ansicht nach dekadenten, korrupten Westen einen Spiegel vorhalten wollen. Du weißt doch so gut wie ich, wie Martin dachte und fühlte. Wie ihn das alles anwiderte. Er fand doch alles nur noch obszön. Die Armut und den Reichtum. Die Gier. Die Gefräßigkeit überall. Auf allen Ebenen. Ihm wurde ja schon fast schlecht, wenn er nur einen ALDI-Flyer sah oder Reklamezettel für Flatrate-Saufen.«

»So weit wir wissen«, fuhr Sina beharrlich fort, »wurden nie irgendwelche Forderungen an Zieten gestellt.«

»Was die Annahme bestätigt, dass es einfach eine Wahnsinnstat gewesen ist. Kein nachvollziehbares Motiv, sondern ein rein symbolischer Amoklauf.«

»Meinetwegen«, räumte Sina widerwillig ein. »Aber Zieten hat seine Tochter nicht einmal vermisst gemeldet. Nur Frieser wusste überhaupt von der Entführung. Findest du das normal?«

»Wie ich schon sagte. Ich finde bei Martin recht wenig normal.«

»Ich rede nicht von Martin. Die ganze Kette von Vorfällen stinkt doch zum Himmel. Das Überwachungsvideo ist erst verschwunden, dann taucht es plötzlich bei Frieser auf. Der Mietwagen führt uns direkt zum Versteck des entführten Mädchens. Sie identifiziert Zollanger, verweigert aber ansonsten die Aussage.«

»Worauf willst du hinaus, Sina?«

»Ich will hinein, Udo. In den Kern dieses ganzen Theaters. Was wollte Martin? Was verschlägt ihn plötzlich in diesen Keller in Reinickendorf? Wie sind er und das Mädchen dort hingekommen? Und wie hat Ozols sie dort gefunden?«

Udo schaute ungeduldig in Richtung Küchentür und griff dann nach einer Grissini-Stange.

»Wir arbeiten daran. Bis jetzt wissen wir nur, dass das verletzte Mädchen letzte Woche versucht hat, mit Martin in Kontakt zu treten ...«

Er unterbrach sich kurz, sprach dann aber doch weiter: »... sie muss auch bei ihm in der Wohnung gewesen sein, denn wir haben ihre Fingerabdrücke in seinem Gästezimmer gefunden.«

»Was?«

»Ja. Vielleicht ist *sie* ja bei Zolli eingebrochen.«

»Weiß man denn, was sie an jenem Freitag von ihm wollte?«

»Tanja kann sich erinnern, dass sie am Morgen, als wir Torso eins gefunden haben, in der Keithstraße war. Zollanger hatte einen Termin mit ihr gemacht. Sie war wegen ihres Bruders gekommen. Eric Hilger. Selbsttötung. Sie wollte, dass wegen Mordes ermittelt wird. Tanja hat sie damals zur Staatsanwaltschaft geschickt.«

Sina schaute verblüfft auf.

»Sie hatte vorletzte Woche einen Termin mit ihm? Bei uns im Büro?«

»Ja.«

»Und sie ist in Martins Wohnung gewesen?«

Brenner bejahte auch diese Frage, allerdings mit einem Kopfnicken, denn soeben kam das Essen.

»Dafür, dass du krankgeschrieben bist, hast du aber viele Fragen«, murmelte er dann. Sina lachte nicht über den schlechten Witz.

»Was wissen wir denn über sie?«

»Sie heißt Elin Hilger. Zwanzig, nein, einundzwanzig Jahre alt. Sie hat ja ihren letzten Geburtstag auf der Intensivstation gefeiert.«

Auch diese Bemerkung entlockte Sina kein Lächeln. Brenner aß ein Stück Lasagne und fuhr dann fort:

»Das Mädchen ist total asozial. Lebt in Hamburg, Hafenstraße. War jahrelang Straßenkind und ist jetzt in allen möglichen Anti-alles-Projektgruppen aktiv. Die Familie ist ziemlich kaputt. Mutter früh gestorben. Ihr Vater ist Edmund Hilger, ein Society-Starfotograf in Hamburg. So'n Schicki-Micki-Hengst, der seine Kinder wohl ziemlich vernachlässigt hat. Na ja. Sein Sohn hat sich wie gesagt vor ein paar Monaten hier in Berlin das Leben genommen. Und die Schwester hat das offenbar nicht gut verkraftet.«

Sina schob ihren Salat zur Seite und holte einen Notizblock aus ihrer Tasche. Brenner beobachtete sie argwöhnisch.

»Willst du nicht lieber gleich mit ins Büro kommen?«, fragte er. »Du wirkst gar nicht mehr so krank.«

»Hast du eine Ahnung, wie krank ich allmählich werde«, sagte sie. »Wie heißt der Bruder?«

»Eric Hilger.«

»Selbsttötung, sagst du?«

»Ja. Ende September. Ziemlich klarer Fall.«

»Hast du die Akte angefordert?«

»Ja.«

»Und?«

»Tod durch Erhängen. Der junge Mann hatte beträchtliche Schulden.«

»Und sonst? Keine Verbindung irgendeiner Art zu Zolli? Warum kommt denn die Schwester ausgerechnet zu ihm?«

Udo widmete sich erst einmal wieder seiner Lasagne und trank dann einen Schluck Bier, bevor er antwortete. »Das war mehr oder weniger Zufall. Zollanger hat die Akte im November überprüft, weil bei der Staatsanwaltschaft ein Nachermittlungsersuchen eingegangen war. Aber er hat der Akte keinerlei Hinweise auf Fremdverschulden entnehmen können und sie entsprechend zurückgeschickt. Vermutlich wurde das Mädchen deshalb an ihn verwiesen. Er hat die Akte zuletzt gesehen.«

Sina schrieb sich immer mehr Stichworte auf. Ihr Salat

stand so gut wie unberührt neben ihr. Eine Fliege hatte sich auf einem Feldsalatblatt niedergelassen und rieb sich die Hinterbeinchen. Sina kümmerte sich nicht darum.

»Willst du nicht doch lieber gleich mit ins Büro kommen?«, fragte Brenner.

Sina schien ihn garnicht zu hören.

Hilger schrieb sie auf ihr Blatt. Und daneben: Zieten.

59

Die Stille im kleinen Sitzungsraum des Verwaltungsgebäudes in der Klosterstraße war mit Händen greifbar. Die Anwesenden starrten fassungslos auf die Aufnahmen, die Jochen Friesers Laptop im Fünf-Sekunden-Takt auf die große Leinwand am Ende des Raumes projizierte. Britta Jungblut schloss mehrfach schockiert die Augen. Zietens Miene war eisig. Die drei Staatssekretäre neben Britta Jungblut wirkten wie erstarrt. Als die Projektionen zwischen den Torsi und den Detailaufnahmen des Lorenzetti-Gemäldes zu alternieren begannen, steckten zwei der Staatssekretäre die Köpfe zusammen und begannen, sich leise flüsternd zu unterhalten. Doch als die Großaufnahme des Schädels von Torso III auf der Leinwand erstrahlte, verstummte das Gespräch wieder. Frieser befand, dass er die Problematik ausreichend veranschaulicht hatte, und stoppte das Programm.

»Die Pressekonferenz ist morgen früh um zehn Uhr«, begann er. »Wir haben also nicht mehr sehr viel Zeit. Sie kennen jetzt die Fakten. Also. Was soll ich der Presse sagen?«

Britta Jungblut meldete sich als Erste zu Wort.

»Was ist denn bisher bekannt geworden? Haben wir überhaupt eine Chance, diese Sache klein zu halten?«

Frieser hatte darüber lange genug nachgedacht, um gleich antworten zu können: »Bis auf den tragischen Ausgang ist der Fall Zollanger eine innere Angelegenheit. Die Torso-Funde sind bis jetzt nicht an die Presse gelangt. Die Entführung von Frau Zieten ist bisher auch nicht an die Öffentlichkeit gekommen, und die Familie hat ein berechtigtes Interesse daran, dass das auch so bleibt. Allein der Vorfall in Reinickendorf hat sehr viel Presseaufmerksamkeit erregt. Zwei Todesopfer. Eine schwer verwundete Tatverdächtige und ein ebenfalls tatverdächtiger Asylant, beide als asozial einzustufen. Der ganze Ablauf wirft sehr viele Fragen auf. Hauptkommissar Zollanger hat sein Ende sicher nicht so geplant. Aber seine ganze Aktion war offenbar darauf angelegt, auf komplizierte politische Vorgänge hinzuweisen, über die Herr Zieten Ihnen gleich noch Genaueres sagen wird. Nach dem Stand unserer Ermittlungen wusste er sehr wohl, dass ihm ein privater Ermittler auf den Fersen war. Wie ich berichtet habe, hat Herr Zollanger in seiner Garage mehrmals geschossen. Wir wissen nicht, auf wen. Aber wir vermuten, dass ihn die gleiche Person verfolgte, die ihn später in Reinickendorf erneut aufgespürt hat. Dort jedoch trug Herr Zollanger seine Dienstwaffe nicht mehr bei sich. Sie ist auch nirgendwo in diesem Keller gefunden worden. Es ist also durchaus denkbar, dass Herr Zollanger seinen Tod bewusst einkalkuliert hat. Als den ultimativen symbolischen Akt sozusagen. Die Psychologin, die ihn behandelt hat, unterstützt diese Hypothese.«

Einer der Staatssekretäre schüttelte skeptisch den Kopf.

»Ist so etwas wirklich vorstellbar?«

Zieten kam Frieser zuvor. »Bis vor kurzem war unvorstellbar, dass ein paar Fanatiker vier Flugzeuge entführen und damit Kamikaze-Angriffe auf amerikanische Städte fliegen. Die Symbolwirkung solcher scheinbar sinnlosen Aktionen kann man gar nicht überschätzen. Und hier ist es ebenso oder könnte sich so auswirken.«

Der Vergleich wirkte ein wenig weit hergeholt, aber Zieten legte sofort nach.

»Meine Damen und Herren, ich fürchte, Sie begreifen die Tragweite der Situation noch immer nicht. Meinen Sie, ich habe im Nervenkrieg um die Entführung meiner Tochter so lange stillgehalten, weil ich mich vor irgendwelchen Klatschgeschichten gefürchtet hätte? Ich hatte *Ihre* Interessen im Auge, die Zukunft dieser ganzen Stadt. Sie alle standen oder stehen im Fadenkreuz dieses Mannes. Wenn Sie morgen der Presse auch nur den kleinsten Hinweis auf die wahren Motive dieses Hauptkommissars geben, so werden Sie eine öffentliche Debatte in Gang setzen, die Sie allesamt unter sich begraben wird. Das kann ich Ihnen garantieren.«

Britta Jungblut nickte ernst. »Können Sie bitte deutlicher werden, Herr Zieten? Meine Kollegen sind nicht so gut informiert.«

»Ja, das kann ich. Sie alle, vielleicht nicht Sie persönlich, aber Ihre Parteien, haben vor sechs Jahren beschlossen, dass diese Stadt nach vierzig Jahren Teilung und Schattendasein einen gewaltigen Sprung nach vorne machen soll. Sie haben unter anderem mich um Rat gefragt, wie so etwas finanziell zu bewerkstelligen sei. Wir sind hier unter uns, also darf ich Klartext sprechen. Wer da zur Bank kam und Milliarden wollte, war ein zerlumpter Habenichts. Ihre Stadt hätte einer realistischen Kreditprüfung niemals standgehalten. Und das wurde Ihnen damals auch gesagt. Aber Sie wollten das nicht einsehen. Also haben Sie Druck ausgeübt, massiven Druck auf allen Ebenen. Und Sie haben durchscheinen lassen, dass Sie auch bereit seien, verfassungsrechtlich fünfe gerade sein zu lassen, wenn es nur gelänge, auf das große Parkett zu kommen. Der Preis war Ihnen egal. Das Risiko, zwei oder drei zukünftige Generationen finanziell zu ruinieren, erschien Ihnen nicht zu hoch.«

Zieten schaute in die Runde. Die Gesichter von Britta Jungbluts Amtskollegen wirkten plötzlich noch irritierter als nach dem Anblick der Tatortfotos. Frieser war verblüfft über die Richtung, die Zietens Argumentation eingeschlagen hatte. Aber bevor er lange darüber nachdenken konnte, fuhr Zieten schon fort:

»Natürlich darf man die Euphorie nicht vergessen, die da-

347

mals allenthalben herrschte. Der Größenwahn war ja epidemisch, auf den Finanzmärkten allgemein, sogar bei den einfachen Menschen, die plötzlich Wertpapiere kauften wie die Verrückten, angesteckt vom allgemeinen Fieber. Die Gier war überall maßlos. Bis zum März vorletzten Jahres, dem Jahr des größten und übrigens bestverschwiegenen Börsencrashs der Geschichte. Ich will es kurz machen, meine Damen und Herren: Ihre Stadt ist bankrott. Sie haben durch Ihre Finanzpolitik eine Situation geschaffen, die Sie auf legalem Weg nicht mehr werden meistern können. Sie stehen wenige Schritte vor dem Abgrund, und Sie haben gar keine andere Wahl, als Ihre Bevölkerung auf Jahrzehnte hinaus schrittweise massiv zu enteignen.«

Einer der Staatssekretäre schnaubte aufgebracht, aber Zieten ließ ihn nicht zu Wort kommen.

»Ich werde mir Ihre Einwände gerne anhören. Aber lassen Sie mich bitte aussprechen. Diese Enteignung kann man klug einfädeln, und das habe ich im Auftrag der Beteiligten auch getan. Furchtbare Wahrheiten kann man durchaus so verpacken, dass das Opfer stillhält. Man muss ihm nur klarmachen, dass jeglicher Widerstand den Schmerz steigert. Und dafür ist die Zeitfrage von zentraler Bedeutung. Sie müssen verhindern, dass irgendetwas von diesen Vorgängen zu früh an die Öffentlichkeit gelangt. Verstehen Sie das?«

»Ihre Vorwürfe sind unerträglich«, stieß Staatssekretär Weber entrüstet aus.

»Vorwürfe? Ich mache Ihnen doch keine Vorwürfe, meine Herren. Sie haben doch nur getan, was der Wähler von Ihnen gefordert hat. Und ich führe es aus. Wir sind die armen Schweine, die den Kopf hinhalten müssen für eine Gesellschaft, die uns mit ihren maßlosen Ansprüchen vor sich hertreibt. Wir tun Dinge, für die keiner von uns wirklich die Verantwortung übernehmen *kann*, sollten sie einmal schiefgehen. Aber man zwingt uns dazu. Und wir tun es. Aus Pflicht. Im Namen von Sicherheit und Wohlstand nehmen wir Risiken in Kauf, die jenseits jeglicher Verhältnismäßigkeit liegen. Wir müssen es tun, weil uns die Volksmeute andernfalls zerreißt. Das ist die traurige Wahrheit. Sie sind sowohl Täter als auch Opfer, genauso wie ich.«

Der Protest, der sich auch auf den Gesichtern der anderen angedeutet hatte, fiel zunächst wieder in sich zusammen.

»Lassen Sie mich Klartext reden«, hob Zieten wieder an. »Die Volkskreditgesellschaft VKG sitzt durch ihre Immobilientochter Treubau TBG auf faulen Krediten in Höhe von gegenwärtig fünf bis zehn Milliarden Euro. Da die Fonds, in denen diese Kredite schlummern, eine Laufzeit von fünfundzwanzig bis dreißig Jahren haben, können diese Verluste leicht auf dreißig Milliarden anwachsen.«

Die Staatssekretäre wurden blass. Weber reagierte genau wie Jochen Frieser zwei Wochen zuvor: »Entschuldigen Sie, Herr Zieten. Sie meinen doch wohl Millionen?«

»Nein, Herr Weber. Milliarden. Das Kreditrisiko ist größer als der gesamte Landeshaushalt. Daher sprach ich ja auch von einem Abgrund.«

»Aber … wie um alles in der Welt konnte das passieren?«

»Das jetzt aufzuklären ist ein Luxus, den wir uns nicht leisten können«, sagte Zieten. »Sie müssen dem Eisberg ausweichen. Danach können wir die Logbücher studieren. Die VKG ist ein Zusammenschluss von öffentlichen und privaten Banken. Wenn die VKG zusammenbricht, haftet das Land. Das war damals die Voraussetzung dafür, dass die VKG international überhaupt ins Rennen gehen konnte. Diese Konstruktion ist natürlich verfassungswidrig. Solange sie erfolgreich war, und das war sie ja die letzten Jahre, hat niemand Fragen gestellt. Das wird sich sehr schnell ändern, wenn das nächste Jahresergebnis veröffentlicht wird.«

Zieten spürte, dass seine Zuhörer ihm nicht wirklich folgen konnten.

349

»Der Zug entgleist auf jeden Fall diesen Sommer«, wechselte er zu einem Bild. »Sie müssen entscheiden, ob Sie ihn auf den leeren Feldern vor der Stadt stoppen oder ihn ungebremst ins Zentrum hineinrasen lassen. Um den Zug auf dem leeren Feld zu stoppen, müssen Sie die Stadtbewohner jedoch zwingen, bildhaft gesprochen, ihr gesamtes Hab und Gut dort auszuschütten. Wenn Sie das zu früh fordern, wird man Ihnen entweder nicht glauben, oder man wird versuchen, sich davor in Sicherheit zu bringen. Wenn Sie zu lange warten, ist es zu spät. Sie müssen diesen Rettungswall aufschütten. Der richtige Zeitpunkt ist dabei alles. Nur dann wird der Überlebensreflex die gewünschte Reaktion zum richtigen Zeitpunkt auslösen.«

Die Diskussion, die sich nun entspann, dauerte fast drei Stunden. Da niemand im Saal letztgültige Entscheidungsbefugnisse hatte, wurden die Gespräche öfter unterbrochen, da per Telefon Weisungen eingeholt werden mussten. Jochen Frieser saß die meiste Zeit stumm da und versuchte, aus den immer komplizierter werdenden Diskussionen zwischen Zieten und den Staatssekretären herauszufiltern, welche Strategie er sich für die Pressekonferenz am nächsten Tag überlegen sollte. Die Journalisten würden ihn mit Fragen nur so löchern. Und er hatte auf keine einzige Frage eine klare Antwort. Frieser konnte regelrecht spüren, wie über ihren Köpfen hektisch nach einer Lösung gesucht wurde. Aber selbst dort oben schien man heillos zerstritten zu sein, wie man mit der Sache nun weiter umgehen sollte. Die Staatssekretäre gingen laufend hinaus, um zu telefonieren. Und Frieser wollte gar nicht wissen, welche Gespräche sonst noch geführt wurden, während sie hier saßen und darauf warteten, klare Anweisungen zu bekommen.

Schließlich war es so weit. Kurz vor einundzwanzig Uhr wurde er selbst ans Telefon gerufen. Der Oberstaatsanwalt war in der Leitung und erklärte ihm, was er zu tun hatte.

Frieser machte sich so gut er konnte Notizen, obwohl ihm die Hand zitterte. Glaubten die wirklich, dass sie damit durchkommen würden? Zollanger ein geisteskranker Einzeltäter? Der unbekannte Tote ein privater Ermittler? Und das Mädchen? Mit dem Mädchen würde man reden müssen. Fürs Erste sei sie zufällig am Tatort gewesen, genauso wie der bosnische Asylantenjunge. Da beide unter Mordverdacht stünden, brauche er zu ihnen keine Angaben zu machen. Später werde man sehen, wie mit ihnen zu verfahren sei. Die ganze Strategie war so solide wie ein Haufen Mikadostäbe. Und er steckte mittendrin.

»Ich kann das nicht für Sie machen, Frieser. Wir dürfen das jetzt nicht zu hoch hängen. Also: Bleiben Sie vage und kochen Sie das Ganze herunter auf den gemütskranken Hauptkommissar.«

60

Die Erinnerung wurde immer deutlicher. Während der Stunden, da sie die Decke über sich betrachtete, spulten sich die Szenen wie in einer Endlosschleife vor ihren Augen ab. Und je öfter sie sich jede Einzelheit vergegenwärtigte, desto unschlüssiger wurde sie.

Sie hatte sich in einem der Kellergänge hingehockt und gewartet. Das wusste sie noch. In regelmäßigen Abständen hatte sie gegen die Heizungsrohre geklopft, um Mirat herbeizurufen. Aber er war nicht gekommen. Vielleicht war er in der Nähe gewesen. Aber sie hatte ihn weder gesehen noch gehört. Und dann hatte sie Schritte wahrgenommen. Jemand näherte sich vorsichtig und rief leise ihren Namen. Elin. Elin.

Sie hatte um die Ecke geschaut und einen Schemen gesehen. Elin, hörte sie erneut die Stimme, die sie jetzt eindeutig wiedererkannte. Sie hatte leise »Hier« gerufen, und dann war Zollanger bei ihr gewesen.

Sie sprachen nur kurz miteinander. Sie war panisch vor Angst gewesen und hatte Mühe gehabt, ihm zuzuhören. Sie solle ihm vertrauen. Er würde sie hier herausholen. Dann hatte er ihr die Steinschleuder abgenommen und war damit verschwunden. Und noch bevor sie Gelegenheit gehabt hatte, über alles nachzudenken, hatten sich die Ereignisse überstürzt. Sie hatte Schritte gehört und gedacht, Zollanger käme zurück. Sie war in den Gang hinausgetreten. Da krachte ein Schuss. Etwas Heißes war in ihrer Brust explodiert, und sie war gestürzt. Dann krachte ein zweiter Schuss. Im Blitzlicht des Mündungsfeuers sah sie, dass Zollanger direkt hinter ihr im Gang stand. Dann krachten drei weitere Schüsse. Nach jeder Explosion hörte sie, wie die Geschosse mit einem dumpfen und zugleich schmatzenden Geräusch in Zollanger einschlugen. Sie sah im Blitzlicht der Schüsse, wie sein Hals aufriss und eine dunkle Blutfontäne daraus emporschoss.

Sie versuchte, aufzustehen, wegzulaufen, aber ihre Beine versagten den Dienst. Dann war ihr übel und schwindelig geworden. Plötzlich hörte sie eine Stimme. Zollanger? Nein, das konnte nicht sein. Wer sprach da?

Es sei für alles gesorgt, sagte die Stimme wie aus endloser Ferne. Ihr werde nichts geschehen. Aber sie müsse schweigen, alle Aussagen verweigern. Es werde sich im richtigen Moment ein Zeuge melden. Man könne ihr nicht sagen, wann, aber er werde im richtigen Augenblick in Erscheinung treten. Sie müsse Vertrauen haben. Keinerlei Aussage. Ob sie Mut habe? Ob sie wirklich der Wahrheit dienen wolle? Ob sie willensstark genug sei, den Behörden die Stirn zu bieten?

Und dann hörte sie nichts mehr. Als sie wieder zu sich gekommen war, lag sie in diesem Bett.

353

61

Zieten schenkte Marquardt ein und stellte die Weinflasche auf dem Beistelltisch neben dem Kamin ab. Das Feuer brannte ruhig, und die beiden Männer überließen sich vorübergehend der hypnotisierenden Wirkung der Flammen. Nach einer Weile brach Marquardt das Schweigen.

»Vielleicht ist es das Beste, dass Aivars tot ist. Er war einfach nicht zu kontrollieren. Erst hängt Hilger sich auf. Jetzt exekutiert er diesen Kommissar. Glaubst du mir jetzt endlich, dass wir für die Eskalation nicht verantwortlich sind?«

Zieten schürte das Feuer, trank noch einen Schluck, lehnte sich dann leicht nach vorn und stützte die Unterarme auf die Knie. »Warum hat er so überreagiert?«

»Weil Zollanger und das Mädchen ihn gesehen haben.«

»Und Hilger? Hatte der ihn auch gesehen?«

»Ich weiß es nicht. Leute wie Ozols sind immer ein Risiko. Seien wir froh, dass er weg ist.«

»Meinetwegen. Aber das Risiko ist nicht weg. Er stand mit mir in Verbindung. Er belastet mich.«

»Wieso? Niemand kann dir verübeln, dass du einen privaten Ermittler engagiert hast, um den Entführer deiner Tochter zu finden. Mehr als das wird die Presse nicht erfahren, und damit ist der Fall erledigt.«

Zieten schüttelte den Kopf. »Gar nichts ist erledigt, solange das Mädchen noch da ist.«

Marquardt nahm sich einen Zigarillo.

»Ja. Das ist wirklich dumm. Aber steht sie nicht unter Mordverdacht?«

»Das ist ja das Problem. So wie es im Moment aussieht, kriegt sie ein Verfahren an den Hals. Und das können wir überhaupt nicht gebrauchen.«

Marquardt stutzte. »Wieso? Das kann uns doch egal sein.«

Zieten konnte nur den Kopf schütteln über so viel Dummheit.

»Ein Verfahren exponiert uns, Uwe. Das Mädchen macht im Augenblick keinerlei Aussage. Frieser hat mir gesagt, dass sie nicht einmal mit ihrer Verteidigerin redet. Also. Was heißt das?«

»Ganz einfach: Das verstockte Miststück hat etwas auf dem Kerbholz.«

Zieten stieß den Schürhaken grob in die Glut und stocherte darin herum, dass die Funken flogen.

»Ja. Das ist eine Möglichkeit. Die andere ist: Sie will ein Verfahren. Sie will im Gerichtssaal über Dinge reden, die uns gar nicht recht sein können. Das Mädchen und Zollanger haben doch unter einer Decke gesteckt. Wir wissen bis heute nicht, was dieser Kommissar mit seiner Aktion wirklich bezweckt hat. Und wir haben keine Ahnung, was Elin Hilger durch ihren Bruder wirklich über euch weiß. Eine öffentliche Verhandlung kann eine absolute Katastrophe werden.«

Marquardt war nicht überzeugt.

»Ich bitte dich. Was kann sie denn schon wissen? Was immer sie vorbringt, ihr wird ohnehin niemand glauben. Wer nimmt denn so ein Mädchen ernst? Total asozial. Sie hat mit der Schleuder geschossen zu haben. Ihre Fingerabdrücke sind auf der Tatwaffe.«

»Ja. Aber sie wurde angeschossen. Vergiss das nicht. Von unserem Mann, der zuvor einen Polizisten erschossen hat. Das rückt uns in ein ziemlich schlechtes Licht.«

»Ein Polizist, der deine Tochter entführt hat, Hajo. Ein Polizist, der eine Frauenleiche zersägt hat, um uns auf groteske Art und Weise moralische Vorhaltungen zu machen. Wirf das mal bitte in die Waagschale. Womöglich hat das Mädchen ihm bei diesem Irrsinn auch noch geholfen.«

»Wenn wir das beweisen könnten, wären wir ein Stück weiter.«

Marquardt erhob sich, knöpfte seine Hose zu, die er der besseren Bequemlichkeit halber im Sitzen geöffnet hatte, und trat an das große Fenster, das einen schönen Blick in Zietens stattlichen Garten eröffnete.

»Wie läuft eigentlich unser Konkurs?«, fragte er dann.

Zieten antwortete nicht gleich. Er fragte sich wieder einmal, ob er Marquardts Dreistigkeit widerlich oder faszinierend finden sollte. Und ebenso trieb ihn die Frage um, wie er sicherstellen konnte, dass seinen schwierigen Geschäften nicht der Gestank der Machenschaften von Marquardt und Sedlazek anhaftete. Er hasste diese beiden grinsenden Halunken mittlerweile. Diese Ganoven im Zweireiher.

Seine Gedanken schweiften zu Inga. Ihr Bericht über das Gespräch mit ihrem Entführer hatte ihn trotz allem zutiefst getroffen. Als was hatte ihn dieser Wahnsinnige bezeichnet? Eine obszöne Existenz! Einen Verbrecher! Obwohl der Vorwurf von einem offenbar Geisteskranken kam, bäumte sich alles in ihm dagegen auf. *Er* hatte doch immer das Gemeinwohl vor Augen gehabt. Die Rede, die er vor zwei Tagen den Staatssekretären gehalten hatte, entsprach seiner tiefsten Überzeugung. Er war der tragische Held einer großen Mission, die nun mal leider gescheitert war. Aber er hatte es nicht wegen des Geldes getan. Jedenfalls nicht wegen der paar Millionen Kommission, die dabei an ihm hängengeblieben waren. Geld interessierte ihn doch gar nicht mehr. Er hatte etwas Großes vollbringen wollen. Nicht sich die Taschen vollstopfen wie diese beiden kleinen Gauner, die in einer solch großen Maschine, wie er sie konstruiert hatte, nun mal leider auch vorkamen. Er hatte eine Eroberung geplant, für diese Stadt. Und leider gab es nun mal in den besten Armeen Marodeure. Das war nicht zu verhindern. Diese beiden hatten es so schlimm getrieben, dass sein Ansehen in Gefahr war. Und zu allem Übel musste er sie auch noch retten. Das war nun mal die Tragik der Eliten, versuchte er sich zu trösten.

»Es läuft alles genau so, wie es soll«, sagte er beherrscht. »Die BIG-Verluste werden wie alle anderen TBG-Verluste gebündelt und ausgelagert. Wenn das Abgeordnetenhaus die Kapitalaufstockung für die VKG beschließt, seid ihr aus dem Schneider. Und da es hierzu keine wirkliche Alternative gibt, kann euch wenig passieren.«

»Du bist ein Genie, Hajo«, sagte Marquardt. »Wirklich.«

Zieten lächelte gequält.

62

Sie machen es mir sehr schwer, Sie zu verteidigen, wenn Sie mir nicht sagen, was sich in dem Keller abgespielt hat.«
Vera Kornmüller war heute das vierte Mal bei ihr.
»Ich kann mich nicht erinnern, was geschehen ist«, wiederholte Elin stur.
»Das glaube ich Ihnen nicht, Elin. Warum waren Sie dort unten?«
»Ich wollte zu Mirat.«
»Warum?«
»Weil die Sozialstation zu war.«
»Sie wollten also ursprünglich in die Sozialstation?«
»Ja.«
»Warum?«
»Ich … ich hatte keinen besonderen Grund. Ich gehe regelmäßig dorthin. Ich arbeite dort.«
Die Anwältin schaute Elin ernst an.
»Nehmen Sie immer eine Steinschleuder mit, wenn Sie zu Mirat gehen?«
Elin antwortete nicht.
»Und die zerschlagenen Leuchtstoffröhren? Das waren doch auch Sie? Oder? Sie wurden verfolgt. Deshalb haben Sie die Lampen kaputt gemacht. Oder etwa nicht?«
Elin drehte den Kopf zur Wand und schwieg.
Vera Kornmüller atmete hörbar aus.
»Wenn Sie mir nicht erzählen, was wirklich passiert ist, dann wird die Staatsanwaltschaft sich die für Sie ungünstigste Version zusammenreimen. Und das wird mit Sicherheit zu

einer Anklage führen. Sie müssen sich zu den Umständen äußern. In Ihrem Interesse.«

Elin schloss die Augen. Ihre Wunde pochte.

Vera Kornmüller riss der Geduldsfaden. »Ich kann so nicht mit Ihnen zusammenarbeiten, Elin. Sie sagen nicht die Wahrheit. Ich kann Ihnen nur helfen, wenn Sie mir sagen, was sich wirklich abgespielt hat. Die Staatsanwaltschaft ermittelt gegen Sie und Mirat wegen der Tötung des Todesschützen. Mirat leugnet die Tat. Sie sagen gar nichts zu diesem Vorwurf. Damit wird die Anklage am Ende gegen Sie gerichtet sein. Warum tun Sie das, Elin?«

Elin drehte sich wieder um und schaute die Anwältin an. Sie mochte die Frau. Sie wirkte kompetent und einfühlsam. Aber wann immer sie versucht war, ihr einfach alles zu erzählen, hörte sie Zollangers eindringliche, fast flehende Bitte. *Sagen Sie nichts. Sprechen Sie mit niemandem.* Und was hätte sie der Anwältin auch berichten sollen? Welche Geschichte denn? Die komplizierten Vorgänge weit über ihrem Kopf, für die sie keinerlei Beweise hatte und die sie selbst nur vage begriff?

Was war verrückter? Den Worten dieses toten Polizisten zu vertrauen? Oder zu versuchen, ihre Geschichte zu erzählen, sich in unbeweisbare Behauptungen und Widersprüche zu verwickeln? *Ich kann Sie beschützen, Elin. Vertrauen Sie mir.*

»Hat Hauptkommissar Zollanger Ihnen gegenüber Andeutungen gemacht, was er mit seiner Aktion bezweckt hat?«, fragte die Anwältin weiter. »Der Staatsanwalt wird Sie mit dieser Frage konfrontieren. Was werden Sie dazu sagen?«

»Was für eine Aktion?«, entgegnete Elin.

Vera Kornmüllers Gesicht verspannte sich. Elin begriff nicht. Worauf spielte die Frau jetzt wieder an? Was wollte sie von ihr? Doch bevor sie antworten konnte, öffnete die Anwältin ihre Tasche, zog eine Mappe heraus, öffnete sie und

hielt sie Elin hin. Was um alles in der Welt war das? Elin fuhr
zurück. Ein brennender Schmerz an der Schulter ließ sie in-
nehalten. Sie verzog das Gesicht und nahm ihre ursprüngliche
Position wieder ein, um die Wunde zu entlasten. Vera Kornmüller schaute sie ohne jedes Mitleid an. Wortlos schlug sie
eine Seite in ihrer Mappe um und wartete. Elin atmete schwer.
Was zum Teufel war das? Sie starrte die zweite Aufnahme des
grässlich verstümmelten Frauenkörpers an. Er lag auf einem
Metalltisch, wahrscheinlich in irgendeiner Leichenhalle.

»Hauptkommissar Zollanger hat diesen Torso vor zehn
Tagen in Berlin-Lichtenberg in einem Plattenbau deponiert«,
sagte die Anwältin leise. »Da sah er allerdings so aus.« Beim
nächsten Foto legte Elin vor Schreck die Hand auf den Mund.
Vera Kornmüller wartete. Aber Elin brachte keinen Ton heraus. Sie starrte nur fassungslos das Foto an.

»Sie stecken da in einer sehr schwierigen Geschichte, Elin.
Ist Ihnen das klar?«

Elin wandte endlich den Blick von der Scheußlichkeit ab
und fixierte Vera Kornmüller. »Ich ... ich habe keine Ahnung.
Was ist das?«

Die Anwältin erhob sich, steckte die Mappe mit den Tatortfotos wieder ein und schaute genervt auf sie herab.

»Ich habe übrigens Post für Sie«, sagte sie dann und legte
ein Kuvert auf ihrem Nachttisch ab. Dann verließ sie grußlos
den Raum.

Elin betrachtete den Umschlag. Er war weiß, ohne jede
Aufschrift. Sie öffnete ihn. Ein zweiter Umschlag kam zum
Vorschein. *Elin Hilger c/o Dr. Vera Kornmüller.* Sie musterte
die Adresse, dann die Briefmarke. Der Brief war in Dresden
abgestempelt, ohne Absender. Sie riss ihn auf. Eine kleine be-
druckte Karte kam zum Vorschein. Es war eine Eintrittskarte.
Palazzo Pubblico, stand darauf. *Museo Civico, Siena.*

63

ch habe die traurige Pflicht, Ihnen mitzuteilen, dass bei einem Schusswechsel in einem Heizungskeller in Reinickendorf zwei Menschen zu Tode gekommen sind«, begann Frieser seine Ausführungen und blickte erleichtert auf die spärlich besetzten Reihen vor ihm. Gerade mal acht Journalisten hatten hergefunden. Frieser wusste gar nicht, wem er dafür danken sollte. Der Vorsehung, die dafür gesorgt hatte, dass nur wenige Stunden vor der anberaumten Pressekonferenz eine Gasexplosion ein Wohnhaus in Mariendorf vollständig zerstört hatte? Oder dem lieben Gott, an den er nicht glaubte, an dessen Adresse er jedoch letzte Nacht einige Stoßgebete geschickt hatte? Was auch immer. Eine undichte Gasleitung in Mariendorf hatte heute Morgen für eine Katastrophe gesorgt und einen Großteil der Presseaufmerksamkeit für heute von ihm abgezogen.

»Eines der Opfer war ein Angehöriger der Strafverfolgungsorgane«, fuhr er fort. »Das zweite Todesopfer ist noch nicht identifiziert. Dringend tatverdächtig sind eine zwanzigjährige Asoziale aus Hamburg sowie ein sechzehnjähriger Asylbewerber bosnischer Staatsangehörigkeit. Die Tatumstände stellen sich im Einzelnen folgendermaßen dar ...«

Frieser hatte sich mit dem Versuch, seine Presseerklärung so vage wie möglich zu halten, die halbe Nacht um die Ohren geschlagen. Aber irgendwann hatte er aufgegeben. Es hatte keinen Sinn. Er würde die Reporter nicht mit Teilinformationen abspeisen können. Also blieb ihm nur eines: Er musste sie auf seine Seite ziehen.

»Bevor ich Ihnen weitere Einzelheiten mitteile, möchte ich an Ihr Berufsethos appellieren. Wir haben es hier mit einem Straftäter zu tun, der mit seinen grauenvollen und absurden Taten offenbar die öffentliche Aufmerksamkeit auf sich lenken wollte. Durch Ihre Berichterstattung können Sie somit leicht Erfüllungsgehilfen des Täters und seiner mutmaßlichen Komplizin werden.«

In der Folge gab Frieser einen Abriss über Zollangers Entwicklung bis zu seinem ersten psychotischen Anfall vor elf Monaten. Er räumte ein, dass das Verbleiben des Mannes im Dienst eine grobe Fehleinschätzung gewesen sei, die leider dazu geführt habe, dass der Betroffene einen weiteren psychotischen Schub erlitt, der wohl als ursächlich für seine nachfolgenden Straftaten zu betrachten sei. Nach den gegenwärtigen Erkenntnissen habe er einem von ihm willkürlich ausgewählten Opfer zunächst mit religiös motivierten Drohbotschaften, später mit aus gestohlenen Leichenteilen zusammengesetzten Hassfiguren zugesetzt. In der Folge entführte er dessen Tochter, entweder um seinen »symbolischen« Drohungen Nachdruck zu verleihen oder um von simulierten zu realen Gewalttaten überzugehen.

Das betroffene Opfer, eine bekannte Person des öffentlichen Wirtschaftslebens, die Anonymitätsschutz genieße, habe aus berechtigter Sorge um die verschwundene Tochter einen privaten Ermittler eingeschaltet, der den Täter Z. rasch gefunden und gestellt habe. Die Sicherheitsorgane seien natürlich auch eingeschaltet gewesen, waren allerdings durch die Tatsache, dass der Täter selbst Angehöriger der Ermittlungsbehörde war, in ihrer Funktionsweise stark beeinträchtigt. So sei es zu der unglücklichen Situation gekommen, dass Z. durch den privaten Ermittler gestellt und im Laufe eines eskalierenden Schusswechsels von diesem erschossen worden sei. Der private Ermittler sei bei dem Schusswechsel ebenfalls ums Leben gekommen. Für dessen Tod tatverdächtig sei jene junge asoziale Person aus Hamburg, die Z. mutmaßlich als Komplizin gedient habe. Das zwanzigjährige Mädchen habe selbst eine Schussverletzung davongetragen, was sie jedoch nicht daran gehindert habe, den privaten Ermittler mittels einer von ihr mitgeführten Steinschleuder tödlich zu verletzen. Weiterhin tatverdächtig sei außerdem, wie bereits erwähnt, der nachweisliche Eigentümer der Steinschleuder, ein sechzehnjähriger bosnischer Asylbewerber, der jedoch allem Anschein nach zur Tatzeit nicht am Tatort gewesen sei. Frieser schloss mit einem neuen Appell, die Berichterstattung nüchtern und faktenorientiert zu halten, und versprach, nach Abschluss der aufwendigen Ermittlungen erneut eine Pressekonferenz einzuberufen.

Als er geendet hatte, schossen sechs Hände in die Höhe. Aber es kam keine Frage, auf die er nicht vorbereitet gewesen wäre.

Wie man sich diese »Hassfiguren« vorzustellen habe? Wo genau sie gefunden worden seien? Was der erschossene Polizist mit seiner Aktion beabsichtigt habe? Inwiefern das Mädchen nachweislich seine Komplizin sei und in welcher Tatabsicht?

Frieser stand zwanzig Minuten lang Rede und Antwort. Die meisten Nachfragen konnte er unter Verweis auf laufende Ermittlungen und die Vertraulichkeit von Täterwissen vage genug beantworten. Was die Frage nach den Motiven des oder der Täter betraf, so nutzte er die Nachfragen, um immer wieder den offenbar gestörten Geisteszustand der Tatbeteiligten zu betonen.

»Nach unserem gegenwärtigen Wissensstand«, so sagte er abschließend, »sind die schockierenden Arrangements aus tierischen und menschlichen Körperteilen durch mittelalterliche Gemälde inspiriert worden, auf denen moralische Verworfenheit angeprangert wird. Manches deutet darauf hin, dass sowohl der getötete Täter Z. als auch die Beschuldigte H. als Borderline-Existenzen gesehen werden müssen, Personen also, deren Verhältnis zu sich selbst und zu ihrer Umwelt zutiefst neurotisch ist. Ihr Seelenleben ist von abstrakten Hassvorstellungen gegen fast alle Facetten unseres gesellschaftlichen Zusammenlebens geprägt. Bei Z. müssen wir aus den Befragungen seines Umfeldes schließen, dass seine krankhafte Gemütsstörung auch im Zusammenhang mit der als traumatisch empfundenen Wiedervereinigung steht. Die Tatverdächtige H. hingegen lebt seit ihrer frühen Jugend in einem staats- und gesellschaftsfeindlichen Milieu, in dem eine an Paranoia grenzende Weltsicht gepflegt wird. Meine Damen und Herren, ich danke Ihnen.«

64

Der Name des Ortes, wo Inga gefangen gehalten worden war, hatte bei Sedlazek alle Alarmglocken ausgelöst. Doch er zauderte noch, hinzufahren. Er saß stundenlang an seinem Schreibtisch, starrte auf das schwarze Leder der Schreibunterlage und versuchte, die vagen Erinnerungen zusammenzustückeln, welche die Namen Zollanger und Müllrose in ihm heraufbeschworen. Aber sosehr er sich auch bemühte, es war zu lange her. Da war irgendetwas gewesen, das wusste er noch. Der Name hallte in ihm wieder, ganz weit entfernt. Und auch das Gesicht aus der Sauna trat ihm immer wieder vor Augen. Deshalb fuhr er nach fünf Tagen schließlich doch hin. Er musste seinem Gedächtnis auf die Sprünge helfen. Es war etwas sehr weit Zurückliegendes.

Er erzählte Marquardt nichts von seiner Ahnung. Auch Zieten nicht. Er wollte zuerst herausfinden, welches Gespenst von früher ihn da so unverhofft heimsuchte. Und wenn es wirklich ein Gespenst aus der schwierigen Zeit war, dann würde er den Teufel tun und es Marquardt oder Zieten auf die Nase binden. Er würde lieber dafür sorgen, dass es wieder verschwand, lautlos und unbemerkt. Das fehlte gerade noch, dass er ausgerechnet jetzt, wo er schon genügend Schwierigkeiten hatte, mit diesem alten Kram belästigt wurde.

Er kannte die Strecke im Schlaf. Wie oft war er in den sechziger Jahren dort hinausgefahren. Müllrose. Sein erster Einsatzort. Und gleich mittendrin im Geschehen. Dort hatte er alles gelernt. Die Verhörmethoden. Die Feinheiten, wie man störrische Gegner in winselnde Häuflein Elend verwandel-

365

te. Er hatte jeden Augenblick genossen. Staatsfeinde konnten bei ihm nicht mit Erbarmen rechnen. Diese Krankheitskeime des Volkskörpers. Es war so ganz nach seinem Geschmack gewesen. Und ihre Erfolge hatten sich sehen lassen können. Geständnisse ohne Ende. Natürlich gab es bisweilen den ein oder anderen Unbelehrbaren. Um die kümmerte er sich besonders gern. Besonders die, für die der Westen Geld zu bezahlen bereit war. Die sollten bloß nicht glauben, ihre Leiden seien jenseits der Grenze zu Ende. Da war dieser Schriftsteller gewesen. An den erinnerte er sich noch sehr gut. Eine rundum gelungene Sache, vor zwei Jahren gerade mal achtundvierzigjährig an Blutkrebs gestorben. Aber der war bekannt gewesen. Die anderen hatte das Leben irgendwohin verschlagen, und er hatte nichts von ihrem Schicksal gehört. War Zollanger einer von ihnen? Wann genau war der Mann in den Westen gekommen? Gab es noch eine Akte über ihn? Sedlazek machte sich keine großen Hoffnungen. Die Häftlinge, die in Müllrose eingesessen hatten, waren alle einer Sonderbehandlung unterzogen worden. Und die Akten darüber waren die ersten, die 1989 in den Reißwolf gingen. Man wollte sich ja absichern.

Er lenkte seinen Wagen durch das verlassen daliegende Dorf und fuhr im Schritttempo die letzten Meter, bis das Gebäude in Sichtweite kam. Erichs Sonnenstudio war nicht gut gealtert. Sedlazek musterte die kahlen Backsteinwände, an denen ein Ausschlag abgeblätterter Farbreste hing. Das Gelände war zwar noch abgesperrt, aber ein Polizeibeamter war nirgendwo zu sehen. Sedlazek stieg aus, spazierte einmal um die ganze Anlage herum und glitt kurz entschlossen unter dem Absperrband hindurch. Die von der Polizei aufgebrochenen Türen waren wieder zugenagelt worden. Er brach ohne große Mühe drei Bretter heraus und kroch durch den Spalt in das Gebäude hinein. Ebenso rasch fand er die Kellertür und stand kurz darauf im Hauptgang des ehemaligen Gefängnisses.

Ein unglaubliches Gefühl überkam ihn. Vor allem der Geruch setzte ihm zu und rief zahllose Erinnerungen in ihm wach. Mit klopfendem Herzen schritt er von Zelle zu Zelle, öffnete diejenigen, die noch Türen besaßen und musterte die kahlen Wände. Mehr und mehr ausgemergelte Gesichter von damals traten ihm allmählich vor Augen. Einige Minuten stand er ratlos in dem Raum, der Inga Zieten vier Tage als Gefängnis gedient hatte.

Und dort war es auch, wo ihn die Gewissheit überfiel, dass dieser Zollanger vor vielen Jahren hier in Müllrose gesessen haben musste. Immer deutlicher verschmolz das Gesicht aus der Sauna mit der bleichen, hochmütigen Visage eines jungen Saboteurs, mit dem er sich in den späten sechziger oder frühen siebziger Jahren ein paar Monate lang herumgeschlagen hatte. Den Namen des Subjekts wusste er nicht mehr. Hier unten benutzte man keine Namen. Aber das Gesicht. Die Ähnlichkeit. Dreißig Jahre waren eine lange Zeit. Aber war das nicht die Erklärung, die sich aufdrängte? Der Mann hatte ihn ins *Allegra* verfolgt, ihm dort aufgelauert. Der Teufel allein wusste, ob er geplant hatte, ihm dort bei einem zweiten Besuch etwas anzutun, ob er einen Mordanschlag auf ihn ausgeführt hätte, wenn er nicht vorher aufgeflogen und von Ozols gestoppt worden wäre.

Aber was sollte er nun mit dieser Gewissheit tun? Marquardt und Zieten informieren? Oder die Sache lieber für sich behalten? Wenn seine Vermutung zutraf – und je länger er hier unten stand, desto sicherer wurde er sich –, dann war Zollanger vor allem hinter ihm her gewesen, hatte wahrscheinlich vorgehabt, sich an ihm zu rächen. Aber warum hatte er Inga entführt? Und was bezweckte er mit den Torsi?

Er verließ Ingas Zelle und setzte seinen Besuch fort. Kurz darauf stand er im Hauptraum. Was für ein kranker Geist hatte nur in diesem Menschen gewohnt, dachte Sedlazek. Sie hatten damals schon recht gehabt, ihn aus dem Verkehr zu ziehen. Ein weiteres Detail kam ihm in den Sinn und füllte das Bild in seiner Erinnerung weiter aus. Der Mann hatte eine Mönchskutte getragen. Oder einen Priestertalar. War dieser Saboteur damals nicht Theologe gewesen? Ein ganz prinzipientreuer Bursche, aus dem die Bibelsprüche nur so hervorquollen? Mit den engstehenden Augen eines Fanatikers. Jetzt sah er ihn klar vor sich. Und jetzt war er sich auch sicher, dass sie ihm eine ganz besonders unvergessliche Behandlung hatten angedeihen lassen. Diesen Burschen hatten sie wirklich gehasst. Diesen Christen! Ein Hetzer und Zersetzer, den man schon deshalb rasch abschieben musste, weil diese Sorte Glaubensfanatiker sogar für ein Gefängnis ein Risiko bedeutet hätte. Rübe ab wäre das Beste gewesen. Nach der Krankenakte von diesem Zollanger zu schließen, hätten sie ihm jedenfalls eine weitaus stärkere Dosis verpassen sollen. Erst nach fast dreißig Jahren zu krepieren, kam ja fast einer Begnadigung gleich.

Sedlazek amtete schwer. Woher kam diese Erregung? Lag es an diesem vergessenen Ort, der Erinnerung an eine leider nie mehr wiederkehrende Zeit, als es noch um alles gegangen war, als die Fragen noch klar und die Antworten eindeutig gewesen waren? Unwillkürlich ballte er die Faust. Niemand würde jemals begreifen, wie nah sie hier unten der Wahrheit über die Menschheit gekommen waren. Zumindest ihm hatten sich hier alle Geheimnisse enthüllt. Die Welt mochte entschieden haben, diese Tür wieder zuzuwerfen und drei Mal zu verriegeln. Ihm war es gleich. Er hatte sich in dem großen Durcheinander dort oben eingerichtet und seinen Schnitt gemacht.

Aber irgendwann würde es hier unten weitergehen. Das war gar keine Frage. Der neue Mensch entstand nicht aus Schwäche und Geschehenlassen, sondern aus einem Quantensprung in eine neue Moral. Aus einer neuen sozialistischen Zucht. Was er jetzt erleben musste, war nichts als eine dekadente Parenthese, eine lasche Zwischenzeit, bevor die Arbeit weitergehen würde.

Dieser letzte Gedanke begleitete ihn, während er den Keller wieder verließ. Hatte er mit dem Saboteur nicht sogar genau diesen Gedanken erörtert? Die Notwendigkeit einer neuen Moral? Und hatten sich dort nicht ihre interessantesten Gespräche ergeben? Dass sie im Grunde das Gleiche wollten, nur von unterschiedlichen Ausgangspunkten aus? Der Saboteur mit seiner idiotischen Überzeugung, dass die Menschen aus sich heraus gut werden könnten, ohne strengste Anleitung und Überwachung durch einen autoritären Staat. Lachhaft und gefährlich. Mochte der Einzelne das Risiko dieser Wette eingehen und sich eine blutige Nase holen. Für eine Gesellschaft war es – wie man allenthalben sehen konnte – selbstmörderisch.

Er ging zu seinem Wagen und fuhr so lange Richtung Autobahn, bis sein Handy ein Netz anzeigte. Dann fuhr er rechts ran und begann zu telefonieren. Drei Telefongespräche später hatte er jemanden gefunden, der eine diskrete Suchanfrage zu möglichen Opferakten »Martin Zollanger« bei der Gauck-Behörde durchführen konnte. Vielleicht gab es ja noch Vorgänge aus anderen operativen Bereichen. In jedem Fall war es klug, jeden Stein umzudrehen. Und Marquardt und Zieten? Erst würde er alles sammeln. Dann würde man weitersehen.

65

Martin Zollanger hatte keine lebenden Verwandten. Seine geschiedene Frau konnte nach einschlägiger Rechtsprechung nicht für die Bestattungskosten belangt werden. Die Konten des getöteten Polizisten wiesen bereits Negativsalden aus, als das Ordnungsamt ein Pfändungsersuchen einreichte. Zollangers Beamtenrechte waren vier Tage nach seinem Tod durch eine Eilverfügung wegen gravierender dienstlicher Verfehlungen suspendiert worden. Entsprechend schlicht fiel die Beerdigung an einem verregneten Morgen des 17. Januar aus.

Die Ausschreibung für Sozialbestattungen im Bezirk Tiergarten hatte im Vorjahr das Bestattungshaus Walter in der Turmstraße gewonnen. Dem Beerdigungsinstitut standen pauschal siebenhundertfünfzig Euro zur Verfügung, um die Kosten für den Sarg, die Ausstattung des Sarges, das Einbetten, den Überführungswagen, die Träger, die Desinfektion, eine Schutzhülle, die Aufbahrung, einen Redner, einen Organisten, Ausschmückung und Blumen zu bestreiten. Obwohl die 235,76 Euro für die Kapellennutzung entfielen, da Zollanger keiner Kirche angehörte, war das Budget nur unter Verzicht auf Redner und Organist einzuhalten. Als einziger Blumenschmuck blieben nach der Versenkung des Sarges in der Erde lediglich die Sträuße von Sina und Udo auf dem holzbekreuzten Rasengrab zurück, sowie ein von einem Boten gelieferter Kranz, den Sonia geschickt hatte. Erschienen war sie allerdings nicht. Ja, außer Sina und Udo war überhaupt niemand gekommen.

»Gehen wir noch ein Stück?«, hatte Udo am Ende der kurzen Zeremonie gefragt.

Die beiden spazierten schweigend bis zur Stromstraße, folgten ihr bis zum Spreebogen und gingen dann Richtung Hansa-Ufer. Sina war zutiefst deprimiert. Sie hatte das Gefühl, dass die Stadt sich heute in ihrer Schäbigkeit besonders verausgabte. Die Gehsteige waren von schwarzem Granulat übersät, das unter den Schuhen knirschte. Durch die winterlich bedingte Einschränkung der Kehrtätigkeit hatte die Hundekotdichte auf den Gehwegen ein kritisches Ausmaß erreicht. Es war ohnehin nicht empfehlenswert, den Blick zu heben, denn die Farbe des Himmels unterschied sich nur unwesentlich von der des Straßenmatsches, auf dem allein Abfall oder kleine, glitschige Inseln frisch gespuckten Auswurfs farbig glänzten. Man hörte Hupen und Husten und wie zum Hohn in der Ferne das Läuten von St. Johannis, wobei Sina vermutete, dass es wohl nur der Routineglockenschlag nach einer verstrichenen Stunde und keineswegs ein verspätetes Gratis-Memento für ihren toten Kollegen war.

Udo sah sehr ungewöhnlich aus. Er trug einen dunklen Anzug, worin Sina ihn noch nie gesehen hatte. Die Spitzen seiner dunklen Bartstoppeln schimmerten hellgrau, was ihn zwar älter, doch zugleich attraktiver aussehen ließ.

»Fällt es dir schwer, nächste Woche wieder anzufangen?«, erkundigte er sich.

»Sehe ich so aus?«, fragte sie zurück.

»Na ja, gute Farbe hast du immerhin. Wo wart ihr denn diesmal?«

»Südtirol. Aber wir sind schon seit dem sechsten wieder hier. Bringst du mich auf den neuesten Stand?«

Sie betraten ein Café in der Elberfelder Straße. Sie waren die einzigen Gäste.

»Laufende Geschäfte oder Altfälle?« Die Frage war natürlich überflüssig. »Ich weiß mittlerweile, wer die Trieb-Werk-

Liste manipuliert hat«, fuhr Brenner auch gleich von selbst fort.

»Und?«

»Rate mal?«

»Findeisen«, versuchte Sina.

»Wieso denn der?«

»Keine Ahnung. Du hast gesagt, ich soll raten.«

Brenner lehnte sich zurück, warf einen Blick auf das Kuchenkarussell und bestellte eine Himbeerquarktorte.

»Es war Krawczik. Er wollte verhindern, dass wir seinen Namen auf der Liste finden.«

Sina starrte Brenner fassungslos an.

»Krawczik ist …?«

Brenner legte seinen Finger auf die Lippen.

»Behalte das bloß für dich. Du kannst dir nicht vorstellen, was der Junge durchmacht.«

»Aber … wie bist du darauf gekommen?«

Udo schüttelte den Kopf. »Gar nicht. Er kam zu mir. Kurz vor Weihnachten. Kreidebleich und am Rande eines Nervenzusammenbruchs. Frieser hat ja wie ein Berserker bei uns gewütet. Krawczik hatte höllische Angst, dass seine Mauschelei mit den Daten durch die Sache mit Zollanger herauskommen würde. Also hat er sich mir offenbart und mich angefleht, die Sache irgendwie auszubügeln.«

»Und?«

»Und was? Ich denke, die siebte Mordkommission hat mit einem durchgedrehten Kommissar Leichenschänder genügend Imageprobleme. Wir brauchen jetzt nicht auch noch eine Schwulenhatz. Findest du nicht?«

»Natürlich. Ganz deiner Meinung.« Dann änderte sich Sinas Tonfall und wurde höhnisch: »Warum hängen wir das nicht einfach auch noch Martin an? Wäre das nicht das Beste? Sozusagen den ganzen Müll in ein Loch?«

»Komm, Sina. Lass mal. Weißt du, was es heißt, wenn

372

Krawcziks Neigungen bekannt werden? Der kann sich buchstäblich einsargen lassen. Solche Leute kommen bei uns nicht vor. Das weißt du doch so gut wie ich.«

»Hm, und du hast einen neuen Personalhebel. Echt schlau.«

»Ich habe gar nichts, Sina. Nur ein gutes Gewissen, einen komplizierten, aber fähigen Kollegen nicht ans Messer geliefert zu haben. Und wenn du jetzt endlich damit aufhörst, mich als einen intriganten Finsterling hinzustellen, dann erzähle ich dir etwas, das dich wirklich interessieren wird. Einverstanden?«

Sina lächelte unsicher. Sie hatte Udo Brenner nicht verletzen wollen. Sie wusste selbst nicht so recht, warum sie so giftig reagierte. Krawczik frequentierte also das Trieb-Werk. Wenn sie länger darüber nachdachte, so erklärte diese simple Tatsache den ganzen komplexen Charakter dieses schwierigen Menschen. Die Stadt mochte ein Mekka für Schwule sein, der Polizeidienst war für sie eher ein Minenfeld. Letztes Jahr hatte sich in Frankfurt ein Polizist verbrannt, weil er den Hohn und die Verachtung der Kollegen nicht mehr ausgehalten hatte.

»Ich habe versucht, Zollangers DDR-Akten zu bekommen«, sagte Brenner. »Die Sachen von früher. Gauck-Behörde.«

Sina wurde sehr hellhörig.

»Und?«, drängte sie ihn.

»Es gibt absolut nichts über ihn«, fuhr Brenner fort. »Nada. Niente. Keinen Papierfetzen. Null.«

»Aha. Und was heißt das?«

»Reißwolf. Es ist ja bekannt, dass ein beträchtlicher Teil der Stasi-Akten vernichtet werden konnten. Vielleicht haben die hinten angefangen.«

»Bei Z, wie Zollanger?«

»Ja. Aber das ist nicht der Punkt. Ich habe mit der Person gesprochen, die unseren Suchantrag bearbeitet hat. Und weißt du, was die mich gefragt hat?«

Sina schüttelte ungeduldig den Kopf.

»Warum wir denn gleich zwei Suchaufträge gestellt hätten. Ich habe natürlich sofort reagiert und gesagt, das müsse ein Versehen sein. Wer denn angefragt habe?«

»Und? Mach's doch nicht so spannend.«

»Sedlazek.«

Sina stutzte. Der Name sagte ihr nichts.

»Du bist ein wenig draußen«, sagte Brenner. »Sedlazek und Marquardt gehört das Büro, wo Torso drei gefunden wurde.«

Jetzt erinnerte sie sich. Sie sah den Mann auch wieder vor sich. Hellgrauer Anzug, schwarzes, viel zu enges, den Bauch einzwängendes Polohemd. Haare von links über den kahlen Schädel gekämmt. Typ Geschäftsmann ohne jede Auffälligkeit.

»Na ja, kann man ja verstehen, dass sich der für Zollanger interessiert.«

»In der Tat«, feixte Udo Brenner. »Vor allem, wenn man sich die Akte von diesem Burschen anschaut. Ich habe Sedlazek natürlich sofort überprüfen lassen. Da wird einem so richtig warm ums Herz.«

Sina lauschte, während Brenner ihr einen Abriss von Sedlazeks ruhmreicher Tätigkeit in verschiedenen DDR-Gefängnissen gab.

»Und das ist nur der dokumentierte Teil«, schloss er. »Weiß der Henker, was der Kerl sonst noch so alles getrieben hat.«

»Hat denn dieses Schwein niemals jemand angezeigt?«, fragte Sina.

»Die meisten, die mit ihm zu tun hatten, dürften dazu nicht mehr in der Lage sein. Außerdem soll ja endlich mal Schluss sein, nicht wahr, damit zusammenwächst, was zusammengehört, oder?«

Sina drehte die Augen zur Decke. Brenners Kuchen kam. Kurz darauf folgte der Kaffee.

»Du meinst also, Sedlazek und Zollanger sind sich früher schon einmal begegnet?«, bohrte Sina weiter, als die Bedienung wieder weg war. »Womöglich in Müllrose.«

Udo nickte. »Genau diese Frage stelle ich mir seither.«

Sina rührte in ihrer Kaffeetasse. »Müllrose war früher ein Stasi-Knast«, sagte sie. »Die haben dort möglicherweise Gefangene radioaktiv verseucht. Ein Typ, der draußen bei den Neugierigen herumstand, nannte das Gebäude nur ›Erichs Sonnenstudio‹.«

»Das mag ja alles sein«, sagte Udo. »Die Geschichte geht aber leider nicht auf. Denn eines weiß ich mittlerweile auch: Martin Zollanger ist nicht aus der DDR herausgekauft worden. Darüber gäbe es bei uns zweifelsohne Akten. Ist aber nicht der Fall. Martin hat auch nie etwas von einer Haft in der DDR erzählt. Er war Volkspolizist. Sina! Bis zur Wende. Das wäre nie möglich gewesen, wenn er mit dem Regime Probleme gehabt hätte. Außerdem weißt du so gut wie ich, wie er zur DDR stand. Martin war überzeugter Sozialist. Bei einer Figur wie Sedlazek wäre ihm sicher auch das Kotzen gekommen. Aber ein Staatsfeind war Zollanger absolut nicht. Er hat nicht in Müllrose gesessen. Diese Theorie geht nicht auf.«

»Warum versucht Sedlazek dann, Zollangers Akte zu finden?«

»Na ja, ich denke, er wollte eben auch wissen, warum Zollanger ihm Leichenteile auf den Schreibtischstuhl gelegt hat.«

Brenner begann sich seinem Kuchen zu widmen, während Sina sich die neuen Informationen noch einmal durch den Kopf gehen ließ. Nach einer Weile ergebnislosen Nachdenkens fragte sie:

»Was ist eigentlich mit dem Mädchen? Hat sie endlich eine Aussage gemacht?«

»Nein. Das Ermittlungsverfahren ist abgeschlossen. Sie hat kein Wort zu ihrer Verteidigung vorgebracht. Der Junge leugnet standhaft, am Tatort gewesen zu sein, und belastet damit das Mädchen schwer. Wie es aussieht, kann nur sie mit der Schleuder geschossen haben. Erwartungsgemäß geht die Sache ins Hauptverfahren.«

»Wann ist der Prozess?«

»In drei Wochen. Am fünften Februar. Ich sehe ziemlich schwarz für sie. Der Vater tut mir leid – Sohn Selbstmord und die Tochter in so einem Schlamassel.«

»Worauf lautet die Anklage?«

Udo Brenner atmete tief durch, bevor er antwortete.

»Mord. Frieser soll sogar besondere Heimtücke erwogen haben. Aber davon ist im Moment nicht mehr die Rede.«

»Und wie steht Frieser zu der Tatsache, dass der Mann, der Zollanger getötet und das Mädchen angeschossen hat, vielleicht ein Killer war?«

»Das sagst du.«

»Ja. Die Vermutung drängt sich wohl auf.«

»Das ist die Frage, Sina. Nicht jeder gute Schütze ist ein Auftragsmörder. Zieten hat den Mann engagiert, um seine Tochter zu finden. Mehr nicht. Wie es zu der Schießerei gekommen ist, weiß er angeblich nicht.«

»Und das glaubst du?«

»Sina, du weißt so gut wie ich, dass sich kein Schwein dafür interessiert, was du oder ich glauben. Nicht Zieten hat geschossen, sondern dieser Ozols. Vielleicht hat Zollanger ihn dort unten angegriffen. Es war ja ziemlich dunkel. Die Ballistikberichte sind völlig unschlüssig. Findeisen ist sogar überzeugt, dass noch eine Person anwesend gewesen sein muss.«

»Der Junge.«

»Ja. Aber Frieser glaubt das nicht. Er will die Anklage allein auf das Mädchen konzentrieren und beweisen, dass sie den Schützen kaltblütig von hinten exekutiert hat. Ballistik hin oder her. Und da sie nicht einmal versucht, sich zu rechtfertigen, kann ihm das sogar gelingen. Sie macht ja nicht einmal Notwehr geltend. Sie sagt einfach, sie könne sich an nichts erinnern.«

Sina schaute verdrießlich vor sich hin.

»Arbeitet bei uns überhaupt noch jemand an der Sache?«, erkundigte sie sich dann.

Brenner schüttelte den Kopf. »Für uns ist der Fall ausermittelt. Wir haben unser Korn in die Mühlen der Justiz geschüttet. Jetzt sind die dran. Und ehrlich gesagt, sind wir alle ziemlich erleichtert, dass wir nichts mehr damit zu tun haben. Wenn du am Montag wieder anfängst, wird dich jedenfalls niemand darauf ansprechen.«

»Ist Zollangers Posten schon neu besetzt?«

»Nein. Es soll jemand von außerhalb erster HK werden. Wir haben im Moment alle Beförderungsstopp.« Er hob seine Kaffeetasse und hielt sie vage in Richtung Friedhof: »Danke, Martin.«

Sina schaute Udo lange schweigend an.

»Du glaubst also wirklich, dass das alles genau so passiert ist, wie Frieser es sich zusammengereimt hat?«

»Absolut nicht, meine Liebe. Ich glaube gar nichts. Aber ich weiß noch viel weniger. Deshalb wird es auch nach vielen Jahren das erste Mal sein, dass ich einen Strafprozess besuche. Vielleicht redet das Mädchen ja doch noch.«

66

Das öffentliche Interesse an einer fast zwei Monate zurückliegenden Schießerei, bei der ein Unbekannter und ein Polizist zu Tode gekommen waren, hatte am 5. Februar so weit abgenommen, dass der Andrang im Sitzungssaal acht des Gerichtsgebäudes in Moabit recht gering war.

War Friesers Appell, das Ansehen der Strafverfolgungsorgane nicht durch spekulative Berichte zu beschädigen, befolgt worden? Oder hatten im Hintergrund noch andere Kräfte gewirkt, um die Sache so weit es ging aus den Medien herauszuhalten? Friesers Strategie schien jedenfalls aufgegangen zu sein. Die Berichterstattung über den Vorfall in Reinickendorf war vage und unspektakulär ausgefallen. Die Schlagzeilen im Dezember hatten sich vor allem mit den skandalösen Enthüllungen im Zusammenhang mit der Gasexplosion in Mariendorf beschäftigt.

So waren am 5. Februar zunächst nur wenige Prozessbesucher zum ersten Verhandlungstag erschienen. Aus Mirats verzweigter Verwandtschaft waren seine Mutter und ein Cousin gekommen. Jojo Jesus erschien mit Hagen, mit dem er sich flüsternd unterhielt. Sina und Udo saßen zwei Reihen hinter ihnen, vier Stühle getrennt von einem wiederholt gähnenden Gerichtsreporter, der einen Randplatz eingenommen hatte, vermutlich um unbemerkt verschwinden zu können, falls sich die Sache zu lange hinzog.

Um Viertel vor zehn betrat Vera Kornmüller den Gerichtssaal und legte ihre Dokumente auf dem Tisch der Verteidigung ab.

Sina musterte die verschiedenen Personen und versuchte sich einen Reim darauf zu machen, wer sie waren. Die Frau mit Kopftuch in Begleitung eines Jugendlichen ... der zerlumpte, bärtige Mann in Begleitung des Typen mit dem Pferdeschwanz ... Vielleicht waren die beiden mit dem angeklagten Mädchen bekannt. Die rothaarige Frau in schwarzer Robe musste ihrem Platz zufolge die Verteidigerin sein. Aber wer war der elegant gekleidete, gutaussehende Mann, der mit sorgenvollem Gesichtsausdruck in der ersten Reihe des Besucherbereichs Platz nahm? Der Vater des Mädchens? Jener Starfotograf aus Hamburg, von dem Udo erzählt hatte?

»Ist das ihr Papa?«, fragte sie ihn leise.

»Keine Ahnung« erwiderte er. »Könnte sein.« Dann deutete er auf eine Tür am hinteren Ende des Saales, die sich soeben geöffnet hatte. Ein Polizeibeamter betrat den Saal, gefolgt von einem hochgewachsenen, mageren blonden Mädchen. Sie trug Jeans, eine dunkelgrüne Bluse und eine graue Strickjacke. Hinter ihr folgte ein schmächtiger Junge in dunkelblauen Cordhosen und weißem Hemd. Ein zweiter Polizist trat durch die Tür und schloss sie hinter sich. Die beiden Angeklagten nahmen flankiert von den Sicherheitsbeamten an dem Tisch Platz, wo zuvor die Verteidigerin ihre Unterlagen abgelegt hatte.

Sina bemerkte, dass das Mädchen kurz einen Blick mit dem eleganten Herrn in der ersten Reihe wechselte. Der Bärtige machte ihr ein Siegeszeichen mit dem Daumen, während ihr der Mann mit dem Pferdeschwanz neben ihm aufmunternd zunickte. Nun füllte sich der Verhandlungssaal rasch. Die rothaarige Frau kam wieder herein. Frieser, ebenfalls in Amtstracht, ließ ihr mit galanter Miene den Vortritt. Sina folgte dem Staatsanwalt mit misstrauischem Blick, während der Mann auf den Platz der Anklage zusteuerte. Dann richtete sie ihre Aufmerksamkeit wieder auf die Anwältin, die den beiden jungen Leuten kurz die Hand reichte, um dann

379

zwischen ihnen Platz zu nehmen. Fast zeitgleich betraten die drei Richter und die beiden Schöffen der vierzehnten Strafkammer den Raum und nahmen ihre Plätze auf dem erhöhten Podest an der Stirnseite ein. Der Vorsitzende blickte mürrisch auf den leeren Stuhl der Protokollantin und machte einem der Schöffen ein energisches Handzeichen. Doch die Protokollantin eilte schon herbei, wobei kurzzeitig eine feine Duftspur von kaltem Zigarettenrauch durch den Saal wehte.

Der Vorsitzende wollte soeben mit dem Aufruf zur Sache beginnen, als noch eine weibliche Person den Raum betrat. Der Staatsanwalt machte ihr ein Zeichen, und sie setzte sich mit einer entschuldigenden Geste an die Richter neben den Anklagevertreter.

Sina hatte die ganze Zeit über das Mädchen beobachtet. Sie hatte sich ein ganz anderes Bild von ihr gemacht, sie sich eher klein und ein wenig schlampig vorgestellt. Elin Hilgers Äußeres irritierte sie. Mit ein wenig Phantasie sah sie den mageren Mode-Ikonen, die im Moment die Zeitschriften füllten, gar nicht unähnlich. Ihr Gesicht war engelhaft schön und zugleich maskenhaft. Ein plötzliches Gefühl von Eifersucht durchfuhr sie. Dieses Mädchen verband irgendein Geheimnis mit Zollanger. Hatte er etwas mit ihr gehabt? Warum sollte sie das stören? Zollanger war doch nur ein Kollege gewesen.

Seit dem kurzen Blickwechsel mit ihrem Vater hatte das Mädchen die Augen nicht mehr gehoben. Auch die Begrüßung durch ihre Anwältin hatte sie wie unbeteiligt über sich ergehen lassen. Während der Junge nervös um sich blickte, saß sie reglos da, als ginge sie das ganze Verfahren gar nichts an.

»Ich eröffne das Hauptverfahren in der Strafsache Elin Hilger und Mirat Kuljici wegen Mordes und Beihilfe zum Mord ...«

Im Saal hatte sich angesichts der Bedeutung dieser Worte eine angespannte Stille ausgebreitet. Sie hielt an, während der Vorsitzende die Namen und Funktionen der anwesenden Personen verlas und dann die Zeugen- und Sachverständigenbelehrung folgen ließ.

»Staatsanwalt Frieser«, begann der Vorsitzende dann. »Dürfte ich Ihre Sachverständige bitten, draußen zu warten? Wir werden sie nachher anhören.«

Die Frau verließ sofort den Raum. Der Vorsitzende wandte sich Elin zu.

»Sie sind Elin Hilger, geboren am 14. Dezember 1982 in Hamburg?«

Elin reagierte nicht.

»Frau Dr. Kornmüller. Würden Sie Ihre Mandantin bitte dazu bewegen, meine Fragen zu beantworten.«

»Meine Mandantin beantwortet keine Fragen«, erwiderte die Anwältin. »Auch die meinen nicht.«

»Frau Hilger«, versuchte es der Vorsitzende erneut, »Sie sind nicht verpflichtet, Angaben zur Sache zu machen. Angaben zu Ihrer Person dürfen Sie jedoch nicht verweigern. Tun Sie dies dennoch, so begehen Sie eine Ordnungswidrigkeit, die mit bis zu vierzig Tagessätzen geahndet werden kann. Ersparen Sie mir bitte diese Zwangsmaßnahme. Also. Ist Ihr Name Elin Hilger, und sind Sie am 14. Dezember 1982 in Hamburg geboren?«

Elin fixierte den Richter. Dann wandte sie stumm den Kopf zur Seite und schaute aus dem Fenster.

»Wie Sie wollen. Das Gericht verordnet vierzig Tagessätze zu ...«

Vera Kornmüller hob den Arm. Der Vorsitzende gab ihr das Wort.

»Der Vater der Angeklagten ist anwesend. Ich beantrage, die Identitätsfeststellung durch Zeugenaussage des Vaters unter Eid vorzunehmen, und bitte um Aussetzung des Zwangsgeldes. Falls das Gericht dies ablehnt, so gebe ich zu

Protokoll, dass meine Mandantin mittellos ist und aus weltanschaulichen Gründen die Teilnahme an jeglicher Art von Geldverkehr verweigert. Zwangsmaßnahmen müssten also grundsätzlich in Form einer Ersatzfreiheitsstrafe verordnet werden.«

Der Vorsitzende zögerte einen Moment. Nach kurzer Rücksprache mit seinen Kollegen entschied er: »Der Vater möge vortreten und die Identität seiner Tochter bestätigen. Die vierzig Tagessätze bleiben bestehen, da die Aussageverweigerung der Angeklagten jeglicher Grundlage entbehrt und lediglich eine Missachtung des Gerichts darstellt.«

Der elegant gekleidete Mann erhob sich, trat an den Tisch der Protokollantin, brachte die Beeidigungsformalität hinter sich und bestätigte, dass er Edmund Hilger heiße und es sich bei der Angeklagten um seine Tochter handele. Dann warf er einen flehenden Blick in ihre Richtung und sagte nur: »Elin. Bitte.« Und an den Vorsitzenden gerichtet fügte er hinzu: »Ich bezahle des Zwangsgeld natürlich.« Dann nahm er wieder im Besucherbereich Platz.

Udo Brenner schüttelte verständnislos den Kopf. »Was verspricht sie sich nur von diesem Theater?«, flüsterte er Sina zu. »Verbohrte Jugend, kann ich nur sagen.«

Mirat leistete keinerlei Widerstand gegen die Fragen des Richters. Er bestätigte alle Angaben und schaute den Vorsitzenden eingeschüchtert an, während der einen Schwall von Verfahrenserklärungen abgab, die offenbar Routine waren und weder auf Seiten der Anklage noch der Verteidigung zu irgendwelchen Reaktionen führten. Schließlich wurde Staatsanwalt Frieser aufgefordert, den Anklagesatz zu verlesen.

Sina erinnerte sich später noch an die genaue Uhrzeit, denn sie hatte den Minutenzeiger auf der Wanduhr auf die nächste Minute springen sehen. Frieser war noch nicht einmal beim Tatvorwurf angelangt, als sich um 10:27 Uhr die Tür zum Sitzungssaal öffnete.

Ein Fahrradkurier stand auf der Schwelle. Aber das war nicht die einzige Merkwürdigkeit. Auf dem Gang hinter dem Kurier wartete eine Gruppe von Menschen und schaute neugierig in den Saal hinein. Ein Gerichtsbediensteter hatte seine Arme ausgebreitet, um die Leute daran zu hindern, den Saal zu betreten.

Frieser blickte fragend zum Vorsitzenden und wartete auf dessen Reaktion.

»Was ist denn da draußen los?«, fragte dieser. »Und was wollen Sie hier?«

»Ich habe eine Eilsendung für Frau Dr. Kornmüller.«

Vera Kornmüller errötete. Frieser schüttelte genervt den Kopf.

»Aber wohl kaum unter dieser Adresse«, sagte Vera Kornmüller verständnislos. »Liefern Sie doch bitte an mein Büro.«

Der Bote schüttelte den Kopf.

»Die Sendung ist als dringend und zur sofortigen persönlichen Aushändigung an Sie im Gerichtssaal gekennzeichnet und bezahlt.« Dann, nach einem kurzen Blick in die Runde, fügte der Kurier hinzu: »Ich werde draußen auf Sie warten.«

»Nehmen Sie den Brief eben schnell an«, sagte der Richter unwirsch und rief dann nicht weniger gereizt in Richtung Tür: »Saaldiener. Was wollen denn diese Leute da draußen?«

Der Mann scheuchte die Gruppe, die näher gekommen war, mit einer energischen Bewegung zurück. Dann betrat er den Sitzungssaal und schloss die Tür hinter sich: »Es sind Presseleute. Sie wollen dem Verfahren beiwohnen.«

»Aha. Und warum kommen sie dann nicht pünktlich?«

Der Saaldiener hatte dafür keine Erklärung.

Vera Kornmüller quittierte ihre Sendung und legte den Umschlag vor sich auf dem Tisch ab. Der Kurier ging wieder zur Tür.

»Wenn ich es richtig sehe«, sagte der Vorsitzende, »ist auf

den Besucherbänken ja noch jede Menge Platz. Hat jemand etwas dagegen einzuwenden, wenn Pressevertreter dem Verfahren beiwohnen?«

Frieser machte Anstalten, etwas zu sagen, besann sich aber dann und ließ es bleiben. Vera Kornmüller signalisierte Zustimmung. Der Vorsitzende machte dem Saaldiener ein Handzeichen. Der öffnete die Tür, eskortierte den Kurier nach draußen und ließ dann die Wartenden nacheinander eintreten. Die Journalisten, sechs Männer und zwei Frauen, nahmen weitgehend geräuschlos im Besucherbereich Platz. Der Gerichtsreporter schien die meisten von ihnen zu kennen. Sein Gesicht drückte jedoch vor allem Verwunderung darüber aus, auf einmal so viele Kollegen hier auftauchen zu sehen.

Wenige Minuten später war wieder Ruhe im Saal eingekehrt. Frieser setzte seine Ausführungen fort, erläuterte, wie er Elins Schuld am Tod von Aivars Ozols nachweisen werde und welche Zeugenaussagen und Gutachten er dafür vorzulegen gedenke. Er erläuterte, dass nach der Spurenlage eine mögliche Tatbeteiligung des Angeklagten Kuljici nicht ausgeschlossen werden könne und daher eine Befragung beider Tatverdächtiger im Hauptverfahren notwendig sei.

Etwa zu diesem Zeitpunkt in Friesers Rede war mit dem Mädchen eine Veränderung vor sich gegangen. Elin hatte die eintretenden Journalisten gar nicht beachtet, sondern vom ersten Augenblick an nur den Umschlag angestarrt, den der Fahrradkurier geliefert hatte. Nach einer Weile hatte sie sich plötzlich zu ihrer Anwältin hinübergebeugt und ihr etwas ins Ohr geflüstert. Sina hatte es gesehen, denn sie hatte nach wie vor Mühe, ihren Blick von dem Mädchen zu nehmen. Die anderen hatten davon offenbar nichts bemerkt. So fiel auch zunächst niemandem auf, dass Vera Kornmüller den Umschlag behutsam öffnete. Sina beobachtete, wie die Anwältin ein kleines weißes Kuvert hervorholte. Dann blitzte ein silbrig glänzender Datenträger in ihrer Hand auf. Elin beugte sich erneut zu der Anwältin hin und redete leise auf sie ein.

Vera Kornmüller schaute sich unsicher um. Aber noch monopolisierte Staatsanwalt Frieser die Aufmerksamkeit der Anwesenden. Lediglich Mirat hatte sich kurz ablenken lassen, schaute nun aber schon wieder zu Frieser hin, der soeben bei der Liste der anzuwendenden Strafvorschriften angekommen war.

Vera Kornmüller legte diskret den Datenträger in ihren Computer ein und wartete. Elins Gesicht hatte sich völlig verändert. Sie starrte auf den Bildschirm. Rote Flecke breiteten sich auf ihrem blassen Gesicht aus. Jetzt fiel auch dem Vorsitzenden die Veränderung an Elin auf. Er blickte irritiert zu Vera Kornmüller hin, die indessen wie gebannt den Computer fixierte.

Staatsanwalt Frieser kam nicht umhin zu bemerken, dass irgendetwas nicht stimmte. Er blickte zu seiner Kontrahentin, aber die hatte noch immer ihren Laptop im Blick. Frieser stockte kurz und sprach dann weiter. Doch jetzt erhob sich Vera Kornmüller abrupt. Sie griff nach dem Gerät vor ihr auf dem Tisch und begab sich ohne ein weiteres Wort an den Tisch des Vorsitzes. Frieser verstummte mitten im Satz und schaute ihr erbost hinterher.

»Frau Dr. Kornmüller«, herrschte der Vorsitzende sie an. »Dürfte ich erfahren, was Ihnen …!«

Sie erwiderte zunächst nichts, sondern stellte lediglich das Gerät vor ihn hin, so dass er den Bildschirm gut sehen konnte. Dann sagte sie: »Ich beantrage die sofortige Vorführung der mir soeben zugestellten Video-Zeugenaussage eines Tatbeteiligten. Wesentliche Behauptungen der Anklage zum Tatgeschehen widersprechen offenbar völlig den Tatsachen.«

Frieser war mittlerweile neben Vera Kornmüller getreten und verrenkte den Hals, um einen Blick auf den Bildschirm zu erhaschen. Und was er da sah, war schlechterdings un-

385

möglich: Neben einem Fernsehgerät, auf dem die Tagesschau vom 27. Januar lief, saß Martin Zollanger und sprach in eine Kamera.

Vera Kornmüller nutzte die totale Verwirrung aus und drückte auf einen Knopf auf ihrem Laptop. Im nächsten Moment war klar und deutlich Zollangers Stimme zu hören.

»… der Deutsche Aktienindex schloss heute bei 2643,80 der Dow Jones bei 7989,56 Punkten. Die Wahrscheinlichkeit, dass diese beiden Indizes vorausgesagt werden oder zufällig erneut bei diesen Werten stehen könnten, geht gegen null, was ausreichend belegen sollte, dass ich am Leben bin.«

Niemand im Saal rührte sich. Sina vermochte kaum zu atmen. Udo Brenner starrte sie an und hatte das Gesicht verzogen, als leide er körperliche Schmerzen. Manche der Journalisten, die erst vor wenigen Minuten eingetroffen waren, steckten die Köpfe zusammen und tuschelten. Immer wieder schauten sie neugierig zu Elin hin. Einer von ihnen versuchte, mit Elins Vater ins Gespräch zu kommen, aber der schüttelte nur energisch den Kopf, blickte verwirrt den Vorsitzenden an und versuchte zu begreifen, was sich dort vorne gerade abspielte.

Frieser stand mit eisiger Miene da und schwieg. Allein Elins Gesichtsausdruck wirkte gelöst. Aber was sie wirklich dachte oder fühlte, war ihr nicht anzusehen. Steif und unnahbar saß sie da und lauschte mit halb geschlossenen Augen der Stimme, die wie aus dem Jenseits zu kommen schien.

»Ich bin im Vollbesitz meiner geistigen Kräfte«, drangen Zollangers Worte zwar blechern, aber gut hörbar aus den Lautsprechern des Laptops und erfüllten den Saal. »Ich stehe unter keinerlei Zwang und mache diese Zeugenaussage aus freien Stücken. Die Staatsanwaltschaft hat gegen Elin Hilger Anklage wegen Mordes erhoben. Hierzu erkläre ich: Ich, Martin Zollanger, habe die der Angeklagten zur Last gelegte Tat begangen. Ich, Martin Zollanger, ehemals Hauptkommissar der siebten Berliner Mordkommission, habe am späten Dienstagabend des 11. Dezember letzten Jahres in Berlin-Reinickendorf Aivars Ozols mit einer Steinschleuder, die ich zuvor der Angeklagten abgenommen habe, vorsätzlich getötet. Die Angeklagte hatte von meiner Tötungsabsicht keinerlei Kenntnis. Sie hat diese weder billigend in Kauf genommen noch sich in irgendeiner anderen Weise schuldhaft verhalten. Elin Hilger war zu keiner Zeit über die wirklichen Vorgänge informiert, die zu dieser Konfrontation geführt haben. Sie ist nur durch eine Verkettung unvorhersehbarer Umstände in eine Auseinandersetzung hineingezogen worden, die ich Ihnen im Folgenden schildern werde.«

Zollanger schaute jetzt direkt in die Kamera. »Die Person, die am 11. Dezember von Aivars Ozols erschossen und später als Martin Zollanger identifiziert wurde, heißt Georg Zollanger. Georg Zollanger war mein Bruder. Er hielt sich seit März vergangenen Jahres nach mehr als dreißigjähriger Abwesenheit erstmals wieder in Deutschland auf.«

Zollanger machte eine Pause. Sein Gesichtsausdruck war ernst und zutiefst resigniert. Er hatte zweifellos Gewicht verloren und wirkte blass.

Der Vorsitzende nutzte die kurze Unterbrechung und stoppte die Wiedergabe des Videos. Dann fuhr er sich mit der Hand über das Gesicht und sagte: »Meine Damen und Herren. Die Sitzung ist unterbrochen. Herr Frieser, Frau Kornmüller, bitte folgen Sie mir ins Beratungszimmer.«

67

Zwei Stunden bevor die Verhandlung gegen Elin Hilger vor dem Landgericht begann, war in den Nachrichtenredaktionen der wichtigsten Zeitungen und Sendeanstalten der Stadt folgendes Fax eingegangen:

Sehr geehrte Damen und Herren,

hiermit teile ich Ihnen mit, dass sich im Kofferraum eines dunkelgrünen Pkw der Marke Ford, gegenwärtiger Standort: Parkhaus Berlin Ostbahnhof, Zufahrt Stralauer Platz, Stellplatz Nummer 84, umfangreiches Aktenmaterial zu den Hintergründen des unmittelbar bevorstehenden Konkurses der VKG-Volkskreditgesellschaft und ihrer Teilbanken befindet. Ich erteile Ihnen die Genehmigung, den Kofferraum des Wagens gewaltsam zu öffnen, die Akten zu entnehmen und journalistisch auszuwerten. Da die in den Akten enthaltenen Informationen teilweise illegal beschafft wurden und nicht gerichtsverwertbar sind, stelle ich Ihnen anheim, die von mir markierten Schlüsseldokumente unkommentiert zu veröffentlichen und das Material nach Auswertung und Sichtung an den Haushaltsausschuss des Abgeordnetenhauses weiterzuleiten.
Hintergrund:
Die VKG ist ein auf verfassungswidrigem Wege entstandener Verbund von öffentlichen und privaten Banken und Finanzgesellschaften. Der Konzern steht kurz vor dem Zusammenbruch und wird einen finanziellen Schaden von

bisher nie dagewesener Höhe nach sich ziehen, der aufgrund seiner öffentlich-privaten Natur von der Gesamtheit der Bevölkerung zu tragen sein wird.
Damit nicht genug. Ein bereits im vorletzten Herbst erstelltes, streng vertrauliches (sogenanntes Phoenix-) Gutachten von Bankvorstand Hans-Joachim Zieten, das sich ebenfalls in den Akten befindet, zeigt auf, wie die profitablen Teilbereiche des Konzerns im Konkursfall durch rasch vorgezogene illegale In-Sich-Geschäfte ausgelagert werden könnten, um die Interessen der beteiligten Privatbanken zu befriedigen.
Welche gigantischen Verluste dabei dem öffentlichen Haushalt entstehen würden, ist im Kapitel »Bereinigung von Betreiberaktivitäten und Abkopplung von der internen Konzernverrechnung« ausführlich dargestellt und wird zur besonderen Lektüre empfohlen.
In ihrer Gesamtheit dokumentieren die Akten den dringenden Tatverdacht von schwerem Amtsmissbrauch, Verfassungsbruch, rechtswidriger Vorteilnahme, Untreue und Bilanzfälschung.
Meine vollständige Zeugenaussage in dieser Angelegenheit wird heute um 10:30 Uhr dem Landgericht Berlin, Vierzehnte Strafkammer, Sitzungssaal 8 im Rahmen des Strafverfahrens gegen Frau Elin Hilger zugestellt.

Hochachtungsvoll
Martin Zollanger
Kriminalhauptkommissar a. D.

Von den Journalisten, die sich kurz nach Beginn der Verhandlung im Gerichtsgebäude Moabit einfanden, um noch in den Sitzungssaal acht zu gelangen, hatte angeblich keiner das in dem Fax genannte Material gefunden. Mehrere von ihnen bestätigten zwar, den Pkw im Parkhaus Ostbahnhof gefunden und den bereits aufgebrochenen Kofferraum nach Akten durchsucht zu haben. Doch wer immer der Schnellste gewesen war, hüllte sich der Konkurrenz gegenüber in Schweigen, solange die entsprechende Redaktion das heikle Material prüfte. Handygespräche wurden äußerst leise und diskret geführt, während man ungeduldig auf Einlass in den Verhandlungssaal wartete. Jeder verdächtigte jeden, das Material zu besitzen.

Als die Verhandlung wegen Zollangers Videoaussage unterbrochen wurde, existierten über die Akten und die darin dokumentierten ungeheuerlichen Anschuldigungen noch immer nur Gerüchte. Doch der sensationelle Umstand, dass ein vor zwei Monaten angeblich getöteter Hauptkommissar sich plötzlich als Zeuge in einem Mordprozess gemeldet hatte, der gerade eröffnet worden war, machte wie ein Lauffeuer die Runde. In kürzester Zeit kreuzten weitere Journalisten vor dem Gerichtsgebäude auf und beantragten Besuchergenehmigungen, die zu diesem Zeitpunkt allerdings bereits ausgeschöpft waren.

Kurz vor elf Uhr wurde im Radio gemeldet, es kursierten Gerüchte über eine bedrohliche Schieflage der VKG. Dem Vorsitzenden des Haushaltsausschusses des Abgeordnetenhauses war per E-Mail eine geheime Vorstandsvorlage zugesandt worden. Der hatte daraufhin sofort den Verfasser der Vorlage, Bankvorstand Zieten, angerufen und ihm spontan sehr konkrete Fragen zu diesem sogenannten »Phoenix-Gutachten« gestellt, die mittlerweile auch im Internet abrufbar war. Zieten verweigerte eine Stellungnahme. Nur Minuten später folgte eine Meldung des Wirtschaftsdienstes: Die VKG habe soeben erklärt, sie werde nicht in der Lage sein, das Konzernergebnis des Vorjahres zum 31. März zu veröffentlichen, da Unstimmigkeiten in den Bilanzen einiger Teilbanken, insbesondere der Treubau-Gesellschaft TBG, aufgetaucht seien, die das Konzernergebnis beeinträchtigen könnten und ver-

mutlich monatelange Zweitprüfungen erforderlich machen
würden.

Es verging lediglich eine weitere Viertelstunde, bis sich ein
aufgebrachter Anrufer bei dem Sender meldete und erklärte,
er habe bereits vor drei Jahren die Bewertungspraxis in den
Bilanzen der VKG und ihrer vielen Teilbanken als völlig feh-
lerhaft bezeichnet, da in den Gewinnschätzungen gigantische
versteckte Risiken schlummerten. Das Ergebnis seines Testats
sei gewesen, dass er von seiner Prüftätigkeit entbunden und
das Mandat für die Bilanzprüfung einer renommierten Wirt-
schaftsprüfungsgesellschaft übertragen worden sei, welche die
von der VKG gewünschten Ergebnisse »herbeigeprüft« hätte.

Von all diesen Nachrichten, die bis zum Mittag zu einer
regelrechten Flut anschwollen, drang nichts in das Bespre-
chungszimmer von Sitzungssaal acht, wo die drei Richter, die
beiden Schöffen, Vera Kornmüller und Jochen Frieser sich
Zollangers Videoaussage anschauten. Die Aussage dauerte
fast vierzig Minuten. Danach verließ Jochen Frieser sofort
den Raum, um Hans-Joachim Zieten anzurufen und ihn über
die völlig unvorhergesehene Wendung des Falls zu unterrich-
ten. Aber Zietens Handy war tot. Und in seinem Büro war er
auch nicht.

»Es ist aber verdammt noch mal äußerst dringend«, schrie
er die Sekretärin durch sein Handy an. »Ich muss Herrn Dr.
Zieten sofort sprechen.«

»Dringend«, stammelte die Frau, den Tränen nahe. »Wissen
Sie überhaupt, was hier seit einer Stunde los ist? Ich werde gar
nicht mehr ans Telefon gehen, verstehen Sie.«

Frieser verstand gar nichts. Nur, dass die Sekretärin aufgelegt hatte.

Er kehrte in den Besprechungssaal zurück, völlig unschlüssig, wie er sich nun verhalten sollte. Der Vorsitzende hatte
soeben vorgeschlagen, das Hauptverfahren zunächst auszu-
setzen, bis die Gültigkeit dieser Zeugenaussage geklärt war.

»Aussetzen?«, protestierte Vera Kornmüller. »Wieso aussetzen? Das Verfahren ist zu Ende. Wir haben ein Geständnis. Hätten wir diese Aussage im Ermittlungsverfahren gehabt, wäre es nie zur Hauptverhandlung gekommen. Die ganze Anklage fußt auf einer unglaublichen Schlamperei der Ermittlungsbehörden.«

Sie wandte sich an Frieser, der nun wieder am Tisch Platz genommen hatte. »Sie haben Martin Zollanger für tot erklärt, obwohl es sich bei dem Toten um Georg Zollanger gehandelt hat, seinen Bruder.«

»Das konnten wir nicht ahnen«, protestierte Frieser. »Der Leichnam wies alle biologischen Merkmale aus Martin Zollangers jüngsten Krankenakten auf.«

»Ja, sicher«, entgegnete Vera Kornmüller. »Weil Georg Zollanger, wie wir aus dem Video wissen, sich im Frühjahr letzten Jahres als Martin Zollanger hat behandeln lassen. Wenn die Gerichtsmedizin sorgfältiger recherchiert hätte und auch ältere Akten zu Rate gezogen hätte, dann wäre Ihnen dieser Fehler nicht unterlaufen. Ebenso tölpelhaft waren die Ermittlungen zu den Torso-Fällen. Ist denn keiner auf die Idee gekommen, dass Martin Zollanger einen …«

»Ihre Vorwürfe sind unerträglich«, zischte Frieser. »Wir wurden arglistig getäuscht, zudem von einem Angehörigen der Polizei, der natürlich über besondere Kenntnisse verfügt, wie man Ermittlungen manipulieren oder sabotieren kann.«

»Wenn jemand getäuscht wurde, dann meine Mandantin. Von einer Strafverfolgungsbehörde sollte man erwarten können, dass sie sorgfältig und umsichtig arbeitet. Täuschungsabsichten zu entlarven ist ja wohl ihr tägliches Brot. Ich bleibe dabei. Die Anklage hat sich auf stümperhafte Ermittlungen gestützt. Ich beantrage, dass die Anklage gegen Elin Hilger sofort fallengelassen wird.«

Das darauffolgende sekundenlange Schweigen wurde plötzlich durch ein heftiges Klopfen an der Tür unterbrochen.

Ein Justizbeamter trat herein und winkte dem Vorsitzenden zu. Der Mann stand auf, ging zu dem Beamten hin und hörte sich an, was er ihm zu sagen hatte. Von draußen klang Stimmengewirr herein. Auf dem Gang vor dem Saal mussten sich mittlerweile sehr viele Menschen eingefunden haben. Der Vorsitzende kehrte an den Tisch zurück und sagte: »Herr Zollanger hat heute Morgen nicht nur uns überrascht. Wie ich gerade erfahren habe, hat er der Presse vor zwei Stunden umfangreiches Beweismaterial für seine Behauptungen zugestellt. Diesem Umstand verdanken wir offenbar diese schlagartige geballte Medienaufmerksamkeit.«

Er schaute in die Runde und fuhr dann fort. »Unter den gegenwärtigen Umständen können weder Frau Hilger noch Herr Kuljici als dringend tatverdächtig des Mordes an Aivars Ozols betrachtet werden. Die beiden sind daher mit sofortiger Wirkung aus der Untersuchungshaft zu entlassen, allerdings mit der Auflage, sich als Zeugen zur Verfügung zu halten. Die Staatsanwaltschaft«, fuhr er zu Frieser gewandt fort, »dürfte ab sofort alle Hände voll zu tun haben, Herrn Martin Zollanger dingfest zu machen und den ungeheuerlichen Komplex von Anschuldigungen zu überprüfen, die er in dieser Zeugenaussage gemacht hat. Ich darf Sie übrigens informieren, dass soeben der Haushaltsausschuss des Abgeordnetenhauses zu einer Dringlichkeitssitzung zusammengetreten ist. Dieses Verfahren wird wohl demnächst in einem umfassenderen Prozess aufgehen. Ich gehe davon aus, dass dann eine auf Wirtschaftsdelikte spezialisierte Strafkammer zuständig sein wird. Damit sind wir hier fürs Erste fertig. Ich danke Ihnen für Ihre Mitarbeit und wünsche Ihnen einen schönen Tag. Die Sitzung ist geschlossen.«

68

Die Meldungen überschlugen sich noch immer, als Elin einige Tage später Berlin verließ.

Die Gerüchte über den drohenden Konkurs der VKG hatten ein Beben ausgelöst. Fast stündlich wurden neue Horrorzahlen über mögliche Milliardenverluste des Konzerns bekannt. Die Dimension des Schadens war so ungeheuerlich, dass bereits Bundesbehörden Ermittlungen aufgenommen hatten. Zietens Büroräume waren durchsucht worden. Erics ehemalige Chefs hatten sich ins Ausland abgesetzt.

Am ersten Tag kam sie nur bis Trebbin. Sie hatte keine Zeit gehabt, die Reise zu planen, und so brach sie mit einem ihrer heiligsten Grundsätze und benutzte Geld, um ein Hotelzimmer zu bezahlen. Ihr Vater hatte ihr nach der Verhandlung ein Bündel dieser neuen Geldscheine aufgedrängt und sie angefleht, doch endlich zur Vernunft zu kommen, jetzt, da sie diese schreckliche Sache hinter sich hatte. Ob sie überhaupt an ihn dachte, eine Vorstellung davon habe, welche Sorgen er sich um sie machte? Was er denn nur tun könne, damit sie ihn wenigstens wie einen Mitmenschen behandelte?

Sie dachte während der Fahrt viel an ihn. Das stundenlange Fahrradfahren zeigte die übliche Wirkung. Sie wurde ruhig. Die Stimmen in ihrem Kopf verschwanden nicht, aber die Gespräche, die sie führten, wurden klar und durchsichtig. Seit sie mit vierzehn von zu Hause weggelaufen war, führte sie immer wieder diese Endlosgespräche in ihrem Kopf, erörterte Lebensentwürfe und Grundsatzfragen, mit denen sie haderte. Beim Fahrradfahren ordneten sie sich halbwegs. Sie beschloss, sich mit ihrem Vater auszusprechen, wenn sie dies hier hinter sich gebracht hätte. Ja, sie würde ab jetzt einiges anders machen.

Genaueres über die Gründe der Einstellung des Verfahrens gegen sie hatte man ihr nicht mitgeteilt. Das Video war beschlagnahmt worden. Sie hatte Zollangers Aussage nicht sehen dürfen. Aber Vera Kornmüller hatte ihr den unglaublichen Inhalt in groben Zügen geschildert. Kurz nach diesem Gespräch hatte sie den Umschlag wieder herausgesucht, den ihr vor einigen Wochen ein anonymer Absender ins Krankenhaus geschickt hatte. Die merkwürdige Eintrittskarte in das Museum lag noch immer darin. Sollte sie der Spur folgen? Zollanger musste damit rechnen, dass nach Veröffentlichung des Videos überall nach ihm gefahndet würde. Er hatte einen Menschen getötet. Und er hatte wer weiß wie viele Straftaten begangen, um Ermittlungen zu sabotieren, welche die Wahnsinnstaten seines rätselhaften Bruder betrafen. Er würde sich ein sehr gut gewähltes Versteck ausgesucht haben. Einen wirklich unauffindbaren Ort. Hatte er ihr einen Hinweis geschickt? Sie würde es auf einen Versuch ankommen lassen. Deshalb fuhr sie nach Süden. Nach Siena.

Da sie nicht sicher sein konnte, ob ihr jemand folgte, wich sie auf einsame Nebenstrecken aus und pausierte manchmal an Orten, wo sie einen Verfolger sicher entdeckt hätte. Das Wetter war katastrophal, die Straßen in einem schlimmen Zustand. Zweimal war sie fast angefahren worden. An eine Alpenüberquerung war im Winter ohnehin nicht zu denken, und so nahm sie am vierten Tag den Zug.

Sie erreichte Siena am Nachmittag des 18. Februar. Sie fand ein Hotel in der Nähe der Piazza del Campo, nahm ein Zimmer, ruhte sich ein paar Stunden aus, ging essen und dann früh zu Bett. Am nächsten Morgen war sie eine der ersten Besucherinnen im Museo Civico. Sie betrat den Innenhof des Palazzo Pubblico und stieg die zwei Treppen zum Museum hinauf. Sie legte ihre Eintrittskarte vor, durchquerte den ersten Saal, durchschritt eine niedrige Tür und stand im nächsten Augenblick im »Saal der Neun«. Sie bewegte sich langsam in die Mitte des Raumes und ließ ihren Blick dann von der westlichen über die nördliche zur östlichen Wand schweifen. Die Figuren waren im frühen Morgenlicht nur schemenhaft zu erkennen. Ein kleines Fenster zur Piazza del Campo hin war zwar geöffnet, ließ aber nicht genügend Licht herein, um das riesige Wandgemälde auch nur annährend auszuleuchten.

Elin schaute sich suchend um, entdeckte den Zeitschalter für die Beleuchtung neben dem Eingang und betätigte ihn. Sie erschrak fast, als sie sich wieder umdrehte. Sie hatte mittlerweile Reproduktionen dieser riesenhaften Wandmalerei gesehen und einiges darüber gelesen. Sie wusste, dass die Stadt Siena vor fast siebenhundert Jahren verzweifelt versucht hatte, sich von Korruption und Vetternwirtschaft zu befreien, wusste auch, welche Mittel man damals ersonnen hatte, um zu verhindern, was offenbar mit fataler historischer Regelmäßigkeit jedem Gemeinwesen drohte: dass die Machthaber zu Verbrechern wurden.

In Siena war man damals so weit gegangen, die neun Stadtoberen alle sechs Monate auszutauschen. Darüber hinaus wurden sie unter eine Art Quarantäne gesetzt und, um sie gegen Lobbyeinflüsse so weit wie möglich abzuschirmen, im Ostflügel des Gebäudes einquartiert. Wie groß die Verzweiflung über die Folgen korrupter und verbrecherischer Staatsführung gewesen sein musste, bezeugte die Wandmalerei sehr eindringlich.

Elin betrachtete die Darstellung der schlechten Regierung und das zuständige Personal, die Figuren des Bösen: die Grausamkeit, die einen Säugling schlachtete; die sich selbst entzweisägende Zwietracht; das den Verrat symbolisierende Lamm mit Skorpionschwanz auf dem Schoß eines vertrauensseligen Bürgers. Der über allem thronende schielende Tyrann mit Teufelshörnern und Wildschweinhauern hatte, nach dem, was Frau Kornmüller ihr erzählt hatte, Martin Zollangers Bruder als Vorlage für eine seiner Hassfiguren gedient.

Was für ein Einfall, diese Horrorfiguren real nachzubilden, dachte Elin spontan. Doch nach längerer Betrachtung erschien es ihr nicht mehr so abwegig, dass jemand den Wunsch verspüren konnte, auf obszöne Korruption in der Gegenwart mit einem Menetekel aus der Vergangenheit zu antworten. War diese naive, fast kindliche Bildsprache vielleicht sogar die einzige, in der sich eine Anklage gegen all das, was in der zynischen Gegenwart tagtäglich geschah, noch vorbringen ließ? Vielleicht wirkte dieses Gemälde nach fast siebenhundert Jahren in der Einfachheit und Klarheit seiner Botschaft gerade deshalb so stark auf den Betrachter, weil sich die Werte, Prinzipien und Grundsätze, die es einklagte, nicht änderten und niemals ändern würden, auch wenn kaum noch jemand an sie glaubte.

Elin wandte sich dem Teil des Gemäldes zu, auf dem diese Grundsätze dargestellt waren. Ein blühendes Gemeinwesen war da zu sehen, in dessen Zentrum sich kein schielender Tyrann befand, sondern das als weise Herrscherfigur dargestellte Gemeinwohl. Es war umrahmt von den wichtigsten Voraussetzungen für seine Realisierung: Friede, Gerechtigkeit, Mäßigung, Großmut, Tapferkeit und Vorsicht.

Elin war mittlerweile nicht mehr die einzige Besucherin. Eine Schulklasse wurde gerade hereingeführt. Sie beobachtete einige Minuten lang die meist albernen Reaktionen der Jugendlichen auf die Fratzen und Ungeheuer an den Wänden und verließ dann den Saal, als die Lehrerin auf Italienisch begann, die Wandmalerei zu kommentieren.

Was sollte sie jetzt tun? Einfach warten, wie sie es sich vorgenommen hatte? Ihr Vorhaben kam ihr plötzlich irrwitzig vor. Warum hatte er ihr die Eintrittskarte zu diesem Museum geschickt und sie so nach Siena gelockt? War dies der Ort, der Zollangers Bruder zu seiner Aktion inspiriert hatte? Sie setzte sich auf eine Bank und ließ ihren Blick durch den Saal schweifen. Auf ihrem Plan las sie, dass sie sich in der »Sala del Mappamondo« befand. Dem Weltkartensaal. Sie schaute sich um. Vor allem der Reiter auf blauem Grund an der Wand zur »Sala dei Nove« faszinierte sie. Aber dann holte die Gegenwart sie wieder ein. Was tat sie hier? Sie war quer durch Europa gefahren. Wie lange sollte sie hier sitzen? Und worauf warten?

Sie fand keine Antwort auf ihre Fragen. Aber sie vermochte auch nicht, das Museum wieder zu verlassen. Sie besuchte die anderen Säle, kehrte jedoch immer wieder in die »Sala dei Nove« zurück, um Ambrogio Lorenzettis Allegorie von der guten und schlechten Regierung erneut zu betrachten. Manchmal trat sie an das kleine Fenster und schaute versonnen auf die Piazza del Campo hinab, wo sich trotz der kalten Jahreszeit und des schlechten Wetters viele Touristen tummelten.

Um halb zwei verließ sie das Museum, aß etwas, kehrte um fünfzehn Uhr zurück und blieb bis zum Ende der Besuchszeit. Den Abend verbrachte sie in ihrem Hotelzimmer. Eric war in ihren Gedanken. Was würde er wohl denken, wenn er sie jetzt sehen könnte?

Am nächsten Tag fand sie sich erneut um zehn Uhr morgens im Museum ein. Diesmal löste sie eine Eintrittskarte. Der uniformierte Kartenverkäufer schien sich zu wundern, dass sie das Museum zweimal hintereinander besuchte. Oder warum schaute er sie so komisch an? Wahrscheinlich kamen die meisten Besucher nur einmal hierher.

Sie verbrachte eine Weile in der »Sala dei Nove« und ließ sich dann wieder auf einer Bank in der »Sala del Mappamondo« nieder.

Sie wartete den ganzen Tag, beobachtete Museumsbesucher, ging immer wieder in den Freskensaal und gelangte all-

398

mählich zu der Einsicht, dass ihr Vorhaben sinnlos gewesen war. Sie harrte bis eine Stunde vor Schließung des Museums aus, stattete Lorenzettis Allegorie einen letzten Besuch ab und verließ das Museum vorzeitig. Es war kälter geworden. Dafür regnete es nicht mehr. Sie spazierte durch die abendlichen Gassen des Städtchens, blieb vor dem einen oder anderen Schaufenster stehen, ohne wirklich wahrzunehmen, was darin angeboten wurde, und hatte trotz allem das Gefühl, etwas Notwendiges getan zu haben.

Die Figuren, die sie die letzten zwei Tage immer wieder betrachtet hatte, traten ihr dauernd vor Augen. Sie hatte nie das Bedürfnis gehabt, zu beten. Sie war nicht religiös. Überzeugungen, vor allem ethische und moralische, konnte sie sich nur aus der Vernunft hergeleitet vorstellen. Aber die Bilder hatten sie berührt.

Sie betrat ein Café und bestellte einen Tee. Fast alle Tische waren besetzt. Die Leute unterhielten sich lautstark. Ein Fernseher an der Decke quakte vor sich hin. Aber Elin nahm den Lärm kaum wahr. Sie leerte ihre Taschen aus und begann, Quittungen und Eintrittskarten wegzuwerfen, die sich in ihren Anoraktaschen angesammelt hatten. Morgen würde sie die Rückreise antreten. Sollte sie die Eintrittskarten zum Museum aufbewahren? Als Souvenir? Sie nahm die beiden Tickets, die bereits zerknüllt im Aschenbecher lagen, wieder heraus und strich sie glatt. War das die von heute? Sie drehte das Ticket um und überprüfte das Datum. Ja. Das war die letzte. *20. Febbraio* stand da. Aber da stand noch etwas. *Via Santa Caterina 7.* Jemand hatte die Adresse mit blauem Kugelschreiber daraufgeschrieben. Sonst nichts. Nur diese Adresse. Via Santa Caterina 7.

Sie ließ sich auf ihrem Stuhl zurückfallen und starrte die Eintrittskarte an, die sie noch immer in der Hand hielt. Dann erhob sie sich, packte ihre Sachen, bezahlte den Tee und bat den Kellner um eine Wegbeschreibung. Zehn Minuten später stand sie vor dem Haus mit der Nummer 7. Es gab nur eine grüne Holztür ohne Klingel. Sie klopfte. Nichts geschah. Sie klopfte erneut. Nach einer Weile hörte sie Schritte auf einer Holztreppe, dann öffnete sich die Tür. Ein Mann stand vor ihr und schaute sie an. Er trug jetzt keine Uniform, aber sie erkannte ihn trotzdem. Sie hatte ja heute Morgen eine Eintrittskarte für das Museum bei ihm gekauft.

Er trat wortlos zur Seite. Als sie zögerte, ergriff er sie sanft am Arm, zog sie herein und schloss die Tür wieder.

»Signora Hilger?«, fragte er kurz.

Sie nickte unsicher.

»Aspetta qui«, sagte er nur. Der Hausflur führte in einen Hof, an dessen Ende ein weiteres Haus stand. Der Mann verschwand darin. Es vergingen ein paar Minuten, bis ein anderer, jüngerer Mann erschien. Er ging an Elin vorbei, öffnete die Tür zur Straße und machte ihr dann ein Zeichen, ihm zu folgen. Sie tat, wie ihr geheißen. Schweigend gingen sie einige Minuten stadtauswärts bis zu einem Parkhaus. Der Mann signalisierte ihr, zu warten. Kurz darauf hielt ein Wagen vor ihr. Der Mann beugte sich über den Beifahrersitz und öffnete ihr die Tür.

»Parli italiano?«, fragte er, als er sah, dass sie zögerte.

»No«, sagte sie.

»Inglese?«

»Yes. A little.«

»You want to see your friend?«

»Yes.«

»I will take you.«

»Where is he?«

»I cannot tell you«, gab der junge Mann zurück. Dann fügte er hinzu: »I am Stefano. Do not worry. In two hours we are there. Okay?«

69

Sina hatte niemandem von ihrem Vorhaben erzählt. Nicht einmal Udo. Nicht einmal Hendrik. Es war das erste Mal, dass sie ihren Mann angelogen hatte. Aber hatte sie eine Wahl?

Sie kauerte hinter dem Steuer ihres Dienstwagens und starrte durch die leicht beschlagene Scheibe nach draußen. Der Gasthof, in dem das Mädchen abgestiegen war, lag dunkel im Morgengrauen. Es war Viertel nach sechs. Sina stand seit zwanzig Minuten hier. Das kleine Ortungsgerät neben ihr auf dem Beifahrersitz zeigte eine eindeutige Peilung an. Das Mädchen, oder zumindest das Fahrrad, befand sich keine fünfzig Meter weit entfernt von hier, vermutlich im Hof dieses Trebbiner Gasthauses.

Sina hatte noch immer Mühe, die neue Situation zu begreifen. Zollangers Tod hatte sie in ein tiefes Loch gestürzt. Aber dass dieses Loch auch noch in einen Abgrund aus Täuschung und Verrat mündete, überforderte sie. Zollangers Stimme im Gerichtssaal klang noch in ihr nach. Sie war reglos sitzen geblieben, nachdem die Verhandlung unterbrochen worden war, unfähig, einen klaren Gedanken zu fassen. Die Richter und Anwälte waren in einem Nebenraum verschwunden. Udo hatte sich erhoben. Sie hatte seinen Blick auf sich gespürt, hatte zu ihm aufgeschaut, aber nur stumm den Kopf geschüttelt, als er ihr anbot, sie im Wagen mitzunehmen. Er hatte sich zwischen den am Saaleingang herumstehenden Journalisten einen Weg gebahnt und war gegangen. Sina hatte ihm nachgeschaut, und dann war ihr Blick zu dem Mädchen gewandert.

Elin Hilger saß noch immer in der gleichen Haltung an ihrem Tisch. Ihr Vater hatte sich direkt vor sie gestellt, um sie vor den neugierigen Blicken der Journalisten zu schützen. Mirat saß mit gesenktem Kopf neben ihr wie jemand, der einen Schlag erwartet.

Sina war aufgestanden, um die Absperrung herumgegangen und direkt auf das Mädchen zugegangen. Aber dann hatte sie etwas zurückgehalten. War es ihr Instinkt, der ihr sagte, dass es unklug war, sich der jungen Frau jetzt zu nähern? Sie war in den Besucherbereich zurückgekehrt. Die Richter kamen zurück und gaben bekannt, dass die beiden Strafverfahren aufgrund neuer Erkenntnisse eingestellt würden.

Mirat hatte sich erhoben und war wie in Trance auf den Saalausgang zugetaumelt, wo schon die Presseleute hereindrängten. Vor allem Frieser wurde mit Fragen bestürmt, die er jedoch mit eisiger Miene unbeantwortet ließ. Auch Elin ignorierte alle Fragen und verließ an der Seite ihres Vaters rasch den Gerichtssaal.

Sina folgte den beiden. Erst jetzt wurde ihr klar, wie tief verletzt sie wirklich war. Was immer Zollanger in den letzten Wochen und Monaten bewegt haben mochte: Er hatte sie verraten. Nicht nur sie. Auch Udo und die anderen. Er hatte sie auf übelste Weise hintergangen. Und sie konnte ihn dafür nicht einmal zur Rede stellen. Dieses Mädchen dort war seine Komplizin gewesen, seine Vertraute. Hatte sie die ganze Zeit über Bescheid gewusst, diese Enthüllungsfarce mit ausgeheckt? Wer war sie wirklich? Wie lange kannte sie Zollanger schon? Wo hatte diese ganze Geschichte wirklich begonnen? Und wo endete sie?

70

Zwei Stunden. Elin dachte an Cemal. Was er sagen würde, wenn er sie jetzt sehen könnte. In einem Auto. Dann dachte sie nichts mehr. Sie schaute aus dem Fenster und versuchte, die Orientierung zu behalten. Sie fuhren über Nebenstraßen. Bisweilen durchquerten sie ein Dorf oder eine kleine Stadt, deren Namen ihr nichts sagten. An einer Abzweigung war San Gimignano angezeigt, ein Ort, von dem sie schon einmal gehört hatte. Aber Stefano bog in eine andere Richtung ab. Als in östlicher Richtung Florenz ausgeschildert war, fuhr er nach Westen. Und als die ersten Markierungen Pisa auswiesen, änderte Stefano erneut die Richtung und wählte noch kleinere und engere Straßen als bisher.

Es war schon lange dunkel, doch die menschenleere Gegend, die sie jetzt durchquerten, erstreckte sich als tiefschwarzes Niemandsland um sie herum. So seltsam die Situation auch war, empfand sie doch keine Furcht. Zollanger hatte keine Wahl. Er musste wohl so vorsichtig sein. Erstaunlich war nicht die merkwürdige Art der Kontaktaufnahme mit ihr, sondern dass er überhaupt das Risiko einging, sich mit ihr zu treffen. Aber warum tat er das?

Die Scheinwerfer des Wagens beleuchteten abwechselnd Buschwerk und grasbewachsene Böschungen, während Stefano den Wagen um enge Kurven lenkte. Andere Fahrzeuge gab es hier nicht. Plötzlich ging es wieder abwärts. Am Horizont flimmerten die Lichter irgendeiner größeren Stadt, aber in der Ebene dazwischen brannte kein einziges Licht. Stefano hielt auf die dunkle, leere Fläche zu, bis er völlig unvermittelt auf einen Feldweg abbog. Das Auto kroch dahin, wurde aber dennoch erheblich durchgeschüttelt. Nach einigen Minuten wuchs auf einmal die Fassade eines Gebäudes aus dem Dunkel. Stefano hielt an und stieg aus. Der Motor des Wagens lief noch, und die Scheinwerfer beleuchteten den steinigen Weg, auf dem Stefano auf die mächtige Pforte des alten Gebäudes zuging. Elin beugte sich nach vorn, um die Fassade besser mustern zu können. Sie war schlicht, mindestens fünf oder sechs Meter hoch und aus großen Quadersteinen zusammengefügt. Um das Holzportal herum lief ein Steinfries, ansonsten war die Mauer schmucklos.

Elin erkannte im Licht der Autoscheinwerfer, dass sich die Pforte geöffnet hatte. Stefano sprach kurz mit einer Person in einer schwarzen Kutte. Dann balancierte er zwischen den herumliegenden Steinen zum Wagen zurück und setzte sich wieder ans Steuer.

»We are here«, verkündete er. »Please.«

Sie stieg aus. Die Luft war feucht, kühl und angefüllt mit ländlichen Aromen. Außerdem roch es nach Rauch.

Der Mann in der schwarzen Kutte stand an der Pforte und schaute erwartungsvoll zu ihr hin.

»Thank you«, sagte sie.

»Okay«, antwortete Stefano. Er startete den Wagen, legte mit einem krachenden Geräusch den Rückwärtsgang ein und setzte vorsichtig zurück.

Elin erreichte die Pforte im gleichen Moment, als der Lichtkegel von Stefanos Wagen verschwand.

»Willkommen, Elin«, sagte der Mann an der Tür.

»Guten Tag«, erwiderte sie, mehr über die Tatsache verblüfft, dass der Mann Deutsch sprach, als darüber, dass er offenbar wusste, wer sie war.

»Kommen Sie. Sie werden erwartet.«

Ein Kloster, fuhr es ihr durch den Sinn. Sie war in einem Kloster. Die Pforte schloss sich trotz ihrer enormen Größe fast geräuschlos. Sie durchquerten einen großen Innenhof. Nirgends brannte Licht. Aber ein halber Mond stand am Himmel, so dass die Pracht der Fassade des Gebäudes, auf das sie nun zusteuerten, durchaus zu erkennen war. Bevor sie es sich genauer anschauen konnte, hatten sie bereits einen Torbogen durchschritten und bogen auf einen Kreuzgang ab, der an einem Garten entlangführte.

Elins Magen begann zu knurren. Ihr Begleiter schaute sie kurz an, sagte aber nichts, sondern hielt auf eine Holztür am Ende des Ganges zu. Auf dem dahinterliegenden Gang gingen sie an fünf Türen vorbei und blieben vor der sechsten stehen. Der Mönch klopfte an. Dann sagte er:

»Ich bringe Ihnen etwas zu essen. Bis gleich.«

Elin schaute ihm hinterher. Dann öffnete sich die Tür. Vor ihr stand Martin Zollanger.

71

Als Sina am nächsten Tag ins Büro kam, war niemand da. Alle Schreibtische waren unbesetzt. Sie war von Zimmer zu Zimmer gegangen und hatte schließlich eine Lautsprecherstimme aus dem Besprechungsraum gehört. Dort saßen sie alle versammelt: Brenner und Krawczik, Findeisen und Brodt. Nur Draeger fehlte. Sina setzte sich und schaute Zollanger an, der von der Leinwand herunter sein Geständnis sprach. Der Datenträger war am Morgen per Post gekommen. Mit Poststempel Dresden, wie Brenner ihr später sagte.

Immerhin hatte Zollanger die Korrektheit besessen, nicht nur der Staatsanwaltschaft, sondern auch seinen Kollegen und engsten Mitarbeitern seine bizarre Handlungsweise zu erklären. Als die Aussage zu Ende war, herrschte konsterniertes Schweigen. Sina verließ den Raum, suchte Zollangers altes Büro auf und starrte den Platz an, wo er immer gesessen hatte. Seine persönlichen Gegenstände waren längst entfernt worden. Aber das änderte für sie nichts. Es war sein Schreibtisch, würde immer sein Platz sein. Gerade jetzt.

Sie zog ihre Jacke an, verließ das Gebäude und fuhr nach Moabit. Elin Hilger hatte offenbar noch geschlafen. Erst nach mehrmaligem Klingeln öffnete sie die Tür einen Spalt breit und schaute Sina misstrauisch an. Als Sina ihr erklärte hatte, wer sie war und warum sie gekommen war, ließ sie sie herein. Das Gespräch dauerte knapp eine halbe Stunde. Aber im Grunde war es kein Gespräch. Sina stellte Fragen. Elin antwortete vage, ausweichend oder meist gar nicht, weil sie auf Sinas Fragen keine Antworten hatte.

Natürlich leugnete sie zu wissen, wo Zollanger sich auf-hielt. Sina hatte nichts anderes erwartet. Aber als Sina wieder ging, fühlte sie sich dennoch erleichtert. Elin Hilger war auch nur ein Opfer gewesen. Eine weitgehend ahnungslose Figur in der komplizierten Partie, die Martin und Georg Zollanger mit ihren Lebensfragen gespielt hatten.

Es würde ihr keine Schwierigkeiten bereiten, Elin Hilger im Blick zu behalten. Was sie in der Wohnung beobachtet hatte, war eindeutig. Das Mädchen beabsichtigte, Berlin unauffäl-lig zu verlassen. Offenbar per Fahrrad. Oder wie waren die halb gepackten Satteltaschen anderweitig zu deuten? Einen kleinen Peilsender unter Elins Fahrradsattel anzubringen war keine Schwierigkeit. Danach konnte sie nur abwarten.

72

Zollanger trat wortlos zur Seite. Sie schaute ihn an, musterte die schwarze Kutte, die bis zum Boden reichte, sein Gesicht, das durch einen Bart stark verändert aussah.

Sie ging ein paar Schritte in den Raum hinein und blieb stehen. War das eine Mönchszelle? Die Behausung war unerwartet geräumig. Ein Holztisch mit zwei Stühlen stand an der Stelle, wo ein Fenster in die dicke Steinmauer eingelassen war. Ein aus Stein gehauenes Waschbecken ragte daneben aus der Wand heraus. Darunter stand eine angerostete graue Gasflasche. Erst jetzt fiel ihr Blick auf einen Gasheizstrahler an der gegenüberliegenden Wand, der leise rauschte.

Zollanger war ihrem Blick gefolgt.

»Den hat man mir zuliebe hereingestellt«, sagte er. »Mein Bruder hat hier immer ohne Heizung gelebt.«

Elin wusste nicht, was sie erwidern sollte. Von einem der Holzbalken an der hohen Decke baumelte eine Glühbirne herunter, die jedoch nicht brannte. Die einzige Lichtquelle waren einige Kerzen, zwei davon auf dem Holztisch am Fenster.

Er deutete auf einen der Stühle. »Es wird gleich etwas zu essen kommen. Sie haben doch sicher Hunger, oder?«

Elin ließ sich auf einem der beiden Stühle nieder.

»Wie lange sind Sie schon hier?«, fragte sie dann.

»Seit ein paar Stunden«, antwortete er. »Seit Sie die Botschaft bekommen haben.«

»Sie haben damit gerechnet, dass ich nach Siena kommen würde.«

»Ich hatte es gehofft. Aber als Sie kamen, hat es mich dann doch überrascht.«

Elin spürte, wie bereits jetzt die Kälte vom Steinboden in ihre Beine kroch. Sie zog ihren Anorak aus und umwickelte ihren Unterleib.

»Ich bin nur wegen Ihnen hier, Elin«, sagte Zollanger. »Das war schon ein großes Zugeständnis der Leute, die sich um mich kümmern. Mein nächstes Domizil kenne ich nicht einmal selbst.«

Elin schaute ihn ungläubig an. »Die Kirche versteckt Sie? Ist das Ihr Ernst? Die Kirche versteckt einen gesuchten Mörder?«

»Die Kirche versteckt noch ganz andere Leute. Aber Mörder? Sie sehen mich als Mörder?«

»Ich weiß überhaupt nicht, als was ich Sie sehen soll.«

»Wollen Sie eine Decke?«, fragte er. »Der Boden ist kalt. Warten Sie.«

Er erhob sich und verschwand in einer dunklen Ecke des Zimmers, wo sich offenbar noch ein weiterer Raum anschloss. Sie hörte das Schlagen einer Schranktür. Im gleichen Moment klopfte es an der Tür. Ein älterer Mönch kam mit einem Korb herein, den er wortlos auf dem Tisch abstellte. Er murmelte irgendetwas Unverständliches und verließ das Zimmer wieder.

Elin betrachtete den Korb. Eine Flasche Wasser stand darin. Außerdem drei Stücke Käse und ein halber Laib Brot.

»Ich habe schon gegessen«, sagte Zollanger, als er mit einer Decke zurückkam. »Bedienen Sie sich.«

Sie brach ein Stück Brot ab, fand auch ein Messer in dem Korb und griff nach einem der Käsestücke.

»Mein Bruder hat die letzten dreißig Jahre hier gelebt«, begann Zollanger nach einer kurzen Pause. »Georg und ich waren zwar Zwillinge. Aber wir ähnelten uns nur äußerlich. Es gab sehr wenig, worüber wir jemals einer Meinung gewesen wären. Hätten wir im Westen gelebt, wäre das nicht so schlimm gewesen. Jeder wäre seiner Wege gegangen. Wir hätten uns vermutlich früh aus den Augen verloren und uns nicht weiter umeinander gekümmert. Aber wir sind in der DDR aufgewachsen. Da war das nicht möglich.«

»Georg war von Jugend an sehr religiös, ein Pedant in Fragen der Moral und christlicher Grundsätze. Ich habe ihn damals gehasst. Ich war überzeugter Sozialist. Ich wollte aus Leidenschaft Polizist werden, um diesem neuen Staat zu dienen. Der Westen und alles, was dazu gehörte, erschien mir nur als eine Fortsetzung des Faschismus mit anderen Mitteln, eine Konsumhölle für Menschen, die ihre Seele an ein verabscheuungswürdiges System verkauft hatten. Religion war für mich nur die betäubende Begleitmusik für den kapitalistischen Irrsinn einer wahnsinnig gewordenen Spezies. Georg erschien mir als ein gefährlicher Träumer, der nicht verstand, dass seine Vorstellungen dem Klassenfeind in die Hände arbeiteten. Sein Starrsinn und seine Aktionen zerstörten nicht nur seine Zukunft, sondern sie bedrohten auch meine. Daher habe ich ihn ohne zu zögern verraten, als er einen ernsthaften Sabotageakt plante.«

Er schaute sie nicht an, als er das sagte. Elin aß stumm und vermied ebenfalls Blickkontakt, da sie spürte, wie schwer es Zollanger offenbar fiel, über all diese Dinge zu reden.

»Ich wusste damals nicht, was man ihm antun würde«, fuhr er fort. »Und als ich davon erfuhr, war es zu spät. Ich habe alles getan, um diesen Verrat wiedergutzumachen, habe meine Zukunft und mein Leben aufs Spiel gesetzt, um ihm nach seiner Haft, die ihn fast umgebracht hat, zur Flucht zu verhelfen. Das war 1971. Ein Fluchthelfer spielte ihm auf einem Flug zwischen Sofia und Bukarest einen westdeutschen Pass zu. Bei guter Vorbereitung war so ein Identitätswechsel über den Wolken damals noch möglich. Bei der Einreise in Rumänien wurde nicht so genau hingeschaut. Und von dort entkam er mit dem nächsten Flug nach Athen. Wo er später hingegangen war, wusste ich lange nicht. Erst nach dem Fall der Mauer hörte ich wieder von ihm. Das war Anfang der neunziger Jahre. Er schrieb mir. Aus Italien. Aber ich wollte keinen Kontakt zu ihm. Ich schämte mich. Für mein Verhalten von damals. Für das Ende der DDR. Eigentlich schämte ich mich für alles, was ich jemals gedacht, getan, geglaubt und gehofft hatte. Ich weiß nicht, ob Sie das nachvollziehen können. Ich schämte mich fast dafür, überhaupt da zu sein. Alles erschien mir obszön. Die Vergangenheit und die Gegenwart gleichermaßen. Das System, an das ich geglaubt hatte, und das System, dem ich nun dienen sollte.«

»Doch«, unterbrach ihn Elin, »das kann ich sehr gut verstehen. Und glauben Sie bloß nicht, dass man in der DDR aufgewachsen sein muss, um dieses Gefühl zu teilen.«

Zollanger suchte ihren Blick. »In meinem Kopf führte ich jahrelang Gespräche mit ihm«, fuhr er nach einer kurzen Pause fort. »Aber ich sprach nie über meinen Bruder, erzählte niemandem von ihm. Wem auch? Ich hielt mich an das, was ich am besten konnte, und redete mir ein, dass mir das alles nichts ausmachte, dass ich ohnehin nichts ändern konnte. Ich funktionierte. Es gab nur eine Person, die wusste, wie es in mir aussah: Anton Billroth. Ein Kollege aus dem Landeskriminalamt. Wir hatten uns bei einer Fortbildung kennengelernt und angefreundet. Er war ebenso desillusioniert wie ich. Durch ihn erfuhr ich vorletztes Jahr von Ihrem Bruder. Anton erzählte mir, dass ihm jemand hochbrisantes Material angeboten hatte. Er war damals schon ziemlich krank. Im Dezember vor einem Jahr starb er an Herzversagen. Aber seine Krankheit war nicht der Grund dafür, dass er die Hinweise Ihres Bruders nicht weiterverfolgt hat. Sie haben ja selbst gesehen, wie weit oben die ganze Sache angesiedelt ist. Anton hatte sofort erkannt, wie gefährlich das Material war. Also ließ er die Finger davon. Das machten wir beide schon länger so, wenn wir bei Ermittlungen auf Dinge stießen, von denen wir wussten, dass genauere Nachfragen ungesund werden könnten.«

»Wie bei Selbstmördern im Tegeler Forst«, warf Elin ein.

Zollanger schwieg einen Moment lang. »Was ich Ihnen jetzt sagen werde, fällt mir sehr schwer, Elin. Aber es ist nicht zu ändern.«

Er zögerte erneut. Dann fuhr er fort: »Anton hat mich vor seinem Tod noch gebeten, seinem Informanten zu helfen, falls er Probleme bekommen sollte. Dann kam ein Paket, das Anton vor seinem Tod wohl noch an mich adressiert hatte. Er schickte mir Kopien von Unterlagen zu der ganzen Angelegenheit. Warum, weiß ich bis heute nicht. Was sollte ich damit? Anton hatte nichts unternommen. Was erwartete er von mir? Ich verstand auch viel zu wenig von der Materie. Aber natürlich las ich die Dokumente und begann, mich mit Zieten und der VKG zu beschäftigen. Was Ihr Bruder da gefunden hatte, ergab überhaupt keinen Sinn. Warum schaufelte die Stadt derart gigantische Summen in all diese Pleiteprojekte? Warum schritt niemand dagegen ein? Es war völlig rätselhaft und bestätigte nur, was Anton vermutet hatte. Einige einflussreiche, hochgestellte Leute hatten offenbar einen Weg gefunden, riesige Summen zusammenzurauben, die erst in Jahrzehnten vermisst werden würden.«

»Und Sie haben das einfach geschehen lassen?«

»Ja. Sicher. Was hätte ich denn tun sollen?«

»Genau das, was Sie jetzt getan haben. Es der Presse zustecken.«

Zollanger schüttelte den Kopf. »Sie vergessen Ihren Bruder, Elin. Warum hat *er* sich denn nicht an die Presse gewandt?«

»Dazu haben Sie mir Ihre Meinung ja bereits gesagt.«

»Ja. Ihr Bruder wollte Geld für diese Information, Geld, das er vermutlich dringend gebraucht hätte, um sich vor Zieten und den anderen in Sicherheit zu bringen.«

Elin blinzelte. Was sagte der Mann da? »Sie wollten ihm das Geschäft nicht verderben?« rief sie entrüstet. »Ist es das, was Sie damit sagen wollen?«

Zollanger erhob sich, ging zu dem Gasheizer und stellte die Flamme etwas größer ein. Das Rauschen nahm leicht zu.

»Ja. Sicher. Diese gestohlenen Dateien waren eine ganz gute Lebensversicherung. Wer sich mit diesen Leuten anlegt, den kann kein Mensch mehr schützen. Höchstens Geld. Ihr Bruder hat im September versucht, mich zu kontaktieren. Er hat mir eine E-Mail geschickt. Vier Tage vor seinem Tod. Er wollte mit mir sprechen. Ich habe ein paar Tage gewartet und dann versucht, Verbindung mit ihm aufzunehmen. Aber er hat nicht mehr geantwortet. Damals wusste ich natürlich nicht, dass er bereits tot war. Ich kam nicht auf die Idee, dass der unbekannte Selbstmörder, von dem die Zeitungen Ende September berichteten, der Absender dieser E-Mail gewesen sein könnte. Der Verdacht kam mir erst, als der Anwalt Ihres Vaters neue Ermittlungen beantragt hat und ich die Akte begutachten sollte. Erst da mutmaßte ich, dass der Tote möglicherweise Antons Informant gewesen war. Aber ich habe vorgegriffen, Elin. Denn ich war zu diesem Zeitpunkt mit ganz anderen Dingen beschäftigt. Mein Bruder lebte inzwischen bei mir.«

»In Berlin?«

»Ja. Ich hatte im Januar einen Zusammenbruch. Ich hatte während einer Verhaftung die Kontrolle verloren und bekam Zwangsurlaub. Da fuhr ich hierher, zu meinem Bruder, fragen Sie mich nicht, warum. Ich hatte plötzlich das Gefühl, dass ich nicht mehr lange leben würde. Und mir wurde klar, dass ich die Sache mit Georg niemals verdaut hatte. Ich wollte ihn sehen. Ich wollte, dass er mir verzeiht. Was weiß ich, was ich wollte. Wir verbrachten zehn Tage zusammen, und es war nicht zu übersehen, dass es ihm ziemlich schlecht ging. Ich beschwor ihn, sich in Deutschland in einer vernünftigen

413

Klinik untersuchen und behandeln zu lassen, und bot ihm an, das unter meinem Namen zu tun, meine Krankenversicherung dafür zu benutzen. Ich weiß noch, wie er spottete, dass ihm unsere äußerliche Ähnlichkeit ja dann endlich einmal etwas nützen würde.«

Zollanger nahm einen Schluck Wasser, atmete tief durch und fuhr fort.

»Er kam im April nach Berlin. Das Untersuchungsergebnis war niederschmetternd. Blutkrebs. Die Prognose lautete ein bis zwei Jahre, mehr oder weniger, je nach Therapie. Aber Georg begann erst gar keine Behandlung. Es ging ihm zeitweise auch wieder besser. Es blieb nicht aus, dass wir über meine Arbeit sprachen. Irgendwann stellte ich fest, dass er die ganzen Akten studierte, die ich gesammelt hatte. Sie standen ja in seinem Zimmer. Was er nicht verstand, erklärte ich ihm. Und wir bekamen wieder einmal Streit.«

»Er wollte, dass Sie etwas unternehmen.«

»Ja. Ich sagte es ja bereits. Er war schlechterdings nicht in der Lage, eine als falsch erkannte Situation hinzunehmen. Vielleicht lag es auch an seiner Krankheit, dass er so extrem auf meine Passivität reagierte. Er bedrängte mich, mit meinem Wissen an die Öffentlichkeit zu gehen, was ich ablehnte. Ich erklärte ihm, dass es eine Art organisiertes Verbrechen gibt, das ein wesentlicher Bestandteil der hiesigen Regierungsgewalt ist und daher für Strafverfolgung unerreichbar. Ich fragte ihn, aus welchem Grund ich denn eingreifen sollte. Es war Sommer. Ein paar hundert Meter von uns entfernt tobte die Love-Parade durch die Stadt. Das ist die Tendenz, sagte ich zu ihm. Das ist der Zeitgeist. Vulgarität und Gier, auf allen Ebenen. Was ging mich diese geile Masse an? Dieser mit Partydrogen ruhiggestellte Nachwuchs. Arm, aber sexy und offenbar völlig zufrieden damit. Schnäppchen und Party, Geiz und billig. Das ist doch der Treibstoff für diese verbrecherische Zukunftsfresserei. Das Wolfsrudel lädt zum

Fressen, und alle gehen hin. Es ist ein mentaler Zustand. Was habe ich da verloren? Ich bin Polizist. Kein Psychiater.« Zollanger unterbrach sich. Elin wartete ab.

»Nun ja«, fuhr Zollanger nach einer kurzen Pause fort, »lassen wir das. Georg jedenfalls, der für seine Überzeugungen von der Stasi radioaktiv verstrahlt worden ist, hatte für meinen Standpunkt natürlich nur tiefste Verachtung übrig. Gegen Mitte Oktober verschwand er ohne Vorankündigung aus meiner Wohnung. Ich wusste nicht, wo er sich aufhielt. Er hatte ein Kartenhandy, aber er war es, der entschied, wann er mit mir sprechen wollte und wann nicht. Zunächst hörte ich wochenlang nichts von ihm. Ich hatte nicht die geringste Ahnung von seinem absurden Vorhaben. Ich machte mir Sorgen um ihn. Aber was hätte ich tun sollen? Er war unauffindbar. Mitte November stellte ich fest, dass er mehrmals größere Geldbeträge von meinem Konto abgehoben hatte. Hatte er sonst noch etwas mitgehen lassen? Ich überprüfte alles. Dabei bemerkte ich an der Art und Weise, wie meine Papiere in meiner Brieftasche angeordnet waren, dass er sowohl meinen Führerschein als auch meinen Personalausweis benutzt haben musste. Georg hatte Geld gebraucht. Meinetwegen. Aber meine Papiere? Was wollte er damit? Sein Gepäck hatte er mitgenommen. Bis auf eine seiner beiden Mönchskutten, die er im Schrank hatte hängen lassen.«

Zollanger lachte leise.

»Jeder Anfänger hätte gemerkt, dass Georg irgendetwas plante. Aber ich kam nicht drauf. Wie auch. Er hat mir das Lorenzetti-Gemälde bei meinem Besuch damals gezeigt. Die gute und die schlechte Regierung. Ich habe damals spontan gesagt, dass diese Horrorfiguren als Warnung und Mahnung in jedes Rathaus und jeden Plenarsaal gehörten. Vor allem hier. Aber wie hätte ich ahnen sollen, dass Georg vorhatte, mich beim Wort zu nehmen, dass er plante, Lorenzettis Figuren aus Fleisch und Knochen wie eine düstere Prophezeiung in der Stadt zu verbreiten?«

Elin dachte an die schockierenden Fotos der Anwältin zurück, die in ihrem Gedächtnis bereits verblassten. Doch Zollanger würde die Bilder nie loswerden.

»Die Torsi waren natürlich an mich adressiert! Er wollte mich zwingen, Farbe zu bekennen. Er wusste, dass diese Leichenteile direkt auf meinem Schreibtisch landen würden. Ich würde diese grotesken Botschaften als Erster bekommen und als Einziger relativ schnell begreifen. Dann stünde ich vor der Wahl, meinen Bruder zu denunzieren oder selbst als Täter dazustehen. Das war der tiefere Sinn der Aktion. Gewiss spielte auch Sedlazek eine Rolle, einer seiner ehemaligen Peiniger, der ja heute eine dicke Kröte in der Kloake von diesem Zieten ist. Georg muss Sedlazek irgendwo wiedergesehen haben. Vielleicht hat ihn auch das so aufgebracht und ihm die letzten Skrupel genommen. Dass die Schlimmsten immer wieder davonkommen. Er stellte mir die Schicksalsfrage. Wer bist du? Darum ging es ihm. Es war eine Sache zwischen Brüdern, wenn Sie so wollen. Und dann kamen Sie dazwischen.«

73

Im Erdgeschoss des Gasthofes war das Licht angegangen. Sina schaute auf die Uhr. Es war zwanzig nach sechs. Wenn Elin Hilger mit dem Fahrrad fuhr, konnte das Ziel ihrer Reise nicht weit entfernt sein. Wenn sie zu *ihm* unterwegs war? Doch warum saß sie selbst hier? Selbst gesetzt den Fall, dass Elin Hilger wusste, wo Zollanger sich aufhielt – wollte sie ihn wirklich noch einmal sehen? Wozu? Was hätten sie sich jetzt noch zu sagen? Er hatte sie nicht eingeweiht, ihr nicht vertraut. Er hatte sie benutzt, gegen alle Regeln verstoßen, sich aus dem Staub gemacht und aus der Ferne seine Bombe gezündet. Er hatte nach der Überzeugung gehandelt, die er unterschwellig immer gehegt hatte: dass das Einhalten der Regeln vor allem den Verbrechern diente. Womit er vielleicht recht hatte. Aber wie lautete die Alternative? Genauso zu werden wie die, gegen die man kämpft? Man musste sich entscheiden, Niederlagen aushalten für den Funken Hoffnung, dass das Recht, die Wahrheit, das Gute den längeren Atem haben würden. Dass dies sehr lange dauern konnte und eine unsichere Wette war, wusste sie. Aber sie misstraute einfachen Lösungen. Es gab keine Abkürzung ins Paradies. Die führte mit Gewissheit in die Hölle.

Warum also stand sie hier? Und vor allem: Wer stand da noch? Es war ihr erst jetzt aufgefallen, dass Richtung Ortsausgang ein silberfarbener BMW mit Berliner Kennzeichen am Straßenrand aufgetaucht war. Stand der Wagen schon die ganze Zeit da? Das hätte sie doch bemerken müssen. Sie fuhr den Bordcomputer hoch, loggte sich mit ihrer Dienstnummer ein und startete eine Kennzeichenabfrage. Als der Name des Halters auf dem Monitor aufleuchtete, duckte sie sich unwillkürlich tiefer in ihren Sitz. Sie beugte sich zum Handschuhfach und holte ein kleines Fernglas daraus hervor. Laut Kfz-Bundesamt war der Halter des Wagens ein gewisser Günther Sedlazek, Jahrgang 1941, wohnhaft in Berlin-Wilmersdorf. Sie schaute angestrengt durch das Fernglas. Der flüchtige Zieten-Günstling und ehemalige BIG-Chef saß mit Sicherheit nicht in diesem Wagen, denn die beiden jungen Männer, die Sina durch ihr Fernglas nun gut zu erkennen vermochte, konnten kaum älter als zwanzig sein.

Sina ließ ihr Fernglas wieder sinken. Mittlerweile brannte in mehreren Zimmern des Gasthofes Licht. Eine Rauchfahne schlängelte sich in der Morgendämmerung himmelwärts. Sina rührte sich nicht. Sie schaute auf den Wagen, las erneut den Halternamen auf ihrem Display und ließ sich alles noch einmal lange durch den Kopf gehen. Dann griff sie nach ihrem Handy.

Es dauerte etwa zwanzig Minuten, bis die Polizeistreife aus Ludwigsfelde erschien. Der Wagen näherte sich im Schritttempo und hielt direkt neben dem BMW an. Zwei uniformierte Beamte stiegen aus. Das Ganze dauerte nur wenige Minuten. Sina konnte sich den Wortwechsel ausmalen. Papiere. TÜV. Reifen. Irgendetwas würde denen schon einfallen. Die beiden Wageninsassen gestikulierten Unverständnis, leisteten jedoch keinen Widerstand und nahmen auf dem Rücksitz des Polizeifahrzeuges Platz. Die Fahrt nach Ludwigsfelde samt Identitätsüberprüfung würde eine Weile dauern. Zur Not konnte sie anrufen und noch etwas mehr Zeit herausschlagen. Aber das erwies sich als unnötig. Elin Hilger hatte einen frühen Start geplant. Um zehn nach sieben öffnete sich das Hoftor, und die hochgewachsene junge Frau mit den kurzen blonden Haaren kam zum Vorschein. Sie setzte einen Fahrradhelm auf, zog den Reißverschluss ihrer Windjacke zu und stieg auf.

Sina schaute ihr nach, bis sie außer Sicht war. Das Ortungsgerät registrierte zuverlässig die größer werdende Entfernung. Als es dreitausend Meter anzeigte, nahm Sina das Gerät zur Hand, rief die Peilfrequenz auf und drückte auf »Löschen«. Sind Sie sicher?, wollte das Gerät wissen.

Sina blickte auf die verlassene Straße. Ein leichter Nieselregen hatte eingesetzt. Sie atmete tief durch, aber der plötzlich schwere Druck auf ihrem Herzen verschwand dadurch nicht. Die Anzeige war von selbst wieder zurückgesprungen und zeigte nun dreitausendsechshundert Meter an. Sina starrte auf die trostlose Landschaft, den Gasthof, die grauen Industriehallen auf dem Gelände dahinter und den deprimierenden, verhangenen Himmel darüber. Sie rief nochmals die Peilfrequenz auf und drückte erneut auf »Löschen«. Sind Sie sicher?, fragte das Gerät abermals.

Dann drückte sie: Ja.

74

Elin hatte fasziniert zugehört und irgendwann aufgehört zu essen. Jetzt ertappte sie sich dabei, dass sie im Zimmer herumschaute, als biete es Anhaltspunkte oder Hinweise auf seinen ehemaligen Bewohner. Dreißig Jahre hatte Georg Zollanger hier verbracht, still, zurückgezogen. Und dann solch ein gewalttätiges Ende?

»Nachdem Sie mich an jenem Sonntagmorgen abgepasst hatten«, fuhr Zollanger fort, »war mir klar, dass Sie in das gleiche Wespennest hineinstoßen würden wie Ihr Bruder. Sie würden über kurz oder lang auffallen mit Ihren Nachforschungen. Außerdem war mir klargeworden, was diese Leichenteile zu bedeuten hatten. Am nächsten Tag ging ich in die Bibliothek. Ich lieh mir zwei Kunstbände über das Lorenzetti-Gemälde aus und fand meine Ahnung bestätigt. Die Parallelen waren überdeutlich. Aber was sollte ich tun? Dass Georg inzwischen sogar so weit gegangen war, Zietens Tochter zu entführen, wusste ich zu diesem Zeitpunkt noch gar nicht.«

»Und wenn Sie es gewusst hätten?« unterbrach Elin. »Was hätten Sie getan?«

Zollanger zuckte ratlos mit den Schultern. »Ich hätte sofort den Staatsanwalt informiert. Dass Georg eine Frau ermordet hatte, um einen Körper zu haben, schien mir undenkbar. Die Leichenteile, die wir bisher gefunden hatten, stammten mit Sicherheit von einer Leiche, die er sich irgendwo besorgt hatte. Aber nach dieser Entführung hätte ich annehmen müssen, dass Georg wirklich durchgedreht war. Und er tat ja auch alles, um die Bedrohung echt aussehen zu lassen. Seltsamerweise wurde die Entführung nirgendwo gemeldet.«

Zollanger trank einen Schluck Wasser, musterte kurz sein Glas wie einen verdächtigen Gegenstand und stellte es wieder hin. »Das muss man sich einmal vorstellen!«, rief er erregt. »Zieten wusste seit Montagnachmittag, dass seine Tochter vermutlich entführt worden war. Aber er zögerte. Die Angst vor der Enthüllung seiner Machenschaften war offenbar größer als die Sorge um seine Tochter. Oder sagte ihm sein sechster Sinn, dass diese Drohung nur inszeniert war, dass man ihn unter Druck setzen wollte, aber nicht Ernst machen würde? Wie dem auch sei. Georg hatte Zietens Tochter in Sippenhaft genommen. Und ich frage mich, was ich erstaunlicher finden soll: Zietens Kaltblütigkeit oder seine Intelligenz. Denn das wirklich Bemerkenswerte war, dass er binnen weniger Stunden herausfand, dass nach allen Indizien, die Georg vorsätzlich gelegt hatte, niemand anderes als ich für die Torsi und die Entführung verantwortlich sein konnte.«

»Aber … wie kann er das entdeckt haben?«, fragte Elin verwundert. »Sie waren doch selbst gerade erst auf diesen Zusammenhang gestoßen.«

»Georg hat Zieten Drohbotschaften geschickt«, erklärte Zollanger. »Sie waren ebenso kryptisch wie die Torsi, Embleme mit lateinischen Inschriften. Er hatte ein gutes Dutzend davon vorbereitet. Ich habe noch einige, die er nicht verwendet hat, bei seinen Sachen gefunden.«

»Und wozu das alles?«

Zollanger setzte eine ratlose Miene auf. »Ich kann Ihnen Georgs Verhalten auch nicht ganz erklären. Er wollte Zieten reizen, ihm Angst machen. Und er tat dies natürlich aus seiner Vorstellungswelt heraus. Er wollte mit Zieten nicht verhandeln. Daher diese absolute Sprache. Kein Wenn und Aber. Keine Relativierung. Du sollst nicht töten. Du sollst nicht stehlen. Punkt. Als wir die Ermittlungen aufnahmen, wussten wir nichts von diesen Botschaften und hatten daher keinerlei Hinweis darauf, was für eine Symbolsprache den Leichenteilen zugrunde liegen könnte. Ja, wir wussten noch nicht einmal, ob es überhaupt eine gab. Und als ich zu ahnen begann, dass Georg hinter den Vorfällen steckte, behielt ich es für mich. Zieten muss über Frieser umfassenden Zugriff auf unsere Ermittlungen gehabt haben. Daher konnte er die Zeichen schneller lesen als meine Leute. Am Dienstag, wie Sie ja wissen, stand plötzlich dieser Killer in meiner Wohnung. Geschickt von Zieten, der ja schon auf dem Weg war. Ich wusste inzwischen, dass an dem ganzen Torso-Fall etwas oberfaul war und dass die Staatsanwaltschaft mit verdeckten Karten spielte. Aber dass Zieten so schnell ...«

Elin schüttelte verständnislos den Kopf. »Die Staatsanwaltschaft? Das verstehe ich nicht.«

Zollanger hob entschuldigend die Hände.

»Verzeihen Sie«, sagte er und erklärte dann: »Als Sie mich an diesem Sonntag im Dezember abgepasst haben, hatten wir zwei der Torsi gefunden. Am darauffolgenden Dienstag früh gegen zwei Uhr wurde der dritte Fund gemeldet. In den Geschäftsräumen von einer von Zietens Firmen. Diesmal hatte mein Bruder sehr deutliche Spuren hinterlassen. Eine Videokamera in der Tiefgarage des Gebäudes hatte sowohl seinen Wagen als auch ihn selbst gefilmt. Jetzt sah ich, warum er meinen Führerschein gebraucht hatte. Er hatte den Wagen mit Sicherheit unter meinem Namen gemietet. Georg schaute sogar kurz in die Überwachungskamera. Nach der Auswertung des Videobandes wäre ich sofort als Hauptverdächtiger festgenommen worden. Jetzt hatte ich wirklich keine Wahl mehr. Ich musste Staatsanwalt Frieser alles erzählen. Ich konnte unmöglich für die Straftaten meines Bruders geradestehen. Außerdem wurde er mir wirklich unheimlich. Er hatte eine absurde Idee, die ich unter dem Eindruck von Lorenzettis Wandgemälde auf der Rückfahrt von Siena leichtfertig geäußert hatte, tatsächlich realisiert. Was man eben manchmal so dahersagt …«

»Ihr Bruder hat Sie beim Wort genommen.«

Zollanger nickte. »Nicht nur mich. Das war ja das Verrückte an ihm. Georg nahm die ganze Welt beim Wort.«

Eine Weile sprach keiner der beiden. Der Heizofen rauschte.

»Als ich Staatsanwalt Frieser am Tatort aufsuchte«, fuhr Zollanger schließlich fort, »musste ich aber feststellen, dass ich offenbar nicht der Einzige war, der ein Geheimnis mit sich herumtrug. Frieser verhielt sich sonderbar. Auf Torso Nummer drei waren Haare von einer anderen Person gefunden worden. Ich wusste zu diesem Zeitpunkt wie gesagt noch nichts von Inga Zietens Entführung. Aber Frieser muss darüber informiert gewesen sein, denn er verlangte plötzlich eine Haarprobe und verschwand sofort damit. Warum tat er das? Die einzig plausible Erklärung war, dass er einen Verdacht hatte, von wem die Haare stammten. Aber warum hielt er diese Information vor uns zurück? Ich blieb bei meinem Vorsatz, ihn aufzuklären. Aber sein Verhalten irritierte mich. Ich wollte erst verstehen, was Frieser umtrieb, bevor ich ihm reinen Wein einschenkte. Und je länger ich nachdachte, desto klarer wurde mir nur eines: Georgs Aktion hatte wirklich einen Nerv getroffen. Der Apparat reagierte. Tastend. Unsicher. Irgendjemand war offenbar sehr nervös geworden. Anders war Friesers Verhalten nicht zu erklären. Er sammelte Spuren. Aber für wen?«

»Und bevor Sie zu einem Schluss kamen, stand der Killer in Ihrer Wohnung.«

»Ja. Und dafür gibt es eben nur eine Erklärung: Zieten muss Zugriff auf die Ermittlungen gehabt haben. Was dann geschah, wissen Sie ja. Unsere Flucht. Mein Versuch, Sie zu bewegen, Berlin zu verlassen. Ich musste Georg finden, ihn stoppen. Schon deshalb konnte ich mich nicht lange mit

423

Ihnen aufhalten. Ich hatte nicht viel Zeit. Frieser würde mich innerhalb der nächsten Stunden zur Fahndung ausschreiben. Ich musste Georg erreichen und irgendeine Lösung für diese verfahrene Situation finden. Und wie bedroht Sie selbst waren, haben Sie ja gesehen.«

Elin nickte. »Ja. Ich habe diese Leute völlig unterschätzt.«

»Nicht nur Sie. Wenn Sie nicht zufällig in meiner Wohnung gewesen wären ...« Er stockte. Dann zuckte er mit den Schultern. »Na ja, die Sache wäre dann wohl sehr schnell zu Ende gewesen. Und wie ernst es denen war, haben Sie selbst erlebt. Die blieben an Ihnen dran, um mich zu finden. Und diese Rechnung ist ja auch fast aufgegangen.«

Seine Augen bekamen plötzlich einen furchtsamen Ausdruck.

»Sind Sie eigentlich sicher, dass Ihnen niemand gefolgt ist, Elin?«

»Hierher?«, fragte sie. »Wer hätte mir da schon folgen können?«

Zollanger griff erneut nach dem Glas Wasser und trank es leer. Wieder beruhigt fuhr er fort: »Georg und ich waren am Ostbahnhof, als Ihre Nachricht kam. Wir saßen im Wagen und redeten, stritten eigentlich. Wir hatten keinen klaren Plan. Wie sollten wir zu Ihnen durchkommen? Georg kam auf die Idee, sein Motorrad zu nehmen, mit dem er zwischen Müllrose und Berlin gependelt war, und in der Nähe der Sozialstation einen Polizeiwagen zu rammen. Das taten wir auch. Der Streifenwagen verfolgte uns, konnte uns aber natürlich nicht einholen. Ich sprang vor dem Wohnblock ab, Georg fuhr ein Stück weiter, stellte das Motorrad irgendwohin und kam von der anderen Seite. Fast wäre er dem Killer da schon in die Arme gelaufen. Aber er schlich an ihm vorbei. Wir trafen uns im Heizungskeller und machten uns auf die Suche nach Ihnen. Den Rest der Geschichte kennen Sie. Ich fand Sie, nahm Ihnen die Schleuder ab und versteckte mich in einer der Mauernischen. Georg lauerte weiter hinten. Der Plan war gewesen, den Mann zu überwältigen, sobald er an mir vorbei war. Aber er ...«

Zollanger stockte. Seine Stimme war plötzlich belegt. Er räusperte sich und fuhr fort: »Als der erste Schuss fiel, bin ich aus der Nische herausgestürzt. Es war ja stockdunkel. Und dann ging alles so schnell. Beim nächsten Aufleuchten des Mündungsfeuers sah ich Georg mit ausgebreiteten Armen über Ihnen stehen. Ich spannte so schnell ich konnte die Schleuder, aber der Killer feuerte wie ein Verrückter auf Georg. Bei jedem Lichtblitz sah ich, wie die Kugeln Georg zerfetzten. Ich hätte sofort schießen müssen. Aber ich war zu langsam. Und wissen Sie, warum? Es war natürlich absurd, aber dieser Anblick ... Georg, mit ausgebreiteten Armen über Ihnen, wie er diese tödlichen Kugeln empfing. Ich war wie gelähmt. Er opfert sich, durchfuhr es mich. Nicht für Sie. Für *mich*! Er warf die letzten paar Monate seines Lebens hin für mich. Für seinen feigen Schwächling von Bruder.«

Elin fröstelte. Zollangers Augen waren weit aufgerissen.

»Natürlich habe ich mir das nur eingebildet. Georg ist diesem gewissenlosen Mörder einfach ein paar Sekunden zu früh vor die Pistole gelaufen. Wir haben die Sache völlig idiotisch angepackt.«

Er starrte wütend vor sich hin. Die Kerzen auf dem Tisch flackerten ein wenig. Seine Züge lösten sich allmählich wieder, und er wirkte nur noch unendlich traurig.

»Obwohl ich es besser weiß ... manchmal frage ich mich, ob er sich das nicht alles von Anfang an so vorgestellt hat. Dass ich irgendwann hier sitze, in seiner verdammten Mönchszelle. Ist das alles nicht total verrückt?«

Elin wusste nicht, was sie erwidern sollte. Zollanger tat ihr leid. Sie schaute ihn an und versuchte sich vorzustellen, wie seine innere Bilanz aussah. Wie es sich anfühlte, einen Bruder

425

zu verlieren, wusste sie. Aber so? Sie war versucht, ihn über Georg auszufragen. Aber sagte dieser Ort nicht alles? Sie verstand diesen Menschen sofort, ohne ihm jemals begegnet zu sein.

Zollangers Niedergeschlagenheit schien grenzenlos. Sein Gesicht wirkte eingefallen. Elin wollte etwas Aufmunterndes sagen, irgendetwas, das die düstere Stimmung der letzten Minuten aufhellen würde. Aber es dauerte eine Weile, bis ihr etwas einfiel.

»Ihre Kollegin hat mich aufgesucht«, unterbrach sie endlich die Gesprächspause.

»Was?«, stammelte Zollanger ungläubig. »Sina?«

Elin nickte. »Sie hat mich ausgefragt. Über Sie. Über uns.«

Zollanger schaute sie völlig konsterniert an. Aber das leichte Lächeln, das allmählich von seinen Zügen Besitz nahm, machte sie jetzt froh.

Die wenigen Fragen, die sie noch hatte, konnte sie sich nun selbst beantworten. Zollanger hatte sie beschworen zu schweigen, damit es zu einem Prozess kommen würde, der ihm als Bühne für seine Enthüllungen dienen konnte. Und das hatte funktioniert. Er war aus Berlin verschwunden, hatte die Ereignisse aus sicherem Abstand verfolgt, seine Zeugenaussage gefilmt und sich dem Orden seines Bruders anvertraut. Und die hatten ihn aufgenommen. Den Mörder des Mörders eines ihrer Ordensmitglieder. Den Bruder eines Bruders. Rechnete man hier so? Oder gab es andere Gründe? War der Schutz vielleicht auch nur befristet?

»Was werden Sie jetzt tun?«, fragte sie nach einer Weile.

»Ich?« Er lachte leise. »Was kann ich schon tun? Ich kann froh sein, dass man mich versteckt. Dass man mir ein Bett und Verpflegung anbietet. Aber Sie, Elin? Was ist mit Ihnen? Sie sind frei. Sie sind jung. Was sind Ihre Pläne?«

Sie zuckte mit den Schultern. Dann sagte sie: »Nach allem,

was ich begriffen habe, braucht man wohl zwei Dinge, um in dieser Scheißwelt etwas zu verändern.«

»Und? Was wäre das?«, wollte er wissen. »Pinsel und Farbe?«

Sie schüttelte den Kopf.

»Haut und Knochen?«, versuchte er es ein zweites Mal. Sie verneinte erneut.

»Kunst oder irgendwelche Symbole verändern gar nichts«, sagte sie trotzig. »Man braucht eine Steinschleuder. Und eine Banklehre.«

Nachwort

Dieser Roman ist ein Phantasieprodukt. Ähnlichkeiten mit realen Vorgängen und Personen sind allerdings unvermeidlich, da sich die Phantasie nun mal nur an der Wirklichkeit entzünden kann.

Sachliche Fehler sollten auch in erfundenen Geschichten nicht vorkommen. Falls dies hier doch der Fall sein sollte, dann weil Autoren (und Lektoren) auch nur Menschen sind.

Folgende Personen, die mich vorzüglich beraten haben, tragen jedenfalls keinerlei Schuld an etwaigen Irrtümern: die Autorenberatung der Berliner Polizei, insbesondere Frau Norma Neufindt von der 7. Mordkommission, und der Kriminalist und Sachbuchautor Stephan Harbort.

Mit Gewinn gelesen habe ich vor allem Matthew Rose: *Eine Ehrenwerte Gesellschaft. Die Bankgesellschaft Berlin* sowie Susanne Opalka und Olaf Jahn: *Tod im Milliardenspiel. Der Bankenskandal und das Ende eines Kronzeugen.*

Ohne Gewinn habe ich gelesen: *Bericht des 1. Untersuchungsausschusses des Abgeordnetenhauses von Berlin – 15. Wahlperiode – zur Aufklärung der Vorgänge bei der Bankgesellschaft AG, der Landesbank Berlin und des Umgangs mit Parteispenden.*

Genaueres erfährt man unter:

http://www.khd-research.net/Politik/BankGesBerlin_1html
http://www.khd-research.net/Politik/BankGesBerlin_2html
#BGB_TOP

Die Idee zu diesem Roman kam mir im *Saal der Neun* im Museo Civico, Siena, dessen Besuch ich auch den Nicht-Thriller-Lesern unter uns Steuerzahlern sehr ans Herz lege.

Wolfram Fleischhauer,
im März 2011

Spitzenunterhaltung ›Made in Germany‹

WOLFRAM FLEISCHHAUER

Die Purpurlinie

›Gabrielle d'Estrées und eine ihrer Schwestern‹: Generationen von Betrachtern hat dieses anonyme Gemälde fasziniert, auf dem eine Dame mit spitzen Fingern die Brustknospe einer anderen umfasst. Liegt in der seltsamen Pose der Schönen eine tödliche Botschaft?

Die Frau mit den Regenhänden

Paris im Frühjahr 1867: Aus den dunklen Gewässern der Seine wird die Leiche eines Kindes geborgen. Für die Polizei steht fest: Die Mutter des Babys ist schuldig und muss zum Tode verurteilt werden.
100 Jahre später beginnt eine junge Frau, den Fall zu recherchieren.